하객 명단

하객 명단

루시 폴리 장편소설
백지민 옮김

문학동네

일러두기

1. 주석은 모두 옮긴이주이다.
2. 본문 중 고딕체나 볼드체는 원서에서 이탤릭체나 대문자로 강조한 부분이다.

더 바랄 나위 없이 의지가 되어주는 형제자매이자……
다행스럽게도 이 책 속의 형제자매와는 딴판인 케이트와 로비에게!

차례

현재
결혼식 당일 밤

전등이 나간다.

일순에 모든 것이 암흑에 휩싸인다. 밴드가 연주를 멈춘다. 차일 안에서 결혼식 하객들은 깍깍대며 서로를 부여잡는다. 테이블에 놓인 양초의 불빛이 드리운 그림자는 천막으로 된 벽을 확확 내달리며 혼란만 가중할 뿐이다. 누가 어디 있는지 보기도, 누가 뭘 말하는지 듣기도 불가능하다. 하객들의 목소리 위로 바람이 광포히 불어제치는 탓에.

바깥에서는 폭풍이 휘몰아친다. 하객들 주위로 새되게 울부짖으며 차일을 난타한다. 그렇게 얻어맞을 때마다 금속이 야단스레 삐걱대면서 구조물이 통째로 휘며 몸서리치는 듯하고, 하객들은 놀라 웅크린다. 묶어두었던 천막 문이 풀려나 입구에서 펄럭거린다. 문간을 밝히는 등유 횃불의 불길이 키들댄다.

사적인 원한이라도 있는 느낌이다, 이 폭풍은. 그들을 향한 격노를 빠짐없이 차곡차곡 쌓아두기라도 한 것 같다.

전선이 합선된 게 이번이 처음은 아니다. 그래도 아까 정전되었을 때는 몇 분 만에 다시 전등이 켜졌더랬다. 그래서 하객들은 다시 춤추고 마시고 약을 빨고 섹스하고 먹고 웃으며…… 전기가 나갔던 것조차 잊어버렸다.

시간이 얼마나 흘렀을까? 어둠 속에서는 짐작하기가 어렵다. 수 분? 십오 분? 이십 분?

하객들은 슬슬 두려워지기 시작한다. 이 암흑은 어쩐지 불길하고 꿍꿍이속마저 있는 느낌이다. 이 암흑의 장막 아래에서는 어떤 일이라도 일어날 수 있을 것만 같다.

마침내 전구들이 깜빡거리며 다시 켜진다. 하객들이 내지르는 함성과 환호성. 그들은 이제 불빛에 드러난 본인의 모습이, 무슨 공격을 막아낼 준비라도 하는 양 쭈그린 것이 민망하다. 그들은 웃어넘긴다. 겁먹지 않았다고 어떻게든 스스로를 거의 납득시킨다.

인접한 세 개의 천막 내부에서 불빛 아래 드러난 광경은 축제의 현장이어야 마땅하나 참사의 현장과 더 닮아 있다. 중앙 연회장에는 와인이 합판 바닥에 후두두 튀어 있고, 하얀 리넨에 진홍빛 얼룩이 번졌다. 표면이란 표면에는 죄다 샴페인병이 옹기종기 놓여 축배와 축제의 밤임을 입증한다. 주인 잃은 은빛 샌들 한 켤레가 테이블보 아래에서 빼꼼히 고개를 내민다.

아일랜드 밴드는 댄스플로어가 있는 천막 안에서 다시 연주를 시작한다—축제의 활기를 되살리려고 흥을 돋울 소곡을 연주하는 것이다. 대다수 하객들은 뭐가 됐든 가벼운 위안거리가 간절해 그쪽으로 잰걸음을 옮긴다. 그들이 밟고 가는 자리를 면밀히 살펴봤더라면 어느 하객이 맨발로 깨진 유리를 디디는 바람에 합판 바닥에 남은 피 묻은 발자국이 녹빛 얼룩으로 말라붙어가는 것이 보였을지 모른다. 하지만 아무도 눈치채지 못한다.

다른 하객들도 이리저리 움직이며 중앙 천막 구석구석에 담배를 태우고 남은 연기처럼 뭉게뭉게 몰려든다. 여기 있기도 꺼림칙하지만, 그렇다고 아직 폭풍이 위세를 떨치는 마당에 차일이라는 성역 바깥으로 발을 내딛기도 꺼림칙하다. 거기다 아무도 섬을 떠날 수 없다. 아직은. 바람이 잦아들지 않는 한 배가 들어올 수 없는 것이다.

이 모든 상황의 한복판에 거대한 케이크가 있다. 그것은 설탕으로 된 잎사귀의 행렬을 불빛 아래 반짝이며 거의 온종일 하객들의 눈앞에 온전하고도 완벽한 모습을 보였다. 그러나 전등이 나가기 불과 수 분 전 하객들은 케이크 주위에 모여 그것의 할복 의식을 지켜보았다. 이제는 잘린 내부에서부터 시뻘건 케이크 시트가 쩍 벌어져 드러나 있다.

그때 바깥에서 새로운 소리가 들려온다. 바람소리라고 착각할 수도 있을 법한 소리다. 그러나 점점 높아지며 커져가는 그 소리는 끝내 착각할 수 없는 지경이 된다.

하객들은 얼어붙는다. 서로를 쳐다본다. 그들은 갑자기 다시 두려워진다. 전등이 나갔을 때보다도 더. 지금 들리는 소리가 무엇인지 모두가 알기에. 그 소리는 공포에 질린 비명이다.

전날

이파
웨딩플래너

결혼식 주요 하객이 이제 거의 다 도착했다. 바야흐로 모든 게 슬슬 기어를 바꿔서 굴러가기 시작할 참이다. 오늘 저녁에는 소수 정예의 하객들이 참석하는 리허설 만찬*이 있으니 사실상 결혼식 은 오늘밤에 시작되는 셈이다.

나는 샴페인을 얼음에 담가 식전주를 준비해두었다. 볼랭저 빈 티지 샴페인으로, 이것 여덟 병에 식사용 와인과 기네스 두어 상자 까지—모두 신부가 지시한 대로다. 내가 왈가왈부할 입장은 아니 지만 술이 좀 많다 싶기는 하다. 그래도 다들 성인이니까. 각자 자 제할 줄 알겠지. 아닐 수도 있지만. 저 신랑 들러리는 살짝 말썽거 리처럼 보이기는 한다—솔직히 말하자면, 안내역을 맡은 하객 전

---

* 영미권에서는 결혼식 전날 리허설을 한 뒤 저녁에 신랑 신부와 양가 친지들이 모 여 식사하는 풍습이 있다.

원이 그래 보인다. 그리고 신부 들러리—신부의 이부동생—는 섬을 혼자서 배회하는 모습이 눈에 띄었는데 뭔가를 앞지르기라도 하려는 듯 등을 구부리고 속보로 걷고 있었다.

이런 일을 하다보면 비밀스러운 속사정을 전부 알게 되기 마련이다. 다른 누구도 감히 엿볼 수 없는 것을 엿보는 특권을 갖게 된다. 하객들이 사람을 죽여서라도 알고 싶어할 뒷얘기까지 전부. 웨딩플래너로서 무엇 하나 간과할 여유 따위는 없다. 사소한 것 하나하나, 수면 아래 자디잔 와류를 전부 예의주시해야 한다. 주의를 기울이지 않으면 그 물살 중 하나가 거대한 이안류로 자라나 내가 공들여 짜둔 계획을 전부 어그러뜨릴 수도 있다. 그리고 내가 배운 것이 또하나 있는데, 때로는 가장 자디잔 물살이 가장 거센 법이다.

나는 '궁전'의 아래층 방들을 들락거리며 화격자 위의 토탄덩이에 불을 붙여 오늘 저녁 내내 잘 탈 수 있게 해둔다. 프레디와 나는 과거 수 세기 동안 해왔던 대로 늪지에서 우리가 쓸 토탄을 캐와 말리기 시작했다. 토탄 난롯불의 매캐한 흙냄새가 분위기를 더해줄 것이다. 하객들도 마음에 들어할 테다. 한여름이긴 하지만 섬은 밤이 되면 싸늘해진다. 궁전의 오래된 석벽은 바깥의 온기는 차단하고 내부 온기는 제대로 담아두지 못한다.

오늘은 적어도 이쪽 지역 기준으로 봤을 때 놀라우리만치 따스했는데, 내일도 그럴 가능성은 낮아 보인다. 라디오에서 일기예보 끝자락을 주워들었는데 바람이 분다는 언급이 있었다. 여기서는 온갖 날씨의 직격탄을 그대로 맞곤 하는데, 심하게 불어대던 폭풍이 나중에 아일랜드 본토에 가면 잠잠해질 때도 많다. 마치 우리한테 기력을 다 쏟아내버린 것처럼. 아직 바깥 날씨는 화창하지만 오늘 오후 복도에 있는 오래된 청우계의 지침이 화창에서 강우 가능으로 급선회했다. 나는 신부가 보지 않았으면 해서 청우계를 떼어두었다. 신부가 그런 상황에 공황을 일으키는 부류인지는 확실치 않지만. 그보다는 화가 나서 탓할 사람을 찾는 부류에 가까울 것이다. 그럴 때 총알받이가 누가 될지 나는 안다.

"프레디." 나는 주방 쪽에 대고 외친다. "금방 저녁 조리 시작할 거지?"

"응." 그가 외쳐 대답한다. "다 준비해뒀어."

오늘밤 하객들은 코네마라 지역의 전통 어부 요리인 차우더 수프를 응용한 생선 스튜를 먹게 될 것이다. 훈제 생선에 크림이 듬뿍 들어간 스튜로, 이곳에 아직 주민들이 있었던 시절 내가 처음 방문했을 때 먹어본 음식이다. 이번에 우리가 접대하는 손님들이 품격 있는 분들이니만큼, 오늘은 평소 조리법을 한층 품격 있게 재해석한 스튜를 선보일 것이다. 혹은, 적어도 추측하건대 본인을 품격 있다고 생각하길 좋아하는 분들이니만큼. 취기가 오르면 어떤 일이 벌어질지는 두고 볼 일이다.

"우리 내일 나갈 카나페 준비도 슬슬 시작해야 할 텐데." 나는 머릿속에서 할일 목록을 훑으며 외친다.

"내가 해둘게."

"그리고 케이크도. 그것도 제때 쌓아서 만들어둬야 해."

그 케이크는 상당한 볼거리다. 아무렴 그래야겠지만. 그게 값이 얼만데. 그 액수에도 신부는 눈 하나 깜짝하지 않았다. 틀림없이 모든 걸 최고로만 갖는 데 익숙한 사람이리라. 티 하나 없이 새하얀 아이싱으로 감싸고 그 위에 설탕 공예로 만든 이파리들을 흩뿌려 예배당과 차일의 관엽과 조화를 이루도록 꾸며놓은 4단짜리 레드벨벳 스펀지케이크. 극도로 섬세하며 정확히 신부가 깐깐히 주문한 대로만 제작된 그 케이크는 더블린의 최고급 전문점에서 여기까지 먼길을 이동해왔는데, 멀쩡히 바다를 건너오게 하는 것만도 보통 일이 아니었다. 내일이면 당연히 이 케이크는 허물이질 것이다. 그래도 이 모든 게 그 순간, 단 한 번의 결혼식을 위한 거니까. 그날을 위한 거니까. 모두가 말하는 것과는 달리 사실 결혼생활 자체를 위한 건 전혀 아니다.

보다시피 내 일은 행복을 연출하는 것이다. 그렇기 때문에 나는 웨딩플래너가 되었다. 인생은 엉망진창이다. 그렇다는 걸 우리 모두 알고 있다. 때로 끔찍한 일도 벌어진다는 것을 나는 아직 아이였을 때 배웠다. 그러나 무슨 일이 벌어지든 인생은 그저 하루하루의 연속일 뿐이다. 누구도 하루 이상을 통제할 수는 없다. 하지만 수많은 나날 중 하루는 통제할 수 있다. 이십사 시간은 관장할 수 있다. 결혼식 날이라는 작고도 아담한 시간의 꾸러미 속에서만큼은 평생토록 고이고이 간직할 온전하고 완벽한 무언가를, 끊어진 목걸이에서 떨어져나온 진주 한 알을 내가 만들어줄 수 있는 것이다.

프레디가 피로 얼룩진 정육용 앞치마를 두른 채 주방에서 나온다. "기분이 어때?"

나는 어깨를 으쓱한다. "약간 긴장된달까, 솔직히 말하자면."

"이번에도 잘해낼 거야, 여보. 당신이 이걸 벌써 몇번째 하는데."

"그래도 이번에는 다르잖아. 누구 결혼식인데……" 윌 슬레이터와 줄리아 키건이 이곳에서 결혼식을 올리도록 만든 것은 어마어마한 성과였다. 나는 이전에 더블린에서 행사 기획자로 일했다.

그러다 순전히 내 아이디어로 이곳에 터를 잡고는 이 섬의 다 허물어져가고 반쯤 내려앉은 장식용 건축물을 정찬실과 응접실, 주방이 딸린 멋들어진 침실 열 개짜리 건물로 복구했다. 프레디와 나는 이곳에서 쭉 살고 있기는 하지만 우리 둘만 있을 때에는 이 공간의 자그마한 일부만 사용한다.

"쉿." 프레디가 앞으로 다가서더니 나를 감싸안는다. 처음에는 내 몸이 경직되는 게 느껴진다. 할일 목록에 너무도 정신이 팔려 이럴 시간이 없는데 딴짓을 하는 것만 같다. 하지만 이내 그에게 몸을 맡기며 힘을 빼고 안긴 채로 위안을 주는 익숙한 온기를 음미한다. 프레디에게 안기면 늘 기분이 좋다. 그는 남들이 보면 '푸근하다'고 할 법한 사람이다. 프레디는 자기가 만든 요리를 좋아한다—요리사가 직업이기도 하고. 둘이서 이곳으로 이주하기 전에는 더블린에서 식당을 운영했었다.

"다 잘 풀릴 거야." 그가 말한다. "내가 장담해. 다 완벽할 거야." 그는 내 정수리에 키스한다. 나는 이쪽 업계에서 상당한 경험이 있다. 그렇지만 추진하는 행사에 이 정도로 모든 걸 쏟아부은 것은 처음이다. 거기다 신부도 유달리 깐깐하게 군다—좋게 말하자면 자기 잡지사를 운영하는 사람이니 아무래도 직업적인 영역에서 갖게 된 성격일 테다. 다른 사람이었다면 신부의 이런저런 요구에 다소 녹초가 되었을지도 모르겠다. 하지만 나는 즐거웠다. 나는 도전을 좋아하니까.

하여튼. 내 이야기는 이쯤으로 족하다. 이번 주말의 주인공은 어찌됐든 여기 있는 행복한 커플이니까. 여기저기서 들리는 바에 따르면, 신부와 신랑은 함께한 지 그리 오래되지는 않았다. 그리고 궁전에 있는 다른 모든 객실과 마찬가지로 우리 부부의 침실까지 들리던. 지난밤에 그들이 내던 소리로 미루어봐도. "세상에." 우리가 침대에 누워 있을 때 프레디가 말했다. "도저히 못 듣겠다." 무슨 말인지 나도 이해했다. 사람이 쾌락의 격정에 빠졌을 때 내는 소리가 고통에 울부짖는 것처럼 들릴 수 있다니 기이한 일이다. 그들은 사랑에 푹 빠진 모양이지만, 삐딱하게 생각하는 사람의 입에서는 과연 그래서 서로에게서 손을 한시도 떼지 못하는가보다는 말이 나올 수도 있겠다. 욕정에 푹 빠졌다는 말이 보다 정확한 표현일 테다.

프레디와 나는 지난 이십 년의 대부분을 함께해왔지만 지금도 난 그에게 숨기는 것이 있고 분명히 그도 마찬가지일 것이다. 그러니 저 둘이 서로에 관해 얼마나 알고 있을지 의문을 품게 된다.

저들이 과연 서로의 음흉한 비밀까지도 전부 알고 있을지.

해나
부부 동반 참석자

파도가 흰 거품을 이고 우리 앞에서 솟구친다. 육지는 아름다운 여름날이지만, 여기 바다는 상당히 거칠다. 겨우 수 분 전에 우리는 아일랜드 본토의 항구라는 안전지대를 떠났는데 항구에서 멀어지면서부터 바닷물의 색이 짙어지는 듯했고 파도도 몇 피트는 몸집을 불려갔다.

지금은 결혼식 전날 저녁이고 우리는 섬으로 향하는 중이다. '특별 하객'으로서 오늘밤 그곳에서 숙박할 예정이다. 그곳에서 묵는 것이 기대된다. 적어도—기대된다고 생각하고 있다. 어쨌든 요새 기분을 좀 전환할 거리가 필요하기는 하니까.

"꽉 붙들어요!" 뒤편 선장실에서 날아오는 고함. 매티라고 한다, 저 남자는. 우리가 무슨 생각을 할 겨를도 없이 소형 보트는 이쪽 파도에서 거꾸러지더니 곧장 저쪽 파도의 물마루를 들이받는다. 우리 위쪽으로 바닷물이 거대한 아치형으로 흩뿌려진다.

"젠장!" 찰리가 외치고, 한쪽이 흠뻑 젖어버린 그의 모습이 보인다. 기적적으로 나는 약간 축축해진 정도다.

"물방울이 좀 튀었나봅니다?" 매티가 외친다.

나는 웃고 있지만 살짝 억지로 웃음을 짜내야 하는데 실제로 상당히 무서웠기 때문이다. 어찌된 일인지 보트가 뒷질과 옆질을 한꺼번에 하면서 흔들리는 탓에 내 뱃속은 공중제비를 넘고 있다.

"우욱." 메스꺼움이 속으로 스미는 느낌이다. 승선하기 전에 먹었던 다과를 떠올리자 갑자기 게워내고 싶어진다.

찰리가 나를 보고는 내 무릎에 한 손을 얹어 꼭 힘을 준다. "아이고. 벌써 시작된 거야?" 나는 매번 멀미를 심하게 한다. 사실 욕지기라면 가리지 않고 겪는지라, 임신했을 때는 입덧이 정말 최악이었다.

"응. 알약 두 알 먹여뒀는데 별로 무뎌진 기미가 없네."

"봐봐," 찰리가 재빨리 말한다. "내가 섬에 관해서 뭐라도 읽어줄 테니까 정신을 다른 데로 돌려보자." 그는 핸드폰 화면을 쭉쭉 밀어올린다. 여행 안내책자까지 다운로드해왔다. 하여간 내 남편은, 누가 선생님 아니랄까봐. 보트가 다시 휘청하는 바람에 아이폰이 그의 손아귀에서 뛰쳐나가다시피 한다. 그는 욕설을 내뱉고는 양손으로 핸드폰을 부여잡는다. 우리가 핸드폰을 새로 살 형편은 못 되니까.

"여기에도 딱히 뭐가 없긴 하네." 페이지가 가까스로 뜨자 그가 살짝 미안한 기색으로 말한다. "코네마라에 관해서는 정보가 엄청 많은데, 저 섬 자체에 관해서는—워낙에 작은 섬이라 그런가……" 그는 핸드폰 화면에서 저절로 정보가 나오도록 염원이라도 불어

넣듯 화면을 뚫어져라 쳐다본다. "오, 여기 뭔가 찾았다." 그러고
는 목청을 가다듬더니 아마도 수업시간에 사용하는 목소리라고 생
각되는 톤으로 읽기 시작한다. "이니시 안 앰플로라, 우리말로 옮
기자면 가마우지섬은 한쪽 끝에서 다른 쪽 끝까지의 거리가 2마
일 정도로 넓다기보다는 긴 형태입니다. 이 섬은 대서양 코네마라
의 해안선으로부터 몇 마일 떨어진 지점에 위풍당당하게 솟아오른
화강암 덩어리로 형성되어 있습니다. 이탄, 현지 호칭을 따르자면
'토탄'으로 구성된 커다란 늪지가 지표면의 대부분을 뒤덮은 이 섬
을 구경하는 최고의 방법, 사실상 유일한 방법은 전세 선박을 타고
보는 것입니다. 아일랜드 본토와 가마우지섬 사이의 물길은 유달
리 거친 경우가 있고……"

"그 부분은 맞는 소리네." 우리가 또다른 파도 위에서 시소를 타
다가 다시금 아래로 곤두박질치는 사이 나는 뱃전을 부여잡으며
웅얼거린다. 뱃속이 다시금 뒤집어진다.

"그런 책자 나부랭이보다 제가 더 많이 말해드릴 수 있는데." 매
티가 선장실에서 외친다. 저기서도 우리 말이 들릴 줄은 몰랐다.
"여행 안내책자를 봐도 이니시 안 앰플로라에 관한 정보는 별로 못
건질 거요."

찰리와 나는 얘기를 들으려고 발을 끌며 선장실로 가까이 간다.
매티의 말씨에는 참으로 매력적이고 풍부한 억양이 담겼다. "이곳
에 처음으로 정착한 사람들은," 매티가 우리에게 말해준다. "알려
진 바에 따르면 아일랜드 본토의 일부 사람들로부터 박해를 받아
떠나온 종파였답니다."

"아, 맞아요." 찰리가 안내책자를 보며 말한다. "저도 그런 얘기

를 좀 읽은 것 같은데……"

"그런 책자 쪼가리로는 다 알 수가 없다니까." 매티가 눈살을 찌푸리면서 찰리가 끼어든 걸 명백히 탐탁잖아하며 말한다. "봐요, 나는 평생 여기서 살았단 말이오—우리 조상도 대대손손 여기서 몇 세기를 사셨고. 인터넷의 그런 어중이떠중이보다는 제가 더 많이 말씀드릴 수 있다 이겁니다."

"미안합니다." 찰리가 안색을 붉히며 말한다.

"어쨌든," 매티가 말한다. "이십 년쯤 전에 고고학자들이 그들을 찾아냈던 거요. 토탄 늪지 속에 다 같이 있었지 뭡니까, 나란히 꽉꽉 눌러 담겨서." 왠지 모르게 그가 즐기고 있다는 느낌이 든다. "완벽하게 보존되었다고 그러대요. 저 아래에는 공기가 없으니까. 대학살이 있었던 거요. 전원 토막 살인을 당해가지고 원."

"아," 찰리가 나를 흘긋거리며 말한다. "지금 그런 얘기는 좀……"

이미 때는 늦었고 이제 그 영상이 머릿속에 떠오른다. 오래도록 파묻혀 있던 시체들이 새까만 진흙 속에서 드러나는 영상. 나는 그 생각을 하지 않으려 하지만 이미지는 동영상이 구간 반복 오류에라도 걸린 듯이 자꾸만 떠오른다. 이윽고 다시금 파도를 타고 넘으면서 밀어닥친 욕지기가 내 주의를 다 앗아가줘서 거의 다행스러울 지경이다.

"그러면 지금은 거기 사는 사람이 아무도 없는 건가요?" 찰리가 화제를 바꾸려고 밝게 묻는다. "새로 이사온 집주인들 말고는?"

"없지요." 매티가 말한다. "귀신밖에는."

찰리가 핸드폰 화면을 두드린다. "여기 쓰여 있기로는 1990년

대까지만 해도 섬에 주민이 거주했는데 마지막으로 남은 소수의 주민이 수도나 전기 같은 현대식 생활을 찾아 아일랜드 본토로 돌아가기로 결정했다고 하네요."

"아, 그런 데서는 그렇게들 말하나봐요?" 매티는 재미있어하는 투다.

"왜요?" 나는 목소리를 되찾으려 애쓰며 묻는다. "달리 주민들이 떠난 이유라도 있나요?"

매티는 막 말을 꺼내려는 듯하다. 그러다 그의 안색이 변한다. "다들 조심해요!" 그가 포효한다. 찰리와 내가 가까스로 난간을 부여잡고 나서 불과 수 초 뒤에 세상 만물의 밑바닥이 꺼지는 듯한 느낌이 나더니 우리 배가 이쪽 파도의 옆구리를 따라 거꾸러져 내려간 다음 저쪽 파도의 옆구리를 들이받는다. 신이시여.

멀미를 할 때에는 뭐라도 고정점을 찾아야 한다. 나는 시선을 섬에 겨눈다. 수평선 위의 푸르스름한 얼룩 같은 그 섬은 아일랜드 본토에서 오는 동안 쭉 시야에 잡혔는데, 납작한 모루 같은 모양새다. 줄스라면 절경이라는 표현에 못 미치는 곳을 택할 리 없겠지만, 화창한 날씨와는 대조적으로, 거무죽죽한 그 섬의 모습이 웅크린 채 째려보는 것 같다는 느낌을 지울 수가 없다.

"진짜 절경이지 않아?" 찰리가 말한다.

"음." 나는 어정쩡하게 말한다. "아무튼 요새는 저 섬에 수도랑 전기가 깔렸기를 바라보자. 난 아무래도 배에서 내리면 뜨끈하게 목욕 좀 해야 할 것 같으니까."

찰리가 씩 웃는다. "줄스를 아는 입장에서 말하지만 예전에 저 섬에 수도랑 전기가 안 깔려 있었더라도 지금쯤이면 깔아뒀을걸.

당신도 줄스가 어떤 앤지 알잖아. 얼마나 유능한데."

찰리가 그럴 의도는 없었으리라고 확신하기는 하나 비교당하는 느낌이다. 나는 세상에서 제일 유능하다고는 할 수 없는 사람이다. 방에 들어갔다 하면 난장판을 만들지 않고는 못 배기는 사람 같고, 아이들을 낳은 이래로 우리집은 영영 쓰레기장이 되어버렸다. 우리가—어쩌다 가끔—사람들을 집에 초대할 때면 나는 이런저런 물건을 찬장에 던져넣은 다음 꾹꾹 눌러 닫아버리고 마는데, 그러다보니 집 전체가 폭발하지 않으려고 숨을 참고 있는 듯한 느낌이다. 우리가 처음으로 런던 이즐링턴에 있는 줄스의 우아한 빅토리아풍 저택에 저녁식사를 하러 갔을 때에는 웬 잡지에서 튀어나온, 그것도 그녀의 잡지—〈다운로드〉라는 온라인 잡지—에서 튀어나온 집인 줄만 알았다. 당시 나는 머리 뿌리가 1인치가량 까맣게 드러나고 시내에서 산 옷을 입은 스스로가 거슬리게 튄다고 의식하면서 줄스가 나를 어딘가로 치워버리려 할지도 모르겠다고 계속 생각했다. 나는 어느새 억양까지도 반듯이 누르면서, 맨체스터 특유의 모음 발음을 누그러뜨리려 하고 있었다.

이렇게까지 다르기도 어려울 정도다, 줄스와 나는. 남편의 인생에서 가장 중요한 두 여자인 우리는. 나는 난간에 기대어 바닷바람을 몇 번이고 깊숙이 들이마신다.

"아까 그 글에서 괜찮은 거 읽었어." 찰리가 말한다. "이 섬에 관해서 말이야. 보니까 하얀 모래사장이 있는데, 아일랜드의 이쪽 지역에서는 유명하다더라고. 그리고 모래가 하얀 덕에 만에서는 바닷물이 아름다운 청록색으로 변한대."

"오," 내가 말한다. "그것참 이탄 늪지보다 좋은 소식이네."

"그치." 찰리가 말한다. "혹시 짬이 나면 우리 같이 수영하러 갈 수도 있겠다." 그가 내게 미소 짓는다.

나는 청록색보다는 오스스한 점판암의 녹색에 가까운 바닷물을 바라보며 몸서리친다. 하지만 나는 브라이턴의 해변에서도 수영하는데, 심지어 거긴 영국해협이지 않은가? 그렇긴 해도. 그곳의 바다는 야생적이고도 난폭한 여기 바다에 비하면 훨씬 온순하게 느껴진다.

"이번 주말은 간만에 기분전환도 하고 좋을 것 같지 않아?" 찰리가 말한다.

"응." 내가 말한다. "그러면 좋겠다." 이번 결혼식 덕에 우리 부부는 간만에 휴가라고 할 만한 것을 누리게 될 것이다. 그리고 나는 지금 정말로 휴가가 간절하다. "왜 줄스가 아일랜드 해안의 생뚱맞은 섬을 골랐는지 모르겠네." 내가 덧붙인다. 너무도 배타적이라 하객들이 찾아가다가 정말로 익사할지도 모르는 곳을 고르다니 딱 그녀답다 싶기도 하다. "어디서든 본인 마음대로 결혼식을 열 만한 형편이 안 되는 것도 아니잖아."

찰리는 눈살을 찌푸린다. 그는 돈 얘기를 싫어하고, 그런 얘기를 꺼내면 민망해한다. 그런 점이 내가 그를 사랑하는 이유 중 하나다. 다만 가끔은, 정말 가끔은 조금만 더 여유가 있으면 어떨까 하는 생각이 든다. 우리는 결혼식 선물을 두고 고심하다가 약간 입씨름을 하기도 했다. 우리집에서 선물 가격의 상한선은 보통 50파운드인데, 찰리가 줄스와는 아주 오래 알고 지낸 사이니만큼 더 써야 한다고 우겼던 것이다. 목록에 실린 물품이 전부 리버티백화점 상품이었기에 우리가 끝내 합의한 150파운드로는 다소 평범하게 생긴 도기 그릇밖에는 살 수 없었다. 그 목록에서는 웬 향초만 해도 200파운드에 달했으니.

"자기도 줄스를 알잖아." 이내 보트가 다시금 아래로 급강하하다가 단순히 물이라기에는 훨씬 단단하게 느껴지는 무언가를 맞받고는 다시 위로 튀어오르며 그 김에 옆질마저 발작적으로 수차례 일어나는 사이 찰리가 말한다. "걔가 워낙 남들과 다르게 하는 걸 좋아하잖아. 거기다 줄스네 아버지가 아일랜드 분이라 그러는 것도 있을 테고."

"줄스는 아버지와 사이가 별로 좋지 않은 줄 알았는데?"

"단순히 안 좋다고 하기에는 좀 복잡해. 걔네 아버지가 실상 집에 붙어 있지도 않았고 약간 재수없는 인간인 것도 맞는데, 정작 줄스는 내내 아버지를 우러러보다시피 했던 것 같더라고. 그래서 몇 년 전에 나더러 항해술 강습을 부탁했던 거야. 아버지한테 요트가 있으니까 칭찬을 받고 싶었던 거지."

줄스가 누군가의 칭찬을 갈구하는 열등한 위치에 놓인다는 건 상상도 하기 어렵다. 아버지가 거물급의 부동산 개발업자이자 자수성가한 사람이라는 건 안다. 열차 기관사와 간호사의 딸로 번번이 돈에 쪼들리며 자란 사람으로서, 나는 큰돈을 번 사람에게 매혹을—그에 더해 약간의 의심을—품고 있다. 내게 그런 사람들은 완전히 다른 종족처럼, 매끄럽고도 위험천만한 커다란 고양잇과의 종자처럼 느껴진다.

"아니 어쩌면 윌이 골랐을 수도 있지." 내가 말한다. "엄청 월다운 선택 같은데, 외향적인 사람이잖아." 그토록 유명한 사람을 만난다는 생각에 뱃속이 살짝 흥분으로 들뜬다. 줄스의 약혼자를 온

전혀 실재하는 사람이라고 생각하기가 어렵다.

나는 비밀리에 프로그램을 정주행하고 있었다. 상당히 좋은 프로그램이다. 객관적으로 평가하기는 어렵지만. 줄스가 이 남자와 함께 있다는 생각을 하자 매혹되어버렸던 것이다…… 그를 만지고, 그에게 키스하고, 그와 잔다는 생각을 하자. 그와 곧 결혼한다는 생각을 하자.

〈밤중에 살아남기〉라는 프로그램의 기본 전제는 월이 묶인 채눈가리개를 하고 한밤중에 어딘가에 내버려지는 것이다. 이를테면 숲속이나 북극 동토대 한복판에, 몸에 걸친 옷가지와 어쩌면 벨트에 꽂힌 칼 한 자루만 지닌 채로. 그러면 그가 혼자서 밧줄을 풀고 본인의 기지와 항해술에만 의존해 지정된 집결 지점까지 찾아가야만 한다. 긴박한 상황이 상당히 많다. 어느 회차에서는 어둠 속에서 폭포를 건너야 하고, 다른 회차에서는 늑대 무리에게 뒤를 쫓기기도 한다. 때로 촬영진도 그곳에서 그를 지켜보며 촬영중이라는 사실을 퍼뜩 깨달을 때가 있다. 정말로 그렇게 완전히 심각한 상황이었다면, 다들 개입해서 도와주지 않았을까? 그래도 제작진은 확실히 시청자가 위험을 느끼게 만드는 재주가 있다.

내가 월을 언급하자 찰리의 안색이 어두워진다. "걔는 그렇게 짧게 만난 놈이랑 왜 결혼을 하겠다는 건지 난 아직도 모르겠어." 그가 말한다. "아마도 줄스가 그런 성격이라서겠지. 일단 마음을 정하면 재빨리 실천에 옮기는 애잖아. 하지만 내 말 명심해, 핸. 그놈은 뭘 숨기고 있어. 그놈의 가식 떠는 모습이 다가 아닐 것만 같단 말이야."

이러니까 내가 그 프로그램을 본다는 사실을 그렇게 숨겨왔던 거다. 찰리가 고깝게 여기리라는 걸 아니까. 때로 찰리가 윌을 싫어하는 모습이 약간 질투하는 것 같아 보인다는 느낌이 드는 건 어쩔 수 없다. 질투하는 게 아니기를 진심으로 바란다. 왜냐하면 그를 질투하는 거라면 그게 뭘 의미하겠는가?

어쩌면 윌의 총각 파티 때문일 수도 있다. 찰리도 총각 파티에 갔는데, 찰리는 줄스의 친구이니 영 부적절해 보이는 행동이었다. 그렇게 스웨덴에서 주말을 보내고 귀가한 그는 약간 안색이 안 좋아 보였다. 내가 총각 파티를 넌지시 언급하기라도 하면 매번 이상하게 굴면서 굳어버리곤 했다. 하도 그러기에 나도 됐다 하고 넘겨버렸다. 어찌됐든 사지 멀쩡하게 돌아오지 않았는가?

바다가 더더욱 거칠어진 듯하다. 이 낡은 어선은 이제 무슨 로데오 황소 기계라도 되는 듯, 우리를 갑판 밖으로 던져버리려는 듯 전방위로 한꺼번에 뒷질과 옆질을 하고 있다. "정말 계속 가도 안전한 건가요?" 나는 매티에게 외친다.

"그럼요!" 매티는 굉음을 내며 부서지는 물보라와 비명을 지르는 바람 위로 대답한다. "오늘은 날이 좋은 거요, 평소 날씨에 비하면. 이제 이니시 안 앰플로라까지 그렇게 멀지도 않아요."

젖은 머리칼이 이마에 철썩 붙어버린 게 느껴지는 동시에, 나머지 머리칼은 솟아올라 머리 주위에 거대하게 뒤엉킨 구름을 드리운 듯하다. 우리가 마침내 도착하면 줄스랑 윌이랑 다른 사람들에게 내 꼴이 어때 보일지 아주 눈에 선하다.

"가마우지다!" 찰리가 손가락질하며 소리친다. 내 주의를 뱃멀미로부터 돌려보려고 그러는 걸 안다. 주사 맞으러 병원에 끌려간 어린아이가 된 기분이다. 그래도 나는 그의 손가락을 따라서 미니

어처 잠수함의 잠망경같이 파도 사이로 드러나는 미끈한 검은 머리
통을 바라본다. 곧 그것은 쏜살같은 검은 광선이 되어 수면 아래로
급강하한다. 이런 악조건 속에서 저토록 제집에 있는 듯이 굴다니.

"그러고 보니 그 글에서 가마우지에 관한 무슨 내용을 봤는데."
찰리가 말하고는 다시 핸드폰을 집어든다. "아, 여기 있다. 특히 이
쪽 해안 지역을 따라 흔히 서식하는 조류라고 하네." 그는 학교 선
생님 목소리로 말한다. "'가마우지는 현지 민간설화에서는 상당히
폄훼되는 조류입니다.'" 아이고야. "'역사적으로 가마우지는 탐욕,
불운, 악의 상징으로 묘사되어왔습니다.'" 우리 둘은 다시금 바닷
물에서 모습을 드러내는 가마우지를 지켜본다. 가마우지의 날카로
운 부리에 작은 물고기가 물려 있는데, 짤막하고 은빛으로 번뜩이
는 그것을 가마우지는 식도를 쩍 벌리더니 통째로 삼켜버린다.

뱃속이 홱 뒤집힌다. 마치 그 물고기를 삼킨 게 나인 듯한, 그것
이 빨빨대고 미끄덩거리며 내 뱃속을 헤엄쳐다니는 듯한 기분이
든다. 그리하여 배가 반대쪽으로 기울기 시작할 무렵 나는 뱃전으
로 휘청 엎어져 다과를 게워낸다.

줄스

신부

 나는 궁전에 있는 침실 열 개 중에서 당연히 가장 널찍하고 가장 우아한 우리 방의 거울 앞에 서 있다. 이 자리에서는 고개를 약간만 돌려도 창문 너머 바다가 내다보인다. 오늘 날씨는 완벽하다. 파도 위에 아른아른하는 햇살이 너무도 눈부셔 도무지 보고 있을 수 없을 정도다. 내일도 염병할 날씨가 이래야 할 텐데.

 우리 방은 건물 서쪽에 있고 이 섬은 이쪽 해안 지역의 최서단에 있으니 나와 아메리카대륙 사이의 수천 마일 내에는 아무것도, 아무도 없는 셈이다. 그런 극적인 느낌이 마음에 든다. 이 궁전 자체도 15세기 건물을 아름답게 재건한 것으로, 사치성과 불변성, 숭엄함과 안락함 사이의 중앙선을 딱 밟고 있다. 판석이 깔린 바닥을 덮은 골동품 양탄자, 갈큇발 모양 다리가 달린 욕조, 이탄을 태워 불을 밝힌 벽난로까지. 결혼식 하객을 전원 수용할 만큼 큼직하면서 동시에 아담하기도 해 친밀한 느낌이 든다. 완벽하다. 모든 것이 완벽할 테다.

그 편지는 생각하지 마, 줄스.

나는 그 편지를 생각하지 않을 것이다.

제길. 제길. 왜 그 편지에 내가 이렇게까지 들들 볶이게 됐는지 모르겠다. 나는 결코 걱정꾼이, 조바심치며 새벽 세시에 잠에서 깨는 그런 사람이 아니었는데. 하여간 최근까지는 아니었다.

그 편지는 삼 주 전에 우리집 우편함으로 배달되었다. 편지에는 월과 결혼하지 말라고 쓰여 있었다. 결혼식을 취소하라고.

어찌된 일인지 그 편지에 관한 생각으로 나는 음험한 기세에 휩쓸리고 말았다. 그 편지를 떠올릴 때면 매번 명치에 시금씁쓸한 감정이 든다. 두려움을 닮은 감정이.

그게 말도 안 된다는 거다. 평소 같았으면 이런 일 따위 두 번 다시 떠올리지도 않았을 것이다.

다시 거울을 바라본다. 지금 나는 드레스를 입어보는 중이다. 웨딩드레스를. 결혼식 전날인 만큼 마지막으로 한번 더 입어보고 재점검하는 일이 중요하겠다는 생각이 들었다. 지난주에 가봉하긴 했지만 나는 어떤 것도 운에 맡기지 않는다. 예상대로 드레스는 완벽하다. 내 몸 위에 쏟아부은 듯 보이는 묵직한 크림색 실크와, 그 안쪽에서 정적적인 모래시계 몸매를 만들어내는 코르셋까지. 레이스라든지 자질구레한 장식은 일절 배제했다. 그건 나답지 않으니까. 실크에 박힌 융털은 너무도 섬세해 특별한 흰 장갑을 껴야만 만질 수 있는데 당연히 지금 나도 끼고 있다. 이 드레스는 그야말로 핵폭탄급으로 비쌌다. 그만한 가치는 있었지만. 나는 패션 자체에 흥미가 있지는 않지만 알맞은 시각적 효과를 자아낸다는 점에서 옷이 지닌 위력은 중히 여기는 편이다. 보자마자 이 드레스야말로 나를 여왕으로 만들어줄 옷임을 직감했다.

저녁이 끝나갈 즈음이면 이 드레스도 아마 때가 탈 텐데, 나조차도 때가 덜 타게 할 도리는 없다. 그래도 나중에 딱 무릎 아래까지 오는 길이로 짧게 수선한 다음 더 진한 색으로 염색해둘 것이다. 나는 실용성을 빼면 시체인 사람이다. 언제나, 언제나 계획이 있었다. 어렸을 때부터 쭉 그래왔다.

좌석 배치도를 손수 꽂아둔 벽면으로 향한다. 윌은 나더러 군사 작전 지도를 걸어두는 사령관 같다고 한다. 하지만 이것은 중요한 사안이지 않은가? 좌석 배치만으로 결혼식에 참석한 하객의 흥을 상당히 돋울 수도 깨뜨릴 수도 있다. 오늘 저녁까지는 좌석 배치를 완벽히 짜둘 예정이다. 모든 비결은 계획 수립에 있다. 그 덕에 나는 불과 이 년 만에 일개 블로그였던 〈다운로드〉를 직원이 서른 명 있는 어엿한 온라인 잡지로 키워낸 것이다.

하객 대다수는 내일 본식에 참석하러 건너왔다가 아일랜드 본토에 있는 각자의 호텔로 돌아갈 것이다—청첩장 문구에서 보통 "마차는 자정에"*가 들어가는 자리에 "보트는 자정에"를 써넣는 것이 즐거웠더랬다. 그러나 제일 중요한 초대객들은 오늘밤은 물론 내일까지 섬에서 우리와 함께 궁전에 머물 것이다. 상당히 배타적으로 추린 하객 명단이다. 윌은 안내역이 워낙 많아서 개중에서도 가장 마음에 드는 친구들을 골라야만 했다. 내게는 그다지 어려운 일이

* 서양 결혼식에서 간접적으로 결혼식 종료 시각을 알리기 위하여 청첩장 말미에 넣는 문구.

아니었던 것이 나야 신부 들러리 딱 한 명밖에 없었기 때문이다―
바로 이부동생 올리비아다. 나는 동성 친구가 많지 않다. 수다 떨
쭘이 없으니까. 그리고 여자들이 무리 지어 있는 모습을 보면 학창
시절에 나를 절대 일원으로 받아주지 않으면서 뒷담화만 해대던
여자애들 패거리가 너무 생생히 떠오른다. 그래서 브라이덜 샤워
에 그토록 많은 여자들이 온 걸 보고 놀랐는데, 알고 보니 태반이
우리 〈다운로드〉의 임직원―완전히 달갑지만은 않은 깜짝 파티를
기획해준―이거나 월의 친구들의 파트너였다. 나랑 가장 친한 친
구는 남자로, 바로 찰리다. 사실상 이번 주말에는 찰리가 나의 베스
트맨*이 되어줄 것이다.

찰리와 해나는 지금 건너오는 중인데, 그 둘이 오늘밤 마지막으
로 도착하는 하객이다. 찰리를 보면 너무나도 좋을 것이다. 그의
아이들과 동석하지 않고 둘이서 어른끼리만 어울려본 지가 너무나
도 오래된 듯하다. 예전에 우리는 수시로 서로를 보곤 했다―그가
해나와 만난 이후에도. 찰리는 언제나 나를 위해 시간을 내주었다.
그러나 아이를 낳고부터 그는 다른 영역으로 옮겨간 듯했다. 심야
가 오후 열한시를 의미하고, 애들을 두고 나가는 모든 외출은 신중
하게 기획되어야 하는 그런 영역으로. 그렇게 되고 나서야 나는 그
를 독점했던 시절이 그리워지기 시작했다.

"당신 까무러치게 예쁘다."

"어!" 나는 펄쩍 뛰고는 거울에 비친 그를 발견한다. 월이다. 그
는 문간에 기대어 나를 바라보고 있다. "월!" 나는 으르댄다. "나

---

* best man. 서양 결혼식을 총괄하는 1번 들러리로서 원래는 신랑측 사람이다.

지금 웨딩드레스 입고 있잖아! 나가! 원래 당신이 보면 안 되는 건데……"

그는 꼼짝하지 않는다. "나는 미리 보기도 안 되는 거야? 게다가 이제 봐버린걸, 뭐." 그는 내 쪽으로 걸어오기 시작한다. "엎질러진 실크 앞에서 울어봐야 소용없지. 자기 진짜—세상에 그거 입고 웨딩로드 걸어오는 자기 모습이 얼른 보고 싶어서 못 참겠다." 그는 내 뒤에 서서 내 맨어깨를 잡는다.

나는 격분해야 마땅하다. 실제로 격분한 상태다. 그런데도 내 분노가 바지직대며 사그라드는 게 느껴진다. 그의 양손이 내게 닿은 채 어깨에서 팔뚝으로 내려가고 있는 지금 나는 갈망이 일으키는 그런 첫 전율을 느낀다. 그러면서 또한 나는 신랑이 식전에 웨딩드레스를 보면 어떻게 된다는 미신 따위를 믿는 사람과는 거리가 멀다는 점을 속으로 되새긴다—나는 한 번도 그런 걸 믿어본 일이 없었다.

"자기는 여기 있으면 안 된다니까." 나는 부루퉁하게 말한다. 그러나 이미 다소 미적지근하게 화내는 투다.

"우리 좀 봐." 그가 말하자 우리의 시선이 거울에서 만나고, 그가 한 손가락으로 내 뺨 옆쪽을 쓸어내린다. "우리 둘이 잘 어울리지 않아?"

그의 말이 옳다. 우리는 잘 어울린다. 매우 어두운 머리칼과 창백한 안색을 지닌 나와 정말 밝은 머리칼과 그을린 안색을 지닌 그. 우리는 어느 공간에 들어서든 가장 매력적인 커플로 등극한다. 바깥세상 사람들에게—또 내일 올 하객들에게—우리가 어떤 모습으로 비칠지 상상하면서 설렌 적이 없다고 가식을 떨진 않겠다.

한때 나를 뚱뚱한 공붓벌레(나는 대기만성형이었다)라고 놀렸던 학창시절 여자애들을 떠올리며 이런 생각도 하니까. 마지막에 누가 웃는지 똑똑히 봐.

윌이 내 어깨의 드러난 맨살을 깨문다. 저 아래 뱃속에서 욕정이 탁 퉁기며 고무줄이 끊어진다. 그와 함께 마지막 남은 저항심마저 가신다.

"저건 거의 다 됐어?" 그는 내 어깨 너머로 좌석 배치도를 보고 있다.

"다들 어디 앉힐지 다 해결하진 못했어." 내가 말한다.

윌이 배치도를 뜯어보는 동안 잠시 침묵이 내려앉으며 그의 숨결이 내 목 옆쪽에 따스하게 와닿으면서 쇄골을 따라 감겨든다. 그가 바른 애프터셰이브 로션의 삼나무와 이끼 냄새까지 맡아진다. "우리가 피어스도 초대했던가?" 그가 부드럽게 묻는다. "그 사람을 명단에서 본 기억이 없어서."

나는 눈알을 굴릴 뻔한 걸 가까스로 참아낸다. 청첩장은 전부 내가 돌렸다. 내가 명단을 추리고 청첩장 제작 업체를 고르고 주소를 하나하나 수취해서 우표를 사다가 마지막 한 장까지 다 부쳤다. 윌은 프로그램의 새 시즌을 촬영하느라 툭하면 자리를 비웠다. 간혹 가다 까먹고 미처 언급하지 못했던 누군가의 이름을 툭 던지곤 했는데, 그래도 마지막에는 빠뜨린 사람이 없는지 확실히 하고 싶다며 명단을 상당히 신중하게 검토하긴 했던 것 같다. 피어스는 그러고 나서야 추가된 이름이었다.

"그 사람은 명단에 없었어." 나는 시인한다. "그때 그루초*에서 술자리가 있었을 때 피어스의 아내를 만났거든. 그 사람이 결혼식에 대해 묻기에 그 부부를 초대하지 않으면 완전히 이상한 상황이 될 것 같더라고. 아닌 게 아니라 초대 안 할 이유가 없잖아?" 피어스는 윌이 출연하는 프로그램의 제작자다. 괜찮은 남자이거니와 윌이랑 언제고 서로 잘 지내는 듯 보였다. 그래서 두 번 생각할 것도 없이 추가로 초대했던 것이다.

"잘했네." 윌이 말한다. "그럼, 당연히 초대하는 게 맞지." 하지만 그의 목소리에 어쩐지 날이 서 있다. 왠지 모르겠으나 그의 심기를 건드린 모양이다.

"아니, 자기." 나는 윌의 목에 한쪽 팔을 감으며 말한다. "그 부부를 식에 초대하면 자기가 기뻐할 줄 알았어. 그쪽에서도 초대받아 당연히 기쁜 눈치였고."

"나야 상관없지." 그가 신중하게 말한다. "그냥 좀 놀라서, 그게 다야." 그는 양손을 내 허리춤으로 옮긴다. "정말 아무 상관 없어. 사실 좋은 쪽으로 놀란 거야. 그 부부가 오면 좋지 뭐."

"알겠어. 그래서 말인데, 부부들은 서로 나란히 앉힐까 하는데. 그래도 괜찮을까?"

"부부 합석이라, 영원한 난제지." 그는 짐짓 진지한 척 말한다.

"나 참, 그러니까 말이야…… 하지만 다들 그런 데 엄청 신경을 쓰잖아."

"뭐," 그가 말한다. "만일 자기랑 내가 하객이라면 나는 어디 앉고 싶을지 알 것 같은데."

"그래?"

---

* 영국 런던에 있는 예술계 및 언론계 종사자가 출입하는 회원제 클럽.

"자기 바로 맞은편에 앉을래, 이런 짓을 할 수 있게." 윌이 손을 아래로 뻗더니 실크 치마의 천을 구기며 그 아래로 타고 올라온다.

"윌," 내가 말한다. "실크가……"

그의 손가락이 내 팬티 레이스의 가장자리를 찾아낸다.

"윌!" 나는 반쯤 짜증이 나서 말한다. "대체 뭐하는……" 그때 그의 손가락이 팬티 안쪽으로 미끄러져들어와 비비적거리기 시작하자 나는 더이상 딱히 실크가 어떻게 되든 신경쓰지 않는다. 내 고개가 그의 가슴에 떨궈진다.

이런 건 전혀 나답지 않다. 나는 누군가를 알게 된 지 불과 수개월 만에 약혼하는…… 거기다 그로부터 불과 수개월 만에 결혼하는 그런 유의 사람이 아니다. 그러나 몇몇 회의론자들의 짐작과는 달리 성급하거나 충동적인 결정은 아니라고 나는 반박하고 싶다. 굳이 따지자면 정반대다. 이건 자기 마음을 알고 자기가 뭘 원하는지 알고서 실천에 옮긴 결과다.

"지금 당장 해도 되지." 윌이 말한다. 그가 내 목덜미에 대고 따스하게 중얼거린다. "우리 시간 여유 있잖아, 응?" 나는 대답하려 하지만—안 돼—그의 손가락이 하던 일을 계속하자 대답은 길게 끄는 신음으로 변한다.

다른 애인들과는 전부 몇 주면 질려버려 섹스가 약간 지나치게 빨리 단조로운 잡일이 되어버리곤 했다. 윌과는 아무리 해도 완전히 충족되는 느낌을 받은 적이 없다—그것도, 조금 저속한 의미로 들어가자면, 다른 어떤 애인보다 훨씬 충족시켜주는데도 말이다. 단지 그가 너무도 아름다워서 그런 것만은 아니다—물론 그가 아름다운 건 사실이다. 객관적으로 봐도. 이 밑 빠진 독 같은 탐욕은 그런 차원보다 한층 심오하다. 그를 소유하고 싶다는 감각이 내 의식에 자리해 있다. 모든 성행위가 결코 손아귀에 온전히 들어오지 않는 소유물을 그러쥐려는 시도이며, 그의 어떤 본질적인 부분은 매번 내 손길을 피해 수면 아래로 미끄러진다는 감각도.

그의 명성과도 관련이 있을까? 일단 명성을 얻고 나면 어떤 의미로는 공유재가 되어버린다는 사실과도? 아니면 다른 무언가, 그에 관한 근본적인 무언가와 관련이 있는 것일까? 비밀스럽고도 알 수 없는, 시야에서 가려진 무언가와?

이런 생각은 불가피하게 그 편지를 떠올리게 만든다. 나는 그 편지를 생각하지 않을 것이다.

월의 손가락이 하던 일을 계속한다. "월." 나는 건성으로 말한다. "누가 들어올 수도 있잖아."

"그러니까 더 스릴 넘치는 거 아니겠어?" 그가 속삭인다. 그래, 아무래도 그렇다고 해야겠다. 월은 내게 성행위의 지평을 확실히 넓혀주었다. 내게 공공장소에서 하는 섹스의 맛을 보여주었다. 우리는 밤중의 공원에서도, 관객석이 거의 빈 영화관 뒷줄에서도 했다. 이런 일을 떠올리면 나 스스로에게 놀란다. 이런 일을 한 사람이 나라는 사실이 믿기지 않는다. 줄리아 키건은 법도를 어기지 않으니까.

내 나신을 촬영하도록 허락한 남자도 그가 유일하다─딱 한 번, 심지어 섹스중에. 당연히 약혼한 후에야 촬영에 동의했다. 내가 등신 천치는 아니니까. 하지만 이건 월의 취향이고, 내가 딱히 이런 걸 좋아하지는 않아도 둘이서 이러기 시작하고 나서부터─다른 모든 관계에서 통제권을 쥔 사람은 쭉 나였음에도 이런 행위는 통제권의 상실을 나타내는데—동시에 이 상실감이 어쩐지 도취적이기도 하다. 그가 벨트를 푸는 소리가 들리고, 그 소리만으로도 내 안에 찌릿한 전류가 흐른다. 그는 나를 앞쪽으로, 화장대 쪽으로 민다—약간 거칠게. 나는 화장대를 부여잡는다. 그의 물건 끄트머리가 자리를 잡고 막 내 안으로 들어오려는 게 느껴진다.

"여봐, 여봐들? 안에 누가 있나?" 문이 삐걱대며 열린다.

젠장.

월이 내게서 떨어지면서 청바지와 벨트를 허겁지겁 여미는 소리가 들린다. 내 치마도 내려가는 게 느껴진다. 나는 도저히 뒤돌아볼 수도 없는 지경이다.

그는 그곳에, 문간에 느긋하게 서 있다. 월의 신랑 들러리인 조노다. 얼마나 봤을까? 전부? 두 뺨에 열기가 오르는 게 느껴지면서 나 자신에게 분노가 치민다. 조노에게 분노가 치민다. 나는 절대 얼굴을 붉히지 않는데.

"미안, 친구들." 조노가 말한다. "내가 방해했나?" 저거 혹시 히죽대는 건가? "어……" 그는 내가 입은 옷을 문득 발견한다. "그거 혹시……? 그러면 액운 낀다고들 그러지 않나?"

나는 무거운 물건을 집어서 그에게 내던지고 썩 나가라고 소리치고 싶다. 그러나 최대한 얌전히 처신한다. "아 제발 좀!" 대신 이렇게 말하며 내 어투로 이런 질문이 전달되기를 바란다. 내가 그딴 거나 믿을 천치 같은 인간으로 보여? 나는 그를 향해 눈썹을 올리고 팔짱을 낀다. 나는 눈썹 올리기 기술의 대가다—일터에서 사용하면 엄청난 효력을 발휘한다. 그 기술을 사용해 어디 한마디만 더 뱉어보라고 그에게 대거리한다. 조노는 객기를 부리긴 해도 나를 약간 무서워하는 듯하다. 사람들은 대개 나를 무서워한다.

"둘이서 좌석 배치도를 검토하고 있었어요." 나는 조노에게 말한다. "그러니까 그걸 방해한 셈이네요."

"그게," 조노가 말한다. "내가 진짜 머저리같이……" 그가 약간 위축된 게 보인다. 좋았어. "상당히 중요한 걸 까먹었다는 사실을 이제야 깨달았거든요."

내 심장박동이 빨라지기 시작한다. 반지는 아니길. 나는 윌에게 조노가 반지를 잘 간수할 거라 믿지 말고 마지막 순간까지 확인하라고 당부했다. 만일 그가 반지를 까먹었다면 내가 무슨 행동을 하든 책임을 물을 순 없을 것이다.

"내 정장 있죠." 조노가 말한다. "가져오려고 커버까지 씌워서 다 준비해뒀는데…… 그런데 막판에…… 하여간 나도 어떻게 된 일인지 모르겠어요. 다만 말할 수 있는 건 그 정장이 지금 영국의 우리집 방문에 걸려 있는 것 같아요."

나는 윌과 조노가 방에서 나가는 동안 둘 모두를 외면한다. 후회할 말을 뭐라도 내뱉지 않도록 온 정신을 집중한다. 이번 주말에는 성질머리를 꼭 붙들고 있어야 한다. 성질머리가 나를 이겨먹는다는 건 잘 알려진 사실이니까. 자랑은 아니지만, 점차 나아지고 있긴 해도 그간 내 성질을 완전히 통제할 수 있었던 적이 없었다. 신부 얼굴이 분노에 차 있으면 보기 좋을 리가 없잖은가.

왜 윌이 조노와 친구인지, 왜 진작에 자기 인생에서 그를 잘라내지 않는지 통 모르겠다. 조노를 친구로 두는 이유가 단언컨대 재담이 뛰어나서는 아닐 테다. 그래도 조노가 해가 되진 않는 것 같다…… 적어도 내가 추측하기에는 그렇다. 하지만 저 둘은 너무도 다르다. 윌은 아주 주도적이고, 아주 성공했으며, 아주 말쑥하게 본인을 내보일 줄 안다. 조노는 백수건달이다. 인생의 낙오자 부류다. 우리가 아일랜드 본토의 기차역으로 마중나갔을 때 그는 마리화나 냄새가 진동을 하고 어디서 한뎃잠이라도 자고 온 듯한 모양새였다. 아무리 그래도 여기 오기 전에 최소한 면도랑 이발은 할 줄 알았다. 신랑 들러리에게 동굴에 사는 원시인 같은 행색으로 오지는 말아달라는 게 무리한 부탁은 아니잖은가? 이따가 윌에게 면도기를 들려서 그의 방으로 보낼 것이다.

윌은 그에게 너무 잘해준다. 심지어 조노에게 〈밤중에 살아남기〉의 스크린 테스트까지 받도록 해줬다는데 당연히 잘되지 않았다. 언젠가 윌에게 왜 조노랑 붙어다니느냐고 물어보자 그는 단순히 '함께한 역사' 때문이라고 했다. "요새는 우리 사이에 별로 공통점이 없긴 한데," 윌이 말했다. "그래도 오랫동안 알고 지낸 사이니까."

그러나 윌은 상당히 가차없는 면이 있다. 솔직히 말하자면 그 가차없음이 아마 우리가 처음 만났을 때 내가 그에게 끌린 요인 중 하나, 우리의 공통점이라고 즉각 알아차린 성품 중 하나였을 것이다. 그의 황금빛 외양과 환심을 사는 미소 못지않게 나를 잡아끈 것은 그 매력 아래에서 풍겨나오는 야망이었다.

그러니까 더더욱 불안한 것이다. 왜 윌 같은 사람이 단순히 지난날을 함께 보냈다고 해서 조노 같은 친구를 곁에 두겠는가? 그 지난날이 그에게 모종의 장악력을 행사하고 있지 않고서야.

조노
신랑 들러리

윌이 기네스 맥주 한 팩을 들고 들창 밖으로 기어나온다. 우리는 궁전의 흉벽 위에 올라서서 석축에 난 틈으로 밖을 내다보고 있다. 땅바닥은 저 아래에 있고 이 위쪽의 석재 몇 개는 상당히 헐겁다. 높은 곳이 쥐약인 사람이라면 애먹을 법하다. 여기에서는 저멀리 아일랜드 본토까지 쫙 보인다. 얼굴에 햇빛을 맞으며 나는 이 위에서 왕이 된 듯한 기분을 느낀다.

윌이 팩에서 캔맥주 하나를 뽑아낸다. "여기 받아."

"와, 몸에 좋은 거네.* 고맙다, 야. 그리고 아까 그 방에 벌컥 들어가서 미안." 나는 윌에게 윙크한다. "그래도 그런 건 결혼식 이후를 위해 아껴둬야 하는 건 줄 알았는데?"

---

* 1900년대 초중반의 기네스 광고 문구인 "기네스는 몸에 좋습니다(Guinness Is Good For You)"에서 착안한 농담.

윌은 순수함 그 자체인 얼굴로 눈썹을 치킨다. "무슨 얘기인지 모르겠다. 줄스랑 나는 좌석 배치도를 검토하고 있었을 뿐인데."

"아 그래? 요새는 그걸 그렇게들 부르나보지? 근데 진심으로," 나는 말한다. "정장 까먹고 와서 미안하다. 야. 그걸 깜박하다니 진짜 내가 등신 같다." 내가 마음이 좋지 않다는 걸 윌이 알아줬으면 한다—진지하게 그의 신랑 들러리를 잘해내고 싶다는 걸. 나는 정말로 진지하고, 그의 체면도 세워주고 싶다.

"별일도 아닌데 뭐." 윌이 말한다. "내 예비용 정장이 맞을지 모르겠지만 그거라도 편하게 입어."

"내가 네 정장을 입어도 줄스가 정말 괜찮을까? 아까 그렇게 기분좋아 보이진 않던데."

"그래," 윌이 한 손을 내젓는다. "괜찮을 거야." 그 말은 줄스는 아마 괜찮지 않겠으나 본인이 어떻게든 하겠다는 뜻이리라.

"알았어. 고맙다. 야."

윌은 기네스 맥주를 꿀꺽 들이켠 다음 우리 뒤편의 석벽에 기댄다. 그러더니 무언가를 떠올리는 듯하다. "아. 그나저나 너는 올리비아 본 적 없지? 줄스의 이부동생 말이야. 걔가 자꾸만 어디로 사라져버리네. 애가 조금……" 그가 하는 손짓은 '회까닥해서'라는 뜻이지만 입에서 나오는 말은 '섬세해서'다.

나는 아까 올리비아를 만났다. 키가 크고 짙은 색 머리칼에 입은 커다랗고 샐쭉한데다 다리는 무슨 겨드랑이까지 올라붙었다. "아깝게 됐지 뭐야." 내가 말한다. "그도 그럴 게…… 뭐, 너도 안 훑어봤다고는 못하겠지?"

"조노, 열아홉 먹은 애한테 진짜." 윌이 말한다. "역겨운 소리 좀 하지 마. 게다가 내 약혼자의 여동생인데."

"열아홉이면 뭐 미성년자는 아니네." 나는 말하며 그를 약올리려고 쳐다본다. "전통이 그렇잖아, 안 그래? 신랑 들러리가 신부 들러리 중에서 골라잡는 거잖아. 근데 이번에는 딱 한 명밖에 없으니 선택지가 그리 많지 않은 건 어쩌겠어……"

윌은 뭔가 구역질나는 걸 씹었다는 듯 입을 배쭉거린다. "신부 들러리가 너보다 열다섯 살은 어린 경우에도 그런 통례가 적용되겠냐, 멍청아." 그가 말한다. 저놈이 지금이야 완전히 고지식한 척 하지만 언제나 여자를 상당히 밝혔던 놈이다. 게다가 여자 쪽에서도 늘 화답하여 눈을 밝혔었다, 이 운좋은 새끼에게. "걔는 건드리면 안 돼, 알겠어? 네 굵은 대가리에 그 정도는 박아넣으란 말이야." 그는 손마디로 내 머리를 두드린다.

'굵은 대가리' 운운하는 대목이 마음에 들지 않는다. 내가 딱히 동전통에서 가장 빛나는 페니 동전 같은 놈은 아니다. 그렇다고 바보 천치 취급을 받는 걸 좋아하는 건 아니다. 윌도 그걸 안다. 이건 학교 다닐 때도 매번 날 발끈하게 만들었던 지점 중 하나였으니까. 그래도 나는 웃어넘긴다. 그가 진심이 아니라는 걸 안다.

"야," 윌이 말한다. "네가 우리 십대 처제한테 수작부리고 못 볼 꼴 보이면서 막 돌아다니는 건 용납 못해. 줄스가 날 죽여버릴걸. 너도 죽여버릴 거고."

"알았어, 알았다고." 내가 말한다.

"게다가," 그가 목소리를 낮추며 말한다. "덧붙여 말하자면 사실 애가 좀 뭐랄까……" 그는 다시 그 회까닥 손짓을 해 보인다. "장모님한테 물려받았을 거야. 줄스는 그런 유전자를 하나도 안 갖고 태어났으니 천만다행이지. 하여간 손대지 마, 알겠어?"

"알았어, 알았다니까……" 나는 기네스를 벌컥벌컥 들이켜고
는 거하게 트림한다.

"요새도 짬내서 등산 많이 다녔어?" 윌이 묻는다. 화제를 바꾸
려는 게 분명하다.

"아니." 내가 말한다. "많이 다니진 못했지. 그러니까 이놈도 생
겼고." 나는 내 똥배를 토닥인다. "너처럼 돈 받으면서 하는 입장
이 아니면 좀처럼 짬을 내기가 어렵더라."

웃기는 건 그런 유의 활동에 더 빠져 있었던 건 항상 내 쪽이었
다는 거다. 온갖 외향적인 활동 말이다. 최근까지도 나는 레이크디
스트릭트에 있는 어드벤처 센터에서 일하며 그런 활동으로 생계를
꾸려나갔다.

"그러게. 그건 그렇겠다." 윌이 말한다. "참 이상한 게, 이게 사
실 겉으로 보이는 것만큼 썩 그렇게 재미있는 일은 아니더라고."

"그럴 리가, 친구." 내가 말한다. "지구상에서 제일 신나는 일을
하며 밥을 벌어먹게 된 거잖아."

"뭐, 그렇긴 한데…… 그래도 실제는 또 달라, 방송에선 왜곡되
는 부분도 많고……"

윌이 조금이라도 험한 상황에는 스턴트맨을 쓴다는 데에 손모가
지라도 걸겠다. 윌은 자기 손을 그렇게 더럽히는 걸 좋아하는 사람
이 절대 아니다. 본인 입으로는 프로그램을 찍기 위해 훈련을 많이
받았다고 하지만, 그래도.

"거기다 헤어니 메이크업이니 온통 난리를 친다니까." 그가 말
한다. "이게 무슨 짓인가 싶은 거야, 지금 죽네 사네 하는 프로그램

을 찍는 마당에."

"근데 넌 그런 거 다 좋아한다고 장담한다." 나는 윙크하며 말한다. "나는 못 속이지."

월은 언제나 약간 허영이 있는 편이었다. 확실히 애정을 담아 하는 말이긴 하지만 그래도 그의 성질을 긁는 건 재미있다. 월은 잘생긴 놈이고 본인도 그걸 안다. 그가 오늘 입은 옷들이 전부, 심지어 청바지까지도 질 좋고 비싼 것임을 알 수 있다. 어쩌면 줄스에게 영향을 받은 건지도 모른다. 줄스 본인도 멋부리는 사람인 만큼 그를 끌고 옷가게로 들어가는 모습이 훤히 그려지니까. 하지만 그런다고 그가 썩 언짢아하는 모습이 그려지지도 않는다.

"그래서," 내가 그의 어깨에 손을 턱 얹으며 말한다. "유부남이 될 준비는 되셨나?"

월은 씩 웃으며 고개를 끄덕인다. "됐고말고. 이 심정을 뭐라고 표현하지? 눈에 콩깍지가 씌어버린걸."

거짓말 않고, 월이 결혼할 거라고 말했을 때는 놀랐다. 나는 줄곧 그를 플레이보이라고 생각해왔다. 어떤 여자도 저 황금빛 인기남의 매력을 거부할 수 없다. 총각 파티 때 그는 줄스를 사귀기 전에 만났던 여자 몇 명에 관해서 말해주었다. "그러니까, 어떤 면에서는 미치게 좋았지. 그 앱들에 가입했을 때만큼 그렇게 수없이 다양한 여자랑 그렇게 막 붙어먹었던 적이 없었으니까. 심지어 대학 때도 못 그랬으니. 두어 주마다 성병 검사를 해야 했다니까. 근데 거기에도 몇몇 미친 애들이 있더라, 좀 질척거리는 애들 말이야. 이제 더는 그런 짓을 할 시간이 아예 없지만. 그러다가 줄스가 찾아온 거야. 그리고 그녀는…… 완벽했지. 자기 주관이 확실하고 인생에서 뭘 이뤄내고 싶은지도 뚜렷하니까. 우리는 판박이야."

장담하건대 이즐링턴에 있는 줄스의 저택도 무시할 게 못 됐겠지. 줄스 아버지가 워낙에 지갑이 빵빵하잖아. 나는 그렇게 말하지는 않았다. 나도 감히 그쪽으로 지분대지는 않는다―사람들은 돈 얘기만 나오면 이상해지니까. 하지만 윌이 언제나, 어쩌면 여자보다 더 좋아했던 게 하나 있다면 바로 돈이다. 아무래도 그건 한 번도 우리 학교의 다른 애들만큼 풍족한 적이 없었던 유년기에서 비롯한 성향 같다. 그건 알겠다. 윌은 아버지가 교장이라 그 학교에 입학했고, 나는 체육 특기생 장학금을 받아서 들어갔으니까. 우리 가족은 전혀 상류층이 아니다. 나는 열한 살 때 런던 크로이던에서 열린 럭비 학교 대항전에서 뛰던 중 눈에 띄었고, 그쪽에서 우리 아버지한테 접근해왔다. 트렙스*에서는 그런 유의 일이 실제로 벌어졌는데, 그쪽에서는 뛰어난 팀을 내보내는 게 그 정도로 중요했던 것이다.

웬 목소리가 우리 아래편에서 날아온다. "야 야 야! 그 위에서 뭐하는 거야?"

"얘들아!" 윌이 말한다. "너희도 올라와서 합류해! 사람은 많을수록 좋지!"

제기랄. 윌이랑 단둘이 있는 순간을 상당히 즐기고 있었는데.

그들이 들창 밖으로 기어올라온다―네 명의 안내역이. 나는 한쪽으로 비켜서서 그들이 올라오는 동안 한 명 한 명에게 고갯짓한다. 페미, 그다음엔 앵거스, 덩컨, 피터에게.

"미친, 여기 엄청 높네." 페미가 석벽 끝을 넘겨다보며 말한다.

---

* 트리벨리언고등학교를 줄여서 일컫는 말.

덩컨이 앵거스의 양어깨를 그러쥐더니 홱 떠미는 시늉을 한다.

"워, 너 뒈질 뻔했다!"

앵거스가 카랑카랑하게 꽥 소리를 내지르자 우리 모두 웃는다.

"하지 말라고!" 그는 성내며 말하고는 자신을 추스른다. "염병할—존나 위험하게 진짜." 그는 죽을 둥 살 둥 서벽에 달라붙어 조심조심 벽을 따라 움직여 우리 곁에 앉는다. 앵거스는 우리 무리에서 늘 약간 나약하기로 꼽혔으나 새 학기가 시작할 때 자기 아빠의 개조한 오토바이를 타고 등교해 명성을 떨쳤다.

윌은 내가 더 마시려고 눈독을 들이던 기네스 캔맥주를 나누어준다.

"고맙다, 야." 페미가 말하며 캔을 쳐다본다. "로마에 왔으니 로마법을 따르라는 거지?*"

피트가 우리 아래의 낭떠러지를 향해 고갯짓한다. "야, 앵거스, 저걸 잊어버리려면 아무래도 이거 몇 캔은 마셔야겠는데."

"그렇긴 한데 너무 많이 마셔도 안 될걸." 덩컨이 말한다. "그러다 조심할 정신마저 날아갈라."

"아 닥치라고." 앵거스는 얼굴을 붉히며 부루퉁하게 말한다. 그러나 아직도 상당히 창백한 걸 보니 석벽 끄트머리를 넘겨다보지 않으려 기를 쓰고 있는 듯하다.

"내가 이번 주말을 위해 약 좀 챙겨왔지." 피트가 나지막한 목소리로 말한다. "그거면 아주 그냥 뛰어내려서 존나 날 수도 있겠다는 생각이 들걸."

---

* 기네스가 아일랜드 맥주니 현지에 왔으면 현지 주류를 마셔야 한다는 농담.

"세 살 버릇 여든까지 가죠, 응, 피트?" 페미가 말한다. "너희 엄마 약장을 털던 버릇이 어디 안 갔네—네가 외박 쓰고 나갔다 돌아왔을 때 네 배낭에서 달각달각 소리나던 게 아직도 기억난다."

"맞아." 앵거스가 말한다. "우리 모두 너희 어머니께 감사드려야 해."

"그 감사 내가 드릴게." 덩컨이 말한다. "너희 엄마 좀 밀프*인 게 계속 기억나더라, 피트."

"내일 그 깜찍이 좀 나눠줘야지, 친구." 페미가 말한다.

피트가 그에게 윙크한다. "나 알면서 그래. 내 새끼들한테는 언제나 잘해주잖아."

"지금 먹는 건 어때?" 내가 묻는다. 갑자기 신경을 무디게 해줄 황홀경이 간절해지는 기분인데, 아까 피웠던 마리화나 기운은 이미 가셨다.

"배짱 좋은데, 우리 존마니." 피트가 말한다. "그래도 페이스 조절은 해야지."

"너희 내일 처신 잘해야 한다." 윌이 짐짓 엄격하게 말한다. "신랑 들러리들이 내 체면을 깎는 건 사절이야."

"처신이야 잘하지, 친구." 피트가 윌의 어깨에 한쪽 팔을 던지듯 감으며 말한다. "그냥 우리 새끼 결혼식을 확실히 기억에 남을 만한 행사로 만들어주려고 그러는 거지."

윌은 언제나 모든 것의 중심이자 우리 무리의 중추였기에 우리

---

* 'Mother I'd Like to Fuck'의 약자 'MILF'를 소리나는 대로 발음한 것. 성적 매력이 있는 중년 기혼 여성을 일컫는 속어다.

모두가 그의 주위를 회전하는 격이었다. 스포츠 만능에 성적도 우수했으니—여기저기서 약간씩 거들어준 결과이기야 했지만. 모두가 그를 좋아했다. 거기다 그는 무언가를 얻기 위해 노력하는 법이 없는 것처럼, 힘을 안 들이는 것처럼 보이기도 했던 것 같다. 그에 관해 나만큼 알지 못한다면 그랬을 거라는 얘기지만.

우리는 모두 앉아 햇빛을 받으며 잠시 말없이 맥주를 들이켠다.

"이러고 있으니까 트렙스 다니던 시절로 돌아간 것 같다." 허구한 날 옛일을 돌이키는 앵거스가 말한다. "우리끼리 학교에 맥주 몰래 가져오고 그랬던 거 기억나? 체육관 지붕으로 기어올라가서 마시고 그랬던 거?"

"그럼." 덩컨이 말한다. "그때 네가 질질 지렸던 것도 기억나는 것 같은데."

앵거스가 쏘아본다. "좆까."

"사실 조노가 몰래 들여왔지." 페미가 말한다. "마을에 있던 그 주류판매점에서 사다가."

"맞아." 덩컨이 말한다. "왜냐면 이 새끼는 열다섯 살 때도 멀대 같이 크고 못생기고 털까지 숭숭 난 아저씨였으니까, 안 그러냐, 친구?" 그는 몸을 기울여 내 어깨를 주먹으로 친다.

"그리고 미지근한 채로 캔째 마셨잖아." 앵거스가 말한다. "맥주를 시원하게 할 방법이 아예 없었으니까. 그게 아마 내가 살면서 마셔본 맥주 중에 제일이었을 거야—우리 모두 뭐, 내키기만 하면 일주일 내내 존나 시원한 돔 페리뇽을 들이켤 수 있는 지금까지도."

"우리가 몇 개월 전에 그랬던 것처럼 말이지." 덩컨이 말한다. "RAC에서."

"언제 그랬다고?" 내가 묻는다.

"아," 윌이 말한다. "미안, 조노. 네가 오기에는 너무 멀겠다 싶었거든, 너는 컴브리아에 있고 이래저래 일도 많았으니까."

"아." 내가 말한다. "그래, 그랬지." 나는 회원제로만 운영되는 상류층 클럽 가운데 하나인 로열오토모빌클럽RAC에서 자기들끼리만 잘 숙성된 샴페인을 곁들인 오찬을 먹는 모습을 떠올린다. 그래. 나는 기네스를 벌컥벌컥 들이켠다. 정말로 마리화나를 좀더 피워야지 안 되겠다.

"그때는 스릴이 있었잖아." 페미가 말한다. "학창시절에, 트렙스에서 말이야. 그래서 그랬던 거야. 이러다 걸릴 수도 있겠다는 생각에."

"나 참," 윌이 말한다. "진짜 꼭 트렙스 얘기를 꺼내야겠어? 그러잖아도 아버지가 학교 얘기하는 거 들어야 해서 진절머리가 날 지경인데." 그는 씩 웃으며 말하지만 내 눈에는 그가 기네스로 사레라도 들린 양 약간 파리한 안색을 띠는 게 보인다. 나는 언제나 윌이 그런 아버지를 뒤서 딱하다는 마음이 있었다. 그러니 윌이 스스로를 증명해 보여야 한다고 마음먹은 것도 무리는 아니리라. 그가 차라리 그곳에서 보낸 시절을 통째로 잊어버리고 싶어하리라는 걸 안다. 나 역시도 차라리 그러고 싶으니까.

"학교에서 보낸 그 몇 년이 당시에는 너무 암울해 보이기만 했는데," 앵거스가 말한다. "지금 돌이켜보니—이 말로 내 됨됨이가 어때 보일지는 하늘만 알겠지만—어떤 면에서는 그 몇 년이 내 인생에서 가장 중요한 시기였던 것 같다는 생각도 든다. 내 말은, 단연코 내 애들을 거기 보내지는 않겠지만—너희 아버지를 욕하는 건 아니다, 윌―그래도 완전 나쁘지만은 않았잖아. 안 그래?"

"난 모르겠다." 페미가 미심쩍다는 듯 말한다. "나는 선생들한 테 찍혔잖아. 좆같은 인종차별주의자들." 그는 툭 던지듯이 말하지 만 그곳의 극소수 흑인 학생 중 한 명으로서 그의 학교생활이 항상 순탄치만은 않았다는 걸 나는 안다.

"나는 엄청 좋았는데." 덩컨이 말한다. 우리가 그에게 시선을 돌 리자 그는 덧붙인다. "진심! 이제 와 돌이켜보니 그 시절이 얼마나 중요했는지 감이 온다니까? 다시 돌아간대도 절대 다르게 살지 않 을 거야. 덕분에 우리 유대가 끈끈해졌잖아."

"여하간," 윌이 말한다. "현재로 돌아와서. 이제는 우리 모두 팔 자가 상당히 폈다고 할 수 있겠다, 그렇지 않아?"

윌은 확실히 팔자가 폈다. 다른 놈들도 나름대로 썩 괜찮은 삶을 일궜다. 페미는 외과의사고, 앵거스는 아버지의 개발사에서 일하 고, 덩컨은 벤처투자가―그게 뭔지는 모르겠다만―에 피트는 광 고업계에서 일하는데 그 일이 그의 코카인중독에 딱히 도움이 되 는 것 같지는 않다.

"그래서 너는 요새 뭐하고 사냐, 조노?" 피트가 나를 돌아보며 묻는다. "전에 등산 강사인지 뭔지 한다지 않았냐?"

나는 끄덕인다. "어드벤처 센터에서." 나는 말한다. "등산만 가 르친 건 아니고. 오지 생존 요령이나 야영지 꾸리는 법……"

"맞다." 덩컨이 내 말을 지르며 말한다. "있잖아, 나 하루 날 잡 아서 우리 팀 단합대회를 열까 생각하고 있었거든―관련해서 너 한테 상담을 좀 하려고 했는데. 뭐 지인 할인 그런 거 없냐?"

"해주고 싶은데," 나는 덩컨처럼 갑부인 사람은 지인 할인을 부탁할 필요도 없을 텐데 생각하면서 말한다. "내가 이제는 그 일을 안 하거든."

"안 한다고?"

"어. 위스키 회사를 세웠거든. 제품도 이제 곧 출시될 거야. 아마 앞으로 육 개월 정도면."

"주류판매점은 다 섭외해뒀고?" 앵거스가 묻는다. 다소 불쾌해하는 투다. 자기 머릿속에 있는 몸집만 크고 멍청한 조노라는 이미지에 부합하지 않는가보다. 그런 내가 어찌된 일인지 용케 지루한 사무직을 피해 출세한 모습을 보였으니 말이다.

"해뒀지." 내가 끄덕이며 말한다. "해뒀어."

"웨이트로즈*에?" 덩컨이 묻는다. "세인즈버리**에도?"

"그 외에도 다."

"주류 시장 경쟁이 상당한데." 앵거스가 말한다.

"상당하지." 내가 말한다. "으리으리한 상표명에 유명인이 만든 브랜드가 즐비하더라고―심지어 그 UFC 이종격투기 선수 코너 맥그리거도 하나 만들었잖아. 근데 우리는 좀더 뭐랄까, 장인적인 느낌으로 가고 싶었달까. 요새 새로 나오는 진처럼."

"우리가 운좋게도 내일 그 시제품을 내놓게 됐어." 윌이 말한다. "조노가 한 상자 가져왔거든. 다 같이 오늘 저녁에도 한번 맛봐야지. 그 술 이름이 뭐더라? 뭔가 느낌 좋은 이름이었는데."

"헬레이저.***" 내가 말한다. 사실 이 작명은 나름 뿌듯하다. 케

---

* 영국의 고급 마트.

** 영국의 대형 슈퍼마켓 체인점.

*** Hellraiser. 직역하자면 '지옥을 일으키는 자'라는 뜻이고, 보통 술에 취해 말썽

케묵은 구식 제조사들의 작명과는 딴판이지 않은가. 그리고 윌이 이름을 잊어버렸다는 사실에 약간 짜증이 일기도 한다—어제 건네준 술병 상표에 버젓이 적혀 있는데. 그래도 이놈은 내일 결혼하니까. 머릿속이 다른 것으로 가득찼을 것이다.

"누가 생각이나 했겠나?" 페미가 말한다. "우리가 전부 이렇게 남부끄럽지 않은 어른으로 자랄 거라고. 그것도 그 학교를 나와서 말이야. 이번에도 너희 아버지를 욕하는 건 아니다, 윌. 그래도 거긴 무슨 이전 세기에나 있을 법한 장소였단 말이지. 우리가 살아나온 것만 해도 다행이지 뭐…… 학기마다 남학생 넷은 전학을 갔잖아. 내가 기억하기로는."

나는 도저히 전학을 갈 수 없었다. 내가 럭비 특기생 장학금을 따냈을 때 우리 부모님은 아들이 일류 학교—기숙학교—에 가게 되었다며 너무도 들뜨셨으니까. 그 학교를 통해 내게 온갖 기회가 쏟아지겠거니, 뭐 대략 그렇게 생각하셨던 거다.

"그러니까." 피트가 말한다. "도발에 넘어가 과학실에서 에탄올을 마신 놈도 있었던 거 기억나냐. 그래서 급하게 병원에 실려갔던 거? 거기다 신경쇠약에 걸린 애들도 늘 있었잖아……"

"아 젠장." 덩컨이 흥분해서 말한다. "그리고 그 쪼그맣고 말라깽이 같은 애도 있었잖아, 그 뒈진 애. 강자만이 생존한 거지!" 그는 우리 모두를 둘러보며 씩 웃는다. "지옥을 일으킨 놈들만, 안 그러냐, 애들아? 그런 우리가 이번 주말에 다시 똘똘 뭉쳤단 거지!"

"그러게. 근데 이것 좀 봐." 페미가 말하며 고개를 숙이고 정수

이나 소란을 일으키는 사람, 또는 그러한 파티를 일컫는다.

리에 약간 숱이 적어진 부위를 가리킨다. "우린 이제 늙고 따분해져가고 있지, 안 그러냐?"

"너만 그렇지, 새끼야!" 덩컨이 말한다. "아주 기회만 와봐라, 우리 아직 화끈하게 놀 수 있을걸."

"내 결혼식에서는 좀 참아주라." 윌이 말하지만 미소를 띠고 있다.

"특히나 네 결혼식에서는 화끈하게 놀아야지." 덩컨이 말한다.

"야, 난 네가 제일 먼저 결혼할 줄 알았어." 페미가 윌에게 말한다. "네가 여자들한테 인기가 좀 많나."

"난 오히려 네가 영영 결혼하지 않을 줄 알았는데." 앵거스가 언제나처럼 알랑거리며 말한다. "여자들한테 인기가 많아도 좀 많아야지. 뭐하러 정착해?"

"네가 자빠뜨린 개 기억나냐?" 피트가 묻는다. "그 지역 종합중등학교* 다니던 애? 그리고 네가 걔 웃통을 벗겨놓고 폴라로이드 사진 찍었던 거? 장난 아니었지."

"딸감으로 두고두고 쓸 만했지." 앵거스가 말한다. "아직도 가끔 그 사진이 생각난다니까."

"그렇겠지, 너야 진짜 여자는 건드려보지도 못했으니까." 덩컨이 말한다.

윌이 윙크한다. "하여간. 우리가 모두 이렇게 다시 모였으니—페미 네가 재미나게 말한 것처럼 다들 늙고 따분해졌어도—그것만으로도 건배할 만한 일인 것 같다."

"동감이야." 덩컨이 자기 맥주캔을 들어올리며 말한다.

---

* 영국에서 11~18세의 학생들이 계열의 구분 없이 수학하는 학교를 일컫는다.

"옳소." 피트가 말한다.

"생존자들을 위하여." 윌이 말한다.

"위하여!" 우리는 그를 따라 외친다. 그러자 한순간, 다른 애들을 둘러보자 모두 달라 보이고 어려 보인다. 마치 태양이 그들을 도금한 듯하다. 이쪽 각도에서는 페미의 벗어지는 정수리도, 앵거스의 똥배도 보이지 않고 피트도 밤에만 나다니는 사람처럼 보이지만은 않는다. 그리고, 그런 일이 가능하다면, 윌마저 한층 좋아 보이고 빛나 보인다. 그러자 퍼뜩 우리가 체육관 지붕에 올라앉아 있던 그 시절로, 아직 나쁜 일은 하나도 벌어지지 않았던 그때로 돌아간 듯한 느낌이 든다. 나는 그때로 돌아갈 수만 한다면 억만금이라도 내놓을 것이다.

"자." 윌이 바닥에 남은 기네스 맥주를 비우며 말한다. "난 아래층으로 가봐야겠다. 찰리랑 해나가 곧 도착할 거야. 줄스가 부두에 같이 나가서 환영해주자네."

일단 모두가 여기에 모이면 이번 주말도 본격적으로 박차를 가하게 될 테다. 하지만 나는 다른 놈들이 올라오기 전에 그랬듯 그냥 윌이랑 둘이서 실없는 얘기나 하던 그 순간으로 돌아갈 수 있었으면 하고 문득 바란다. 근래에는 윌을 그리 자주 보지 못했지만, 그럼에도 실상 그는 이 세상에서 누구보다도 나를 잘 아는 사람이다. 그리고 나 역시 그를 가장 잘 안다.

올리비아

신부 들러리

내 방은 딱 봐도 하녀 숙소였던 곳이다. 이 방이 줄스와 윌의 방 바로 아래에 있다는 건 상당히 빨리 깨달았다. 간밤에 소리가 전부 들렸으니까. 단언컨대 나는 듣지 않으려고 노력했다. 그러나 듣지 않으려고 애쓸수록 자잘한 소리 하나까지도, 신음과 헐떡임 하나 까지도 또렷이 들려오는 것만 같았다. 거의 그들이 들리기를 원했 던 것처럼.

그들은 오늘 아침에도 그것을 했지만 적어도 그때는 밖으로 나 와 궁전을 탈출할 수 있었다. 우리는 모두 어둠이 내린 후에 섬을 돌아다니지 말라는 지시를 받았다. 그러나 오늘밤에도 다시 그런 일이 벌어진다면 여기 처박혀 있을 생각은 추호도 없다. 차라리 이 탄 늪지와 절벽에서 내 운을 시험해보련다.

나는 핸드폰 버튼을 눌러 비행기 모드를 켰다 껐다 하면서 그 자 그마한 신호 없음이라는 문구에 무슨 변화라도 생기는지 살폈지만 달라지는 건 아무것도 없다. 하긴 새 메시지가 왔을 것 같지도 않다. 나는 친구 전부와 연락이 끊겼다고 해야 할지 뭐 그런 상태니까. 사이가 틀어지거나 그런 건 아니다. 그보다는 내가 대학을 중퇴한 이후 그들의 세계를 떠난 것에 더 가깝다. 처음에 친구들은 메시지를 보내왔다.

괜찮은 거지 베이비

수다 떨 상대 필요하면 전화해

금방 보자, 응?

다들 보고 싶어해! 💔

무슨 일이 있는 건데????

갑자기 숨이 쉬어지지 않는 느낌이 든다. 나는 침대 옆 협탁에 손을 뻗는다. 면도날이 그곳에 있다. 매우 작지만 매우 날카로운. 청바지를 끌어내리고 면도날 모서리를 팬티 부근 안쪽 허벅지에 갖다대고 살을 파고들도록 그어내리자 피가 솟아난다. 핏빛은 그 부위의 푸르스름하다시피 하연 피부에 비해 너무도 짙은 붉은색이다. 썩 커다란 자상은 아니다. 더 크게 그은 적도 있으니. 그래도 자상의 따끔거림에 모든 주의가 한곳으로, 내 살을 파고드는 금속으로 쏠리자 일순 다른 것은 하나도 존재하지 않게 된다.

숨쉬기가 한결 편해진다. 아무래도 한 군데 더 그어야 하려나……

방문을 두드리는 소리가 들린다. 나는 면도날을 떨구고 청바지를 잠그려 꼼지락댄다. "누구세요?"

"나야." 줄스가 말하더니 내가 들어오라고 말하기도 전에 문을 밀어젖히는데, 그런 면이 너무도 줄스답다. 내가 반사신경이 빨랐길 천만다행이다. "신부 들러리 드레스를 입은 모습을 좀 봐야 할 것 같아서." 그녀가 말한다. "해나랑 찰리가 도착하기 전까지 시간이 조금 있잖아. 조노가 우라질 정장을 깜빡하고 와서 결혼식 주요 하객 중 적어도 한 명은 꼴이 괜찮은지 확인하고 싶어."

"이미 입어봤어." 내가 말한다. "완전 잘 맞는다니까." 거짓말. 나는 옷이 맞는지 어떤지조차 전혀 모른다. 원래는 옷가게에 따라가서 드레스를 입어봐야 했다. 하지만 줄스가 나를 옷가게에 데려가려 할 때마다 변명거리를 찾아냈다. 결국 줄스가 포기하고 드레스를 사왔는데, 다만 곧장 입어보고 맞는지 알려줘야 한다는 조건이 붙었다. 나는 그녀에게 옷이 잘 맞는다고 말하긴 했지만 도저히 입어볼 엄두는 나지 않았다. 그리하여 드레스는 줄스가 배송해준 이래로 쭉 저 커다랗고 뻣뻣한 마분지 상자에 처박혀 있었다.

"너는 입어봤을지 모르겠지만," 줄스가 말한다. "내가 보고 싶어서 그래." 줄스는 미소 지어야 한다는 걸 방금 떠올린 듯이 갑자기 내게 미소를 짓는다. "우리 침실에서 입어봐도 돼, 그러고 싶으면." 그녀가 무슨 엄청난 특권이라도 제시하는 양 말한다.

"아냐, 괜찮아." 나는 말한다. "난 여기 있는 게 좋……"

"이리 와." 그녀가 말한다. "우리 방에 꽤 근사한 커다란 거울이 있어." 그제야 나는 선택지가 없음을 깨닫는다. 나는 옷장으로 가서 커다란 녹청색 상자를 꺼내든다. 줄스의 입매가 굳는다. 내가 여태껏 옷을 걸어놓지 않아서 열받은 거다.

줄스와 자라면서 가끔은 두번째 엄마가 있는 것처럼, 혹은 여느 다른 엄마들 같은 엄마가 있는 것처럼 느껴졌다—권위적이고 엄격하고 뭐 그런 엄마 말이다. 실제 우리 엄마는 절대 그렇지 않았지만 줄스는 그랬다.

나는 그녀를 따라 둘의 침실로 올라간다. 줄스가 엄청 깔끔을 떠는 성격임에도 불구하고, 또 환기를 위해 창문 하나를 열어뒀음에도 불구하고 방안에서 몸의 냄새가, 남자가 바르는 애프터셰이브의 냄새가, 또 추정하건대(추정하고 싶지도 않지만) 섹스의 냄새가 난다. 이 안에, 둘만의 사적인 공간에 발을 들이는 게 영 잘못된 일처럼 느껴진다.

줄스는 방문을 닫고 팔짱을 낀 채 나를 향해 돌아선다. "그럼 한번 입어봐."

내게 달리 선택권이 있는 것 같지 않다. 줄스는 그런 느낌을 받게 하는 데 일가견이 있다. 옷을 벗고 속옷 차림이 된 나는 허벅지에서 아직 피가 나고 있을지 몰라 양다리를 꼭 붙인다. 만일 줄스가 발견한다면 생리중이라고 둘러대야 할 것이다. 창문으로 불어오는 살랑바람에 피부가 오싹하며 닭살이 돋는다. 그녀가 나를 쳐다보는 시선이 느껴진다. 내 프라이버시를 조금만 존중해줬으면 싶다. "너 살 빠졌구나." 줄스가 품평하듯 말한다. 걱정하는 투이긴 하지만 썩 진심처럼 들리지는 않는다. 그녀가 질투를 하는지도 모른다는 걸 나는 안다. 언젠가 줄스가 취했을 때 학창시절에 애들이 자기더러 '통통하다'고 놀려댔다며 하소연을 늘어놓은 적이 있었다. 그녀는 내가 어린애였을 때부터 항상 말랐다는 사실을 모르는 양 내 몸무게에 대해 매번 품평을 한다. 하지만 마른 사람도 자기 몸을 싫어할 수 있다. 몸이 자기도 모르게 비밀을 숨겨왔다는 느낌을 받을 수도. 몸이 자기를 저버렸다는 느낌을 받을 수도.

하지만 줄스 말이 옳다. 나는 살이 빠졌다. 현재로서는 내가 가진 옷 중 가장 작은 청바지만 입을 수 있는데 그마저도 골반에서 미끄러져내려간다. 일부러 살을 빼거나 뭐 그러려고 애쓴 건 아니다. 그러나 양이 차게 먹지 않았을 때 드는 그 공허감…… 그 감각이 나의 심정과 들어맞는다. 딱 맞아떨어지는 느낌이다.

줄스가 상자에서 드레스를 꺼낸다. "올리비아!" 그녀가 짜증스럽게 말한다. "이걸 내내 이 안에 처박아뒀던 거야? 여기 주름진 것 좀 봐! 이 실크가 얼마나 섬세한데…… 조금은 신경써서 관리할 줄 알았더니." 무슨 어린애한테 말하는 듯한 투다. 아마 어린애한테 말한다고 생각하는 것이리라. 그러나 나는 더이상 어린애가 아니다.

"미안." 내가 말한다. "깜빡했어." 거짓말.

"하여간. 내가 스팀다리미를 가져왔길 천만다행이지. 그래도 이 주름을 다 펴려면 한세월은 걸릴걸. 나중에 다림질을 좀 해야 할 거야. 일단 지금은 그냥 입어봐."

줄스는 내 양팔을 잡아 어린애처럼 양쪽으로 벌리더니 머리 위에서부터 드레스를 쭉쭉 잡아내린다. 그러는 중에 나는 그녀 손목 안쪽에서 1인치 정도 되는 선홍색 자국을 발견한다. 화상 자국이네, 나는 생각한다. 쓰라려 보이는 상처에 어쩌다 덴 건지 궁금해진다. 줄스는 매우 조심성이 많아서 평소라면 칠칠찮게 굴다 화상을 입는 경우는 절대 없으니까. 그러나 내가 더 자세히 들여다볼 겨를도 없이 그녀는 내 위팔을 붙들더니 거울 쪽으로 나를 끌고 가고, 그리하여 우리 둘은 드레스를 입은 내 모습을 바라본다. 드레스는 진분홍색인데, 내 안색을 더더욱 창백해 보이게 해서 개인적으로는 절대 입지 않을 색이다. 지난주 줄스가 런던에서 나를 데리고 가 받게 했던 호화로운 네일아트와 거의 흡사한 색상이다. 줄스는 내 손톱 상태가 맘에 들지 않아 네일리스트에게 "최대한 무마해달라"고 말했다. 그리하여 지금 내 손을 보면 그저 웃음만 나온다. 물어뜯겨서 피가 나는 큐티클 옆에 새침한 공주님처럼 반짝거리는 연분홍빛 매니큐어가 칠해져 있으니.

줄스는 팔짱을 끼고 눈을 가늘게 뜬 채 뒤로 물러선다. "상당히 헐렁하네. 나 참, 분명 거기 있던 것 중에 제일 작은 사이즈였는데. 제발 좀, 올리비아. 제대로 안 맞는다고 말해줬으면 좋았잖아. 그럼 내가 옷을 줄여줬을 텐데. 뭐, 그래도……" 그녀가 눈살을 찌푸린 채 천천히 내 주위를 빙 돈다. 문틈으로 새어드는 살랑바람이 다시금 느껴져 나는 몸을 떤다. "글쎄다, 어쩌면 약간 헐렁한 게 괜찮을 것도 같고. 대충 원래 그런 스타일이라고 할 수도 있으려나."

나는 거울에 비친 내 모습을 뜯어본다. 드레스의 형태 자체는 그렇게 거슬리지 않는다. 완전히 1990년대풍의 바이어스컷 슬립드레스니까. 만약 다른 색이었다면 나도 입었을 만한 드레스다. 줄스 말이 틀리진 않은 게, 끔찍해 보이지는 않는다. 그러나 천 아래로 검은색 팬티와 유두가 비쳐 보인다.

"걱정하지 마." 줄스가 내 생각을 읽은 듯이 말한다. "네가 쓸 부착형 브라도 가지고 왔어. 그리고 살구색 끈 팬티도 사뒀지―네가 그런 걸 가지고 있을 리 없다는 것쯤은 알고 있으니까."

신난다. 그것만 있으면 존나 발가벗은 것 같은 이 느낌이 많이도 사라지겠군.

이렇게 거울 앞에서, 내 뒤에 선 줄스와 함께 나의 모습을 바라보자니 이상하다. 우리 사이에는 차이점이 확연하다. 일단 체형이 완전히 다르고, 나는 코가 더 좁다란 반면―엄마의 코를 닮았다―줄스는 머릿결이 더 좋아서 모발이 굵고 윤이 난다. 그러나 이렇게 붙어 있자니 우리가 사람들이 생각할 법한 정도보다 더 닮았다는 걸 알겠다. 우리는 얼굴형도 똑같이 엄마를 닮았다. 남들도 우리가 자매라는 걸 얼추 알아볼 수 있을 테다.

줄스에게도 이런 게 보일지 궁금해진다. 우리의 유사점이. 그녀의 표정은 영 이상하고 초췌해 보인다.

"오, 올리비아." 그녀가 말한다. 그러더니―나는 실제로 느끼기 전에 우리 앞에 있는 거울로 그 일이 일어나는 광경을 본다―양손을 뻗어 내 한쪽 손을 감싸쥔다. 나는 얼어붙는다. 너무도 줄스답지 않은 행동이기에. 그녀는 신체 접촉을 하거나 애정을 보이는 걸 썩 좋아하지 않는다. "있지," 그녀가 말한다. "우리가 늘 사이가 좋지만은 않았다는 거 알아. 그래도 너를 내 신부 들러리로 세우게 돼서 정말 자랑스러워. 너도 그건 알고 있지―응?"

"응." 내가 말한다. 대답이 약간 꺽꺽거리는 목소리로 나와버린다.

줄스는 내 손을 꼭 움켜쥐는데, 그녀에게 그런 행동은 힘껏 껴안는 것이나 매한가지다. "엄마한테 듣자니 그놈이랑 헤어졌다면서? 있잖아, 올리비아, 네 나이 때에는 남자친구랑 이별하면 세상이 끝난 것처럼 느껴질 수 있어. 근데 그러다가 나중에 정말로 딱 이 사람이다 싶은 사람을 만나면 차이를 알게 된다니까. 마치 윌이랑 내가……"

"난 괜찮아." 내가 말한다. "정말 괜찮아." 거짓말. 나는 누구와도 이 사안에 관해 어떤 얘기도 하고 싶지 않다. 줄스와는 더더욱. 줄스는 내가 예전엔 왜 애써 화장을 하고 좋은 속옷을 걸치고 새 옷을 사고 나가서 머리를 잘랐는지 기억나지 않는다고 말하면 제일 이해하지 못할 사람이다. 지금은 마치 내가 아닌 다른 누가 그 모든 일을 했던 것만 같다.

갑자기 기분이 정말 이상해진다. 뭔가 아득해지면서 메스꺼워진다. 내가 약간 비틀거리자 줄스가 나를 붙잡는다, 양손으로 내 위팔을 세게 부여잡는다.

"난 괜찮아." 나는 그녀에게 무슨 일이냐고 물을 틈조차 주지 않고 말한다. 몸을 숙여 줄스가 신으라고 골라준 지나치게 화려한 회색 실크 코트슈즈의 보석 박힌 버클을 끄르는데 손이 영 서툴고 둔해진 탓에 한참이 걸린다. 그런 다음 손을 위로 뻗어 머리 위로 드레스를 끌어올린다. 너무 세게 잡아당기는 바람에 줄스가 찢어지는 건 아닌가 생각하는 듯 작게 헉 소리를 뱉는다. 나는 옷을 베개에 올려두지도 않았다.

"올리비아!" 그녀가 말한다. "도대체 무슨 일이 있었던 건데?"

"미안해." 나는 말한다. 그러나 입만 뻐끔거릴 뿐 실제로 목소리가 나오지는 않는다.

"나 좀 봐." 줄스가 말한다. "딱 이번 며칠 동안만 어떻게든 조금이라도 노력을 해줬으면 좋겠어. 알겠지? 언니 결혼식이잖아, 리비. 식을 완벽하게 꾸리려고 내가 그간 얼마나 노력했는데. 널 위해 이 드레스도 샀잖아—네가 이걸 입고 결혼식에서 내 신부 들러리로 있어줬으면 하니까. 그게 나한테는 중요해. 너한테도 중요하잖아. 아니야?"

나는 고개를 끄덕인다. "그럼. 그럼, 중요하지." 그러고는 그녀가 말을 잇기를 기다리는 눈치이기에 덧붙인다. "난 괜찮아. 아까 그거…… 그거는 뭐였는지 모르겠네. 이제는 괜찮아."

거짓말.

줄스

신부

나는 엄마의 방문을 밀어젖히고 샬리마 향수와 아마도 담배 연기가 만든 자욱한 구름 속으로 들어선다. 이 안에서 담배를 피우고 있었던 건 아니어야 할 텐데. 엄마는 실크 기모노를 입고 거울 앞에 앉아 자신의 시그니처가 된 암적색 립스틱으로 입술 윤곽을 그리느라 분주하다. "세상에, 사람이라도 죽일 것 같은 표정이구나. 뭐 필요한 거라도 있니, 아가?"

아가.

그 단어의 괴이한 잔혹성이란.

나는 침착하고 이성적인 어조를 유지한다. 오늘 나는 최상의 모습만 내보일 것이다. "올리비아가 내일은 잘 처신하겠죠?"

엄마는 지친 듯한 한숨을 내쉰다. 자기 옆에 놓여 있던 음료를 한 모금 홀짝인다. 음료는 수상쩍으리만치 마티니처럼 보인다. 대단하군, 벌써 독주로 넘어가셨네.

"내 신부 들러리로 걔를 세웠어요," 내가 말한다. "들러리로 뽑을 사람이 걔 말고 스무 명은 있었는데도." 그다지 사실은 아니다. "그런데 걔는 이 일이 엄청 지긋지긋하다는 듯이 굴어요. 걔한테 뭘 해달라고 부탁한 적도 거의 없었는데. 별장에 올리비아가 쓸 빈 방도 있었는데 브라이덜 샤워에 오지도 않았고요. 그 바람에 확실히 모양새가 이상해졌는데……"

"내가 대신 갔으면 좋았겠구나, 아가."

나는 엄마를 빤히 쳐다본다. 행여라도 엄마가 오고 싶어할 수도 있겠다는 생각은 절대로 하지 못했을 것이다. 거기다 내가 죽었다 깨어나도 우리 엄마를 브라이덜 샤워에 초대할 리 없지 않은가. 그랬다면 그 자리는 필시 아라민타 존스 원맨쇼로 변질되어버렸을 텐데.

"제 말은," 내가 말한다. "그런 건 사실 하나도 상관없어요. 이제는 다 지난 일이다 싶기도 하고. 하지만 이제부터라도 그애가 날 위해 적어도 행복해 보이려고 노력은 해줄까요?"

"올리비아는 힘든 시기를 겪었잖니." 엄마가 말한다.

"남자친구가 걔를 찼네 어쨌네 하는 그거 말이죠? 인스타그램을 보니 고작 몇 개월밖에 사귀지 않았던데요. 아주 거창한 세기의 로맨스라도 되나보죠!" 마음을 좋게 먹으려고 했는데도 토라진 어조가 배어들고야 말았다.

엄마는 이제 입술산의 윤곽을 그리는 보다 정교한 작업에 집중하고 있다. "그런데, 아가." 다 그리고 나자 그녀가 말한다. "그러는 너도 생각해보면 그 멋들어진 사위 윌이랑 그리 오래 만난 건 아니잖니?"

"그건 상황이 다르죠." 나는 짜증이 나서 말한다. "올리비아는 열아홉이에요. 아직 십대라고요. 십대 때는 사랑이 찾아왔다고 생각하지만 실상은 그저 호르몬이 온통 날뛰는 것뿐이에요. 나도 그 애 나이 즈음에는 사랑에 빠졌다고 생각했다고요."

나는 열여덟의 찰리를 떠올린다. 짙은 비스킷색으로 그을린 피부, 서핑용 반바지 아래로 언뜻언뜻 보이던 하얀 선. 우리 엄마가 사춘기 시절 내 마음에서 일어나던 정사에 관해 전혀 몰랐던—몰랐다기보다 알고 싶어하지도 않았던—일이 떠오른다. 엄마는 본인 연애 사업만으로도 너무 바빴다. 천만다행이었다, 그런 방면에서 부모의 감시를 달가워할 십대가 어디 있겠는가. 하지만 이 모든 것이 나는 평생 올리비아만큼 엄마와 가까운 적이 없었다는 사실을 증명해준다는 느낌을 지울 수가 없다.

"너희 아버지가 날 떠났을 때," 엄마는 말한다. "이 엄마도 딱 그 나이대였다는 걸 기억해야 한단다. 그때 내가 갓난 핏덩이를 안고……"

"알죠, 엄마." 나는 최대한 참을성 있게 말한다. 나는 필시, 아마도, 어쩌면 대단히 성공적으로 풀렸을 엄마의 경력이 나의 출생으로 인해 끝장나버렸다는 이야기를 필요 이상으로 몇 번이고 거듭거듭 들어왔다.

"당시 엄마가 어땠는지 아니?" 그녀가 묻는다. 아, 또 읊기 시작하는구나, 못이 박히도록 들은 그놈의 대본을. "젖먹이가 딸린 채로 경력을 쌓느라 어땠는지? 생계를 꾸려나가는 동시에 성공하기 위해 애쓰느라 어땠는지? 오로지 우리 식구를 먹여 살리려고 아등바등하면서?"

계속 배우 일을 따내려고 아등바등할 필요는 없었잖아요, 나는 생각한다. 정말로 식구를 먹여 살리고 싶은 마음이었으면 그쪽 일이 썩 합리적인 밥벌이 수단은 아니었을 텐데. 그럼 우리가 엄마의 쥐꼬리만한 수입을 1존의 새프츠베리 애비뉴 근처에 있는 아파트 집세로 다 탕진하는 바람에 먹을 걸 사지 못하는 일은 없었을 거예요. 엄마가 십대였을 때 잘못된 결정을 내려 임신한 것이 내 탓은 아니잖아요.

언제나처럼 나는 이런 말을 한마디도 내뱉지 않는다. 대신에 이렇게 말한다. "우리 올리비아 얘기 하고 있었잖아요."

"뭐," 엄마는 말한다. "올리비아에게 힘든 이별 외에도 무슨 일이 조금 더 있었다고만 해두자꾸나." 엄마는 윤이 나게 다듬은 손톱을 요리조리 살피는데, 그 역시 암적색으로 마치 손가락을 피에 담갔던 것처럼 보인다.

어련하시겠어, 나는 생각한다. 올리비아니까 어떻게든 유별나고 달라야 했겠지. 조심해, 줄스. 삐딱하게 굴지 말고. 암전히 처신해. "뭔데요, 그게?" 내가 묻는다. "무슨 일이 더 있었는데요?"

"내가 할 얘기는 아닌 것 같구나." 우리 엄마에게서 이런 조심스러운 말이 나오다니 놀라울 지경이다. "게다가," 그녀가 말한다. "올리비아는 그런 면에서 나를 닮았어. 공감 능력이 지나친 유형이라고나 할까. 우리 같은 사람은 어떤 사람들처럼 그렇게 막…… 감정을 억누르고 태연한 얼굴을 할 수가 없단다."

어떤 의미에서는 이 말이 사실이라는 걸 안다. 올리비아가 실제로 오만 것을 깊이, 너무 깊이 느껴서 마음을 다치기도 한다는 걸 안다. 올리비아는 공상가다. 방과후 귀가할 때면 언제나 놀이터에서 긁힌 상처와 여기저기에 부딪혀 생긴 멍을 달고 들어왔다. 그녀는 손톱을 물어뜯는 버릇, 시시콜콜 따지고 드는 버릇, 지나치게 생각하는 버릇이 있다. 그렇게 '섬세'하다. 그러나 동시에 응석받이이기도 하다.

게다가 엄마가 언급한 '어떤 사람들'에 비난이 내포되어 있다는 느낌도 지울 수가 없다. 나머지 우리가 옷소매에 속마음을 달고 다니지 않는다고 해서, 각자의 감정을 감당하는 방법을 찾아냈다고 해서 감정이 없다는 뜻은 아니다.

숨쉬자, 줄스.

올리비아에게 그녀를 신부 들러리로 세우게 돼서 행복하다고 말했을 때 너무도 이상하게 나를 쳐다보던 그녀의 시선을 떠올린다. 드레스를 입어보면서 그녀가 옷을 쓱 벗고 늘씬하고 튼살 자국 없는 몸을 드러냈을 때 작게나마 찌릿한 통증이 드는 건 어쩔 수 없었다. 그녀가 내 시선을 느꼈으리라는 것은 안다. 올리비아는 확실히 너무 마르고 너무 창백하다. 그럼에도 부인할 수 없을 만큼 아름다워 보였다. 헤로인에 취한 듯 시크한 1990년대 모델처럼, 쭉 늘어선 꼬마전구를 등진 채 단칸방에 느른하게 서 있는 케이트 모스처럼. 그녀를 바라보고 있자니 올리비아를 향해 매번 느끼는 듯한 두 가지 감정 사이에서 옴짝달싹할 수 없었다. 거의 아릴 정도로 깊은 다정함과 남모를 추잡한 질투 사이에서.

아무래도 그애를 대하는 태도가 언제나 언니로서 충분히 따뜻하지만은 못했던 듯하다. 이제 올리비아도 나이를 먹은 만큼 약간이나마 철이 들었고, 또 최근에는, 특히나 약혼 기념 파티 이래로 눈에 띄게 쌀쌀맞아졌다. 그러나 어렸을 때 올리비아는 주인이 좋아 어쩔 줄 모르는 강아지처럼 내 뒤를 졸졸 따라다니곤 했다. 그래서 돌려받지 못하는 애정을 표출하는 그녀에게 나도 상당히 익숙해졌다. 그녀를 질투하던 그 순간에조차.

엄마가 이내 의자에서 돌아앉는다. 그리고 갑자기 엄마답지 않게 표정이 매우 침울해진다. "있잖니. 그애는 힘든 시기를 겪었어, 줄스. 아무리 해도 너는 올리비아가 겪은 일의 절반도 짐작하지 못할 거야. 그 가엾은 아이는 정말 많은 일을 겪었단다."

그 가엾은 아이. 그 말에 느낌이 온다. 지금쯤이면 면역이 생겼을 줄 알았다. 하지만 면역이 없었음을 알게 되자 부끄러워진다. 늑골 아래로 쏜살같이 짤막하게 스치는 질투심에.

나는 숨을 깊이 들이쉰다. 내가 지금 이곳에 결혼하러 왔다는 사실을 스스로에게 상기시킨다. 만일 윌과 내가 아이를 낳게 된다면 아이들의 어린 시절은 내 어린 시절과 전혀 다를 것이다―엄마가 언제나 '이제 곧 빵 뜰 예정'이라고 했던 배우 남자친구를 줄줄이 달고 들어왔던 어린 시절과는. 어김없이 소호에서 열리던 뒤풀이에서, 학급 친구들은 전부 몇 시간 전에 이불을 덮고 잠자리에 들었을 시각에 누군가가 여섯 살이었던 내게 코트로 잠자리를 깔아주었던 어린 시절과는.

엄마가 다시 거울을 향해 돌아앉는다. 본인의 모습을 실눈을 뜨고 보면서 머리칼을 이쪽으로 넘겼다가 저쪽으로 넘겼다가 뒤로 말아올린다. "새로 도착하는 손님들에게 잘 보여야지." 그녀가 말한다. "윌의 친구들 말이야, 전부 잘생기지 않았니?"

아, 젠장.

올리비아는 본인이 얼마나 좋은 가정환경에서 자랐는지, 본인이 얼마나 행운아였는지 모른다. 그녀에게는 그게 다 평범한 것이었다. 올리비아의 아버지 롭이 집에 붙어 있었을 때 엄마는 제대로 된 어머니상을 연출했다. 삼시 세끼를 요리했고, 여덟시에는 잠자리에 들라고 했으며, 장난감이 가득한 놀이방도 있었다. 엄마는 결국 행복한 가족 놀이에도 싫증을 내버리긴 했다. 그러나 그것은 올리비아가 온전하고 흡족한 어린 시절을 보내고 난 뒤였다. 본인이 가졌는지조차 모르는 채로 모든 것을 가진 저 조그만 여자애를 내가 반쯤 증오하기 시작한 뒤였다.

뭔가 부수고 싶은 욕구에 몸이 근질거린다. 화장대에 놓인 시르트뤼동 양초를 집어들어 한 손으로 무게를 가늠하면서, 그것이 산산조각으로 쪼개지는 광경을 지켜보는 느낌이 어떨지 상상한다. 나는 더이상 그런 짓을 하지 않는다—욕구를 잘 통제하고 있으니까. 윌에게 나의 이런 면을 보이는 일은 단연코 없었으면 한다. 그러나 가족이 주변에 있으니 점점 퇴행하는 나 자신을, 그 옛날의 옹졸함과 질투심과 상처가 전부 다시 몰려와 어느새 십대의 줄스가 되어 달아날 궁리만 하는 나 자신을 발견한다. 내가 이렇게 그릇이 작을 리 없다. 나는 내 갈 길을 일궈낸 사람이다. 오로지 내 손으로 안정적이고 강인한 무언가를 이룬 사람이다. 그리고 이번 주말은 내가 일군 바를 공표하는 자리다. 나의 개선 행진인 것이다.

창문 너머로 보트 엔진이 털털거리는 소리가 들린다. 찰리가 도착한 것일 테다. 찰리라면 내 기분을 나아지게 해줄 것이다.

나는 양초를 다시 내려놓는다.

해나
부부 동반 참석자

우리가 드디어 섬 내포內浦의 보다 잔잔한 물살에 다다랐을 무렵 나는 세 번쯤 토한 뒤로 뼛속까지 푹 젖어 오한에 떨며 낡은 행주처럼 잔뜩 비틀려서 진이 빠진 기분으로 찰리가 무슨 인간 구명보트라도 되는 듯이 그에게 대롱대롱 매달려 있다. 다리에 남은 뼈가 없는 느낌이라 보트에서 어떻게 걸어내려가야 할지 모르겠다. 이런 꼬락서니가 된 나와 함께 등장하게 되어 찰리가 민망해할지 궁금하다. 그는 언제나 줄스 앞에서는 좀 이상해지니까. 우리 엄마라면 그런 짓을 '젠체한다'고 칭할 테다.

"우와, 봐봐." 찰리가 말한다. "저기 저 해변 보여? 모래가 정말 하얗다." 내게도 바다가 여울에 닿으면서 찬란한 옥색으로 변하고 햇살이 파도에 부딪혀 반사되는 모습이 보인다. 섬의 한쪽 끝에는 육지가 급격히 깎여나가 만들어진 해식애와 육지에서 분리된 거대한 암석 기둥들이 있다. 다른 쪽 끝에는 곶 바로 위에 내어 지은 희한할 만큼 작은 성이 층층이 쌓인 반석 위에 올라앉아, 밀려와 부서지는 바다를 내려다보고 있다.

"저 성 좀 봐." 내가 말한다.

"저게 그 궁전인 것 같다." 찰리가 말한다. "여하간 줄스가 그렇게 부르던데."

"상류층 인간들은 저런 거에도 특별한 이름을 지어주지 않으면 혓바늘이 돋나봐."

찰리는 내 말을 무시한다. "우리도 저기 머물게 되겠네. 재미있을 거야. 거기다 기분전환하기에도 좋지 않겠어? 이번 달은 계속 팍팍했잖아."

"그렇긴 하지." 내가 끄덕인다.

찰리가 내 손을 꼭 쥔다. 우리는 둘 다 잠시 조용해진다.

"그리고 있지." 그가 불쑥 말한다. "이렇게 때로는 애들 없이 있는 것도, 다시 어른이 되어보는 것도 좋잖아."

나는 그에게 눈총을 준다. 그 어조에 후회의 기미가 섞여 있나? 우리가 근래 들어 작은 인간 둘을 먹여 살리는 것 이외에는 그다지 한 일이 없었던 건 사실이다. 가끔이지만 내가 애들한테 쏟아붓는 어마어마한 사랑과 관심을 찰리가 조금 샘내고 있다는 느낌마저 들 때가 있다.

"우리 처음 만나서 보냈던 날들 기억하지." 찰리는 한 시간 전에 둘이서 코네마라의 아름다운 시골길을 달리며 붉은 히스와 어두운 봉우리들을 감상할 때 이렇게 말했다. "주말이면 둘이서 텐트를 챙겨 기차를 타고 어디 자연으로 가서 야영하고 그랬잖아? 맙소사, 그게 엄청 옛날 일 같네."

우리는 당시 주말 내내 섹스를 하다가 음식을 먹거나 산책하러 갈 때만 자리에서 일어나곤 했다. 그때는 언제나 여윳돈이 좀 있었던 것 같다. 그래, 우리 삶은 이제 다른 방식으로 풍족하지만, 찰리가 무슨 말을 하려는지 알겠다. 우리는 어울리는 친구 무리 중에서 첫번째로 아이를 가졌다—내가 결혼하기도 전에 벤을 임신했으니까. 과거를 조금이라도 바꿀 의향은 없지만, 우리 부부가 일이 년간 태평스럽게 재미를 더 볼 시기를 놓친 것은 아닌가 의문이 들기도 했다. 거기다 삶의 여로에서 나의 또다른 자아 역시 잃어버렸다는 느낌이 가끔 들기도 한다. 매번 한 잔만 더 하겠다고 머무르던, 춤을 사랑하던 여자애. 가끔은 그녀가 그립다.

찰리 말이 옳다. 그간 주말여행이 필요하기는 했다, 우리 둘은. 다만 우리가 간만에 처음으로 제대로 일상을 벗어나는 것이 찰리의 살짝 무서운 친구의 휘황찬란한 결혼식에 참석하기 위해서가 아니었다면 하는 소망이 있을 뿐이다.

우리가 마지막으로 섹스한 게 언제였는지 너무 열심히 생각하고 싶지는 않다. 정답이 너무도 암울할 것임을 알기 때문이다. 하여간 한참은 됐다. 이번 주말여행을 기념해 받은 비키니 왁싱도 마지막으로 받아본 지가…… 맙소사, 하여간 꽤 한참은 됐는데, 물론 욕실 수납장에 거의 쓰지 않은 채로 들어 있는 그 작은 셀프 왁싱 스트립 상자를 논외로 친다면 그렇다는 거다. 가끔은 애들이 생긴 이래로 우리가 연인보다는 동료 같달까, 모든 관심을 오롯이 바쳐야 하는 다소 불안정한 소규모 신생 기업에 발을 담근 동업자 같을 때가 있다. 연인이라. 우리가 마지막으로 우리 사이를 그 단어로 규정해본 게 언제였더라?

"미친." 나는 줄줄이 이어지는 생각으로부터 주의를 돌리려고 말한다. "저 차일 좀 봐! 규모가 장난 아니다." 차일은 너무 커서 하나의 구조물이라기보다 텐트로 이뤄진 도시처럼 보일 지경이다. 세상에서 진정으로 호화로운 차일이라는 걸 가진 사람이 있다면 그건 바로 줄스일 것이다.

섬의 나머지 부분은, 그런 것이 가능하다면, 멀찍이서 본 것보다 한층 사나워 보인다. 이렇게 험악한 장소가 앞으로 며칠간 우리를 손님으로 받아줄 것이라니 황당무계해 보일 지경이다. 점점 가까이 다가가자 궁전 뒤편으로 옹기종기 모여 있는 작고 어둑한 주택들이 시야에 들어온다. 그리고 차일 뒤편에 솟아오른 언덕마루에는 어두운 형체들이 센털처럼 빼곡하다. 처음에는 그것이 사람들, 우리의 도착을 기다리는 일군의 인간 형상이라고 생각한다. 다만 그들은 기이하리만치, 불가능하리만치 미동도 하지 않는다. 점차 가까워지자 그 기묘하게 곧추선 형상이 무덤 표석인 듯하다는 깨달음이 온다. 그리고 커다랗고 봉긋한 머리통처럼 보였던 것은 두 길이가 똑같은 십자가를 둥근 원이 에워싼 형태의 켈트십자가다.

"저기 나와 있네!" 찰리가 말하며 손을 흔든다.

이제 부두에서 손을 흔드는 한 무더기의 형상들이 보인다. 나는 손가락으로 머리칼을 빗어보지만 다년간의 경험으로 비추어보건대 아마 더 헝클어질 것이다. 입안의 시큼한 뒷맛이 가시게 벌컥 들이켤 물 한 병이라도 있었으면 싶다.

더 다가가자 그들 모두를 조금 더 잘 알아볼 수 있다. 줄스가 보이는데, 이 거리에서도 흠결 하나 없는 모습이다. 이런 곳에서 온통 새하얀 옷을 입고서 곧장 얼룩을 묻히지 않을 수 있는 사람은 그녀뿐일 것이다. 줄스와 윌과 가까운 곳에 두 여성이 서 있는데 분명 줄스의 가족이리라고 추측할 수밖에 없다— 윤이 나는 흑발이 가족임을 감출 수 없이 드러낸다.

"저쪽이 줄스네 어머니." 찰리가 둘 중 연장자인 여성을 가리키며 말한다.

"와." 나는 말한다. 줄스의 어머니는 내가 예상했던 모습이 전혀 아니다. 스키니진을 입고 윤기가 도는 어두운색 단발머리 위에 작고 검은 캐츠아이 안경을 올려 썼다. 서른몇 살의 딸을 둘 정도로 나이가 들어 보이지 않는다.

"맞아, 상당히 젊은 나이에 줄스를 낳으셨어." 찰리가 마치 내 마음을 읽은 듯이 말한다. "그리고 저쪽은 분명—하느님 맙소사! 저쪽은 분명 올리비아 같은데. 줄스의 어린 이부동생."

"지금은 그렇게 어려 보이진 않는데." 내가 말한다. 그녀는 줄스와 자기 엄마보다 키가 큰데, 엄청 굴곡진 줄스와는 체형이 완전히 딴판이다. 외모가 매우 눈에 띄고 아름답기까지 한데, 피부는 창백하디 창백한 것이 그녀의 머리칼처럼 새까만 흑발에만 정말 잘 어울리는 낯빛이다. 청바지를 입은 다리는 목탄으로 길고 얇은 선을 두 개 그어놓은 것처럼 보인다. 세상에, 저런 다리를 위해서라면 살인이라도 저지르겠다.

"저렇게 다 컸다니 믿기지가 않네." 찰리가 말한다. 이제 우리 얘기가 들릴 정도로 가까워졌기에 그는 반쯤 속삭이고 있다. 살짝 흥분한 목소리다.

"쟤가 자기한테 반했었다던 애야?" 나는 반쯤 기억나는 줄스와의 어떤 대화에서 이 사실을 건져올리며 묻는다.

"맞아." 그가 씁쓸한 미소를 지으며 말한다. "세상에, 줄스가 그 걸로 나를 엄청 놀려댔다니까. 완전 민망했다고. 웃기긴 했는데 민망하기도 했지. 열세 살짜리가 나름대로 부담스럽게 들이대면서 어떻게든 구실을 만들어 나한테 와서 말을 걸고 근처에서 어슬렁거리고 그랬거든."

나는 부두에 있는 저 아름다운 생물을 쳐다보며 생각한다―지금이라면 그가 그렇게 민망해하지 않을 거라 장담한다고.

매티가 갑자기 한쪽 뱃전에 방현재를 내어놓고 계류용 밧줄을 준비하느라 우리 주위에서 부산을 떤다.

찰리가 앞으로 다가선다. "제가 뭐라도 도와드릴……"

매티는 손을 저어 그를 물리치고, 짐작건대 찰리는 약간 기분이 상한 듯하다.

"여기로 던지세요!" 윌이 부두를 성큼성큼 걸어 우리 쪽으로 온다. 텔레비전에서 본 그는 잘생겼다. 실물로 보니 그는…… 뭐랄까, 상당히 숨이 멎을 듯한 모습이다. "도와드릴게요!" 그가 매티에게 외친다.

매티가 그에게 밧줄을 던지자 윌이 공중에서 능숙하게 잡아채는데, 애런 니트 스웨터* 아래로 근육질인 복부가 살짝 드러난다. 찰리가 옆에서 발끈하는 게 그냥 내 기분 탓인지 의문이 든다. 보트는 그의 분야다. 젊은 시절에는 항해 지도사이기도 했으니까. 하지만 윌에게는 아웃도어와 관련된 모든 것이 자신의 분야인 듯싶다.

"어서 오세요, 두 분!" 윌은 씩 웃으며 내게 한 손을 내민다. "잡

---

* 아일랜드 서쪽의 애런제도에서 유래한 직조 문양이 들어간 스웨터.

아드릴까요?" 사실 그럴 필요까지는 없지만 나는 제안을 받아들인
다. 그는 내 겨드랑이 아래를 붙들더니 내가 어린애처럼 가볍다는
듯 보트의 뱃전 너머로 번쩍 들어올린다. 그러는 통에 뭔가 미묘하
게 남성적인 향기가—이끼와 소나무 향이—훅 끼쳐오는데, 반면
나에게서는 토사물과 해초 냄새가 나리라는 사실을 깨닫고 낭패스
러워진다.

그가 실제로도 그 매력을, 자성磁性을 내뿜는다는 것을 벌써부터
알겠다. 내가 프로그램을 시청하면서 그에 관해 읽은 기사 중 하나
에서—왜냐하면 당연히 나는 구글로 그에 관해 찾아볼 수 있는 모
든 정보를 검색해야만 했으니까—어느 여성 기자는 기본적으로
도저히 윌에게서 눈을 뗄 수 없어 그 프로그램을 그냥 보고 있게
되더라며 농을 쳤다. 이에 많은 사람이 분개하며 그건 성적 대상화
라고, 똑같은 기사를 남성 기자가 썼다면 산 채로 통구이가 되었을
거라고 볼멘소리를 냈다. 하지만 장담하건대 프로그램의 홍보팀에
서는 샴페인을 땄을 것이다.

솔직히 말하자면 개인적으로 그 기자의 말이 무슨 뜻인지는 알
겠다. 윌이 상의를 벗거나 암벽을 끙끙대며 올라가는 장면이 많은
데, 항상 믿을 수 없으리만치 매력적인 모습이다. 하지만 그 이상
의 것도 있다. 카메라에 대고 얘기하는 특유의 방식이 친밀감을 자
아내서 시청자도 그가 나뭇가지와 나무껍질로 손수 지은 가설 쉼
터 안에서 그의 곁에 누워 그가 쓴 헤드랜턴의 불빛 아래 눈을 깜
빡이고 있는 듯한 느낌이 든다. 그러니까 바로 길동무가 있는 고독
이라는 느낌, 황무지에 딱 자신과 윌만 있는 듯한 느낌이 있다. 그
런 유혹이 있다.

찰리가 월에게 한 손을 내뻗는다. "아, 웬 악수?" 월이 말하며 내뻗은 손을 무시하고 찰리를 꽉 끌어안는다. 여기서도 찰리의 등이 굳는 게 보인다.

"월." 찰리가 안기자마자 뒤로 물러서며 퉁명스러운 고갯짓과 함께 말한다. 월이 이렇게나 환영해주는데 저러다니 무례에 가까운 행동이다.

"찰리!" 줄스가 이내 양팔을 뻗으며 앞으로 다가온다. "이게 얼마 만이야. 세상에, 너무 보고 싶었어."

줄스, 찰리 인생의 또다른 여자. 그의 인생에서—나를 만나기 전까지—가장 중요했던 여자. 그들은 오래도록 껴안는다.

마침내 우리는 줄스와 월을 따라 저 위의 궁전으로 향한다. 월이 우리에게 말해주기를 원래 궁전은 연안 방어시설로 지어졌다가 한 세기 전에 어느 아일랜드인 거부의 손에 의해 휴가용 별장으로 개조되었다고 한다. 며칠간 은거하면서 친구들을 접대할 장소로. 그러나 그 사실을 모르고 봤다면 중세시대의 건물이었다고 믿어버렸을지도 모른다. 작은 탑도 딸렸거니와 커다란 창문 사이사이에 보다 작은 창문도 있다. '가짜 총안'이라고 찰리가 말해준다—그는 성에 상당히 심취해 있다.

그쪽으로 가는 동안 궁전 뒤편에 숨겨진 예배당, 아니 예배당이라기보다는 그 잔해에 가까운 건물이 보인다. 지붕은 완전히 사라지고 벽체와 우뚝한 다섯 개의 기둥—한때는 첨탑이었을 법한—만 남아 하늘로 뻗어 있다. 창문은 석벽에서 허허롭게 뻥 뚫린 구멍으로만 남았고 건물의 전면부는 통째로 떨어져나간 듯싶다. "저기가 내일 본식이 열릴 곳이에요." 줄스가 말한다.

"아름다워라." 나는 말한다. "너무 로맨틱해요." 온통 입에 발린 말들. 하지만 실제로 아름답기는 하다, 좀 삭막한 편이라 그렇지. 찰리와 나는 지역 등기소에서 결혼했다. 확실히 아름답지는 않은 장소였다, 닳아빠진데다 갑갑했던 그 비좁은 시립 회장은. 물론 그 자리에는 줄스도 온통 명품으로 차려입고 다소 위화감을 조성하며 참석했다. 예식 일체는 체감상 거의 이십 분 만에 끝났고, 우리는 회장을 나가는 길에 막 들어오던 다음 커플을 만나기까지 했다.

그래도 나는 이 예배당 같은 곳에서 결혼하고 싶지는 않았을 것 같다. 그래, 이곳은 아름답지만 그 아름다움에는 뭔가 비극적인, 살짝 섬뜩하기까지 한 구석이 확실히 있다. 하늘을 배경으로 눈에 확 띄는 이 예배당은 기다란 손가락이 달린 배배 꼬인 손처럼 땅바닥에서 솟아올라 있다. 귀신이라도 나올 법한 모습이다.

나는 윌과 줄스를 따라가면서 그들을 지켜본다. 줄스가 남을 많이 만지작대는 사람이라고는 결코 생각해본 적이 없지만 그녀의 양손은 윌의 몸 곳곳을 더듬는다. 마치 그를 도저히 만지지 않을 수 없다는 듯이. 그들은 분명 섹스를 한다. 그것도 상당히 많이. 줄스의 손이 그의 청바지 뒷주머니로 미끄러져들어가거나 그의 티셔츠 천 속으로 올라가는 모습은 눈 뜨고 보기가 힘들다. 장담하건대 찰리도 눈치챘을 것이다. 그러나 나는 언급하지 않을 거다. 그러면 섹스를 하지 않는 우리의 상황만 부각될 테니까. 우리도 예전엔 정말 만족스럽고 모험적인 섹스를 했다. 그러나 요새는 둘 다 항상 녹초가 되어 있다. 그러다보니 애를 낳은 뒤로 내가 찰리에게 다르게 느껴지는지, 혹은 내 가슴이 모유 수유를 하기 전과 같지 않은 지금도, 복부에 온통 이상하게 늘어진 살가죽이 생겨버린 지금도 변함없이 내게 끌리는지 문득 궁금해진다. 그런 걸 물어서는 안 된다는 걸 안다, 내 몸은 기적을 행했으니까. 아닌 게 아니라 두 번이나 행했으니까. 그래도 부부가 여전히 서로를 욕망하는 건 중요한 일이 아니겠는가?

줄스는 찰리와 내가 함께하던 내내 실상 지속적인 연애를 한 적이 없었다. 나는 줄곧 그녀가 〈다운로드〉에 총력을 기울이느라 진지한 관계에 쏟아부을 시간이 없겠거니 생각했다. 찰리는 줄스가 사귀는 사람과 얼마나 오래갈지 예측하기를 좋아했다. "최대 삼 개월 본다." 혹은 "내가 볼 때, 이번 관계는 이미 유통기한이 지났어." 그리고 정말로 그들과 깨지고 난 뒤에 줄스가 전화하는 사람은 언제나 찰리였다. 한편으로는 결국 정착한 그녀의 모습을 보는 지금 그의 심정이 어떨지 궁금하기도 하다. 아마도 행복하지만은 않을 것이다. 둘의 관계에 대한 나의 의심이 수면 위로 떠오르려 한다. 나는 의심을 다시금 밀어내린다.

우리가 건물에 가까워졌을 즈음 위쪽 어딘가에서 크게 낄낄거리는 웃음소리가 들려온다. 흘긋 올려다보자, 궁전의 총안 흉벽 꼭대기에 올라선 남자 무리가 우리를 내려다보고 있다. 조롱기가 섞인 그 웃음소리에 나는 갑자기 내 옷가지와 머리 꼬락서니를 매우 의식한다. 저들이 놀림감으로 삼은 게 우리라고 나는 확신한다.

올리비아
신부 들러리

찰리를 다시 보니 그를 쫓아다니며 멍하니 서성이곤 했던 일이 떠오른다. 사실 고작 몇 년 전의 일이긴 하지만 그때 나는 어린애였다. 내가 그런 여자애였다는 사실을 떠올리니 민망하다. 하지만 동시에 뭔가 슬퍼지기도 한다.

나는 그들 모두로부터 몸을 숨길 장소를 찾고 있다. 산책로를 따라 이 섬에 살았던 주민들이 남기고 간 폐허가 된 주택들을 지난다. 줄스에게 듣기로 주민들은 아일랜드 본토에 사는 게 더 편하다는 걸 알고 집을 떠났다고 한다. 전기나 뭐 그런 것들을 원했다고. 무슨 느낌인지 나도 알겠다. 여기 처박혀 있다는 사실만으로도 머리가 돌아버릴 테니까. 어찌어찌 아일랜드 본토로 가는 보트를 탄다 하더라도 여전히 어딘가로부터는 백만 마일 떨어져 있을 것이다. 가장 가까운, 대충 예를 들자면, H&M조차 수백 마일은 떨어져 있을 테고. 항상 엄마랑 내가 무슨 벽촌에 산다는 느낌이었는데 이제 보니 대서양 한복판의 외딴섬에 살지 않는 것만 해도 그저 감사할 일이다. 그러니까 그래, 왜 떠나고 싶어했는지 알겠다. 그러나 여기 버림받은 주택들의 휑한 창문과 다 허물어져가는 외관을 보고 있자면 여기서 나쁜 일이 일어났을 거라는 느낌을 받지 않을 수 없다.

어제 나는 이곳의 어느 해변에서 뭔가를 보았다. 그것은 다른 바위보다 크고 잿빛이기는 해도 어쩐지 더 매끄럽고 보드라워 보였다. 나는 더 자세히 보려고 다가갔다. 죽은 바다표범이었다. 아주 자그마했으니 아무래도 새끼였을 것이다. 나는 살금살금 조금 더 가까이 다가갔다가 충격을 받았다. 아까까지 시야에 들어오지 않았던 바다표범의 반대쪽 몸체가 훤히 개복되어 검붉은 게 쏟아져 나오고 있었던 것이다. 그 장면을 머릿속에서 떨쳐낼 수 없다. 그 뒤로 나는 이곳에서 죽음을 떠올리게 되었다.

궁전에 있는 섬의 지도에 표시된 이 동굴까지 내려오는 데에는 몇 분밖에 걸리지 않는다. '속삭이는 동굴'이라 불리는 곳이다. 이 동굴은 땅바닥에 난 기다란 관통상 같다―양쪽 끝이 트여 있다. 동굴이 있는 줄 모르고 발을 디뎠다가 안으로 확 빠져버릴 수도 있는데, 구덩이가 기다란 풀숲으로 온통 가려져 있기 때문이다. 어제 이 동굴을 우연히 발견했을 때에는 나도 하마터면 떨어질 뻔했다. 그랬다면 목뼈가 부러졌을 것이다. 그랬다면 줄스의 완벽한 결혼식을 망치지 않았을까? 이런 생각에 거의 미소가 나올 뻔한다.

나는 옆쪽의 층계를 닮은 돌을 디디며 동굴로 기어내려간다. 머릿속의 모든 잡음이 계기반 눈금 하나만큼 사그라지면서 한결 숨쉬기가 편해지기 시작하는데, 다만 이 안에는 이상한 냄새가 감돈다―유황냄새 같기도 하고 어쩌면 뭔가가 썩는 냄새일 수도 있다. 안쪽에 거대하고 거무칙칙한 밧줄처럼 사방에 널린 해초에서 풍기는 냄새일지도 모른다. 아니면 노란 이끼가 점점이 박힌 동굴 벽에서 이 구린내가 풍기는 걸지도.

앞쪽에 자그마한 조약돌 해변이 있고 그 너머로 바다가 펼쳐진다. 나는 바위에 앉는다. 축축하지만 이 섬 전체가 원래 축축하다. 오늘 아침 옷을 입었을 때에도 세탁한 뒤에 바싹 말리지 않은 것처럼 옷에서 그 축축함이 느껴졌더랬다. 입술을 핥으면 피부에서 소금기도 느껴진다.

이곳에 오래도록, 기왕이면 밤새도록 머물까 생각해본다. 결혼식이 끝날 때까지, 모든 것이 끝나고 치워질 때까지 여기 숨어 있을 수도 있다. 당연히 줄스는 길길이 날뛸 것이다. 다만…… 어쩌면 언니는 화난 척하면서도 내심 안도할지 모른다. 언니가 진심으로 내가 자기 결혼식에 있어주기를 원한다는 생각은 눈곱만큼도 들지 않는다. 엄마가 나와 더 잘 지낸다는 이유로, 또 적어도 가끔은 나를 보고 싶어하는 아빠가 있다는 이유로 언니는 내게 억하심정을 품는 것 같다. 내가 못된 년처럼 굴고 있다는 건 안다. 줄스는 가끔 나한테 잘해주기도 하니까, 지난여름 런던의 자기 아파트에 나를 머물게 해줬을 때라든가. 그 기억을 떠올리자 입안에 쓴맛이 감도는 양 기분이 나빠진다.

나는 핸드폰을 꺼낸다. 이곳의 쓰레기 같은 전파 때문에 내 인스타그램은 맨 위에 있는 사진 하나에서 옴짝달싹하지 못한다. 당연히 엘리의 최신 포스팅일 것이다. 이들이 나를 조롱하는 것만 같다. 아래의 댓글마저.

뭐야 너네! ♥ ♥ ♥

웬일 너어어어어무 귀엽다. 😎

엄마 + 아빠

#감성 ♥

그럼 이제 공식 커플로 생각해도 되는 거지? *찡긋*

아직도 아프다. 가슴 한가운데의 통증. 그들의 우쭐한 양 미소 짓는 얼굴을 들여다보자 한편으로는 핸드폰을 동굴 벽에 힘껏 내던져버리고 싶다. 그러나 그런다고 해서 내 문제가 해결되지는 않을 것이다. 문제는 전부 바로 여기에 나와 함께 있으니까.

나는 동굴 안에서 어떤 소리――발소리―를 듣고 놀라서 하마터면 핸드폰을 떨굴 뻔한다. "거기 누구세요?" 내가 말한다. 내 목소리는 작고 겁에 질려 있다. 신랑 들러리 조노는 아니길 진심으로 바란다. 그 사람이 아까 나를 쳐다보는 걸 딱 봐버렸다.

나는 일어서서 동굴을 기어나가기 시작하는데, 몸을 바짝 붙인 벽면에 자잘하고 거친 따개비 수천 개가 다닥다닥 뒤덮여 있어 손끝이 긁힌다. 마침내 암벽 너머로 고개를 내민다.

"아 깜짝이야!" 사람 형상이 뒤쪽으로 비틀거리더니 가슴에 한 손을 올린다. 찰리의 아내다. "세상에! 진짜 간 떨어지는 줄 알았네. 이 아래에 누가 있으리라고는 생각도 못했는데." 그녀는 북부의 구성진 억양을 구사한다. "올리비아, 맞죠? 저는 찰리의 아내인 해나예요."

"네." 내가 말한다. "알아요. 안녕하세요."

"이 아래에서 뭐하고 있는 거예요?" 그녀는 아무도 듣는 이가 없는지 확인하듯이 자기 어깨 너머를 재빠르게 흘긋댄다. "숨을 장소라도 찾고 있었나? 저도 그렇거든요."

그걸로 나는 그녀가 약간은 맘에 든다고 결정한다.

"아," 해나가 말한다. "아무래도 좀 듣기에 안 좋은 소리였죠? 다른 게 아니고…… 제가 근처에 없어야 찰리랑 줄스가 회포를 풀기 더 좋겠다 싶어서. 그게, 둘은 함께한 역사가 오래됐는데 저는 그 시절에 없었거든요."

약간 신물이 난다는 투다. 함께한 역사라. 나는 과거 언젠가 찰리와 줄스가 잤으리라고 90퍼센트 정도 확신한다. 해나도 그런 생각을 해봤을지 궁금하다.

해나가 반석 위에 앉는다. 나도 앉는다, 여기 먼저 온 것은 나니까. 그녀가 눈치채고 나를 홀로 내버려두기를 진심으로 바란다. 나는 호주머니에서 담뱃갑을 꺼내 톡 쳐서 한 개비를 빼낸다. 이걸 보고 해나가 무슨 잔소리를 하려 들지 기다리며 지켜본다. 그녀는 아무 말도 없다. 그래서 나는 한 걸음 더 나아가, 말하자면 그녀를 떠보려고 해나에게 라이터와 함께 한 개비를 건넨다.

해나는 얼굴을 찡그린다. "안 되는데." 그녀가 말하더니 한숨짓는다. "근데 안 될 게 뭐람? 여기 건너오느라 완전히 정신이 나가는 줄 알았는데…… 지금까지도 몸이 막 떨려요." 그녀가 한 손을 들어 내게 보여준다.

해나는 담뱃불을 붙이고 깊이 빨아들이더니 다시 크게 날숨을 내쉰다. 그녀가 약간 어쩔해하는 게 내게도 보인다. "와. 방금 머리까지 바로 쭉 올라갔어요. 담배맛을 본 지가 너무 오래돼서. 임신했을 때 딱 끊었거든요. 그래도 한창 클럽 다니던 시절에는 아주 골초였죠." 해나가 나에게 눈짓한다. "그래, 알아요. 그놈의 한창 때가 백만 년 전이겠지 생각하는 거. 확실히 그렇게 느껴지기는 하네요."

나는 실제로 그런 생각을 했기에 약간 죄책감이 든다. 그러나 해나를 좀더 자세히 들여다보니 한쪽 귀에 피어싱을 네 개 뚫었고 소매에 반쯤 가려지기는 했지만 손목 안쪽에 문신도 보인다. 아마도 그녀에게는 또다른 면이 있으리라.

해나는 다시금 담배를 깊이 빨아들인다. "아, 좋다. 담배를 끊었을 때는 나중에 담배맛이 싫어지거나 더는 그리워지지 않을 줄 알았어요." 그녀는 크고 깊은 웃음을 터뜨린다. "맞아요. 그러진 않더라고." 그러고는 담배 연기로 완벽한 도넛을 네 개 만든다.

나도 모르게 조금 감명을 받는다. 캘럼은 도넛을 만들겠다고 애쓰곤 했지만 한 번도 요령을 터득하지 못했다.

"그래서 대학에 다닌다고요?" 해나가 묻는다.

"네." 나는 말한다.

"어디 대학이에요?"

"엑서터요."

"거기 좋은 대학이죠?"

"네." 내가 말한다. "그렇다나봐요."

"저는 대학에 안 갔거든요." 해나가 말한다. "우리 가족은 아무도 대학에 안 갔어요." 그녀가 기침을 한다. "우리 언니 앨리스만 빼고."

그 말에 나는 뭐라고 대꾸해야 할지 모르겠다. 사실 내가 아는 사람 중에 대학에 가지 않은 사람은 없다. 엄마조차 연기학교에 다녔다.

"앨리스는 언제나 똑똑한 딸이었어요." 해나가 말을 잇는다. "저는 막 나가는 딸이었고, 안 믿기겠지만. 우리 둘 다 웬 너절한 학교에 들어갔는데 앨리스만 굉장한 성적으로 졸업했죠." 그녀는 담뱃재를 톡톡 떨어낸다. "미안해요, 내가 자꾸 멋대로 떠들어대네. 요새 들어 우리 언니 생각이 많이 나요."

나는 해나의 안색이 변한 것을 눈치챈다. 그러나 우리는 생판 남이기에 내가 그에 대해 물어볼 수 있는 입장은 아닌 것 같다.

"여하간," 해나가 말한다. "엑서터는 괜찮아요?"

"이제 거기 안 다녀요." 나는 말한다. "중퇴했거든요." 내가 왜 이런 말까지 하는지 모르겠다. 대충 맞장구치면서 계속 다니는 척하는 편이 훨씬 수월할 텐데. 그러나 갑자기 그녀에게는 거짓말하고 싶지 않다는 마음이 들었다.

해나가 인상을 찌푸린다. "아 그래요? 그럼 학교생활이 별로 재미없었나보네요?"

"없었죠." 내가 말한다. "그게…… 남자친구가 있었거든요. 근데 걔가 헤어지자고 했어요." 와, 이렇게 말하니 엄청 한심해 보인다.

"그 친구가 진짜 개떡 같았나보네요." 해나가 말한다. "그놈 때문에 대학까지 중퇴했을 정도면."

작년에 일어난 모든 일을 떠올리면 가슴속이 뜨거워지고 텅 비어버려서 제대로 생각할 수도, 머릿속으로 생각을 정리할 수도 없다. 더구나 지금 그 모든 조각을 끼워맞춰보려고 하니, 하나도 말이 되는 게 없다. 모든 것을 털어놓지 않고서는 설명할 길이 없다고, 나는 생각한다. 그래서 어깨를 으쓱하고 말한다. "뭐, 제가 처음으로 제대로 사귄 남자친구여서 그럴지도요."

제대로 사귀었다는 건 그저 하우스 파티에서 눈이 맞은 게 아니라 더 깊은 관계였다는 의미다. 그러나 이런 말은 하지 않는다.

"그 사람을 사랑했군요." 해나가 말한다.

그녀가 질문처럼 말하지 않아서 나도 답해야 한다고 느끼지 않는다. 그래도 역시 나는 고개를 끄덕인다. "네." 목소리가 아주 조그맣게 갈라져서 나온다. 신입생 환영 주간에 바 건너편에서 캘럼을, 검은 곱슬머리와 아름다운 푸른 눈을 지닌 그 소년을 보기 전까지 나는 첫눈에 사랑에 빠진다는 말을 믿지 않았다. 그가 내게 뭐랄까 서서히 미소를 지어 보이자, 마치 내가 그를 이미 알고 있었던 것만 같은 느낌이 들었다. 그동안 쭉 우리가 함께할 운명이었고, 서로를 찾아낼 운명이었던 것만 같은.

먼저 사랑한다고 고백한 건 캘럼이었다. 나는 웃음거리가 될지도 모른다는 두려움이 너무 컸다. 그러나 결국에는 나도 마음을 고백해야 할 것 같다는, 마음이 내게서 터져나오는 것 같다는 느낌이 들었다. 그는 나와 헤어지면서 영원히 나를 사랑하겠다고 했다. 순전히 개소리다. 누군가를 정말로 사랑한다면, 그 사람에게 상처를 주는 짓은 하나도 하지 않는 법이다.

"그애가 저를 찼다는 이유만으로 중퇴한 건 아니에요." 나는 재빨리 말한다. "다만……" 담배를 깊이 빨아들인다. 담배를 든 손이 떨린다. "캘럼이 나와 헤어지지 않았다면 이후의 일들은 하나도 일어나지 않았을 것 같다는 거죠."

"이후의 일들?" 해나가 물으며 흥미가 이는지 앞으로 당겨앉는다.

나는 답하지 않는다. 얘기를 이어나갈 방법을 떠올리려 하지만 도저히 알맞은 말을 찾아낼 수가 없다. 그녀는 재촉하지 않는다. 그리하여 긴 침묵이 내려앉고, 우리 둘은 거기 앉아 담배를 피운다.

그러다, "젠장!" 해나가 말한다. "나만 그렇게 느끼는지 모르겠는데, 우리가 여기 앉아 있는 동안 상당히 어두워지지 않았어요?"

"해가 지기 시작했나봐요." 내가 말한다. 우리가 해가 있는 쪽을 바라보고 있지 않은 탓에 여기서는 일몰이 보이지 않지만 하늘이 분홍빛으로 물드는 건 분간할 수 있다.

"세상에." 해나가 말한다. "우리 슬슬 궁전으로 돌아가야겠어요. 찰리는 뭐가 됐든 늦는 걸 싫어해서. 완전 선생님이라니까요. 내 생각에 앞으로 십 분은 더 숨어 있어도 될 것 같은데……" 그녀는 이제 담뱃불을 비벼 끈다.

"얼른 가세요." 내가 말한다. "괜찮아요. 중요한 얘기도 아니고."

해나는 나를 흘긋 곁눈질한다. "뭔가 중요한 얘기 같던데."

"아니에요." 내가 말한다. "진짜로."

어쩌다 그 모든 일을 그녀에게 털어놓을 뻔했는지 나조차 믿기지 않는다. 이후의 일들에 관해서는 누구에게도 털어놓은 적이 없다. 내 친구 누구에게도. 사실 안도감이 든다. 그녀에게 털어놓았다면 다시 주워담을 방도가 없었을 테니까. 만천하에 보란듯이 드러나버렸을 테니까, 내가 한 짓이.

이파

웨딩플래너

일곱시. 식당에는 저녁식사를 위한 식탁이 차려져 있다. 저녁 요리는 프레디가 알아서 하니까 자유시간이 반시간 주어진 셈이다. 나는 묘지에 한번 가보기로 한다. 헌화도 갈아줘야 하고 내일이면 둘 다 발바닥에 불이 나도록 바쁠 테니 말이다.

밖으로 나서자 해가 막 떨어지기 시작하면서 수면 위에 불길을 쏟아내고 있다. 늪지 위로 몰려들어 늪지의 비밀을 가린 박무가 노을에 분홍빛으로 물든다. 내가 가장 좋아하는 시간대다.

안내역 하객들이 총안 흉벽에 올라앉아 있다. 궁전을 나서는데 위에서 그들의 목소리가 들려온다—아까보다 한층 시끄러워지고 살짝 발음도 풀린 것은 기네스의 소행이 분명하다.

"둘을 어떻게든 빠방하게 배웅해줘야 할 거 아냐."

"그러니까 우리가 뭐라도 해야 되지 않겠냐고. 그래야 전통에 맞잖아……"

나는 이곳의 책임자인 만큼 그들이 난동을 벌일 음모를 꾸미는 건 아닐지 걸음을 멈추고 들어볼까 하는 생각에 반쯤 혹한다. 그러나 해될 건 없는 얘기 같다. 게다가 나도 쉴 짬이 아주 잠깐밖에 없다.

오늘 저녁 이 섬은 스러져가는 태양의 발그스름한 노을빛을 받아 황량한 아름다움의 극치를 보여준다. 그러나 아마 어렸을 때 다 같이 여기로 여행을 왔던 당시 기억만큼 이 섬이 아름다워 보일 일은 결코 없을 것이다. 우리 가족 넷이서 여름휴가를 보내기 위해 이곳에 와서 머물렀던 당시만큼은. 지구상의 어떤 곳에서도 그때만큼 평온한 나날을 보낼 수는 없으리라. 그러나 향수란 원래 그렇잖은가, 그 어릴 적 추억이 횡포를 부려 그토록 금빛으로, 그토록 완벽하게 느껴지는 거다.

내가 도착할 무렵, 묘지에는 어떤 속삭임이 감돈다. 산들바람이 묘석 사이로 휘돌아 불기 시작한 것이다. 어쩌면 내일 날씨의 전조일지도. 가끔 바람이 정말로 격하게 불 때면 수 세기 전의 키네, 즉 망자를 향한 애가를 부르는 여인들의 메아리가 섬 밖으로 실려가는 듯하다.

이곳의 무덤은 유별나게 다닥다닥 붙어 있는데, 이 섬에는 제대로 마른 땅이 충분치 않은 탓이다. 게다가 그나마 마른 땅의 가두리마저 늪지가 갉아먹기 시작해 묘석을 여러 개 집어삼키는 바람에 맨 꼭대기의 몇 인치만 남았다. 묘석 일부는 마치 비밀 얘기라도 나누듯이 서로를 향해 기울어져 더더욱 바짝 붙어버렸다. 묘비명 중 아직 알아볼 수 있을 정도로 남은 것은 코네마라에서 흔한 이름들이다. 조이스, 폴리, 켈리, 코닐리.

이 섬에 하객이 일부 도착한 지금도 죽은 자가 산 자보다 훨씬 많다는 점을 생각하면 기이한 일이 아닐 수 없다. 내일이면 양쪽의 불균형이 바로잡힐 것이다.

이쪽 지역에는 이 섬과 관련한 미신이 정말 많다. 프레디와 내가 일 년 전쯤 궁전을 매입했을 때, 우리 외에는 매입을 희망하는 사람이 없었다. 섬사람은 언제나 불신의 대상이자 동떨어진 종족으로 여겨졌던 것이다.

이 근방의 아일랜드 본토 사람들이 프레디와 나를 외지인으로 본다는 것은 알고 있다. 더블린 출신의 도시인으로 '이등 영국 시민'*인 나와 잉글랜드 사람인 프레디를 뭘 잘 모르는, 어쩌면 감당할 수 없는 걸 떠안아버린 부부로 본다는 것은. 이니시 안 앰플로라의 암울한 역사를, 이곳에 떠도는 귀신의 존재를 모르는 부부로. 하지만 사실 나는 그들이 생각하는 것보다 이곳을 잘 안다. 어떤 면에서는 이곳이 내가 일평생 겪어본 어떤 곳보다 친숙하다. 거기다 섬에 귀신이 들렸다고 해서 걱정되지도 않는다. 내 안에도 귀신이 있으니까. 어디를 가든 품고 다니니까.

"보고 싶다." 나는 쭈그려앉으며 말한다. 묘석이 텅 빈 채 말없이 나를 응시한다. 나는 그것을 손끝으로 만져본다. 거칠고 차갑고 완강한 것이, 너무도 선연히 떠오르는 뺨의 온기나 보드랍고 찰랑거리는 머리칼과는 거리가 멀다. "그래도 날 대견하게 여겨주면 좋겠어." 나는 이곳에 쭈그려앉을 때마다 느끼는 감정을 이번에도 느

---

* Jackeen. '작은 영국인'이라는 뜻으로 영국의 아일랜드 통치 거점이었던 더블린 출신을 일컫는 경멸적인 표현.

낀다. 속에서부터 솟구쳐올라 입안에 씁쓸한 뒷맛을 남기는 예의 그 익숙하고 무력한 분노를.

그때 위쪽 어딘가에서 마치 내 말을 조롱하듯이 꺽꺽거리는 소리가 들린다. 몇 번을 듣는다 해도 저 소리에 내 피가 얼어붙지 않을 일은 결코 없으리라. 그곳을 올려다보자, 커다란 가마우지가 폐허가 된 예배당의 가장 높은 곳에 걸터앉아 부러진 우산처럼 꺼멓고 구부정한 날개를 펼쳐 말리고 있는 모습이 눈에 들어온다. 첨탑 위의 가마우지, 저것은 흉조다. 이쪽 지역에서는 가마우지를 악마의 새라고 부른다. 칼랴흐 두브, 즉 검은 마녀, 죽음의 사자라고. 신부와 신랑이 이걸 모르기를…… 아니면 미신을 믿는 부류가 아니기를 바랄 뿐이다.

나는 손뼉을 쳐보지만 그 생물은 꿈쩍도 하지 않는다. 대신에 천천히 고개를 돌려 냉혹한 옆얼굴을, 부리의 잔혹한 형태를 보인다. 그제야 나는 가마우지가 나를 곁눈으로, 말똥말똥하고 빛나는 외눈으로 주시하고 있음을 깨닫는다. 마치 내가 모르는 무언가를 알고 있다는 듯이.

다시 궁전으로 돌아와서 오늘 저녁의 축배를 위해 준비한 길쭉한 샴페인잔이 놓인 쟁반을 식당으로 나른다. 식당 문을 열자 그곳의 소파에 웬 남녀가 앉아 있다. 잠시 뒤에야 나는 그들 중 하나가 신부이고 다른 하나는 신랑이 아닌 다른 남자, 매티가 아까 배로 태워온 부부 중 남편이라는 것을 깨닫는다. 그들은 머리가 닿을 정도로 매우 가까이 앉아 나지막한 목소리로 얘기중이다. 내가 들어온 것을 알아채고 딱히 펄쩍 뛰며 떨어지지는 않지만 몇 인치가량 떨어지기는 한다. 그리고 신부는 남자의 무릎에 얹었던 손을 뗀다.

"이파," 신부가 나를 부른다. "이쪽은 찰리예요."

나는 하객 명단에서 본 그의 이름을 떠올린다. "내일 사회를 맡아주실 분, 맞으시죠?" 내가 말한다.

그가 기침한다. "네, 맞습니다."

"그쵸, 그리고 아내분 성함이 해나, 맞지요?"

"맞아요." 그가 말한다. "기억력이 좋으시네요!"

"내일 찰리가 해야 할 일을 둘이서 복기하는 중이었어요." 신부가 내게 말한다.

"그러시군요. 잘하셨네요." 왜 그녀가 내게 뭐라도 설명해야겠다고 느꼈는지 궁금해진다. 그들이 소파에 다소 친밀하게 붙어앉아 있기는 했지만, 나는 고객들에게 도덕적 잣대를 들이밀거나 호불호를 따지거나 이런저런 견해를 내세우려 여기 있는 게 아니다. 이런 일은 그렇게 돌아가는 게 아니다. 프레디와 나는, 모든 것이 순조롭게 진행된다면, 그저 배경에 스며들 것이다. 우리는 일이 뒤틀릴 경우에만 눈에 띌 텐데, 기필코 그렇게 되지 않도록 내가 신경쓸 것이다. 신부와 신랑과 양가 가족 친지는 이곳이 그들의 공간이라는, 아닌 게 아니라 자신들이 집주인이라는 느낌을 받을 것이다. 우리는 그저 모든 것을 용이하게 하고자, 주말 전반이 매끄럽게 흘러가도록 보장하고자 이곳에 있을 따름이다. 그러나 그러기 위해서는 나도 완전히 소극적인 태도만 견지해서는 안 된다. 그 부분이 내 역할의 기이한 모순점이다. 나는 모두를 예의주시하면서 상황이 조금이라도 위태롭게 전개되는지 지켜봐야 할 것이다. 늘 한 발짝 앞서 있어야 할 것이다.

현재
결혼식 당일 밤

비명은 타격을 받은 유리처럼 소리가 멎은 뒤에도 공기 중에 울려퍼진다. 하객들은 비명의 여운에 얼어붙는다. 모두 차일 바깥을, 비명이 날아온 포효하는 암흑 속을 바라보고 있다. 금방이라도 다시 정전이 될 것처럼 전등이 깜빡거린다.

그때 한 여자가 비틀거리며 차일로 들어온다. 그녀의 흰 셔츠를 보건대 웨이트리스다. 그러나 그녀의 얼굴은 야생동물 같다. 눈은 휘둥그렇고 새까만데다 머리칼은 헝클어져 있다. 여자는 하객들 앞에 서서 정면을 빤히 응시한다. 눈조차 깜빡이지 않는 듯하다.

마침내 하객이 아닌 한 여자가 그녀에게 다가간다. 웨딩플래너다. "왜 그래요?" 그녀가 부드럽게 묻는다. "무슨 일이에요?"

여자는 답하지 않는다. 하객들에게 들리는 것은 그녀의 숨소리뿐인 듯하다. 그 숨소리마저 어딘가 동물적이다, 거칠고 갈라진 것이.

웨딩플래너가 여자 쪽으로 다가서서 그녀의 어깨에 머뭇거리듯 한 손을 올린다. 여자는 반응하지 않는다. 하객들은 그 자리에 꼼짝 않고 뿌리를 내린 듯 서 있는다. 개중 몇몇은 아까 이 여자를 봤던 기억을 어렴풋이나마 떠올린다. 그녀는 그들에게 전채요리와 주요리와 후식을 웃으면서 날라줬던 여러 직원 중 한 명이었다. 그들의 접시를 치우고 와인을 능숙하게 따라 잔을 채워주며 내딛는 발걸음마다 붉은 포니테일을 기민하게 까닥거리고, 깨끗하고 하얀 셔츠를 바스락거리던 사람이었다. 개중 몇몇은 그녀의 조용하고도 단조로운 억양을 상기한다. 잔을 채워드릴지, 뭐라도 더 가져다드릴지? 그런 순간을 제외하면 그녀는, 더 나은 표현이 있으면 좋겠지만, 가구의 일부였다. 그날의 잘 기름칠된 기계 부품 중 하나였다. 아닌 게 아니라, 시크하게 배치된 화초나 은제 촛대 꼭대기에서 나붓거리는 불꽃보다도 눈길을 줄 가치가 없는.

"무슨 일인데요?" 웨딩플래너가 다시금 묻는다. 그녀의 말투는 여전히 온화하지만 이번에는 한층 단호함이, 권위적인 어조가 서려 있다. 웨이트리스가 몸을 떨기 시작했는데 너무 사시나무처럼 떨어대서 무슨 발작이라도 일으킨 게 아닌가 싶다. 웨딩플래너는 그녀를 진정시키려는 듯 다시금 웨이트리스의 어깨에 손을 올린다. 여자는 한 손을 자기 입에 가져다대고, 한순간 토할 것처럼 보인다. 그러더니 마침내 입을 뗀다.

"바깥에." 그 쉿소리는 거의 인간의 음성이라고 할 수 없다.

하객들은 귀를 기울이느라 목을 뺀다.

그녀는 나지막한 신음을 내뱉는다.

"어서요." 웨딩플래너가 침착하고도 조용히 말한다. 이번에는 여자를 살짝 흔든다. "어서. 내가 여기 있잖아요. 도와주려는 거예요—우리 모두 돕고 싶은 마음이라고요. 괜찮아요, 이 안에서는 안전하니까. 무슨 일이 일어났는지 말해봐요."

마침내 여자가 끔찍한 쇳소리를 내며 다시금 말한다. "바깥에. 온 사방에 피가." 그리고 기절하기 직전에 덧붙인다. "시체가."

전날

해나
부부 동반 참석자

나는 입술로 휴지를 물어 립스틱을 찍어낸다. 여기는 립스틱을 바를 가치가 있는 장소인 듯싶다. 이곳에 마련된 우리 방은 집에 있는 부부 침실의 두 배는 될 만큼 거대하다. 사소한 디테일 하나도 빼먹은 것이 없다. 값비싼 화이트와인 한 병이 담긴 얼음통과 와인잔 두 개, 높은 천장에 달린 고풍스러운 샹들리에, 바다가 내다보이는 큰 창문까지. 창가에는 너무 가까이 다가설 수 없는데, 아래를 똑바로 내려다보면 아래편의 암석에 부서지는 파도와 은백색으로 빛나는 물에 젖은 작은 해변이 보여 현기증이 일 것이기 때문이다.

오늘 저녁에는 스러지는 노을에 침실 전체가 붉은 금빛으로 빛난다. 나는 나갈 준비를 하면서 와인 한 잔을 넉넉하게 따라 마신다, 맛이 꽤 좋다. 빈속인데다 올리비아와 담배를 피운 뒤라 술이 들어가니 벌써 살짝 어찔해진다.

동굴에서 담배를 피운 일은 재미있었다―한창때 같은 기분이 들었다. 그 일이 이번 주말에 한번 즐겨보라고 등을 떠밀어주었다. 이번달 내내 과민하고 슬픈 기분이었는데, 지금 여기서 고삐를 살짝 풀어볼 기회가 온 것이다. 그리하여 나는 애들을 낳기 전 앤아더스토리즈에서 장만한 검은색 실크 감촉의 드레스에 몸을 욱여넣었다. 그걸 입으면 언제나 기분이 좋았다. 머리칼도 드라이어로 매끈하게 매만졌다. 바깥에서 불어오는 습한 공기와 닿으면 다시 신데렐라 호박 마차를 머리에 올린 듯 거대한 공 같은 곱슬머리로 변해버린다 해도, 머리에 공들인 보람은 있다. 찰리가 부루퉁하니 나를 기다리고 있을 줄 알았는데 불과 일이 분 전에야 방으로 돌아온 터라 나도 십대 반항아가 된 기분을 느끼며 양치로 담배 냄새를 싹 지울 틈이 있었다. 그래도 반쯤은 그가 방에 있었더라면 싶기도 했다. 그랬다면 갈큇발 모양의 다리가 달린 욕조에서 같이 목욕할 수 있었을 텐데.

사실 보트에서 내린 뒤로 찰리를 거의 보지 못했다. 그와 줄스는 초저녁 내내 꼭 붙어서 그가 사회자로서 할 일을 검토했다. "미안해, 핸." 찰리가 돌아와서 말했다. "줄스가 내일을 대비해서 이것저것 다 검토하고 싶어하더라고. 혹시 내가 자기를 방치했다고 느낀 건 아니지?"

이제 그는 욕실에서 나온 나를 감탄하며 쓱 훑어본다. "자기 오늘……" 그가 눈썹을 올린다. "섹시한데."

"고마워." 나는 살짝 춤추듯 어깨를 흔들며 말한다. 나도 섹시해진 느낌이다. 이렇게 전력을 다해 꾸며본 게 아주 오랜만이니까. 그리고 찰리가 마지막으로 그런 말을 해준 게 언제였는지 기억조차 안 난다 해도 마음쓰지 않아야 한다는 것도 안다.

우리는 응접실에 모인 다른 이들과 합류해 술을 마신다. 응접실은 우리 방만큼이나 조화롭게 장식되어 있다. 고풍스러운 벽돌 바닥, 양초를 빼곡하게 꽂은 칸델라브라*, 벽에 붙은 유리상자들에는 번들거리는 거대한 물고기가 담겨 있는데 어쩌면 진짜일지도 모르겠다. 도대체 물고기는 어떻게 박제하는지 궁금해진다. 작은 창문으로 직사각형의 푸르스름한 황혼 풍경이 보이고 박무가 깔리면서 바깥의 모든 것은 이제 살짝 별세계 같은 느낌이 감돈다.

하객 무리에 둘러싸인 채 서 있는 줄스와 월은 촛불에 빛난다. 월이 무슨 일화를 풀어놓는 모양인데, 무슨 얘긴지 몰라도 다른 이들 모두가 그의 말에 귀기울이며 한마디 한마디를 새겨듣는다. 나는 그와 줄스가 마치 서로를 만지지 않으면 못 배기겠다는 듯 손을 잡고 있는 것을 눈치챘다. 그들은 말도 안 되게 키가 크고 우아한 것이 너무도 잘 어울려 보이는데, 줄스는 맞춤 제작한 듯 딱 맞는 크림색 점프슈트 차림이고 월은 검은 바지에 흰 셔츠 차림이라 그을린 피부가 몇 단계는 더 어두워 보인다. 내 모습에 자신감을 느끼던 차였건만 이제는 저쪽에 비하니 내 의상이 적절치 않은 느낌마저 든다. 나한테는 앤아더스토리즈가 터무니없는 사치인 반면 줄스는 분명 번화가의 의류 체인점에는 거의 발을 들이지도 않을 테다.

어쩌다보니 나는 월과 상당히 가까이 서게 됐는데 온전히 우연

---

* 양초 지지대가 여러 개 달린 나뭇가지 모양 촛대.

은 아니다. 내가 그에게 끌리는 듯하다. 집에서 텔레비전 화면으로 본 사람과 이렇게 가까이 있다니 어쩔한 경험이 아닐 수 없다. 이렇게나 친숙하면서 동시에 낯선 느낌이라니. 이토록 가까이에 있으니 피부가 저릿저릿하다. 나는 아까 이리로 걸어오다 그의 시선이 내 얼굴을, 그리고 재빨리 내 몸을 위아래로 훑은 뒤 그가 다시 일화를 마저 풀어놓는 것을 알아차렸다. 그러니까 내가 괜찮아 보이긴 하는 거다. 죄책감이 섞인 설렘이 속을 훑는다. 아이를 낳고 나서 수년간—아마도 내가 언제나 아이들과 함께 있어서겠지만—나는 분명 남자들에게 투명인간이 되어버렸다. 나를 향한 뭇 남자들의 시선을 느끼지 못하게 되었을 때에야 비로소 내가 그런 시선을 당연시했음을 깨달았다. 그런 시선을 즐겼음을.

"해나." 윌이 특유의 그 유명한 아낌없는 미소와 함께 내게 돌아서며 말한다. "까무러치게 아름답네요."

"고마워요." 나는 샴페인을 한 모금 꿀꺽 삼키며 섹시하고도 약간은 무모한 기분을 느낀다.

"부두에서 물어보려 했는데—우리 약혼 기념 파티에서 만났던가요?"

"아니요." 내가 미안한 기색으로 말한다. "저희가 브라이턴에 살아서 안타깝게도 갈 시간을 못 냈어요."

"그럼 아마 줄스한테 있는 사진에서 봤나보군요. 어디서 뵌 것 같아서."

"그랬을지도요." 나는 말한다. 그랬으리라고 생각하지는 않지만. 내가 찍힌 사진을 줄스가 보여주는 모습은 상상할 수 없다, 자신과 찰리가 찍힌 사진만 수도 없이 가지고 있을 테니. 그래도 윌이 뭘 하려는지는 알겠다. 내가 환영받고 있다는, 이 무리의 일원이라는 느낌을 받도록 도와주려는 것이다. 그 친절에 감사한 마음이 든다. "그러고 보니까," 내가 말한다. "저도 당신을 보면서 똑같은 느낌을 받은 것 같아요. 제가 당신을 전에 어디선가 본 적이 있었던가요? 말하자면…… 우리집 텔레비전에서라든가?"

진부한 농이지만 윌은 풍부하고도 나지막한 소리로 웃고, 나는 왠지 뭔가를 쟁취해낸 듯한 기분이 된다. "딱 걸렸네요!" 그가 양손을 들어올리며 말한다. 그런 동작에 그의 콜로뉴 향기가 다시금 훅 끼쳐온다. 이끼와 소나무, 값비싼 백화점 향수 매장을 경유한 숲 바닥의 향기. 그는 내게 아이들에 관해, 브라이턴에 관해 묻는다. 내가 풀어놓는 이야기에 매료된 듯 보인다. 그는 상대방이 평소보다 더 재치있고 매력적이라는 자각을 하게 만드는 그런 부류의 사람이다. 나는 스스로 즐기고 있음을, 차갑게 식힌 맛있는 샴페인 한 잔을 즐기고 있음을 깨닫는다.

"자." 윌이 내 등에 드레스 위로 따스함이 느껴지는 손바닥을 올리고 살짝 내 몸을 돌려주며 말한다. "다른 분들도 소개해줄게요. 이쪽은 조지나예요."

자홍색 실크 기둥 같은 드레스를 입은 늘씬하고 시크한 조지나가 내게 쌀쌀한 미소를 건넨다. 그녀는 얼굴 근육을 잘 움직이지 못하고 나는 빤히 쳐다보지 않으려 애쓴다―실제로 보톡스를 맞은 사람은 처음 보는 것 같다. "브라이덜 샤워에 오셨던가요?" 그녀가 묻는다. "제가 기억이 안 나서."

"저는 어쩔 수 없이 빠졌어요." 내가 말한다. "애들 때문에……" 부분적으로는 사실이다. 그러나 그 파티가 이비사의 요가수련원에서 열렸으며 나는 백만 년이 지나도 절대 그 경비를 충당하지 못했으리라는 것도 사실이다.

"딱히 아쉬워할 필요 없는 파티였어요." 어떤 남자가—훤칠하고 검붉은 머리칼을 지닌—대화에 불쑥 난입한다. "그냥 여자들끼리 뭉쳐서 가슴이나 태우고 위스퍼링 에인절 와인을 몇 병씩 들이켜며 수다 떠는 모임이었으니까. 세상에." 그가 말하더니 나를 한번 훑어보고 몸을 낮춰 뺨에 키스한다. "때 빼고 광 좀 내셨네요?"

"어, 고맙습니다." 그의 미소는 호의로 한 말임을 시사하지만 나는 그게 칭찬인지 완전히 확신하지 못하겠다.

들자하니 이 남자는 덩컨이고, 조지나의 남편이다. 다른 세 남자와 마찬가지로 안내역의 일원이다. 피터—머리를 뒤로 매끈하게 넘긴 한량 같은 남자. 올루와페미, 통칭 페미—키가 훌쩍한 흑인으로 진짜 잘생긴 남자. 앵거스—보리스 존슨같이 금발에 똥배가 나온 남자. 그러나 웃기게도 그들은 모두 상당히 비슷하게 보인다. 전원이 똑같은 줄무늬 넥타이에 빳빳한 흰 셔츠, 윤을 낸 브로그 구두, 그리고 찰리의 정장처럼 넥스트*에서 샀을 리 없는 맞춤 재킷 차림이다. 찰리는 특별히 이번 주말을 위해 정장을 샀는데, 괜히 비교해서 너무 주눅이 들지는 않았으면 좋겠다. 그래도 찰리는 적어도 신랑 들러리 조노 옆에선 상당히 말쑥해 보이는데, 조노를 보면 그 몸집에도 불구하고 어쩐지 학교의 분실물 보관소 선반에서 옷을 꺼내 입은 어린애가 떠오른다.

겉보기에는 너무도 매력적이다, 이 남자들은. 그러나 나는 우리

---

* 영국의 중저가 의류 및 잡화 체인점.

가 궁전으로 걸어올라갈 때 탑에서 낄낄거리던 그 웃음을 기억한다. 심지어 지금도 저 매력 아래에는 확실히 모종의 암류가 흐르고 있다. 능글맞게 웃으며 눈썹을 올리는 게 마치 저들끼리 누군가를 제물로 삼아 남모를 농담을 하는 듯한데, 아마도 그 제물은 나이리라.

나는 올리비아와 이야기를 나누려고 움직인다. 회색 드레스 차림인 그녀는 천상에서 내려온 듯하다. 아까 동굴에서 약간 서로 끈끈해졌다고 생각했건만 지금 그녀는 단답형으로만 대답하며 시선을 홱 돌려버린다.

두어 번인가 내 시선이 올리비아의 어깨 너머로 윌의 시선과 얽힌다. 내 탓은 아닌 것 같은 게, 이따금 그의 시선이 한참 동안 내게 머무는 듯한 인상을 받는다. 이러면 안 되지만 마음이 들뜬다. 그러자니―이런 말이 완전히 부적절하다는 건 알지만―호감 가는 사람이 나에게 마음이 있는 것 같다는 의심이 들기 시작할 때 느껴지는 그런 감정이 얼추 되살아난다.

나는 생각을 다잡는다. 현실을 직시해, 해나. 너는 결혼해서 애가 둘이나 있고 남편이 바로 저기 있어. 너와 대화하는 남자는 네 남편의 제일가는 친구와, 옷을 더 잘 차려입은 모니카 벨루치 같은 모습으로 저기 서 있는 여자와 곧 결혼식을 올릴 예정이야. 아무래도 샴페인을 조금 천천히 마셔야겠다. 계속 벌컥벌컥 들이켰으니. 부분적으로는 이런 무리에 둘러싸여 긴장한 탓일 테다. 그러나 자유로운 감각 때문이기도 하다. 나중에 베이비시터 앞에서 망신당할 일도 없고, 이튿날 아침에 일어나서 챙겨야 할 작은 인간도 없다. 머리끝부터 발끝까지 차려입고 오직 다른 어른과만 어울리며 넉넉하게 제공되는 주류를 책임질 것 없이 즐기다니 어쩐지 색다른 기분이다.

"음식냄새 기가 막히다." 내가 말한다. "누가 요리하는 거예요?"

"이파와 프레디요." 줄스가 말한다. "여기 소유주예요. 이파는 우리 웨딩플래너이기도 하고요. 저녁식사 자리에서 다들 소개해줄게요. 참고로 프레디는 내일 케이터링도 담당해줄 거예요."

"벌써부터 엄청 맛있을 것 같네요." 내가 말한다. "와, 배고파라."

"당신 뱃속이 완전히 텅 비었으니 그럴 만도 하지." 찰리가 말한다. "보트에서 다 게워냈잖아?"

"토했어요?" 덩컨이 반색하며 묻는다. "물고기 먹으라고?"

나는 찰리에게 얼음장 같은 눈총을 쏜다. 방금 그걸로 오늘 저녁 내가 들인 수고가 다소 수포로 돌아가버린 느낌이다. 그가 웃기려고 장난을 치는 듯한, 나를 제물 삼아 농담에 가담하려는 듯한 느낌이 든다. 맹세하건대 그는 목소리마저 사뭇 다르게—상류층처럼—과장하고 있지만 내가 그걸 지적하면 무슨 말인지 전혀 모르는 척할 것이다.

"아무튼," 내가 말한다. "어쩌다보니 애들이랑 저녁에 하루 걸러 한 번씩은 치킨너깃을 먹은 듯한데 이번 저녁식사가 적절한 변화구가 되어줄 것 같네요."

"요새는 브라이턴에 괜찮은 식당이 좀 있어요?" 줄스가 묻는다. 줄스는 매번 브라이턴이 무슨 촌구석인 양 군다.

"그럼요." 내가 말한다. "있고말고……"

"우리가 외식하는 일은 없지만." 찰리가 말한다.

"무슨 소리야." 내가 말한다. "우리 그 새로 생긴 이탈리안 레스토랑에도 가봤고……"

"이제는 새로 생겼다고 할 수 없지." 찰리가 반박한다. "거의 일 년 전인데."

그의 말이 옳다. 우리가 그때 이래로 외식을 한 게 언제인지 떠올릴 수도 없다. 그간 돈에 약간 쪼들렸고 나가서 먹으려면 외식비에 베이비시터 비용까지 얹어야 했으니 말이다. 그래도 찰리가 그런 말은 하지 않았으면 싶다.

조노가 찰리의 잔에 샴페인을 채워주려 하자 찰리는 재빨리 잔을 손으로 덮는다. "난 됐어요."

"아 왜 그래요, 친구." 조노가 말한다. "결혼식 전야제인데. 나사 좀 풀어줘야지."

"그래요!" 덩컨이 핀잔을 준다. "순 거품뿐이지 무슨 크랙*도 아닌데. 아니면 임신이라도 했다고 하려나?"

다른 안내역들이 낄낄거린다.

"아뇨." 찰리가 다시금 딱딱하게 말한다. "오늘밤은 살살 마시려고요." 그 말을 하며 민망해하는 모습이 내 눈에도 보인다. 그래도 그가 여기서 자제력을 잃지 않았다는 사실에 나는 기쁘다.

"그래서 우리 찰리 친구," 조노가 말한다. "말해봐요. 둘이 처음에 어떻게 만났는지?"

나는 처음에 그 둘이라는 게 찰리와 나를 말하는 거라고 생각한다. 그러다 조노가 찰리와 줄스를 번갈아 바라보고 있음을 깨닫는다. 그럼 그렇지.

---

* 코카인의 일종.

"백만 년 전에……" 줄스가 말한다. 그녀와 찰리가 완벽한 일심 동체처럼 서로를 향해 눈썹을 들어올린다.

"제가 줄스한테 항해술을 가르쳐줬어요." 찰리가 말한다. "저는 콘월에 살았는데, 여름에 항해 지도사로 일했죠."

"우리 아버지 별장이 거기 있거든요." 줄스가 말한다. "내가 항해술을 배우면 아버지가 나도 보트에 태워주지 않을까 싶었던 거죠. 하지만 열여섯 살짜리 딸아이를 데리고 영국 남해안을 항해하는 건 프랑스 생트로페에서 최근 사귄 여자친구를 데리고 뱃머리에서 일광욕하는 것만 못했나봐요." 그 말은 짐작건대 그녀가 의도했을 법한 정도보다 한층 쓰라린 어조로 나와버린다. "하여간," 줄스가 말한다. "찰리가 제 지도사였어요." 그녀가 찰리를 바라본다. "제가 지도사한테 홀딱 반했었죠."

찰리가 그녀에게 미소를 돌려준다. 나도 다른 이들을 따라 웃지만 정말로 웃겨서 웃는 건 아니다. 이 이야기를 들은 게 절대 처음은 아니다. 마치 둘이서 합을 이루어 진행하는 만담 같다. 바닷마을 청년과 상류층 소녀. 처음 듣는 게 아닌데도 줄스가 말을 잇는 동안 내 뱃속은 배배 꼬인다.

"네 주된 관심사는 대학에 들어가기 전에 또래 여자애랑 최대한 많이 자보는 거였잖아." 줄스가 찰리에게 말한다. 갑자기 그하고만 얘기하는 것처럼. "그래도 그 작전이 먹히는 것 같더라. 그때 늘상 그을렸던 피부랑 몸매가 아무래도 도움이 됐을 거야……"

"그렇지." 찰리가 말한다. "인생에서 몸이 제일 좋을 때였으니까. 그 일을 하는 동안 거의 헬스장 회원권을 끊은 것 같았거든, 매일 물위에서 몸을 썼으니까. 슬프게도 열다섯 살짜리들한테 지리를 가르치면서는 그렇게 근육이 우락부락해지지 않더라고."

"어디 지금 그 복근 좀 구경합시다." 덩컨이 말하더니 앞으로 몸을 수그려 찰리가 입은 셔츠 밑단을 그러쥔다. 이윽고 밑단을 들어 올리자 허여멀겋고 말랑한 복부가 몇 인치 드러난다. 찰리는 빨개진 얼굴로 뒷걸음치며 웃옷을 밀어넣는데.

"그리고 얼마나 어른 같아 보이던지." 줄스가 방해 공작을 대수롭지 않게 넘기며 말한다. 그녀는 찰리가 본인 전유물이라도 되는 양 그의 팔뚝을 만진다. "열여섯일 때 열여덟은 훨씬 어른 같아 보이잖아. 내가 얼마나 수줍어했는데."

"그 부분은 믿기가 어려운데." 조노가 중얼거린다.

줄스가 그를 무시한다. "하지만 처음엔 네가 나를 무슨 도도한 공주님이라고 생각했다는 거 다 알아."

"그 부분은 아마 맞을걸." 찰리가 호기를 되찾으며 한쪽 눈썹을 올리더니 말한다.

줄스가 자기 잔에 든 샴페인을 그에게 손가락으로 튀긴다. "야!"

둘은 서로에게 플러팅을 하고 있다. 달리 적합한 단어가 없다.

"아냐, 그런데 결국 네가 사실 꽤 멋진 애라는 사실을 깨달았지." 찰리가 말한다. "그 고약한 유머 감각을 발견하고는."

"그 뒤에도 서로 그냥 계속 연락했던 것 같아." 줄스가 말한다.

"핸드폰이 막 유행하기 시작했을 무렵이니까." 찰리가 말한다.

"이듬해에는 네가 수줍어했잖아." 줄스가 말한다. "드디어 나도 가슴이 좀 나왔으니까. 내가 부두를 걸어내려갈 때 네가 날 다시 돌아보던 모습이 기억나는데."

나는 샴페인을 한 모금 벌컥 들이켜며 둘 다 십대였을 적의 얘기임을 스스로에게 상기시킨다. 내가 질투하는 건 더는 존재하지 않는 열일곱 살짜리 여자애임을.

"근데 너는 그 남자친구를 사귄다 어쩐다 그러고 있었잖아." 찰리가 말한다. "걔가 날 엄청 좋아하진 않았지."

"그렇지." 줄스가 비밀스러운 미소를 띠며 말한다. "걔랑 그렇게 오래가진 못했어. 엄청 질투가 심한 애였거든."

"그래서 둘이 잔 적 있어요?" 조노가 묻는다. 그렇게 불쑥, 내가 한 번도 노골적으로 물어보지 못했던 질문이 나온다.

안내역들은 화색을 띤다. "저 자식이 물어봤다!" 그들이 외친다. "미쳤다 진짜!" 그들이 흥분하며 신바람이 나서 몰려들자 둘러선 원이 점점 죄어든다. 갑자기 숨쉬기가 한층 힘겨워지는 건 아마 그것 때문이리라.

"조노!" 줄스가 말한다. "자중 좀 해줄래요? 내 결혼식이거든!" 그러나 그녀는 그런 적 없다고 말하지 않는다.

나는 찰리를 볼 수가 없다. 알고 싶지 않다.

그때 하느님이 보우하사 커다란 펑 소리에 대화가 끊긴다. 덩컨이 아까부터 들고 있던 샴페인병을 딴 것이다.

"염병할, 덩컨." 페미가 말한다. "하마터면 눈에 맞을 뻔했잖아!"

"근데 여러분은 어떻게 서로 다 아시는 거예요?" 나는 주의가 산만해진 틈을 필사적으로 이용하고자 조노에게 묻는다.

"아, 우리야 몇 년 지기죠." 조노가 한 손을 월의 어깨에 얹는데, 왠지 모르게 이 몸짓이 그와 월을 다른 이들로부터 구별한다. 조노 옆에서 월은 더더욱 잘생겨 보인다. 둘은 분필과 치즈만큼이나 다르다. 그리고 조노의 눈은 어딘가 약간 이상하다. 나는 그 눈에서 정확히 무엇이 이상해 보이는 건지 알아내려고 잠시 시간을 들인다. 눈이 너무 가까이 붙어 있어서 그런가? 너무 작아서?

"맞아요." 월이 말한다. "고등학교를 같이 다녔거든요." 나는 놀란다. 다른 남자들은 사립학교 남학생다운 품위가 도는 반면 조노는 보다 거칠어 보이고, 상류층처럼 똑 부러지는 말씨도 아니기 때문이다.

"트리벨리언고등학교였어요." 페미가 말한다. "그때 학창시절이 거의 그 책 같았는데, 남자애들이 다 같이 외딴섬에 모여서 서로 죽고 죽이는, 아 젠장, 제목이 뭐였더라……"

"『파리 대왕』이네요." 찰리가 말하는 어조에는 아주 희미하게나마 우월한 투가 서려 있다. 나는 공립학교에 갔을지언정, 너보다 많이 읽었단다. 그 어조는 이렇게 말한다.

"뭐 그렇게 나쁘지는 않았어요." 월이 재빨리 말한다. "그보다는 그냥…… 사내아이들이라 좀 까불고 그랬던 거죠."

"사내애들이 다 그렇지!" 덩컨이 끼어든다. "내 말이 맞지, 조노?"

"그럼. 사내애들이 다 그렇지." 조노가 되풀이한다.

"그래서 그때부터 쭉 친구였던 거예요." 월이 말하고는 조노의 등을 철썩 친다. "이 녀석이 제가 대학에 다니느라 에든버러에 있을 때 구닥다리 고물차를 몰고 올라오곤 했다니까요, 안 그러나?"

"그랬죠." 조노가 말한다. "제가 이 녀석을 산으로 데리고 나가서 등산이다 야영이다 하러 쏘다니곤 했죠. 너무 늘어져 있지 말라고. 또 맨날 섹스나 하러 다니지 말라고." 그는 짐짓 회한에 찬 표정을 짓는다. "미안해요, 줄스."

줄스는 고개를 홱 돌린다.

"우리 아는 사람도 에든버러대학에 갔는데 그게 누구였지, 핸?" 찰리가 말한다. 나는 굳는다. 어떻게 그게 누구인지 잊을 수가 있단 말인가? 이윽고 자신의 실수를 깨달은 그의 얼굴이 경악스러운 표정으로 변해가는 게 보인다.

"저희 동문을 아세요?" 윌이 말한다. "누군데요?"

"그냥 잠깐 다니다 만 사람이에요." 내가 재빨리 말한다. "그나저나 윌, 궁금했던 게 있어요. 〈밤중에 살아남기〉 중에 북극 툰드라에서 찍은 편 있잖아요. 거기 얼마나 추웠어요? 정말로 동상에 걸릴 뻔한 거예요?"

"그럼요." 윌이 말한다. "이 손끝 살에 감각이 아예 없어지더라고요." 그는 한 손을 내게 들어 보인다. "손가락 두어 개는 지문까지 사라졌어요." 나는 눈을 가늘게 뜬다. 내 눈에는 사실 특별히 달라 보이지 않는다. 그런데도 어느새 나는 이렇게 말하고 있다. "오, 정말 그래 보이는 것 같아요. 와." 무슨 소녀 팬 같은 투다.

찰리가 나를 향해 돌아선다. "당신이 그 프로그램을 보는 줄은 몰랐네." 그가 말한다. "언제 본 거야? 한 번도 같이 본 적은 없잖아." 이크. 나는 애들에게 시비비스*를 틀어주고 주방에서 애들 저녁을 데우며 아이패드로 윌의 프로그램을 보던 오후 시간들을 떠올린다. 찰리가 윌을 쳐다본다. "기분 상한 거 아니죠, 친구. 나도 진짜 챙겨볼 마음은 계속 있는데." 이 말은 사실이 아니다. 그의 말투로도 사실이 아니라는 걸 알 수 있다. 그는 진담처럼 들리게 하려는 노력을 일절 하지 않았다.

---

* CBeebies. 영국 공영방송 BBC의 어린이 전문 채널.

"전혀 안 상했어요." 윌이 부드럽게 말한다.

"아," 내가 말한다. "저도 전체를 다 본 적은 없어요. 그냥……
하이라이트 영상만 봤다고나 할까요."

"왕비의 애정 표현이 너무나 수다스러운 듯하구나."* 피터가 말
한다. 그는 씩 웃으면서 윌의 어깨를 잡는다. "윌, 너 팬 생겼다!"

윌은 그 말을 웃어넘긴다. 그러나 나는 열기가 목부터 뺨까지 따
끔거리며 올라오는 게 느껴진다. 여기가 너무 어두워서 붉어진 내
얼굴을 아무도 못 보기를 바랄 뿐이다.

좆같네. 샴페인이 더 필요하다. 나는 잔을 채워달라고 내밀어 보
인다.

"적어도 아내분은 파티에서 노는 법을 아시네, 친구." 덩컨이 찰
리에게 말한다. 페미가 내 길쭉한 샴페인잔이 거의 끝까지 차도록
술을 따른다. "워," 술이 가장자리까지 차오르자 내가 말한다. "너
무 많아요."

갑자기 크게 '핑!' 소리가 나더니 내 손목에 약간 술이 튄다. 놀
라서 쳐다보자 내 술잔에 뭔가가 빠졌다.

"방금 뭐였죠?" 나는 혼란스러워하며 말한다.

"한번 보세요." 덩컨이 씩 웃으며 말한다. "페니를 넣었어요. 이
제 원샷해야 해요."** 나는 그를 빤히 쳐다보다가 내 술잔을 내려다
본다. 과연 찰랑찰랑 가득찬 술잔 밑바닥에 작은 구릿빛 동전이 여

---

* 윌리엄 셰익스피어의 『햄릿』 3막 2장에 등장하는 왕비의 대사. 과장된 행동으로
그 진정성이 의심될 때 종종 사용한다. 이경식 옮김, 『햄릿』(문학동네, 2016).

** 페니 동전을 술잔에 넣으면 주화에 새겨진 영국 여왕이 익사하기 전에 단숨에 술
을 마셔야 한다는 일종의 술 게임.

왕의 근엄한 옆모습을 내보이며 가라앉아 있다.

"덩컨!" 조지나가 깔깔대며 말한다. "자기 진짜 너무한다!"

대략 열여덟 살 때 이후로 내 잔에 페니 동전이 들어간 일은 없었던 것 같다. 갑자기 모두가 나를 바라본다. 나는 마시지 않아도 된다는 동의를 구하려고 찰리를 쳐다본다. 그러나 그의 표정은 기이하게도 애원조다. 벤이 나한테 지어 보일 만한 그런 표정이다. 제발 내 친구들 앞에서 나 쪽팔리게 하지 마, 엄마.

이건 미친 짓이야, 나는 생각한다. 마시지 않아도 된다. 나는 서른네 살의 여성이다. 이들은 거의 알지도 못하는 사람들이고 나를 좌지우지할 힘도 없다. 나는 억지로 마시지 않을……

"원샷……"

"원샷!"

맙소사, 연호까지 시작했다.

"여왕님을 구해라!"

"여왕님 숨넘어가신다!"

"원샷 원샷 원샷."

나는 두 뺨이 붉어지는 것을 느낀다. 그들의 시선을 내게서 떼어내기 위해, 그놈의 연호를 멈추기 위해 잔을 홱 기울여 꿀꺽꿀꺽 다 넘겨버린다. 아까만 해도 샴페인이 맛있다고 생각했건만, 이렇게 마시니 맛이 끔찍한데다 시고 아리다못해 목까지 따끔거리는 바람에 삼키던 도중에 기침이 나고, 그러자 샴페인이 콧속으로 울컥 치밀어오른다. 약간의 샴페인이 아랫입술 밖으로 넘쳐나오려 한다. 눈에는 눈물이 핑 돈다. 치욕스럽다. 뭔지 모르겠으나 지금 벌어지는 이 사태의 규칙을 모든 이가 알고 있었던 듯하다. 나만 빼고 모든 이가.

이윽고 그들은 환호성을 내지른다. 그러나 내게 환호하는 것 같지는 않다. 그들은 자축하는 것이다. 나는 놀이터에서 둥그렇게 모인 불량배에게 둘러싸인 어린애가 된 기분이다. 찰리 쪽을 흘깃 보니 그가 미안하다는 듯 찡그려 보인다. 갑자기 매우 외로워진다. 얼굴을 감추기 위해, 나는 다른 이들로부터 돌아선다.

그러다 무언가가 시야에 잡히는 바람에 피가 차갑게 식는다.

창문에 누군가가, 칠흑 속에서 우리를 들여다보며 고요히 주시하는 사람이 있다. 얼굴이 창유리에 짓눌려 이목구비가 흉물스러운 가고일* 가면처럼 변형되고 이를 드러낸 채 끔찍한 미소를 짓고 있다. 도저히 시선을 돌리지 못하고 계속 바라보는데 그자가 한 단어를 벙긋거린다.

까꿍.

나는 샴페인잔이 내 손을 떠나 발치에서 박살나는 것조차 알아채지 못한다.

---

* 주로 고딕양식 건물에서 홈통에 장식하는 괴물 석상으로, 흉악스러운 얼굴로 악령을 몰아낸다고 여겨진다.

현재
결혼식 당일 밤

시간이 조금 지난 뒤에야 웨이트리스는 의식을 되찾는다. 보아 하니 다친 곳은 없으나 저 바깥에서 본 무언가 때문에 충격을 받아 말문이 거의 막혀버린 듯하다. 그녀에게서 끌어낼 수 있는 거라고는 기껏해야 나지막한 신음과 단어를 이루지 못하는 횡설수설이 전부다.

"제가 샴페인을 두어 병 더 가져오라고 그녀를 궁전에 보냈거든요." 수석 웨이트리스—그래 봤자 고작 스무 살 남짓의 여자—가 힘없이 말한다.

차일 안에는 만져질 듯 선명한 침묵이 감돈다. 하객들은 각자 사랑하는 이의 안전과 소재를 확인하고자 인파 속을 둘러본다. 그러나 모두 온종일 흥청망청한 뒤라 살짝 노곤해진 탓에 이렇게 격앙된 군중 속에서 누굴 집어내기가 어렵다. 이 최첨단 차일 구조 때문에 어렵기도 하다. 이쪽 천막은 무도장, 다른 천막은 바, 가장 커

116

다란 천막은 중앙 연회장이니.

"괜히 지레 겁먹어서 이러는 걸 수도 있잖아요." 어떤 남자가 의견을 낸다. "십대 여자애니까. 저 밖은 칠흑같이 어두운데다 강풍까지 불고 있으니."

"그렇지만 듣자하니 누군가 도움이 필요한 상황 같은데요." 다른 남자가 말한다. "우리가 한번 나가봐야……"

"모든 분이 섬을 여기저기 헤매고 다니게 할 수는 없습니다." 그들은 웨딩플래너의 말을 듣는다. 그녀도 나머지 사람들만큼이나 충격을 받은 듯 얼굴이 핼쑥하고 창백하지만 타고난 권위가 배어 있다. "정말로 강풍이 불고 있어요." 그녀가 말한다. "깜깜하기도 하고요. 거기다 여긴 늪지도 있고 절벽도 있습니다. 다른 분들마저 혹여나…… 혹여나 부상을 입으시는 일은 없었으면 합니다, 만일 정말 그런 상황이 발생한 거라면."

"저 여자도 보험금을 물게 생겼으니 속으론 피똥 싸고 있겠군." 어떤 남자가 중얼거린다.

"우리가 나가서 살펴봐야 할 것 같은데요." 안내역 중 한 명이 말한다. "남자들 중에서 몇 명 차출해서. 뭉쳐서 다니는 편이 안전하기도 하니까."

전날

줄스
신부

"아빠!" 내가 말한다. "가엾은 해나가 깜짝 놀랐잖아요!" 그렇다고 그렇게 잔을 떨어뜨리다니 해나도 살짝 지나치게 반응하기는 했다. 정말 그렇게 난리법석을 떨어야 했나? 나는 이파가 유릿조각을 쓸어담으며 빗자루를 들고 조심스레 우리 근처를 맴도는 사이 짜증을 억누른다.

"미안하다." 아빠가 연회장에 들어오면서 우리 모두에게 씩 웃어 보인다. "다들 살짝 놀래줘야겠다는 생각이 들어서." 아빠의 억양은 평소보다도 두드러지는데, 아마도 거의 홈그라운드에 온 것이나 진배없기 때문이리라. 그는 이곳에서 멀지 않은 게일터흐트, 즉 골웨이의 아일랜드어를 사용하는 지역에서 자랐다. 아빠는 몸집이 큰 편은 아닌데도 용케 상당한 공간을 차지하면서 위풍당당한 풍채를 내보이는 사람이다. 저 딱 바라진 어깨와 골절되었던 콧날을 자랑하면서. 아빠는 내게 아빠이기 때문에 아빠를 객관적으로 보기는 어렵다. 그러나 아마 모르는 사람이라면 그를 권투 선수나 그와 비슷한 격투기 선수쯤으로 짐작하지 크게 성공한 부동산 개발업자라고는 짐작하지 못할 테다.

세브린, 아빠가 최근에 맞은 아내—나와 나이 차가 별로 나지 않는 프랑스인으로, 존재의 사 분의 일은 데콜타주 드레스로, 사 분의 삼은 리퀴드 아이라이너로 채워진 여자다—가 풍성하고 긴 붉은 머리칼을 휙 넘기며 아빠 뒤편으로 슬그머니 들어온다.

"그래서," 나는 세브린을 무시한 채 아빠에게 말한다(아빠의 현재 최장 기록인 오 년을 넘기기 전까지는 굳이 그녀에게 많은 시간을 할애할 마음이 없다). "드디어…… 와주셨네요." 그들이 지금쯤 도착할 예정이라는 건 알고 있었다—그에 맞춰 이파에게 배편을 준비해달라고 부탁해야 했으니까. 그러나 부탁하면서도 뭔가 구실이 생겨서, 뭔가 차질이 생겨서 오늘밤에 오지 못한다고 하는 건 아닐지 의구심이 들었다. 그런 경우가 처음도 아니니까.

나는 월과 아빠가 슬쩍 서로를 재보는 모습을 포착한다. 이상하게도 아빠 곁에 있으니 월이 약간 쪼그라들어 평소의 그답지 않아 보인다. 다림질한 셔츠와 치노 바지 차림의 그를 보니, 아빠의 눈에 그가 금수저를 물고 태어나 입담만 번드레한, 그야말로 사립학교 출신 남학생 그 자체로 비칠까봐 걱정된다.

"이제야 두 사람이 처음으로 만났다니 믿기지 않네요." 내가 말한다. 빌어먹을 노력이 부족해서가 아니다. 월과 나는 특별히 몇 달 전에 비행기를 타고 뉴욕까지 갔더랬다. 하지만 만남이 성사되기 직전에 아빠가 유럽에 업무차 호출되어 갔다는 소식을 전해들었다. 그때 나는 서로가 탄 비행기가 대서양 위 어딘가에서 스치는 장면을 상상했다. 아빠는 '정말 바쁜 사람'이다. 딸의 결혼식 전날까지 예비 사위를 만나보지도 못할 정도로 너무 바쁘다. 하여튼 내 인생이 이따위로 요지경이다.

"만나뵙게 되어 영광입니다, 로넌." 윌이 손을 내밀며 말한다.

아빠는 내민 손을 무시하더니 대신에 그의 어깨를 손바닥으로 툭 친다. "소문이 자자한 우리 사위." 그가 말한다. "드디어 만나보는군."

"아직 그렇게까지 자자하지는 않지만요." 윌이 말하며 아빠에게 환심을 사려는 듯한 미소를 씩 지어 보인다. 나는 움찔한다. 웬일로 그가 헛다리를 짚었다. 그 말은 겸손을 가장하며 잘난 체하는 투로 들리는데다, '소문이 자자한'이라는 아빠의 말은 텔레비전 프로그램을 언급한 게 아니라고 상당히 확신한다. 아빠는 연예인이나, 정당히 땀흘려 일궈내지 않고 다른 경로로 큰돈을 축적하는 부류를 딱히 좋아하지 않는다. 그는 떳떳하게 자수성가한 남자니까.

"그러면 이분은 세브린이시겠군요." 윌이 말하며 고개를 내밀어 그녀의 양 뺨에 키스한다. "줄스에게 말씀 많이 들었습니다. 쌍둥이 얘기도요."

아니, 나는 많이 말한 적 없다. 아빠가 최근 낳은 자식인 쌍둥이는 초대하지도 않았다.

세브린은 윌의 매력에 흐물흐물 녹아서 선웃음을 친다. 이런 점도 윌이 아빠에게 점수를 더 따는 데 도움이 될 것 같지 않다. 아빠가 어떻게 생각하든 나랑은 상관없었으면 싶다. 그런데도 나는 못 박힌 듯 서서 두 사람이 이 비좁은 공간에서 서로 빙빙 맴도는 것을 지켜보고만 있다. 이건 고문이다. 이파가 와서 곧 저녁식사가 차려질 예정이라고 말하자 다소 안도감이 든다.

이파는 나와 같은 감성을 지닌 여성으로, 체계적이고 유능하며 신중하다. 그녀는 냉담하다고 해야 할지, 거리를 두는 면이 있어서 어떤 사람들은 좋아하지 않을 것 같기도 하다. 개인적으로는 그런 면을 선호하지만. 내게 돈을 받고 일하는 마당에 절친한 친구라도 되는 양 행세하는 사람은 질색이다. 우리가 전화로 처음 대화했던 그 순간부터 나는 이파가 마음에 들었고, 이 모든 걸 버리고 〈다운로드〉에서 일하는 걸 고려해보겠느냐고 물어볼까 하는 마음마저 반쯤 든다. 그녀는 상당히 가정적으로 비칠지 모르지만 철의 여인 같은 면모가 있다.

우리는 식당 쪽으로 간다. 계획대로 엄마와 아빠는 서로에게서 물리적으로 최대한 멀리 떨어진 식탁의 양끝 자리에 착석한다. 나는 부모님이 1990년대 이래로 서로 몇 마디 이상 나눠본 적이 있는지 진심으로 의문이지만, 어쩌면 이번 주말의 평화를 위해 그런 상태가 지속되는 편이 나을지도 모르겠다. 반면 세브린은 아빠와 너무 붙어앉아서 거의 아빠의 허벅지에 올라탄 격이다. 윽, 그녀가 아무리 아빠 나이의 거의 절반밖에 안 된다 해도 서른몇 살이지 십대는 아닌데 말이다.

적어도 오늘밤은 모든 이가 썩 얌전히 처신하는 듯하다. 아무래도 우리가 마신 1999년산 볼랭저 몇 병이 도움이 되는 듯싶다. 엄마마저 상당히 자애롭게 굴면서 태연자약하게 신부 어머니라는 배역을 소화해내고 있다. 배우로서 그녀의 기량은 언제나 무대에서보다는 실생활에서 두각을 나타내는 듯했다.

이제 이파와 그녀의 남편이 우리가 먹을 전채요리를 가지고 들어온다. 파슬리가 점점이 뿌려진 크림 차우더 수프다. "이쪽은 이파와 프레디예요." 내가 다른 이들에게 말한다. 그들이 결혼식 주최자라고는 말하지 않는데 실제로 주최자는 나이기 때문이다. 나는 그 특권을 누리기 위해 돈을 지불하고 있으니까. 그래서 이런 말로 합의를 본다. "이 궁전의 소유주죠."

이파가 간결하게 살짝 고개를 끄덕인다. "무엇이든 필요하신 게 있다면 저희 둘 중 누구든 찾아주세요." 그녀가 말한다. "모든 분이 이곳에 계시는 동안 즐거운 시간을 보내시길 바랍니다. 그리고 내일 열릴 본식도 저희가 이 섬에서 여는 첫번째 결혼식인 만큼 각별히 특별하게 진행될 예정입니다."

"정말 멋지네요." 해나가 상냥하게 말한다. "음식도 맛있어 보여요."

"감사합니다." 프레디도 목소리를 내어 말한다. 나는 그가 잉글랜드 사람임을 깨닫는다―내심 그도 이파와 마찬가지로 아일랜드 사람이겠거니 추측했던 것이다.

이파가 끄덕인다. "저희가 오늘 아침 직접 캐온 홍합으로 만들었습니다."

요리가 다 나오자 식탁을 둘러싸고 대화가 재개되는데, 올리비아만 자리에 말없이 앉아 자기 접시만 내려다본다.

"브라이턴에서 좋았던 기억이 정말 많아요." 엄마가 해나에게 말한다. "실은 내가 두어 번쯤 거기 내려가서 공연을 했거든요." 아 맙소사. 이제 조금만 있으면 엄마가 오만 사람에게 예술영화(한 번도 개봉하지 못했고, 아마 지금은 폰허브*에나 올라가 있을)를 찍는다고 삽입 장면까지 나오는 섹스를 했던 얘기를 떠벌리기 시작할 테다.

"오," 해나가 답한다. "저희가 더 자주 극장에 가지 못한 게 좀 찔리네요. 어디서 공연하셨어요? 왕립극장?"

"아뇨." 엄마가 무안할 때면 목소리에 슬쩍 깔리는 특유의 살짝 거만한 어조로 말한다. "그런 곳보다는 좀더 부티크 같은 곳이에요." 고개도 한 번 튕겨주고. "'매직 랜턴'이라는 곳이었죠. 레인스**에 있는데. 혹시 아나 모르겠네?"

"어, 아니요." 해나가 말한다. 그러고는 재빨리 덧붙인다. "그런데 말씀드린 대로 저희가 그런 쪽에 워낙 문외한이라 꼭 가봐야 할 곳이라 해도 전혀 모를 거예요."

상냥하다, 해나는. 그것이 내가 해나에 관해 알고 있는 사실 중 하나다. 상냥함이 뭐랄까…… 그녀에게서 넘쳐흐른다. 처음 해나를 만나고 이런 생각을 했던 게 기억난다. 아, 딱 찰리가 원하는 사람이구나. 좋은 사람. 부드럽고 따스한 사람. 나는 그에게 너무 버거운 사람이다. 너무 분노에 차 있고 너무 투지가 넘친다. 찰리는 절대 나를 선택하지 않았을 거다.

더이상 해나가 부럽지 않아, 나는 스스로에게 되뇐다. 찰리는 한때 항해 동호회의 킹카였을지언정 지금은 물러져서 그토록 판판한 구릿빛 복근이 있던 자리에 똥배가 생겼다. 거기다 직업적으로도 안주했다. 내가 그의 직업에 어떻게든 관여할 처지가 되었다면 그는 지금쯤 교감직을 노리고 있었을 테다. 야망이 없는 사람보다 섹

---

* 성인물을 제공하는 캐나다의 웹사이트.
** 영국 브라이턴의 작은 가게들이 즐비한 골목길이 모여 있는 지구.

시하지 않은 건 없잖은가?

나는 찰리와 시선이 마주칠 때까지 그를 쳐다본다―그리고 반드시 내가 먼저 시선을 돌린다. 그러고는 궁금해한다, 이제 질투하는 쪽은 그일까? 찰리가 윌 근처에 있을 때 영 미심쩍다는 듯, 결점을 찾아내려고 눈에 불을 켠 듯이 구는 걸 보았다. 윌과 내가 잔을 기울일 때 이쪽을 지켜보는 것도 눈치챘다. 그러자니 그의 눈에 비칠 모습이 상상되면서 우리가 얼마나 잘 어울리는지 다시금 느껴졌다.

"아유 귀여워라." 엄마가 해나에게 말한다. "다섯 살은 눈에 넣어도 안 아플 나이지." 엄마는 확실히 관심 있어하는 연기를 매우 능숙하게 해내고 있다. "그러고 보니 당신의 두 아이는 어때, 로넌?" 엄마가 식탁 건너편을 향해 외친다. 그 질문에 세브린을 포함하지 않은 게 고의적으로 그녀를 멸시하는 건지 궁금해진다. 사실, 그 말은 취소해야겠다. 궁금해할 필요조차 없으니. 자기 딴에는 보헤미안 특유의 모호한 인상을 주려고 노력하지만 엄마의 행동에 의도가 없는 경우는 극히 드물다.

"잘 있지." 아빠가 말한다. "신경써줘서 고맙군, 아라민타. 곧 유치원에 들어갈 예정이야, 그렇지, 여보?" 그가 세브린을 돌아본다.

"위.*" 그녀가 말한다. "우리는 애들을 위해서 프랑스어를 사용하는 유치원을 찾고 있어요. 애들이 저처럼―아!―이중언어에 '능통한' 사람으로 자라는 게 매우 중요하니까요."

"오, 이중언어에 능통하세요?" 내가 묻는다. 멸시하는 투는 나

---

* Oui. '네'라는 뜻의 프랑스어.

도 어쩔 수 없다.

세브린은 눈치챘다 할지라도 반응하지 않는다. "위." 그녀는 어깨를 으쓱하며 말한다. "제가 '오렸을' 때 영국의 여자 기숙학교에 다녔거든요. 또 제 '홍제'들도, 다 영국에서 남학교에 다녔고요."

"세상에." 엄마가 여전히 아빠에게만 말한다. "당신 나이에 그 온갖 일을 다 겪자니 너무 고단하겠어, 로넌." 아빠가 대답할 겨를도 없이 엄마가 손뼉을 짝 친다. "지금 코스 사이니까 짬이 난 김에," 엄마가 일어나며 말한다. "제가 짧게나마 한말씀 드릴까 해요."

"그럴 필요 없어요, 엄마." 내가 외친다. 모두가 웃는다. 그러나 농담이 아니다. 엄마가 취했나? 가늠하기 어렵다. 다들 꽤나 마셨으니. 그리고 어차피 엄마는 취하든 아니든 크게 다를 바가 있을까 싶다. 술 마시고 내려놓을 자제력 같은 걸 애초에 가진 적이 없으니까.

"내 딸 줄리아를 위하여." 엄마가 잔을 들어올리며 말한다. "어린 소녀였을 때부터 쭉 너는 자신이 뭘 원하는지 정확히 알았지. 네가 가는 길을 막아선 자는 누구든 무사하지 못할지어니! 나는 한 번도 그래본 적이 없었단다—원하는 게 항상 주 단위로 바뀌니까. 아무래도 그래서 내가 언제나 이렇게 빌어먹게 불행했나보다.

여하간 너는 언제나 알았지. 그리고 원하는 걸 좇아가지." 아 세상에. 엄마더러 본식에서 연설하지 말라고 한 탓에 이러는 거다. 확실하다. "네가 뭘 얘기를 했던 그 순간부터 네가 원하는 것이 그 사람임을 엄마는 직감했단다."

엄마 말마따나 그렇게 뛰어난 통찰력을 발휘한 것은 아니었다, 그 대화중에 내가 이미 그와 약혼했다는 얘기를 해준 걸 감안하자면. 그러나 엄마는 자신의 좋은 이야기에 불편한 진실이 끼어드는 것을 용납하는 법이 없었다.

"둘이 참 근사해 보이지 않나요?" 그녀가 묻는다. 다른 이들이 그렇다고 웅성거리는 소리. 방점이 '보인다'에 찍힌 듯한 저 말투가 나는 마음에 들지 않는다.

"줄스는 꼭 자기처럼 투지에 불타는 사람을 찾으리라는 걸 저는 알고 있었어요." 엄마가 말한다. 그런데 투지에 불탄다고 할 때 뭔가 날이 서 있지 않았나? 확신하기 어렵다. 나는 식탁 너머로 찰리와 눈을 맞춘다─그는 우리 엄마가 어떤지 예전부터 알았으니까. 찰리는 내게 윙크하고 나는 아랫배 깊숙한 곳에서 비밀스레 피어오르는 온기를 느낀다. "그리고 워낙에 폼이 나잖아요, 제 딸은. 그건 우리 모두가 알지 않나요? 자기 잡지사에, 이즐링턴의 멋진 저택에, 이제는 여기 이렇게 근사한 남자까지." 그녀는 손톱을 붉게 칠한 손을 윌의 어깨에 얹는다. "너는 안목이 언제나 좋았어, 줄스." 마치 내가 신발이랑 어울리는 아이템으로 그를 골랐다는 말처럼 들린다. 마치 그저 그가 내 인생에 완벽하게 들어맞아 그와 결혼하려는 거라는 말처럼……

"누군가에겐 정신 나간 짓처럼 비칠 수도 있겠죠." 엄마가 이어간다. "애먼 사람들을 죄다 망망대해 한복판의 이런 얼어죽게 춥고 을씨년스러운 섬에 끌어들이다니. 그러나 줄스에게는 의미 있는 사안이니 다른 게 뭐가 중요하겠어요."

저 말도 마음에 들지 않는다. 나는 다른 이들을 따라 웃지만, 속으로는 마음을 도스른다. 마치 엄마는 검사고 나는 변호사인 양, 일어서서 내 할말을 하고 싶어진다. 그게 사랑하는 가족의 연설을 들으며 느껴야 하는 감정은 아니잖은가?

엄마가 말하려 들지 않는 진실은 이것이다. 내가 뭘 원하는지 몰랐다면, 또 그것을 얻는 법을 알아내지 못했다면 나는 이도 저도 안 됐을 거라는 것. 나는 내 길을 개척하는 법을 습득해야만 했다. 엄마가 빌어먹을 도움을 눈곱만큼도 주지 않으려 했기 때문에. 히늘하늘한 검은색 시폰 드레스—웨딩드레스의 음화陰畫 같은—와 반짝이는 귀걸이 차림으로 거품이 이는 샴페인잔을 들고 있는 엄마를 쳐다보며 나는 생각한다. 당신은 이해를 못하고 있어. 이 순간의 주인공은 당신이 아니야. 당신이 일궈낸 게 아니야. 당신을 극복하고 내가 일궈낸 거야.

나는 한 손으로 식탁 가장자리를 거세게 부여잡으며 중심을 잡는다. 다른 손으로는 샴페인잔을 들어 길게 꿀꺽꿀꺽 마신다. 내가 대견하다고 말씀하세요, 나는 생각한다. 그 말이면 이 모든 것이 대강 괜찮아질 테다. 그렇게만 말해, 그럼 용서해줄 테니까.

"약간 염치없는 말로 들릴 수도 있는데," 엄마가 흉골을 만지며 말한다. "아무래도 이렇게 의지가 강하고 독립적인 딸을 길러낸 저 자신이 대견하다는 말씀을 드려야겠네요."

그리고 엄마는 자신에게 홀딱 반한 관중에게 하듯이 살짝 허리를 숙여 보인다. 모든 이가 예의바르게 박수를 보내는 동안 그녀는 자리에 앉는다.

나는 분노로 부들부들 떤다. 손에 쥔 샴페인잔을 쳐다본다. 달콤하고 달뜬 찰나의 순간 나는 잔을 들어올려 식탁에다 박살내 모든 것을 멈추는 상상을 한다. 깊은숨을 들이쉰다. 그리고 대신에 나도 건배사를 하려고 일어선다. 나는 자비롭고 감사하며 다정할 것이다.

"이 자리에 참석해주셔서 정말 감사해요." 나는 따스한 어조를 유지하려고 분투한다. 부하 직원 앞에서 연설하는 데 너무 익숙해진 터라 목소리에 권위적인 기색이 실리지 않도록 애써야 한다. 어떤 여자들은 사람들이 자신을 진지하게 받아들이도록 만들지 못해서 한탄한다는 걸 안다. 굳이 따지자면 나는 정반대의 문제를 안고 있다. 사내 크리스마스 파티 때 부하 직원인 엘리자가 술에 취해, 대표님은 늘상 얼굴에 쌍년 같은 표정이 박제되어 있다고 했다. 그녀는 취했고 아침이면 그 말을 한 걸 기억도 못 할 테니 그냥 넘어갔다. 그러나 나는 결단코 그 말을 잊지 않았다.

"이곳에서 여러분을 맞게 되어 너무나도 기뻐요." 내가 미소를 짓는다. 입술에 바른 립스틱이 밀랍처럼 뻣뻣하게 느껴진다. "여기까지 먼 걸음을 하셨다는 걸, 그리고 바쁘신 와중에 시간을 내기가 어려우셨으리라는 걸 압니다. 그러나 이곳이 눈에 들어온 그 순간부터 저는 완벽한 장소임을 직감했어요. 야생 탐방을 좋아하는 윌에게도. 또 아일랜드계라는 제 뿌리를 기리는 의미에서도요." 내가 아빠를 바라보자 그가 씩 웃어준다. "그리고 여러분―저희 가족 친지 여러분―모두가 여기 한데 모인 모습을 보는 것은 제게 정말 뜻깊은 일입니다. 저희 둘 다에게요." 나는 윌에게 잔을 들어올리고 그도 화답하여 잔을 들어올린다. 그는 이런 일에 있어서 나보다 훨씬 낫다. 애쓰지 않고도 매력과 온기를 발산하니까. 나는 사람들이 내가 원하는 대로 하도록 만들 수 있다, 확실히. 그러나 언제나 나를 좋아하도록 만들 수는 없었다. 내 약혼자가 하는 방식으로는. 윌은 내게 씩 웃어 보이더니 윙크하고, 어느덧 나는 우리가 아까 침실에서 시작했던 것을 이어서 하는 상상에 빠지고 만다……

"저도 이런 날이 정말로 오리라고는 믿지 못했어요." 내가 퍼뜩 정신을 차리고 말한다. "지난 수년간 〈다운로드〉로 너무 바빠서 누굴 만날 여유가 영영 없으리라 생각했거든요."

"잊은 거 아니지." 윌이 외친다. "데이트하기고 당신을 설득하느라 내가 얼마나 공을 들여야 했는데."

그의 말이 옳다. 그때는 왠지 진짜라기에는 너무 좋아 보여서 믿을 수 없었다. 나중에 그가 말하길 본인도 독만 되는 관계에서 빠져나온 지 얼마 되지 않은 시점이라 연애 상대를 물색할 처지가 아니었다고 했다. 그런데 그런 우리가 그 파티에서 완전히 통했던 거다.

"당신이 그래줘서 정말 기뻐." 나는 그를 내려다보며 미소 짓는다. 그 모든 일이 어쩜 이토록 빠르고 손쉽게 진행되었는지 아직도 무슨 기적처럼 느껴진다. "제가 운명이란 걸 믿었더라면, 운명의 여신이 우리를 맺어주었다는 생각이 들 정도예요."

윌이 내게 해사한 미소를 돌려준다. 우리의 시선이 얽혀들자 이곳에 우리 말고 아무도 없는 듯하다. 그러다 난데없이 그 빌어먹을 편지가 떠오른다. 내 입술에 걸린 미소가 살짝 이지러지는 것이 느껴진다.

조노
신랑 들러리

지금 바깥은 칠흑같이 어둡다. 난롯불에서 올라오는 연기가 방에 가득해 모든 이들이 달라 보인다. 전부 가장자리가 흐릿하다. 본인들 같지가 않다.

우리는 다음 코스로 넘어가서 웬 성가신 다크초콜릿 타르트를 먹고 있다. 타르트를 자르려 하자 접시에서 팅겨 날아가 페이스트리 부스러기가 사방으로 흩어진다.

"형아가 칼질 대신 해줄까, 우리 아기?" 덩컨이 식탁 저쪽 끝에서 조롱한다. 다른 놈들이 웃는 소리가 들린다. 아무것도 변한 게 없는 것 같다. 나는 그들을 무시한다.

해나가 나를 돌아보며 말한다. "조노, 당신도 런던에 사나요?" 해나는 마음에 든다, 나는 결정했다. 사람이 상냥해 보인다. 그리고 북부 억양도 마음에 들고, 듣자하니 두 아이의 엄마면서도 귀윗부분에 피어싱 여러 개를 뚫어서 파티걸처럼 보이는 부분도 마음에 든다. 장담하건대 마음만 내키면 고삐를 확 풀어버릴 수도 있는 사람이리라.

"맙소사, 절대 아니죠." 나는 그녀에게 말한다. "난 도시가 싫어요. 백날 시골 지역에 있어도 질리지 않아요. 자유롭게 거닐 공간이 필요한 사람이라."

"그럼 상당한 아웃도어파군요?" 해나가 묻는다.

"네." 내가 말한다. "그렇다고 할 수 있죠. 한때 레이크디스트릭트의 어드벤처 센터에서 일하기도 했거든요. 등산이나 오지 생존 요령 같은 걸 가르치면서요."

"우와. 말씀을 들으니 이해가 되는 것 같네요. 당신이 총각 파티를 기획했던 거죠?" 해나가 내게 미소를 짓는다. 그녀가 그와 관련해 얼마나 아는지 모르겠다.

"네." 내가 말한다. "제가 기획했죠."

"찰리가 거기 다녀와서 딱히 어땠다는 말을 안 해주더라고요. 그래도 뭔가 카약도 타고 등산도 하고 그럴 거라고 사전에 듣기는 했거든요."

아, 그러니까 무슨 일이 벌어졌는지는 전혀 얘기하지 않은 거구나. 놀랍지는 않다. 생각해보니 내가 찰리였어도 말하지 않았을 것 같다. 그 일 전반에 대해서는 적게 말할수록 좋으니까. 찰리가 그와 관련해서 지나간 것은 지나간 대로 두기로 결심했기를 바랄 뿐이다. 가엾은 놈. 그래도 그 전부가 내 아이디어는 아니었다.

"뭐, 네." 나는 말을 잇는다. "제가 항상 그런 쪽에 빠져 있었거든요."

"맞아요." 페미가 말참견을 한다. "체육관 지붕에 벽을 타고 올라가는 법을 알아낸 것도 조노였어요. 그리고 너 학생 식당 바깥에 있던 엄청 큰 나무 위에도 올라가지 않았냐?"

"아 세상에." 윌이 해나에게 말한다. "이 녀석들이 학창시절 얘기를 꺼내게 하지 마세요. 한번 시작하면 끝이 없으니까."

해나가 내게 미소 짓는다. "당신도 텔레비전 프로그램 하나 찍을 수 있겠는데요."

"그게," 내가 말한다. "그런 얘기를 하니까 재미있는 게, 제가 실제로 그 프로그램 오디션을 봤거든요."

"정말요?" 해나가 묻는다. "〈밤중에 살아남기〉 오디션을?"

"네." 아, 제기랄. 왜 이 말을 꺼냈지? 조노 이 멍청아, 맨날 입단속을 못하지. 세상에, 쪽팔리게. "네, 그게, 스크린 테스트를 봤어요, 우리 둘이서. 그런데……"

"그런데 조노는 그런 허섭스레기 같은 일에는 발도 담그지 않겠다고 결심이 딱 섰다더라고요, 그랬지?" 윌이 말한다. 내가 얼굴 붉힐 일이 없도록 해주려는 윌의 마음은 고맙다. 그러나 이제 와서 거짓말을 하는 건 의미 없는 일이니 그냥 말하기로 한다. "쟤가 또 친구라고 감싸주는 거예요. 사실을 말하자면 제가 오디션을 개떡같이 봤던 거죠. 그쪽에서 저한테 화면발이 별로라고 하더라고요. 여기 우리 미남과는 영 딴판으로……" 나는 몸을 숙여 윌의 머리칼을 헝클어뜨리고, 그는 웃으며 머리를 뒤로 뺀다. "그리고 보면 이 녀석 말도 맞아요. 애초에 나한테는 안 맞는 일이었어요. 뭔 화장품을 치덕치덕 발라대지 않나, 웬 놈의 옷을 가지고 와서 입으라고 하지 않나, 그러는 통에 도저히 못 참겠다 싶긴 했으니까. 그렇다고 네가 하는 일을 깎아내리는 건 절대 아니다, 친구."

"전혀 기분 상하지 않았어." 윌이 양손을 들어올리며 말한다. 그는 화면발을 타고났다. 사람들이 자신에게 바라는 인물상을 자유자재로 보여주는 능력이 있다. 그가 프로그램에서는 'h' 발음을 죽이고 살짝 더 '서민의 일원'처럼 말하는 것*을 나는 안다. 하지만 사립학교 교육을 받은 상류층 놈들, 우리가 다녔던 그런 학교보다 상위 학교 출신인 놈들과 같이 있을 때면 그는 상류층의 일원이 된다―백 퍼센트 완벽하게.

"여하간," 나는 해나에게 말한다. "이해 못할 바는 아니죠. 누가 이렇게 못난 상판대기를 텔레비전에서 보고 싶겠어요, 응?" 나는 얼굴을 찡그린다. 그러자 내가 방금 성기라도 내보였다는 듯 줄스가 내게서 시선을 돌린다. 건방진 년.

"그런데 프로그램의 아이디어는 어디서 얻었어요, 윌?" 해나가 묻는다. 대화 주제를 넘겨 내가 더더욱 쪽팔리는 꼴을 면하게 해주려는 그녀에게 고마운 마음이 든다.

"맞아." 페미가 말한다. "사실 나도 그게 궁금했어. '생존'에서 얻은 거야?"

"'생존'이요?" 해나가 그를 돌아본다.

"우리가 학창시절에 하던 게임이에요." 페미가 설명한다.

덩컨의 아내 조지나가 끼어든다. "어머 세상에. 덩컨이 저한테도 그 게임 얘기를 많이 해줬어요. 진짜 끔찍한 게임이던데. 덩컨 말로는 밤중에 남자애들을 잠자리에서 끌고 나가 허허벌판 한복판에 던져두었다고……"

---

* 영국 방언에서는 'h' 발음을 명확하게 내지 않는 경향이 있다.

"맞아요, 그랬죠." 페미가 말한다. "후배를 잠자리에서 납치해 기숙사에서 최대한 멀리 떨어진 곳까지 데려가서 학교 부지 깊숙한 구석에 내버려두고 그랬던 거죠."

"그리고 여기서 말하는 부지는 엄청 컸어요." 앵거스가 말한다. "그렇게 허허벌판 한복판에. 칠흑같이 어둡고. 불빛 하나 없는 곳에 내버려두는 거죠."

"너무 야만스러운 것 같은데요." 해나가 눈을 휘둥그레 뜨고 말한다.

"그게 대단한 전통이었어요." 덩컨이 말한다. "개교 이래로 몇 백 년간 해오던 거였거든요."

"윌은 한 번도 당하지 않았어요, 그렇지 않냐, 친구?" 페미가 그를 돌아본다.

윌이 양손을 올려 보인다. "아무도 저를 납치하지 않더라고요."

"아무렴." 앵거스가 말한다. "다들 너희 아빠를 똥줄 타게 무서워했으니까."

"납치당하는 애는 처음부터 눈가리개를 했어요." 앵거스가 해나를 돌아보며 말한다. "본인이 어디 있는지 모르도록. 어쩔 때는 나무나 울타리에 묶여 있어서 풀고 빠져나와야 하는 경우도 있었어요. 기억하기로 제가 당했을 때는……"

"바지에 지렸죠." 덩컨이 마무리한다.

"아니, 안 지렸거든." 앵거스가 응수한다.

"아니, 너 지렸거든." 덩컨이 말한다. "우리가 까먹은 줄 알았냐. 오줌싸개야."

앵거스가 와인을 꿀꺽 들이켠다. "그래, 뭐 수많은 애들이 그랬으니까. 그땐 존나게 무서웠거든요."

나도 나의 '생존'을 기억한다. 언젠가는 당하리라는 걸 알았어도 실제로 선배들이 들이닥치면 마음의 준비가 안 되어 있기 마련이었다.

"제일 정신 나간 부분은," 조지나가 말한다. "덩컨은 그게 나쁜 짓이었다고 생각하지 않는 것 같다는 점이에요." 그녀가 그를 돌아본다. "그렇게 생각 안 하지, 자기는?"

"그 일을 겪고 내가 이런 사람이 됐으니까." 덩컨이 말한다.

나는 덩컨이 양손을 주머니에 찔러넣고 가슴을 쭉 편 채 마치 자신이 시야 안에 있는 모든 것의 왕이라도 되는 양, 이곳이 자기 소유인 양 굴며 거기 앉아 있는 모습을 건너다본다. 그리고 그 일을 겪고 그가 정확히 어떤 사람이 되었다는 건지 궁금해진다.

그 일을 겪고 내가 어떤 사람이 된 건지도 궁금해진다.

"아무래도 악의 없는 장난이었던 것 같아요." 조지나가 말한다. "그러다가 누가 죽은 것도 아니고, 그쵸?" 그녀가 살짝 웃어 보인다.

나는 잠에서 깨어 사위에 내린 어둠 속에서 속삭임을 들었던 기억을 떠올린다. 다리 잡아…… 너는 머리 붙잡고. 그러고는 그들이 깔깔대면서 나를 제압하고 눈에 가리개를 둘러매던 것을. 귓가에 들려오던 목소리들. 아마 함성과 환호성이었겠으나, 귀까지 덮인 가리개 때문에 짐승소리처럼 들렸던 절규와 괴성. 바깥의 밤공기로 들어서니 맨발이 얼어붙도록 차가웠다. 고르지 않은 땅 위를 빠르게 덜컹거리며—손수레에 실려갔던 것 같다—한참을 가기에 필시 학교 부지를 벗어났으리라 생각했는데. 그러더니 그들은 나를 숲속에 버려두었다. 혈혈단신으로. 심장박동과 숲의 비밀스러운 소음 외에는 아무 소리도 들리지 않았다. 눈가리개를 벗어도 껌껌한 건 마찬가지였고, 의지할 달빛조차 없었다. 나뭇가지가 두 뺨을 할퀴어대고 나무가 너무 빽빽해서 그 사이로 길이 없는 것만 같은, 그것들이 내게로 죄어드는 것만 같은 느낌. 너무 추워서 목구멍 뒤쪽에 감돌던 피맛 같은 춧내. 맨발 아래에서 탁탁거리던 잔가지. 아마도 제자리를 뱅뱅 돌며 몇 마일을 걸었다. 밤새도록 숲을 헤치고 다니는데 동이 터왔다.

그렇게 학교로 돌아오자 다시 태어난 기분이었다. 나더러 절대 번듯한 어른은 못 될 거라던 선생들은 엿이나 처드시길. 자기들은 그런 밤에서 살아 돌아온 적도 없으면서. 그때 나는 천하무적이 된 것만 같았다. 무엇이든 할 수 있을 것만 같았다.

"조노." 윌이 말한다. "슬슬 네 위스키를 내놓을 때가 된 것 같다고 말하던 참이야. 어디 시음 한번 해보자고." 그는 식탁에서 벌떡 일어서더니 위스키 한 병을 집어온다.

"오." 해나가 말한다. "저도 봐도 될까요?" 그녀가 윌에게서 병을 받아든다. "디자인이 엄청 멋지네요, 조노. 다른 분이랑 협업한 거예요?"

"네." 내가 말한다. "런던에서 그래픽 디자이너로 일하는 친구가 있거든요. 썩 괜찮게 만들어줬죠?"

"정말로 잘해주셨네요." 그녀가 끄덕이면서, 손가락으로 서체를 훑으며 말한다. "제가 하는 일도 그런 쪽이거든요. 제 직업이 일러스트레이터예요. 그런데 이제는 백만 년 전의 일처럼 느껴지네요. 영원한 육아휴직중이라."

"저도 봐도 될까요?" 찰리가 말한다. 그는 해나에게서 병을 받아들어 상표를 읽고는 찌푸린다. "양조장이랑 합작을 해야 했겠어요. 여기 십이 년 숙성이라고 쓰여 있네요."

"네." 나는 무슨 면접이나 시험을 보는 듯한 느낌을, 그가 나에게 무안을 주려는 듯한 느낌을 받으며 말한다. 어쩌면 뼛속까지 학교 선생이라 그러는 건지도 모르겠다. "합작품이에요."

"그럼," 윌이 과장된 동작으로 병을 따며 말한다. "엄격한 시음회가 있겠습니다!" 그가 주방에다 외친다. "이파…… 프레디. 위스키 마실 잔 좀 주시겠어요?"

이파가 쟁반에 술잔 몇 개를 담아온다.

"이파도 한잔 마셔보세요." 윌이 이 영지의 영주라도 되는 양 말한다. "프레디도 한잔하시고. 우리 다 같이 시음해봐요!" 그러더니 이파가 고개를 저으려 하자 말한다. "사양하지 마시고!"

프레디가 발을 질질 끌며 들어와 아내 곁에 선다. 그렇게 둘이 어색하게 서 있는 동안 프레디는 눈을 내리깐 채 자기 앞치마 끈만 만지작거린다. 괴짜 새끼, 덩컨이 나머지 우리에게 벙긋거린다. 저사람이 바닥만 내려다보는 게 어쩌면 잘된 일일 수도 있다.

나는 이파를 살펴본다. 그녀는 처음 생각했던 것만큼 나이가 들지는 않았다, 고작 마흔이나 됐을까. 그냥 나이들어 보이게 옷을 입었을 뿐이다. 또 미인이기도 하다―고상한 느낌으로. 저렇게 파티에 찬물이나 끼얹는 남편은 뭐하러 끼고 사는지 궁금하다.

윌이 위스키를 마저 따른다. 줄스는 두어 방울만 달라고 한다. "미안하지만 제가 위스키를 잘 못 마셔서요." 그녀가 한 모금을 홀짝이더니 미처 손으로 입을 다 가리기도 전에 얼굴을 찌푸리는 걸나는 목격하고 만다. 그러나 그렇게 손으로 가려봤자 주의만 더 끌뿐이다. 어쩌면 생각해보니 일부러 주의를 끌려고 그런 것 같기도 하다. 그녀가 날 썩 좋아하지 않는다는 건 상당히 명확하니 말이다.

"괜찮다, 야." 덩컨이 말한다. "살짝 라프로익*이 생각나네, 뭔 말인지 알지?"

"어," 내가 말한다. "약간 그럴 수도 있겠다." 역시 덩컨은 위스키 쪽으로 빠삭하다.

이파와 프레디는 잔을 가능한 한 빨리 비워버리고 다시 주방으로 종종걸음을 옮긴다. 이해한다. 우리 엄마도 그쪽 지역의 컨트리클럽에서 일하곤 하셨다—앵거스나 덩컨네 부모님이 회원권을 끊었을 법한 그런 곳에서. 엄마가 말하길 골프 치러 오는 회원이 본인 딴에는 아량을 베푼다고 생각하면서 가끔 엄마에게도 한잔 사겠다고 했는데 그러면 괜히 마음만 불편해졌다고 했다.

"저는 되게 맛있는 것 같은데요." 해나가 말한다. "놀랐어요. 게다가 조노, 솔직히 말하자면 저는 원래 위스키를 별로 좋아하지 않거든요." 그녀는 다시 한 모금을 홀짝인다.

"그러니," 줄스가 말한다. "우리 하객들이 정말 운이 좋네요." 그녀가 내게 미소 짓는다. 그런데 사람들이 말하는 눈은 안 웃는 그런 미소를 아는가? 그녀 눈이 딱 그렇다.

나는 모두에게 씩 웃어 보인다. 그러나 심기는 약간 불편하다. 아무래도 그렇게 '생존' 얘기를 한 탓인 듯싶다. 그들에게는—여타 거의 모든 트리벨리언 남자 졸업생에게는—그 모든 게 그저 게임이라는 사실을 나 자신에게 상기시키기란 어렵다.

---

* 영국의 싱글몰트 스카치위스키 브랜드.

나는 윌을 건너다본다. 그는 한 손을 줄스의 뒤통수에 댄 채 모두를 둘러보며 웃고 있다. 윌은 인생에서 모든 걸 가진 남자처럼 보인다. 실제로 그런지도 모른다. 그리고 나는 생각한다. 이 모든 옛날 이야기에도 그는 나처럼 타격을 받지 않는 걸까? 아주 조금이라도?

이 찜찜한 기분을 털어내버려야겠다. 나는 식탁 중앙으로 손을 뻗어 위스키병을 집어든다. "슬슬 술 게임을 할 때가 된 것 같은데." 내가 말한다.

"어……" 줄스가 아마도 하지 말라고 말하려던 것 같지만 그 목소리는 녀석들이 포효하듯 찬동하는 소리에 묻혀버린다.

"그래!" 앵거스가 외친다. "아이리시 스냅* 할까?"

"좋아." 페미가 말한다. "학교 다닐 때 했던 것처럼! 리스테린 가글 원샷하던 거 기억나? 그게 알코올 도수가 50도였다는 걸 알아내서?"

"그리고 네가 보드카를 몰래 가져오기도 했잖아, 덩크." 앵거스가 말한다.

"좋았어." 나는 식탁에서 벌떡 일어나며 말한다. "그럼 내가 트럼프 카드 가져온다." 주의를 돌릴 만한 게 생기자 벌써 기분이 나아진다.

주방으로 간 나는 등을 보이고 서서 클립보드에 있는 어떤 명단을 훑어보는 이파를 발견한다. 내가 헛기침하자 그녀는 살짝 움찔한다.

---

* 트럼프 카드를 가지고 하는 반사신경을 이용한 술 게임.

"귀염둥이 이파." 내가 말한다. "혹시 트럼프 카드 있어요?"

"네." 그녀가 마치 나를 두려워하는 것처럼 내게서 한 발짝 떨어지며 말한다. "물론이죠. 생각해보니 응접실에 한 벌 있네요." 그녀는 구수한 억양을 갖고 있다. 나는 항상 아일랜드 여자가 좋았다. '생각' 대신에 '탱각'—그 발음에 미소가 떠오른다.

그녀의 남편도 안쪽에 있는데 오븐 앞에서 부산스럽다.

"내일 먹을 음식을 만드는 거예요?" 나는 이파를 기다리는 동안 그에게 묻는다.

"예에 뭐." 그가 눈도 마주치지 않고 말한다. 이파가 일 분 정도 후에 카드를 들고 돌아와준 게 고맙다.

다시 식탁으로 돌아간 나는 카드를 다른 이들에게 나눠준다.

"미인은 잠꾸러기라 저는 이만 실례해야겠네요." 줄스의 엄마가 말한다. "독주를 즐겨 마시는 편도 아닌지라." 뻥치시네, 나는 줄스의 입 모양을 본다. 줄스의 아빠와 섹시한 프랑스인 새엄마도 자리에서 일어난다.

"저도 빠질게요." 해나가 말하며 찰리를 건너다본다. "우리 오늘 좀 고단했잖아, 자기도 피곤하지 않아?"

"글쎄……" 찰리가 말한다.

"껴야지, 찰리는." 내가 찰리에게 외친다. "재미있을 거예요! 인생 즐기다 가는 거지!"

그는 설득당한 표정이 아니다.

총각 파티 때 상황이 살짝 엇나가버리기는 했다. 찰리 저 불쌍한 놈은 우리 학교 같은 학교에 다니지 않았으니 실상 그런 쪽으로는 준비가 되어 있지 않았던 거다. 찰리는 그냥 순전히…… 지리 선생 그 자체인데. 그날 밤에 그가 땅굴을 파고 들어가버린 것 같다는 느낌이 들었다. 누구라도 그렇게 느꼈으리라. 찰리는 나머지 주말 내내 우리 중 누구와도 거의 얘기하지 않았다.

내 생각에는 학창시절 패거리가 다시 뭉쳤기 때문이었던 듯하다. 개중 대다수가 트리벨리언에 다녔으니. 우리는 모두 그 장소에서 유대를 형성했다. 윌과 나의 유대 같은 느낌은 아니지만─그 유대는 딱 우리 둘만의 것이니까. 대신 우리는 다른 것으로 묶여 있다. 모종의 의식, 남자들끼리의 유대감. 우리가 뭉치면 이런 군중심리 같은 게 형성되고야 만다.

우리는 거기 휩쓸리고야 만다.

해나
부부 동반 참석자

술잔에 동전을 넣은 그 사건 이후로 나는 안내역들을 매우 경계
하게 되었다. 그들이 술잔을 기울일수록 사립학교 남학생다운 허
례허식 뒤편에 숨겨진 어둡고 잔인한 면모가 드러난다. 그리고 지
금 내 남편이 저 패거리에 받아들여지고 싶어하는 십대 꼬마처럼
구는 모습이 정말 싫다.

"좋아." 조노가 말한다. "다들 준비됐어요?" 그는 식탁을 둘러본
다. 그의 눈에서 이상한 느낌을 주는 게 뭔지 알아냈다. 너무 색이
짙어 어디서 홍채가 끝나고 동공이 시작되는지 분간되지 않는다는
점이다. 그로 인해 기이하게 텅 빈 인상이라 웃는 동안에도 눈은
별로 협조하지 않는 것만 같다. 게다가 그에 반해 나머지 얼굴은
살짝 지나치게 표현력이 풍부해서 대략 이 초마다 표정이 바뀌고,
입도 엄청 커다랗고 활발히 움직인다. 그에게는 뭐랄까 조증의 활
기 같은 것이 있다. 저게 악의 없는 행동이길 바랄 뿐이다. 마치 개

가 거대한 몸집으로 무섭게 덤벼든대도 실제로 원하는 건 공을 던져달라는 것뿐, 얼굴을 짓뭉개버리겠다는 뜻이 아니듯이.

"찰리." 조노가 말한다. "확실히 같이할 거죠?"

"찰리." 나는 남편과 눈을 맞추려 애쓰며 속삭인다. 찰리는 저녁 내내 줄스에게 정신을 팔거나 저들의 일원이 되려 애쓰느라 거의 내 쪽을 쳐다보지도 않았다. 그러나 나는 그에게 가닿고야 말겠다.

찰리는 온화한 남자라 목소리를 높이는 일도, 애들에게 화를 내는 일도 거의 없다. 애들이 야단맞는다면 보통 나한테 맞는 거다. 그러니 그가 술을 마시면 한층 과격한 모습으로 변한다거나 알코올이 그의 안 좋은 기질을 증폭시키기 때문에 이러는 게 아니다. 평소 행실로 보면 그는 안 좋은 기질이랄 게 사실 많지 않으니까. 그래, 어쩌면 그 모든 분노가 저기 표면 아래 어딘가에 숨겨져 있는지도 모르겠다. 하지만 맹세할 수 있는데, 두어 번쯤 그가 취한 모습을 목격했을 때 나는 남편이 다른 사람에게 몸을 갈취당했나 싶었다. 그래서 남편이 취하는 게 더더욱 겁나는 것이다. 몇 년에 걸쳐 나는 경미한 낌새를 발견하는 법을 터득했다. 그의 입매가 살짝 풀어진다든지, 눈꺼풀이 감긴다든지. 그다음 단계로 넘어가면 아름답지 않다는 걸 알기에 터득할 수밖에 없었다. 취기가 오르면 마치 그의 뇌에서 작은 폭죽이 갑자기 작렬하는 것 같다.

마침내 찰리가 내 쪽을 흘깃한다. 나는 그가 내 의도를 곡해하지 않도록 찬찬히, 의도적으로 고개를 젓는다. 하지 마.

"이게 존나 무슨 상황이지?" 덩컨이 빽 내지른다. 아 세상에, 고개를 젓는 모습을 그한테 들켜버린 거다. 덩컨이 찰리를 홱 돌아본다. "아내한테 목줄이 잡혀 사는 거야, 우리 찰리?"

찰리의 귀가 선홍색으로 물든다. "아니," 그가 말한다. "당연히 아니죠. 그래, 좋아요. 나도 같이하지 뭐."

제기랄. 나는 그가 혹여 헛짓거리라도 하면 막을 수 있게 자리를 지키고 싶은 마음과, 결과가 어찌되든 그를 고주망태가 되도록 술판에 내버려두고 자리를 떠야 한다는 생각 사이에서 갈등한다. 명백히 선을 넘는 줄스와의 그 플러팅을 다 보고 나니 더더욱.

"그럼 카드 돌립니다." 조노가 말한다.

"잠깐." 덩컨이 일어서더니 손뼉을 치며 말한다. "우리 학교 교훈 먼저 외쳐야지."

"그래." 페미가 동의하며 가담한다. 앵거스도 일어선다. "이리 와, 월이랑 조노도. 옛날 추억도 되살리고 좋잖아."

조노와 월도 일어선다.

나는 그들을 바라본다—하나같이, 조노만 빼고, 흰 셔츠와 검은 바지로 너무도 우아하게 차려입고 손목에는 값비싼 시계를 차고 있다. 딱 봐도 졸업 이래로 쭉 뻗은 성공 가도를 달려온 이 남자들이 도대체 왜 아직도 학창시절에 집착하는지 의문이다. 나는 허섭스레기 같은 던레이븐고등학교 시절의 일화를 지겹게 떠드는 모습을 상상할 수도 없는데. 그 학교에 딱히 억하심정이 있었던 건 전혀 아니지만 그다지 자주 떠올리는 장소도 아닌 것이다. 여느 애들과 마찬가지로 나는 낙서를 휘갈긴 졸업생 셔츠*를 입고 떠났고 이후 사실상 뒤돌아보지 않았다. 하지만 이 남자들은 오후 세시 삼십

---

* 영국의 졸업식에는 친구들끼리 서로의 셔츠에 인사말이나 이름을 써주는 전통이 있다.

분에 하교해 집에 가서 〈홀리오크스〉를 시청할 일이 없었을 것이다―저들은 유년기의 한 토막을 그곳에 갇혀서 보내야만 했던 것이다.

덩컨이 식탁을 주먹으로 천천히 두드리기 시작한다. 그러더니 주위를 둘러보며 다른 이들에게도 동참하라고 독려한다. 그러자 다들 합류한다. 점차 소리가 커지고 또 커지면서 둥둥거림이 빨라지고 더 격해진다.

"파크 포르티아 에트 파테레." 덩컨이 연호하는 구호는 라틴어인 듯싶다.

"파크 포르티아 에트 파테레." 다른 이들이 후창한다.

그러고는 나지막하게, 열중한 어조로 중얼거린다,

"플렉테레 시 네퀘오 수페로스,
아케론타 모베보.
플렉테레 시 네퀘오 수페로스,
아케론타 모베보!"

나는 그 남자들을, 명멸하는 촛불 빛에 번득이는 그들의 눈을 쳐다본다. 그들의 얼굴은 상기되어 있다―다들 흥분하고 취한 것이다. 등골이 오싹해진다. 촛불과 창문에 내침해오는 어둠과 저 구호, 저 둥둥거리는 소리의 기이한 박자가 더해지니 갑자기 무슨 악마의 의식을 행하는 광경을 보는 듯한 느낌이 든다. 그 광경에는 어딘가 위협적인, 부족적인 요소가 스며 있다. 가슴에 손을 올리자 심장이 겁먹은 동물처럼 너무 빠르게 박동하는 것이 느껴진다.

둥둥거림이 강도를 더해가며 절정으로 치닫자 광분의 도가니 속에서 접시와 포크 등이 사방으로 튀어오른다. 유리잔 하나가 통통 튀어가다가 식탁 모서리에서 떨어져 박살난다. 나 말고는 아무도 신경쓰지 않는다.

"파크 포르티아 에트 파테레!
플렉테레 시 네쿼오 수페로스,
아케론타 모베보!"

그러더니 마침내, 더는 못 참겠다는 마음이 든 바로 그 순간, 그들이 일제히 함성을 내지르더니 멈춘다. 그리고 서로를 응시한다. 다들 이마가 땀으로 번들거린다. 무슨 약이라도 흡입한 듯 동공이 확장되어 보인다. 이내 하이에나처럼 이를 드러내고 크게 웃으면서 서로 아플 정도로 세게 등짝을 갈기고 주먹을 먹인다. 나는 조노가 다른 남자들처럼 힘껏 웃지 않는다는 걸 깨닫는다. 그는 활짝 웃고 있지만 어쩐지 설득력이 떨어진다.

"그런데 그게 무슨 뜻이에요?" 조지나가 묻는다.

"앵거스," 페미가 발음을 흘린다. "네가 라틴어광이잖아."

"첫번째 부분은," 앵거스가 말한다. "'용맹하게 행동하고 인내하라'는 뜻인데 우리 학교 교훈이었어요. 두번째 부분은 학생들이 추가한 거예요. '천국을 내리지 못한다면 지옥을 올리리라.'* 럭비 시합 전에도 이 구호를 외치곤 했어요."

---

* 로마의 시인 베르길리우스의 장편서사시 『아이네이스』에 등장하는 구절.

"이래저래 다른 일을 벌이기 전에도." 덩컨이 고약한 미소를 지으며 말한다.

"너무 협박조인데요." 조지나가 말한다. 그러나 그녀는 얼굴이 시뻘게지고 땀범벅이 되어 거친 눈빛을 띠고 있는 자기 남편을 이렇게 매력적인 모습은 처음이라는 듯 올려다보고 있다.

"사실 그렇게 들리라고 외치는 거였죠."

"자, 계집애들아." 조노가 고함친다. "이제 그만 촐싹거리고 술 좀 마시자!"

다른 남자들이 다시금 찬동의 함성을 내지른다. 페미와 덩컨이 위스키를 와인과 섞더니 먹다 남은 음식에 있던 소스도 넣고 소금과 후추까지 치자 구역질나는 갈색 수프가 된다. 그런 뒤 게임이 시작된다—모두가 식탁에 양손을 쾅쾅 내리찍으며 목청이 터져라 고함을 지른다.

앵거스가 첫판에서 진다. 그가 그 출렁거리는 혼합물을 들이켜는데 티 하나 없는 그의 순백색 셔츠에 방울이 튀어 갈색 물이 든다. 다른 남자들이 야유한다.

"이 등신아!" 덩컨이 고함친다. "목으로 다 흘러내리잖아."

앵거스는 마지막 한 모금을 삼키고는 구역질을 한다. 두 눈이 불룩 튀어나온다.

다음 패자는 윌이다. 그는 능숙하게 그것을 마신다. 그의 꿀렁대는 목 근육을 나는 지켜본다. 그는 머리 위로 잔을 거꾸로 들고 씩 웃는다.

다음으로 카드를 다 가져간 패자는 찰리다. 그는 잔을 들여다보며 심호흡한다.

"왜 이래, 계집애같이!" 덩컨이 고함친다.

나는 차마 볼 수가 없다. 보고 있을 필요도 없다. 망할 놈의 찰리, 나는 생각한다. 둘이 같이 주말여행을 온 것처럼 보내기로 했으면서. 본인이 그렇게 자멸하고 싶다면야 뭐 빌어먹을 알아서 하겠지. 나는 아내지 엄마가 아니니까. 나는 일어선다.

"전 자러 갈게요." 내가 말한다. "다들 좋은 밤 보내세요."

그러나 대답하는 사람도, 심지어 내 쪽을 쳐다보는 사람도 없다.

옆방 문을 밀고 응접실로 들어서다가 놀라서 걸음을 우뚝 멈춘다. 응접실 소파 위에 어떤 형상이 음침하게 앉아 있다. 잠시 뒤에야 나는 그 형체가 올리비아임을 알아본다. "오, 안녕하세요." 내가 말한다.

올리비아가 올려다본다. 그녀는 긴 다리를 앞으로 뻗고 있는데 맨발이다. "안녕하세요."

"저기 있는 거 진저리났죠?"

"네."

"나도요." 내가 말한다. "조금 더 있다가 자려고요?"

그녀는 어깨를 으쓱한다. "자러 가봤자 의미가 없어요. 제 방이 저기 바로 옆방이라."

마치 큐 사인이라도 받은 것처럼 식당에서 조롱조의 웃음소리가 터져나온다. 누군가가 고함친다. "마셔라, 마셔라 쭉쭉쭉!"

그리고 이어지는 연호. 원샷, 원샷, 원샷—그러다 구호가 갑자기 전환된다—지옥을 올려라, 지옥을 올려라, **지옥을 올려라!** 식탁이 주먹에 으스러지는 소리. 그러더니 다른 무언가가 깨지는 소리—또 유리잔이 깨진 걸까? 발음이 뭉개진 음성. "조노, 이 등신 새끼!"

가엾은 올리비아, 저 모든 것으로부터 탈출할 수가 없다니. 나는 문가에서 서성거린다.

"괜찮아요." 올리비아가 말한다. "딱히 누가 옆에 있어주지 않아도 돼요."

그러나 있어줘야 할 것 같다. 그녀가 안됐다. 그보다 사실은 함께 있기를 내가 원한다는 걸 깨닫는다. 아까 동굴에서 담배를 피우며 그녀와 앉아 있는 게 좋았다. 거기에는 어딘가 들뜨는 느낌이, 기이한 긴장감이 있었다. 혀에서 담배맛이 감도는 가운데 올리비아와 대화를 하고 있으니 내가 다시금 같이 잔 남자 얘기나 떠벌리는 열아홉이 된 것 같았다―대출로 눈알까지 저당잡힌 두 아이의 엄마가 아니라. 그리고 올리비아가 누군가를 상기시킨다는 사실도 한몫한다. 그런데 그게 누구인지 떠오르지 않는다. 마치 무슨 단어를 떠올리려 할 때, 금방이라도 생각이 날 것 같은데 혀끝에서만 맴도는 것처럼.

"사실," 나는 말한다. "저도 그렇게 피곤하진 않거든요. 미쳐 날뛰는 아이 둘을 상대하기 위해 내일 아침 일찍 일어날 필요도 없고요. 저희 방에 와인이 좀 있는데―가서 가져올까봐요."

올리비아는 이 말에 작은 미소를 짓는다, 내가 처음으로 본 미소다. 그러더니 그녀는 소파 쿠션 뒤로 손을 뻗어 비싸 보이는 보드카 한 병을 꺼낸다. "제가 아까 주방에서 슬쩍해뒀어요."

"오." 내가 말한다. "뭐, 더 좋네요." 이러니 정말로 다시 열아홉이 된 것 같다.

그녀가 내게 병을 건넨다. 나는 뚜껑을 돌려 따고 꿀꺽 들이켠다. 얼어붙을 듯하면서도 뜨거운 액체가 목구멍을 타고 내려가 숨이 턱 막힌다. "와. 마지막으로 병째 마셔본 게 언제인지도 모르겠네." 나는 술병을 올리비아에게 건네고 입을 닦는다. "우리 아까 얘기하다가 말지 않았어요? 그 남자 얘기를 하고 있었잖아요─캘럼이랬나? 둘이 헤어졌다고."

올리비아는 눈을 감고 심호흡한다. "아무래도 그 이별은 시작일 뿐이었던 것 같아요." 그녀가 말한다.

커다란 폭소가 또다시 옆방에서 터져나온다. 식탁을 내리치는 손길도 더 격렬해진다. 서로 더 시끄럽게 고함을 질러대는 술 취한 남자들의 목소리도. 문에서 쾅음이 나더니 앵거스가 문안으로 나동그라지는데 바지가 발목께까지 내려가 있고 성기가 외설스럽게 덜렁거린다.

"미안해요, 숙녀분들." 그가 술에 취해 음흉한 눈초리로 말한다. "저는 신경쓰지 마세요."

"아 진짜 제발," 나는 폭발한다. "그냥…… 그냥 우리 좀 놔두고 꺼지라고 씨발!"

올리비아가 나한테 그런 면이 있으리라고는 생각지 못했다는 듯 감명받은 눈길로 나를 쳐다본다. 나도 생각지 못했다. 어디서 튀어나온 건지 잘 모르겠다. 어쩌면 보드카 때문인지도.

"있잖아요," 내가 말한다. "여기가 수다를 떨기에 썩 좋은 장소는 아닌 것 같네요, 그렇죠?"

올리비아가 고개를 끄덕인다. "아까 그 동굴로 가도 되고요."

"어……" 나는 밤중에 섬을 관광할 계획은 없었다. 그리고 늪지 같은 곳도 있으니 분명 밤에 돌아다니면 위험할 테다.

"못 들은 걸로 하세요." 올리비아가 재빨리 말한다. "알겠으니까. 그냥—이상하죠—그냥 거기선 얘기하기가 한결 쉬웠던 것 같아서요."

그러자 갑자기 아까 그 느낌이 다시 든다. 어떤 기이한 전율이랄지, 규율을 어기는 데서 오는 그런 느낌. "아니," 내가 말한다. "가죠. 그 병도 챙겨서."

우리는 뒷문을 통해 슬쩍 빠져나온다. 밤에는 정말로 으스스하다, 이곳은. 가까이에서 들려오는, 파도가 암석에 부딪히는 소리를 제외하고는 너무도 고요하다. 이따금 기이한 후두음처럼 꺽꺽거리는 소리가 들려서 팔뚝의 털이 온통 쭈뼛 선다. 마침내 나는 그것이 어떤 새가 내는 소리가 분명하다는 사실을 깨닫는다. 소리로 볼 때 상당히 커다란 놈이리라.

계속해서 나아가는 동안 내 손전등의 빛줄기 속에서 폐허가 된 주택들이 우리 옆에 일렁인다. 어두컴컴하고 입을 쩍 벌린 창문들이 텅 빈 눈구멍 같은데다 마치 누군가가 그 안에서 내다보며 지나가는 우리를 지켜보는 듯해 주눅이 든다. 그 내부에서 나는 소리도 들려온다, 바스락거리고 삐걱거리고 북북거리는 소리. 아마도 쥐가 내는 소리겠지—하지만 그것 역시 딱히 마음이 더 놓이는 생각은 아니다.

걸어가는 내내 나는 주위에서 움직이는 것을 의식한다—너무 빨라서 제대로 보이지 않고 미약한 달빛을 받아 순간적으로 시야에 잡힐 뿐이다. 뭔가가 내 얼굴에 너무 가까이 날아와 민감한 뺨의 피부에 스치는 느낌이 든다. 나는 펄쩍 뒷걸음치며 손을 들어 그것을 물리친다. 박쥐인가? 곤충이라기에는 확실히 지나치게 컸다.

동굴로 기어내려가는데 우리 앞쪽의 암벽에 웬 검은 형상이 사람 모양으로 나타난다. 나는 깜짝 놀라서 하마터면 술병을 떨굴 뻔하다가 한 박자 늦게 그것이 내 그림자임을 깨닫는다.

이곳은 귀신을 믿게 되고도 남을 장소다.

현재
결혼식 당일 밤

안내역 넷이서 수색조를 꾸렸다. 그들은 구급상자를 챙긴다. 길을 비추기 위해 차일 입구의 횃불 받침대에서 큼지막한 등유 횃불도 꺼내든다.

"자 얘들아." 페미가 말한다. "다들 준비됐지?"

그들이 채비하는 모습에는 부적절한 신바람에 버금갈 정도로 기이하고 열광적인 활력이 감돈다. 그들은 무슨 임무에 나서는 스카우트 대원처럼, 한때 그랬듯 한밤중에 담력 시험에라도 나서는 남학생들처럼 보인다.

다른 하객들도 주위에 몰려들어 채비하는 그들을 말없이 지켜본다. 이 사안이 자기 손을 떠났음에, 자신은 여기 불빛과 온기 속에 남도록 허락받았음에 안도하면서.

떠나는 이들을 차일 안에서 눈으로 배웅하는 사람들에게 수색조는 마녀사냥에 나서는 중세시대 마을 주민처럼 보인다─불붙인

횃불과 특유의 열성적인 분위기. 바람과 정전 탓에 초현실적인 느낌이 한층 더해졌다. 아마도 저 밖에 놓인 채 기다리고 있을 섬뜩한 발견물은 이제 환상성을 띠어 그다지 현실감이 없다. 게다가 무엇을 믿어야 할지, 히스테리에 걸린 십대 소녀가 한 말을 곧이곧대로 믿어도 될지 분간하기 어렵다. 일부 하객들은 아직도 이 모든 상황이 그저 심각한 오해에서 비롯한 것이기를 바라고 있다.

그들이 말없이 바라보는 사이 소규모 수색대는 차일 입구에서 채찍질하듯 펄럭이는 덮개 사이로 나아간다. 바깥의 요란하고도 들쭉날쭉한 한밤 속으로, 폭풍 속으로, 제각기 횃불을 치켜들고서.

전날

올리비아
신부 들러리

동굴 속에는 바닷물이 들어차 우리 발치에서 찰랑거리는데, 물빛이 잉크만큼이나 새까맣다. 그 바람에 이 공간이 한층 비좁게, 더더욱 폐소공포증을 일으킬 것처럼 느껴진다. 해나와 나는 아까보다 더 가까이, 무릎이 닿을 정도로 서로 붙어 앉아야 하고, 우리가 응접실에서 슬쩍해온 양초는 유리등에 담긴 채 앞쪽 암석에 편안히 걸터앉아 있다.

왜 이곳이 '속삭이는 동굴'이라고 불리는지 이제 알겠다. 만조 탓에 안쪽의 음향이 변해 이제 우리가 내뱉는 모든 말이 속삭임으로 되돌아온다. 마치 저기 그늘진 곳에 누군가가 서서 말 한마디 한마디를 되풀이하는 듯하다. 저 그늘진 곳에 사람이 없다고 믿기가 어렵다. 나는 우리 둘뿐인 게 맞는지 확실히 하기 위해 자꾸만 돌아보며 확인하는 자신을 깨닫는다.

어릿어릿한 촛불 빛 속에서는 해나를 제대로 알아볼 수가 없다.

그래도 그녀의 숨소리가 들리고 그녀가 뿌린 향수 냄새도 풍겨온다.

우리는 서로에게 보드카병을 건넨다. 나는 저녁식사 때 마신 반주로 이미 살짝 취한 것 같다. 음식을 별로 먹지 않아서 술기운이 머리까지 곧장 올라가버렸다. 그러나 해나에게 털어놓으려면 이보다 더, 내 뇌가 미처 말을 막을 수 없을 정도로 더욱더 취해야 한다. 참 어처구니가 없는 게, 근래에는 그 일에 관해 누구에게라도 털어놓아야겠다는 욕구가 지독하게 솟구쳐올라 가끔은 아무런 예고도 없이 그 얘기가 입 밖으로 쏟아져나올 것 같은 느낌마저 든다. 그런데 지금 막상 실제로 털어놓을 상황이 되니 말문이 막힌 느낌이다.

해나가 먼저 입을 연다. "올리비아."

동굴이 속삭이듯 답한다. 올리비아, 올리비아, 올리비아.

"세상에." 해나가 말한다. "저 메아리는 뭐야. 혹시 전 남친한테…… 그놈한테 무슨 짓이라도 당한 거예요? 내가 아는 사람도……" 그녀는 멈칫하더니 다시 말한다. "우리 언니 앨리스도, 대학 다닐 때 남자친구가 있었거든요. 그런데 헤어지자고 하니까 그놈이 정말 더럽게 나왔죠. 아닌 게 아니라 진짜 진짜 더럽게……"

나는 해나가 더 말하기를 기다리지만 그녀는 말을 잇지 않는다. 대신에 내게서 술병을 가져가 매우 오래도록 꿀떡이며 거의 네 샷 분량을 마셔버린다.

"아뇨, 그런 쪽은 전혀 아니었어요." 내가 말한다. "맞아요, 캘럼이 좀 쓰레기긴 했죠. 그게, 저랑 헤어지자마자 아주 대놓고 엘리에게 옮겨 탔으니까요. 그래도 그애가 헤어지자고 한 거니까 그걸로 꽁했던 건 아니에요." 나는 그녀에게서 술병을 받아들어 한 모

156

금 가득 삼킨다. 병 주둥이에서 그녀의 립스틱맛이 난다. "학기가 끝난 뒤 여름방학 때였어요. 줄스가 며칠 출장을 간 사이에 이즐링 턴에 있는 줄스의 집에 머물던 때였죠."

나는 암흑 속을 향해 말하고, 동굴이 내 말을 속삭여 되돌려준 다. 어느덧 나는 해나에게 그때 참 외로운 기분이었다고 털어놓는 다. 그 커다란 도시에서, 항상 엄청 신나는 곳이라고 여겨왔던 그 곳을 함께 즐길 사람이 아무도 없음을 깨달았다고. 금요일 저녁에 는 줄스의 집에서 길을 내려가면 나오는 세인즈버리 마켓에서 감 자칩이랑 아침에 먹을 우유와 시리얼을 샀는데, 집으로 돌아오는 길에 술집 바깥에 서서 한잔씩 하며 태양 아래 웃음 짓고 있는 수 많은 사람들을 지나쳤다고. 오렌지색 쇼핑백을 들고 저녁에 고대 할 거리라고는 넷플릭스를 보는 일밖에 없는 내가 빌어먹을 찐따 처럼 느껴졌다고. 그럴 때면 매번 캘럼이 생각나면서 우리가 함께 였다면 뭘 하고 있었을지 상상하게 되는 바람에 더더욱 외로운 기 분이 들었다고.

해나를 잘 알지도 못하면서 이 모든 얘기를 털어놓고 있다는 게 사실 아직도 믿기지가 않는다. 그러나 어쩌면 바로 그렇기 때문인 지도 모른다. 어쩌면 그녀가 사실상 남이기 때문에, 이곳에 모인 온 갖 사람들 중에서 내가 사정을 털어놓을 수 있는 유일한 사람인지 도 모른다. 보드카도 확실히 일조하고 있고, 동굴 안쪽이 너무 어 둑해 그녀의 얼굴이 거의 보이지 않는다는 사실도 도움이 된다. 그 럼에도 그녀에게 모든 사연을 털어놓을 수 있겠다는 생각은 들지 않는다. 다 털어놓는다는 생각만으로도 공황 상태에 빠질 지경이 니까. 그러나 어쩌면 사건의 발단부터 시작해 어느 정도 이야기한다음에, 전부 털어놓을 용기가 생기는지 한번 두고 볼 수는 있겠다.

"핸드폰을 보다가," 내가 말한다. "캘럼이 엘리와 사귄다는 걸 알았어요. 엘리가 스냅챗에 온갖 사진을 공유해놨더라고요. 엘리가 캘럼 무릎 위에 앉아 있는 사진이 있었죠. 다른 사진에서는 엘리가 캘럼한테 키스하면서 카메라에 대고 중지를 치켜올리고 있더라고요, 마치 누구에게도 사진 찍히고 싶지 않다는 듯이…… 그런데 정작 그런 다음에는 그 사진을 빌어먹을 전 세계 사람들이 구경하도록 공유해둔 거죠."

해나가 술을 한 모금 들이켜고는 숨을 토해낸다. "진짜 기분이 끔찍했겠어요." 그녀가 말한다. "그런 꼴을 보다니. 제기랄, 하여간 매번 소셜미디어가 문제야."

"그러니까요." 내가 어깨를 으쓱한다. "그거 보고 기분이 살짝…… 엿같았죠." 행여 내가 완전히 스토커처럼 보일까봐 그 사진을 몇 번이고 들여다봤다는 둥 세인즈버리 쇼핑백을 움켜쥐고 그대로 주저앉아 사진에 대고 꺽꺽 울었다는 둥 그런 얘기까지는 하지 않는다. "그때 친구들이 저더러 좀 놀기도 해야 한다고 그러더라고요." 내가 말한다. "그런 거 있잖아요, 캘럼한테 얼마나 아까운 여자를 찼는지 보여줘, 같은. 친구들이 무슨 데이팅 앱에라도 가입하라고 계속 그랬는데, 저는 대학 안에서는 앱조차 켜고 싶지 않았어요, 학내에서는 다들 끼리끼리 붙어먹었으니까."

"그 뭐냐, 틴더 같은 앱 말이죠?"

딴에는 요즘 세대 문화에 익숙하다는 걸 보여주려고 한 말 같다. "네, 근데 요즘 틴더는 아무도 안 써요."

"미안해요." 해나가 말한다. "내가 옛날 사람인 거 알잖아요. 내가 뭘 알겠어요?" 약간 애석하다는 투다.

"그렇게 옛날 사람은 아닌데요." 나는 해나에게 말한다.

"음…… 고마워요." 그녀가 무릎을 내 무릎에 부딪는다.

나는 보드카를 다시 꿀꺽 마신다. 그리고 줄스의 집에서 그날 밤
에 줄스의 와인을 맛보고는 대학 친구들과 근처 술집에서 한 잔당
3파운드를 내고 마셨던 그 모든 것은 완전히 오줌맛이었음을 깨달
았던 일을 떠올린다. 또 팬티랑 브라만 입은 채 줄스의 커다란 와
인잔을 들고 집안을 돌아다니며 상당히 세련된 여자가 된 기분을
느꼈던 일도. 그곳이 내 집이라고, 밖에 나가서 남자를 찾아 이곳
으로 데려와 섹스를 할 거라고 상상하기도 했다. 그거라면 캘럼에
게 과시할 수 있을 터였다.

당연히 나는 실제로 그럴 계획이 없었다. 이전에 섹스해본 사람
이라고는 딱 한 사람, 캘럼밖에 없었다. 그리고 그마저도 상당히
얌전한 섹스였다.

"그래서 프로필을 만들었어요." 나는 해나에게 말한다. "런던은
다르다고 결정을 내렸거든요. 런던에서는 제가 데이트하러 나가도
이튿날 아침 캠퍼스 전역에 소문이 쫙 퍼질 일은 없을 테니까."

"방금 좀 감명받았어요." 해나가 말한다. "저라면 절대 그런 일
을 벌일 만큼 용기를 내지 못했을 텐데. 그런데 혹시 그…… 안전
할지 걱정되진 않았어요?"

"아뇨." 나는 말한다. "제가 바보도 아니고. 실명을 사용하진 않
았거든요. 진짜 나이도 안 밝혔고."

"아," 해나가 끄덕인다. "그쵸." 나는 그녀가 그 말에 설득되지
않았고, 뭔가 딴지를 걸지 않으려고 매우 애쓰고 있다는 인상을 받

는다.

나는 사실 나이를 스물여섯으로 설정했다. 내가 올린 프로필 사진은 나처럼 보이지도 않았다. 줄스의 옷장을 뒤지고 화장도 완벽하게 했으니까. 하지만 나처럼 보이지 않도록 하는 게 핵심이기도 했다.

"이름은 벨라라고 했어요." 내가 말한다. "그 있잖아요, 모델 벨라 하디드처럼?"

나는 그렇게 침대에 앉아서 눈이 화끈거릴 때까지 그 모든 남자들의 사진을 획획 스크롤해보았다고 해나에게 말한다. "대부분은 저질스럽더라고요. 헬스장에서 셔츠를 까고 있지 않나, 그러면 멋있어 보이는 줄 알고 선글라스를 끼고 있지 않나." 나는 하마터면 포기할 뻔했다.

"그런데 그러다가 어떤 남자랑 매칭이 되었어요." 내가 해나에게 말한다. "그 남자가 눈길을 끌었거든요. 그 사람은…… 달랐어요."

먼저 작업을 건 사람은 나였다. 너무도 나답지 않은 행동이었으나 나는 그때 줄스의 와인으로 살짝 취한 상태였으니.

시간 있으면 만날래요? 나는 메시지를 썼다.

네, 그의 답장이 왔다. 저야 좋죠, 벨라. 언제가 편해요?

오늘 저녁은 어때요?

긴 침묵. 그러고 나서. 직진하는 타입이네요.

오늘 저녁 말고는 앞으로 몇 주 동안 시간이 안 나서요. 나는 내 말투가 마음에 들었다. 갈 곳이 많다는 듯한 그 투가.

좋아요, 그가 회신을 보냈다. 그럼 데이트하죠.

"그 사람은 어땠어요?" 해나가 한 손으로 턱을 괴고 묻는다. 그녀는 애기에 매료된 듯 나를 주시한다.

"사진보다도 더 섹시하더라고요. 그리고 저보다 약간 나이가 많았어요."

"얼마나 많았는데요?"

"어…… 아마 열다섯 살쯤?"

"그렇군요." 지금 충격받은 티를 안 내려고 애쓰는 건가? "그래서 사람은 어땠어요? 실제로 만나보니까?"

나는 기억을 되짚어본다. 그가 처음 나타났던 모습을 그리기가 쉽지 않다. "섹시하다고 생각했던 것 같아요. 그리고…… 좀더 남자다워 보였다고 할까. 그 남자에 비하면 캘럼은 어린애나 다름없었죠." 그는 운동을 많이 한 듯 어깨가 넓고 피부가 그을려 있었다. 그에 비하면 캘럼은 비쩍 마른 이쁘장한 꼬맹이였다. 이제 남자다운 남자를 만나는 거야, 나는 결심했다. "그런데," 나는 해나에겐 보이지 않는데도 어깨를 으쓱한다. "모르겠어요. 처음에는 그 사람이 얼마나 섹시하든 간에 한구석에서는 그가 캘럼이었으면 싶은 마음이 있었나봐요."

해나가 끄덕인다. "그렇죠." 그녀가 이해한다는 듯 말한다. "그 느낌 알죠. 누군가를 마음에 딱 정해두면 브래드 피트가 걸어와도 눈에 차지 않는……"

"브래드 피트는 진짜 완전 할아버지잖아요." 내가 말한다.

"어…… 그럼 해리 스타일스?"

그 말에 나는 미소 지을 뻔한다. "네. 그 정도. 아니면 티모테 샬

라메 정도." 나는 언제나 캘럼이 그와 살짝 닮았다고 생각했다. "그런데 캘럼은 아마 내 생각은 단 한 순간도 하지 않았겠죠, 엘리의 어이없게 큰 가슴에 얼굴을 묻고 있는 동안에는 더더욱." 나는 빌어먹을 그놈 생각 좀 그만하자고 속으로 말했었다.

"그래서 그 남자가…… 그 사람 이름이 뭐였죠?"

"스티븐이요."

"스티븐은 아무 말 안 했어요? 만나보니 당신이 본인보다 훨씬 어리다는 점에 관해서?"

나는 그녀에게 눈총을 쏜다. 그 말은 살짝 꼰대스러웠다.

"미안해요." 해나가 웃으며 말한다. "근데 진심으로, 아무 말 안 했어요?"

"아니, 하더라고요. 저한테 정말로 스물여섯이 맞느냐고 물었어요. 그런데 미심쩍다는 투가 아니라, 그보다는 뭐랄까, 피차 알고 있는 농담거리라는 투였어요. 진심으로 나이 차이를 마음에 걸려하는 것 같지 않았어요, 그때는. 그리고 잘해주더라고요." 이제는 그때가 잘 기억나지 않음에도 나는 말한다. "저도 좋은 시간을 보냈어요. 제 농담 하나하나에 다 웃어주더라고요. 저에 관해서 산더미처럼 많은 질문을 했어요."

나는 그날 밤으로 생각을 돌이킨다. 그 술집에서 곧장 머리까지 취기가 오르는 술을 마시던 일을—나는 어른스럽게 보이려고 네그로니 칵테일을 마셨다. "원래 계획은 사진이나 한 장 찍어서 인스타그램에 올리는 거였어요." 나는 말한다. 캘럼한테 얼마나 아까운 여자를 찼는지 보여주려고.

"그런데……" 해나가 나를 쳐다본다. "그냥 그렇게 마무리되진 않았던 거죠?"

"네." 나는 보드카를 벌컥 들이켠다.

그가 작별인사를 고하려나 싶던 바로 그 순간에 택시 문을 열고 나를 돌아보며 이렇게 말했던 게 기억난다. "음, 같이 탈래요?" 그리고 택시(우버 택시도 아니고 제대로 된 검은색 고급 택시) 안에서 조그마한 목소리가 자꾸만 내게 지껄여댔던 것도. 뭐하는 거야? 이 남자를 거의 알지도 못하면서! 그러나 취해버린 나의 한구석이, 그냥 저질러버리고 싶었던 나의 한구석이 그 목소리에 대고 닥치라고 계속 말했다.

우리는 줄스의 집으로 돌아갔는데, 스티븐은 막 이사한 터라 가구도 제대로 들여놓지 못한 상태였기 때문이다. 줄스의 집에 남자를 데려오다니 살짝 미안한 마음이 들었지만 침대보야 나중에 빨아두면 된다고 속으로 생각했다.

"와." 그가 말했다. "정말 어마어마하네요. 이게 다 당신 거라고요?"

"네." 그의 눈에 내가 훨씬 더 세련되어 보이리라고 느끼며 나는 말했다.

"그리고 우리는 섹스했어요." 나는 해나에게 말한다. "아마 술기운이 가시기 전에 해치워버리고 싶은 마음이었던 것 같아요."

"좋았어요?" 해나가 묻는다. 들뜬 목소리로. 그러고는 덧붙인다. "나는 섹스를 한 지가 백만 년은 됐거든요. 미안해요. TMI인 거 알아요."

나는 그녀와 찰리가 섹스하는 모습을 떠올리지 않으려 애쓴다. "네." 내가 말한다. "그게 살짝, 뭐랄까. 살짝 거칠었달까? 그가 지를 벽에 밀어붙이더니 치맛단을 허리까지 밀어올리고 팬티를 내렸어요. 그러고는…… 저도 그것 좀더 마셔도 될까요?" 해나가 술병을 건네주자 나는 빠르게 한 모금을 삼킨다. "그러고는 입으로 해주더라고요. 저는 샤워도 안 했는데. 자기는 그편이 더 좋다면서."

"그렇군요." 해나가 말한다. "알겠어요. 와."

캘럼과 나는 그다지 모험적인 섹스를 해본 적이 없었다. 캘럼과 했던 어떤 행위보다도 스티븐과의 섹스가 좋았던 것 같긴 한데, 다만 그날 처음으로 그가 입으로 나를 가게 만든 뒤에 이상하게도 잠깐 울고 싶은 기분이 되었다.

"그후로도 그 사람을 좀, 여러 번 만났어요." 나는 해나에게 말한다.

해나가 끄덕이는 게 보인다기보다는 느껴지는데, 그녀의 머리가 내 머리와 너무도 가까워서 공기의 움직임이 감지되는 탓이다. 나는 어느새 해나에게 말하고 있다. 스티븐이 바라보는 시선으로 나자신을 보는 게 좋았다고. 섹시한 사람, 모험적인 사람으로. 가끔은 그가 침대에서 하자고 요구하는 그 모든 것이 버겁거나 늘 온전히 편치만은 않았다고 해도.

"그러니까," 나는 말한다. "캘럼이랑 사귈 때와는 달랐던 게, 캘럼과는 마치 우리 둘이……"

"소울메이트 같았다고요?" 해나가 묻는다.

"네." 내가 말한다. 상당히 오글거리는 단어긴 하지만 딱 정확한 표현이다. "이번 관계는 달랐다고나 할까요. 스티븐이랑 있으면 그가 자신의 극히 일부분만을 보여주는 것 같아서 자꾸만……"

"더 파헤쳐보고 싶어졌다?"

"네. 내가 뭔가 그에게 집착했던 것 같아요. 그렇게 어른이고 그렇게 세련된 사람이 저를 원했잖아요. 근데 그러다가……" 나는 어깨를 으쓱한다. "제가 다 망쳐버렸죠."

해나가 찌푸린다. "무슨 말이에요?"

"모르겠어요. 그냥 저도 성숙한 사람이라고 그 사람한테 증명해 보이고 싶었나봐요. 거기다 우리가 만나서, 그러니까 섹스 말고는 하는 게 전혀 없는 것 같았으니까. 그러니까 뭔가…… 뭔가 그 사람이 제 몸에만 관심이 있는 게 아닌가 싶더라고요."

해나가 끄덕인다.

"그러다 여름 끝자락에 줄스네 잡지사가 빅토리아앨버트박물관에서 파티를 열게 됐는데, 그 사람을 데려가도 괜찮겠다 싶었던 거죠. 제대로 된 데이트로. 뭐랄까, 그 사람한테 감명도 좀 주고. 날 어른스럽고 성숙한 여자라고 여기게 만들려고요."

박물관 계단을 걸어올라가니 안에 죄다 영화배우처럼 생긴 엄청 어른스럽고 화려한 사람들이 잔뜩 서성이고 있었다고 나는 해나에게 말한다. 그리고 우리 이름을 확인하던 남자 직원이 내가 거기 있을 사람이 아니라고 생각하는 듯이 나를 훑어본 반면 스티븐은 너무도 완벽하게 그 자리에 들어맞는 듯했다고.

"살짝 긴장되더라고요." 내가 말한다. "이 사람을 줄스에게 소개해야 한다는 사실에 특히 더. 그리고 공짜 술이 널려 있었어요. 자신감을 좀 얻자 싶어서 너무 많이 들이켜버렸죠. 완전히 등신짓을 해버렸어요. 결국 화장실에 가서 토해야 했으니, 꼴이 말이 아니었죠. 스티븐이 저를 택시에 태워서 다시 줄스의 집으로 보내줬는데, 이따가 줄스가 집으로 돌아올 테니 그에게 같이 가자고 할 수도 없었어요. 그 사람이 택시 기사에게 지폐를 세서 쥐어줬던 게 기억나요. 그러고는 제가 어린애라도 되는 양 집에 안전하게 도착하는지 확인해달라고 부탁하던 것도."

"본인이 직접 데려다줬어야죠." 해나가 말한다. "집에 잘 도착하는지 그 사람이 확인했어야죠. 이름 모를 택시 기사한테 맡길 게 아니라."

나는 어깨를 으쓱한다. "그럴지도요. 그런데 제가 그야말로 빌어먹을 동네 망신이었거든요. 그 사람이 제게서 벗어나고 싶어한 것도 놀랍지 않아요."

차창 밖으로 그를 바라보며 이렇게 생각했던 기억이 난다. 내가 다 말아먹었구나. 이어서 내가 그러면 아마 그냥 다시 안으로 들어가 술을 감당할 수 있는 또래들과 어울렸을 거라고 생각했던 것도.

"그후로 그 사람이 저를 읽씹하기 시작했어요." 행여나 해나가 그게 무슨 뜻일지 모를까봐 나는 말한다. "그 있잖아요, 답장 안 하는 거? 작은 파란색 체크 표시 두 개가 떠 있는데도."

해나가 고개를 끄덕인다.

"저는 다시 대학교로 돌아갔어요. 어느 날 밤에는 외출했다 돌아왔는데 살짝 취한데다 슬퍼져서 그 사람한테 메시지를 열 개나 보냈어요. 새벽 두시에 기숙사로 걸어가다가 전화를 건 적도 있었고요. 그는 받지 않았죠. 메시지에 답도 없었고요. 다시는 그 사람을 못 보리란 걸 알았어요."

"엿같네요." 해나가 말한다.

"그러니까요."

"그래서 그게 끝이었어요?" 내가 더는 말하지 않자 그녀가 묻는다. "그 사람을 다시 본 적은 있어요?" 그러고는 내가 답하지 않자 재차 묻는다. "올리비아?"

그러나 말이 나오지 않는다. 방금까지 그토록 말이 술술 나왔던 건 무슨 주문에라도 걸려서였던 듯싶다. 이제는 말이 목구멍에 콱 박혀 있는 것만 같다.

내 뇌리에는 이런 장면이 있다. 흰 바탕에 빨간색. 뒤범벅된 피.

궁전으로 돌아오자 해나는 완전히 녹초가 되었다고 말한다. "나는 곧장 침대로 가야겠어요." 그녀가 말한다. 이해한다. 동굴 안에서는 달랐다. 거기서 보드카를 안고 촛불을 켜고 어둠 속에 앉아 있을 때는 둘이서 뭐든지 말할 수 있을 것만 같은 기분이었다. 이제는 서로 지나치게 입방정을 떤 듯한 기분마저 든다. 선을 넘어버린 듯한 기분.

하지만 나는 잠들 수 없을 것이다, 특히나 내 방 바깥에서 저 남자들이 아직도 술 게임을 하고 있으니. 그래서 나는 잠시 건물 외벽에 기대서서 머릿속에서 빙빙 휘몰아치는 상념을 찬찬히 누르려 해본다.

"안녕하세요."

하마터면 간이 떨어질 뻔한다. "뭐야 씨⋯⋯"

신랑 들러리 조노다. 나는 그가 마음에 들지 않는다. 아까 그가 나를 쳐다보는 눈빛을 봤던 것이다. 거기다 그는 취해 있다—딱 보니 알겠다. 그리고 나 역시 상당히 취해 있다. 식당에서 쏟아져나오는 불빛에 그가 커다랗게 씩 웃는 모습이, 아니 그보다는 음흉한 눈초리를 던지는 모습이 보인다. "한 모금 빨아볼래요?" 그가 커다란 마리화나 담배를 내밀자 역겨운 마약냄새가 풍긴다. 그가 입에 물었던 담배 끄트머리가 축축해진 게 보인다.

"전 됐어요." 나는 말한다.

"어쩜 얌전하기도 하지."

내가 안으로 들어가려 문에 손을 뻗는 순간 그가 내 팔뚝을 단단히 움켜쥔다. "있지, 우리 내일 춤 한번 춰야지, 나랑 당신이랑. 신랑 들러리랑 신부 들러리니까."

나는 고개를 젓는다.

조노는 더욱 가까이 다가와 나를 바짝 끌어당긴다. 그는 나보다 몸집이 훨씬 크다. 그래도 설마 당장 이 자리에서 무슨 짓을 벌이지는 않겠지? 모두가 바로 위층에 있는데?

"생각은 해봐요." 그가 말한다. "의외로 괜찮을지도 모르잖아. 연상 남자도."

"그 좆같은 손 치워요." 나는 으르댄다. 위층에 있는 면도날을 떠올린다. 그걸 지금 가지고 있었으면 싶다. 그냥 그 존재감을 느낄 수 있도록.

나는 그의 손아귀에서 팔을 잡아빼면서 문을 열려고 더듬거리는데 손가락이 제대로 움직이지 않는다. 그러는 내내 나를 주시하는 그의 시선이 느껴진다.

조노
신랑 들러리

나는 마리화나 담배를 다 피우고 다시 내 방으로 올라온다. 더블린에 도착했을 때 템플바*에서 온갖 여행객 사이를 어슬렁거리면서 어찌어찌 마리화나를 구했다. 단골 판매상에게 산 것만큼 강력한지는 모르겠지만, 바라건대 잠드는 데 도움은 주리라. 오늘밤은 도움이 좀 필요하니까.

이 섬에 있자니 다 같이 그곳, 트리벨리언으로 돌아간 것만 같다. 어쩌면 지형 탓일지도 모르겠다. 절벽에 바다까지 있으니. 들리는 소리라고는 창밖에서 나는, 아래쪽 암석에 부딪히는 파도 소리뿐이다. 기숙사 방이 떠오른다. 줄지은 침대와 창밖의 창살. 우리를 보호하려는 용도였는지 가둬두려는 용도였는지 ─ 어쩌면 조금은 양쪽 다였을지도. 아울러 해변으로 치닫는 그곳의 파도 소리.

---

* 아일랜드 더블린의 중심부에 있는 관광 명소.

쉿, 쉿, 쉿. 나더러 비밀을 지키라고 독촉하는.

나는 수년간 그 일에 관해 제대로 생각해본 적이 없다. 생각할 수가 없으니까. 어떤 일은 과거의 일로 남겨두어야 하는 법이다. 그러나 여기 있자니 억지로 그 일을 직시하게 되는 듯하다. 그리고 그럴 때면 빌어먹을 숨을 제대로 쉴 수가 없다.

나는 침대에 들어가 눕는다. 정신을 놓을 만큼 마신데다 마리화나까지 피웠으니. 그러나 뭔가가 피부에 온통 기어오르는 듯한, 백만 마리의 바퀴벌레가 나와 함께 침대에 있는 듯한 느낌이다. 그놈들 때문에 도저히 쉴 수가 없다. 몸을 벅벅 긁어서, 필요하다면 피부를 찢어발겨서라도 그 느낌을 가라앉히고 싶다. 거기다 정말로 잠이 들면 간밤에 꾸었던 것과 같은 꿈을 꾸게 될까봐 두렵다. 내가 기억하는 한 아주 오랫동안 그런 꿈을 꾸지 않았는데…… 족히 수년은 됐는데. 녀석들과 같이 있어서다. 이곳에 있어서다.

여기는 너무도 어둡다. 지나치게 어둡다. 어둠이 나를 짓누르는 느낌이다. 어둠에 익사하는 느낌이다. 나는 침대에서 일어나 앉아 괜찮다고 스스로를 다독인다. 내 숨통을 짓누르는 건 아무것도 없고, 바퀴벌레도 없다고. 마리화나 때문일 수도 있겠다―피우던 거랑 달라서 한층 편집증적인 반응을 일으키는 걸지도. 가서 샤워라도 할까, 그래 샤워를 해야겠다. 기분좋게 뜨끈한 물을 맞으면서 박박 시원하게 씻어버리자.

그때 그것이, 방 모퉁이에서 보이는 것 같다. 암흑 속에서 자라나며 점점 커지는 그것이.

아니. 기분 탓이다. 틀림없다. 유령은 믿지 않는다.

마리화나랑 위스키 때문일 거다. 내 뇌가 날 상대로 농간을 부리는 거다. 근데 빌어먹을 저기 확실히 뭔가가 있다. 빗뜬 눈으로는 보이는데 정면으로 바라보면 사라지는 듯하다. 나는 침대 아래에 있는 괴물을 무서워하는 꼬마처럼 눈을 감고 은빛 반점이 번쩍거릴 때까지 손가락으로 눈꺼풀을 누른다. 소용없다. 눈을 감아도 그것이 보인다. 그것은 얼굴이 있다. 그리고 그것이 아니라, 누군가다. 그것이 누구인지 나는 안다.

"나한테서 좀 꺼지라고 씨발." 나는 속삭인다. 그러고는 다른 방식도 시도해본다. "미안해. 내 잘못이 아니었어. 나도 설마 그럴 줄은……"

뱃속에서 욕지기가 한차례 치밀어오른다. 가까스로 제때 화장실에 도착해 변기에 대고 토악질을 하는 동안 온몸이 공포로 덜덜 떨린다.

줄스

신부

찰리와 나는 총안 흉벽에 올라 아일랜드 본토를 따라 반짝이는 불빛을 내다본다. 다른 이들은 역겨운 술 게임이나 하라고 내버려 뒀다. 이 위에 우리 둘만 올라와 있으니, 어쩐지 부정을 저지르는 기분이다. 어쩐지 무모한 기분이다. 어쩌면 우리 아래로 가파른 낭떠러지—보이진 않아도 확실히 존재하는—가 펼쳐진 세상 꼭대기에 올라와 있으니 흥분 섞인 전율이 더해지고 모든 것에 위험이 살짝 실린 느낌이 들어서인지도 모르겠다. 아니면 우리가 암흑이라는 망토를 두르고 있어서인지도. 이 위에서 무슨 일이 일어나든 아무도 모를 테니까.

"네가 여기 와줘서 정말 좋다." 나는 찰리에게 말한다. "나의 진짜 일번 들러리는 너라는 거 알지?"

"고맙다." 그가 말한다. "여기 와서 나도 좋아. 왜 이곳을 고른 거야?"

"아, 알잖아. 내 뿌리가 아일랜드계라는 거. 그리고 이러는 사람이 진짜 나밖에 없기도 하잖아. 여기서 처음 결혼식을 올린다는 생각도 마음에 들어. 또 외딴곳이라는 점도. 파파라치를 막기에 딱이잖아."

"정말로 월의 결혼식이라고 사진을 찍으려 들까?" 찰리는 월의 명성이 그 정도일 거라 믿지 않는다는 듯 회의적인 투다.

"그럴 수도 있지. 그리고 월의 이미지에도 딱 맞잖아, 이렇게 야생적인 곳에서 결혼식을 올린다는 게."

그에게 말한 이유가 다 어떤 면에서는 사실이다. 그러나 그게 전부는 아니다.

나는 찰리의 어깨에 머리를 기댄다. 그의 몸이 굳는 게 느껴지는 듯하다. 아무래도 이렇게 육체적으로 가까이 있는 게 예전만큼 그리 자연스럽게 느껴지지는 않는가보다. 생각해보니, 자연스럽게 느껴진 적이 있었던가?

찰리가 목청을 가다듬는다. "질문 하나 해도 돼?"

그는 진지한 투다. 나는 그의 말에서 약간의 경계심을 느낀다. "그럼."

"그 사람이 너를 행복하게 해주는 거 맞지?"

나는 그의 어깨에서 고개를 살짝 들어올린다. "무슨 뜻이야?"

찰리가 어깨를 으쓱하는 게 느껴진다. "말 그대로야. 내가 너를 얼마나 아끼는지 알잖아, 줄스."

"그럼." 나는 말한다. "행복하게 해주지. 그러면 나도 해나에 대해 똑같은 질문을 던져야겠는걸."

"그건 완전히 다른 얘기지……"

"그래? 어떻게 다른데?" 나는 그의 대답을 듣고 싶지 않다. 굳이 또 남에게 윌과 나의 관계가 모든 면에서 너무 급하게 진전되었다는 말을 들을 필요는 없다. 오늘 저녁 내가 의도했던 것보다 취해버린 김에—그리고 언제 또 이렇게 취해보겠는가 싶어서—나는 말해버린다. "너라면 나를 더 행복하게 해줬을 거라는 얘기야?"

"줄스……" 그는 그 말을 무슨 신음처럼 내뱉는다. "그러지 마."

"뭘 그러지 마?" 나는 천진스럽게 묻는다.

"우리는 잘 안 됐을 거야. 우리는 친구잖아, 좋은 친구. 너도 알잖아." 그와 함께 찰리가 내게서 떨어지는 것이, 절벽 끝에서 뒷걸음치는 것이 느껴진다.

하지만 내가 그걸 아나? 그리고 그는 정말 그렇다고 굳게 확신하나? 그가 한때 나를 욕망했다는 걸 안다. 아직도 그날 밤을 떠올린다. 몇 번이고 되짚어보던 기억이니까…… 목욕하다가 일종의 영감이 필요했을 때라든가, 예를 들자면. 우리는 그 이래로 그 일에 관해 얘기한 적이 없었다. 그리고 우리가 얘기하지 않았기에 그 일은 힘을 유지해왔다. 그도 아직 그 일을 떠올리리라고 나는 확신한다.

"예전 그때 우리는 다른 사람이었잖아." 찰리가 마치 내 마음을 읽은 듯이 말한다. 정말 그가 말하는 만큼 자기 말에 확신이 있는지 궁금하다. "딱히 그런 이유로 물어본 건 아니었어." 그가 말한다. "질투가 났다든지…… 그런 이유로."

"정말? 나한텐 네가 약간 질투하는 것처럼 들려서."

"아니야, 난……"

"그 사람이 침대에서 얼마나 잘하는지 내가 말했던가? 친구라면 서로 그런 얘기도 하기 마련이잖아, 아니야?" 내가 다그치고 있다는 건 알지만 어쩔 수가 없다.

"있잖아." 찰리가 말한다. "나는 그냥 네가 행복했으면 좋겠어."

어디서 선생질이야 진짜. 나는 그의 어깨에 기댔던 머리를 완전히 들어버린다. 이내 비유적으로도 육체적으로도 우리 사이가 멀어지는 걸 느낀다. "뭐가 날 행복하게 하고 하지 않는지는 나 자신이 완벽히 잘 알아." 내가 말한다. "네가 미처 알아채지 못한 것 같아서 알려주자면 나도 이제 서른넷이야. 너한테 홀딱 반했던 열여섯 살짜리 순진한 여자애가 아니라."

찰리가 얼굴을 찌푸린다. "아, 알지 그럼. 미안하다, 그런 뜻으로 한 말은 아니었어. 널 아껴서 그래, 그뿐이야."

나는 뭔가가 퍼뜩 떠오른다. "찰리?" 내가 묻는다. "네가 나한테 편지 보냈어?"

"편지?"

나는 그의 혼란스러운 어투에서 내 질문에 대한 대답을 듣는다. 그가 쓴 게 아니다.

"아무것도 아니야." 내가 말한다. "잊어버려. 있잖아, 나도 슬슬 자러 가야겠어. 지금 들어가야 내일까지 여덟 시간은 잘 수 있을 테니까."

"그래." 찰리가 말한다. 오늘밤은 이만 마무리하자는 내 말에 그가 안도하는 게 느껴지자 열이 받는다.

"안아줄래?" 내가 묻는다.

"그럼."

나는 그에게 기댄다. 찰리의 몸은 월의 몸보다 폭신하다. 그리고 옛날보다 훨씬 탄탄함이 덜하다. 그러나 그의 냄새만큼은 똑같다.

어째서인지 너무도 익숙해서 이상할 지경이다—이게 얼마 만인지를 감안하면.

아직 여지가 있는 거야, 나는 생각한다. 그도 분명 느끼고 있을 것이다. 하기야 한번 끌린 마음이 정말 사라지는 일은 결코 없잖은가? 나는 확신한다. 그가 질투하는 거라고.

방으로 돌아오자 윌이 옷을 벗고 있다. 그가 내게 씩 웃자 나는 그에게 다가간다.

"우리 아까 하다 만 거 마저 할까?" 윌이 중얼거린다.

그것도 찰리와 대화를 하며 느꼈던 창피함을 지울 하나의 방법이겠네, 나는 생각한다.

나는 윌의 셔츠에서 나머지 단추를 뜯어 열어젖히고, 그는 내가 입은 점프슈트의 끈을 잡아뜯으면서 옷을 벗기려 한다. 그와 할 때는 언제나 첫 섹스와 똑같은데—급박하다는 면에서—다만 이제는 서로가 원하는 바를 정확히 알기에 더욱 좋다. 그가 내 뒤에서 삽입하며 우리는 침대를 붙잡고 버티는 자세로 섹스를 한다. 나는 격렬하게 절정에 이른다. 굳이 소리를 죽이지 않는다. 기묘하게도 우리가 아까 방해받았던 뒤에 이어진 저녁시간이 상당 부분 일종의 전희로 작용한 느낌이다. 우리에게 와닿는 남들의 시선, 질투와 경이가 담긴 그 눈빛. 우리가 얼마나 잘 어울리는지를 보여주는, 우리를 대하는 그들의 반응. 거기다 물론, 찰리에게 선을 넘었다가 퇴짜를 맞고 받은 마음의 상처까지도. 어쩌면 찰리에게도 우리 소리가 들릴 것이다.

그후에 윌은 샤워하러 간다. 그는 스스로를 나무랄 데 없이 관리한다―그의 일과를 보면 내 일과가 다소 엉성하게 보일 지경이다. 변함없이 구릿빛인 그의 얼굴이 사실은 비바람에 수시로 노출된 탓이 아니라 내가 쓰는 것과 똑같은 시슬리의 선탠 로션 때문이라는 걸 알았을 때 약간 놀랐던 기억이 있다.

가운을 입고 안락의자에 앉은 지금에서야 나는 설핏 바다 냄새를 닮은 성관계의 냄새보다 강렬한 어떤 기이한 비린내를 감지한다. 그것은 한층 강력하며 의심할 여지 없는 바다 냄새다. 염수와 생선, 암모니아의 냄새가 목구멍 뒤편에서 톡 쏘는 것이. 그리고 여기 앉아 있는 동안 그 냄새는 방의 그늘진 구석구석에서 뭉치며 질감과 깊이를 더해가는 듯하다.

나는 창가로 가서 창문을 연다. 어두워진 터라 바깥 공기가 얼음장 같다. 아래쪽 암석에 철썩대며 부딪히는 파도 소리가 들려온다. 달빛을 받아 은색을 띠는 저멀리 바닷물은 꼭 쇳물 같고, 너무 눈이 부셔서 제대로 쳐다볼 수조차 없다. 여기서도 보이는 사나운 파도는 수면 아래에서 굉장한 근육질로 꿀렁이는 것이 어떤 꿍꿍이 속이 가득한 것 같다. 위쪽에서 키득거리는 소리가 들려오는데 아무래도 지붕에서 나는 듯하다. 고소하다는 듯 조롱하는 소리로 들린다.

아무리 그래도 바다 냄새가 안보다는 바깥에서 더 강해야 하지 않나? 그런데 안으로 불어들어오는 바닷바람은 실내 공기에 비해 신선하고 냄새도 없다. 도저히 이치에 맞지 않는다. 나는 화장대로 다가가 내가 가져온 향초에 불을 붙인다. 그러고는 의자에 앉아 마음을 가라앉히려 해본다. 그러나 사실상 내 심장박동이 다 들릴 지경이다. 너무 빨라서 가슴 안쪽이 팔딱팔딱할 정도다. 그냥 우리가 힘을 쓴 뒤에 오는 여파일 뿐일까? 아니면 뭔가가 더 있는 건가?

아무래도 윌에게 편지에 관해 얘기해봐야겠다. 그 얘기를 어차피 할 거라면 지금이 바로 그때다. 그러나 오늘 저녁에 이미 한 번 대질을—찰리와—했기 때문에 도무지 그 사안을 정면으로 마주할, 밀어붙여 문제를 제기할 기력이 나지 않는다. 게다가 아마 별것도 아닐 테다. 어쨌든 나는 99퍼센트 확신한다. 어쩌면 98퍼센트 정도.

욕실 문이 열린다. 윌이 허리춤에 수건을 두른 채 방안으로 발을 딛는다. 방금 그를 가졌는데도 나는 순간적으로 그의 육체가 그려내는 광경에 시선을 빼앗긴다. 그 평원과 산마루에, 르네상스 조각가가 빚어낸 조각상처럼 복부와 팔뚝과 다리를 굴곡지게 감싼 근육에.

"아직도 안 자고 뭐해?" 그가 묻는다. "우리 좀 쉬어야지. 내일 중요한 날이잖아."

내가 그에게 등을 돌리고 가운을 바닥에 떨구자 확연히 내 몸에 내려앉는 그의 시선이 느껴진다. 그것이 주는 권력을 맘껏 즐긴다. 그러고는 이불을 들치고 침대 속으로 미끄러져들어가는데 맨다리에 뭔가가 닿는다. 딱딱하고 차가운, 죽은 피부와 비슷한 단단함을 지닌. 무심결에 그쪽으로 발을 들이밀자 그것은 밀려나는 듯하더니 동시에 내 다리에 감겨온다.

"이거 뭐야! 이거 뭐야 씨발!"

나는 침대에서 펄쩍 뛰어올라 고꾸라지며 방바닥에 반쯤 나자빠진다.

월이 나를 빤히 쳐다본다. "줄스? 왜 그래?"

처음에는 방금 맨살에 닿은 것이 너무 무섭고 역겨워서 대답조차 잘 나오지 않는다. 극심한 공포가 목구멍을 타고 올라와 목이 멘다. 충격이 깊고 본능적이고 동물적인 반향을 일으키며 온몸을 관통한다. 무슨 악몽에나 나올 법한 것이었다―침대에서 그것을 발견하는 꿈을 꾸고 식은땀을 흘리며 잠에서 깨어나 그저 다 망상의 산물이었음을 깨달을 법한 그런 것. 그러나 이것은 진짜였다. 내 다리에 각인된 한기가 아직도 느껴진다.

"월." 나는 드디어 목소리를 되찾고 말한다. "뭔가 있어. 침대 속에. 이불 아래에."

그는 큰 보폭으로 두 발짝을 성큼성큼 걸어와 양손으로 이불을 잡고 확 벗겨낸다. 나는 어쩔 수 없이 비명을 내지른다. 거기 매트리스 한복판에 무슨 해양 생물체의 거대하고도 검은 몸체가 사방으로 촉수를 뻗은 채 퍼져 있다.

월이 뒤로 펄쩍 뛴다. "뭐야 씨발?" 겁을 먹었다기보다는 화가 난 말투다. 그는 마치 침대 위에 있는 그것이 어떻게든 스스로 답을 하리라는 양 되풀이한다. "뭐야 씨발……?"

바다 냄새, 염수에 절어 썩어가는 것의 냄새가 이제 침대 위의 저 검은 덩어리로부터 압도적으로 발산된다.

나보다 훨씬 신속히 정신을 추스른 월이 재빠르게 그것에 다시 다가간다. 그가 손을 뻗자 나는 외친다. "만지지 마!" 그러나 그는 이미 촉수를 움켜쥐고 홱 잡아당긴 뒤다. 촉수가 뽑히고 그 덩어리는 갈라진 듯 보인다―끔찍하게도, 구역질나게도. 그것은 우리가 섹스하는 동안에도 거기 이불 아래에서 우리를 기다리고 있었던 거다……

월은 재밌다는 기색이 전혀 없는 짧막하고 거센 웃음을 토해낸다. "봐. 그냥 해초야. 그냥 염병할 해초라고!"

그는 그것을 치켜든다. 나는 가까이 몸을 기울인다. 그의 말대로다. 여기 해변을 따라 널브러져 있는 걸 본 적이 있는, 파도에 쓸려온 커다랗고 두껍고 거무칙칙한 밧줄 같은 해초다. 월은 그것을 방바닥에 내던진다.

점차 이 광경 전체가 섬뜩하고 괴기스러운 양상에서 벗어나며 그저 처참한 난장판으로 수렴된다. 나는 벌거벗은 채 방바닥에 엎어져 있는 내 자세가 굴욕적임을 깨닫는다. 심장박동이 느려진다. 호흡이 한결 편해진다.

다만…… 애초에 이게 어떻게 여기에 놓여 있게 된 건가? 왜 이게 이곳에 있는가?

누군가가 우리를 상대로 이 일을 벌인 거다. 누군가가 우리가 잠자리에 드는 순간에야 이걸 발견하리라는 걸 알고 이불 아래에 감춰뒀던 거다.

나는 월을 돌아본다. "누가 이런 짓을 했을까?"

그가 어깨를 으쓱한다. "뭐, 짐작 가는 데가 있어."

"뭐? 누군데?"

"학교 다닐 때 후배들한테 이런 장난을 치곤 했거든. 우리끼리 절벽 길을 따라 내려가서 해변에 있는 해초를 주워오곤 했어—들고 올 수 있는 만큼 최대한 많이. 그러고는 그걸 후배 침대 속에 숨겨뒀지. 그래서 내 짐작엔 조노나 덩컨—걔들이 다 같이 벌인 일 같아. 걔들 딴에는 아마 재미있자고 한 짓일 거야."

"이게 장난이라고? 우리는 학교에 있는 게 아니잖아, 윌, 우리 결혼식 전날 밤이라고! 무슨 이런 좆같은?" 어떤 면에서는 이렇게 분노할 수 있어서 안심이 된다.

윌이 어깨를 으쓱한다. "자기한테 건 장난이 아니야, 나한테 건 장난이지. 그냥 뭐, 옛날 추억을 떠올린답시고 그랬겠지. 자기를 놀래줄 뜻은 없었을 거야……"

"지금 당장 가서 자기 친구들을 다 깨워 어느 놈이 그런 건지 찾아내야겠어. 내가 이딴 짓거리를 얼마나 재밌어하는지 정확히 보여줄 거야."

"줄스." 윌이 내 어깨를 붙잡는다. 그러고는 달래듯이 말한다. "나 봐. 그래버리면…… 음, 후회할 말을 뱉을 수도 있잖아. 그러면 내일이 엉망진창이 되지 않겠어? 분위기가 완전히 바뀌어버릴 수도 있다고."

그가 무슨 말을 하는 건지 어느 정도는 알겠다. 세상에, 윌은 언제나 너무도 합리적이다─가끔은 화가 치밀 정도로 합리적으로 굴며 늘 신중한 접근법을 취하고야 만다. 나는 이제 방바닥에 널브러진 검은 덩어리를 쳐다본다. 저걸로 뭔가 더 음습한 메시지를 전하려던 것이 아니라고 믿기가 어렵다.

"나 봐." 윌이 부드럽게 말한다. "우리 둘 다 지쳤잖아. 긴 하루였으니. 지금은 저거 신경쓰지 말자. 침대보야 남는 방에서 새걸 가져오면 되잖아."

남는 방은 윌의 부모님을 위해 준비해둔 방이었다. 그들은 섬에서 진짜로 일박을 한다는 이 기괴천만한 계획에 난색을 표했다. 윌은 놀란 것 같지도 않았다. "아버지는 내가 뭘 해내든 딱히 감명받으신 적이 없거든―결혼도 예외는 아닌가보네." 그는 비통해 보였다. 그가 아버지에 관해 그다지 얘기하지 않으니, 역설적으로 내 남편이 스스로 인정하는 것보다 아버지가 그에게 더 큰 영향력을 끼친다는 인상을 받게 된다.

"이불도 새로 가져와." 나는 이내 월에게 말한다. 아예 다른 방으로 바꿔달라고 말할까 싶기도 하다. 하지만 그러면 비이성적으로 보일 텐데, 나는 비이성의 반대편에 있다고 자부하는 사람이다.

"물론이지." 월이 해초 쪽으로 손짓한다. "그리고 내가 이것도 치울게―그냥 하는 말이 아니라 훨씬 심한 것도 처리해봤다고."

프로그램에서 월은 늑대떼로부터 달아나기도 하고 흡혈박쥐떼에게 포위된 적도 있으니―비록 제작진의 도움으로부터 멀어진 적은 결코 없지만―이 난리를 치는 게 분명 살짝 한심해 보일 것이다. 거시적 관점에서 볼 때 침대보에 해초가 좀 올라간 건 사실 별일이라고 할 수도 없다.

"내가 내일 아침에 애들한테 한소리 할게." 그가 말한다. "빌어먹을 등신들이라고 막 쏘아붙일 테니까."

"알았어." 내가 말한다. 월은 위로하는 데에 너무도 능숙하다. 그는 너무도―그게, 알맞은 단어가 정말로 딱 하나밖에 없는데―완벽하다.

그런데도 바로 이 순간, 특히나 고약한 타이밍에, 그 끔찍한 짧은 편지에 쓰인 말이 떠오른다.

당신이 생각하는 그런 남자가 아니야…… 사기꾼…… 거짓말쟁이……

그와 결혼하지 마.

"하룻밤 푹 자자." 윌이 달래듯 말한다. "그러면 괜찮을 거야."
나는 고개를 끄덕인다.
그러나 한숨도 못 잘 것 같다.

이파
웨딩플래너

바깥에서 웬 소리가 들린다. 이상한 소리, 슬프게 울부짖는 듯한 소리다. 동물소리라기보다는 사람소리 같은데, 그렇다고 또 완전히 사람소리 같지도 않다. 부부 침실에서 프레디와 나는 서로를 쳐다본다. 하객들은 모두 반시간 전쯤 잠자리에 든 터였다. 그 사람들은 영영 지치지 않을 것 같았다. 그들이 우리에게 뭐라도 부탁할까봐 끝날 때까지 기다리고 있어야 했다. 둘이서 식당의 둥둥거리는 소리와 연호를 들었다. 학창시절에 라틴어를 조금 배운 프레디가 그들이 연호하던 말을 번역해주었다. "천국을 내리지 못한다면 지옥을 올리리라." 그 말에 내 피부에 닭살이 돋는 게 느껴졌다.

몸만 큰 소년 같다, 안내역들은. 하지만 거기서 소년의 천진무구함은 빠져 있다고 말해야겠다, 물론 전혀 천진무구하지 않은 소년들도 있기는 하지만. 내 말은 저 남자들도 어엿한 성인인데 철이 좀 들어야 하지 않겠느냐는 거다. 거기다 그 무리에게는 군중심리 같은 게 있어서 혼자 있을 때는 곧잘 처신할 법하지만 일단 전부 뭉치면 각자의 마음을 잃어버리는 개떼 같다. 아무래도 내일은 그들을 예의주시하고 있다가 분위기에 휩쓸리지 않도록 단속해야겠다. 내 경험상 대단히 유복하고 고상한 하객들이 모인 가장 우아한 행사일수록 심각한 통제 불능의 상황으로 치달아버리는 경우가 많다. 나는 더블린에서 아일랜드의 정계 거물 절반이 참석한—아일랜드 수상까지 자리했다—결혼식도 기획했었는데 상황이 틀어지더니 신랑 신부가 첫 춤을 추기도 전에 신랑과 장인이 주먹다짐을 벌였다.

게다가 이곳은 섬 전체가 위험 요소이기도 하다. 이곳의 야생성이 피부로 스며드는 것이다. 여기 하객들은 사회의 통상적인 도덕률에서 멀찍이 벗어나 타인의 흘깃거리는 시선으로부터 안전하다는 느낌을 받을 것이다. 거기다 이 남자들은 사립학교 출신이기도 하다. 아마도 학교를 졸업하고도 벗어날 수 없는 엄격한 일련의 규율을 따르도록 강요받으면서 인생의 대부분을 보냈으리라. 어떤 대학교에 다닐지, 어떤 직업을 가질지, 어떤 집에 살지에 관한 선택 전반에 걸쳐서. 내 경험상 규율을 가장 존중하는 이들일수록 규율을 깨는 데서 가장 큰 희열을 느낀다.

"내가 가볼게." 나는 말한다.

"위험하잖아." 프레디가 말한다. "나도 같이 가." 나는 프레디에게 괜찮을 거라고 말한다. 그를 안심시키기 위해 난롯가에 있는 부지깽이도 집어들고 나가겠다고 한다. 우리 둘 중에 내가 더 용감한 쪽임을 나는 안다. 딱히 이게 대단한 자랑거리라고 말하는 건 아니다. 단지 최악의 상황이 벌어지면 그 밖의 모든 일은 그다지 두렵지 않게 느껴지는 이치일 뿐이다.

나는 밤 속으로 걸음을 내디뎌 양질의 암흑을, 나를 제 품안에 감싸안는 그 벨벳 같은 흑색을 감상한다. 궁전에서 나오는 어떤 불빛도 암흑에 거의 영향을 주지 않지만, 주방도 빛을 발하고, 곧 결혼할 남녀가 묵는 위층 방의 창문도 환하다. 뭐, 그들이 왜 잠을 안 자는지는 알겠다. 마룻장 위에서 침대가 리드미컬하게 몸서리치는 소리를 우리도 들었으니까.

나는 아직은 손전등을 사용하지 않을 것이다. 이 암흑 속에서는 시각만 마비될 테니까. 나는 그 자리에 서서 골똘히 귀를 기울인다. 처음에 분간할 수 있는 소리라고는 암석에 철썩거리는 물소리와 스르륵거리는 낯선 소리뿐인데, 그것이 50야드가량 떨어진 차일에서 천막이 가벼운 산들바람에 바스락거리는 소리임을 마침내 알아차린다.

그러더니 또다른 소리가 다시 시작된다. 이제 나는 더욱 또렷이 알아듣는다. 누군가 흐느끼는 소리다. 하지만 남자인지 여자인지는 분간할 수 없다. 소리가 나는 쪽으로 돌아서는데, 그 순간 곁눈으로 궁전 뒤편의 별채 쪽에서 뭔가가 어른거리는 움직임을 본 것 같다. 이렇게 어두운데 그걸 어떻게 봤는지는 모르겠다. 추측하기로는 우리 안에, 우리의 동물적인 자아에 새겨져 있는 본능이리라. 우리 눈은 암흑의 무늬가 조금이라도 흐트러지면, 조금이라도 변하면 기민하게 감지하기 마련이다.

박쥐였을 수도 있다. 초저녁이면 가끔 박쥐가 땅거미 속에서 위쪽으로 휙 날아가는 광경을 볼 수 있는데 너무 빨라서 뭔가를 본 게 맞는지 헷갈릴 지경이다. 하지만 내 생각에는 박쥐보다 컸던 것 같다. 분명 그것은 사람, 암흑이라는 망토를 두르고 앉아 구슬피 우는 바로 그 사람이었다. 수년 전 내가 이곳에 왔을 때에도, 당시에는 이 섬에 주민이 있었음에도 괴담이 존재했다. 비탄에 빠진 여자들이 무참히 살해당한 남편을 애도한다든가. 늪지에서 제대로 묻히지 못한 망령의 아우성이 들려온다든가. 당시 우리 부부도 주민들과 마찬가지로 공포에 질려 바보짓을 했었다. 그리고 지금 나도 모르게 그 공포를, 뼈 위로 피부가 오그라드는 감각을 느낀다.

"저기요?" 내가 외친다. 흐느끼는 소리가 뚝 그친다. 답이 없자 나는 손전등을 딸각하고 켠다. 빛기둥을 이쪽저쪽으로 흔들어본다.

천천히 반원을 그리며 손전등을 비추는데 불빛에 뭔가 걸린다. 그 지점에 손전등을 겨누고 위쪽으로 들어올리자 어떤 형상이 나를 마주 쏘아보고 있다. 빛기둥에 흐트러진 검은 머리칼, 번득이는 두 눈이 드러난다. 민간설화에서 곧장 튀어나온 생명체—임박한 불운의 전조라는 환상 속의 도깨비 푸카와 같은 모습으로.

나도 모르게 한 걸음 뒤로 물러서자 손전등의 빛기둥이 흔들린다. 그러나 점차 깨닫는다. 그 형상은 그저 별채 외벽에 기댄 채 털썩 주저앉아 있는 신랑 들러리일 뿐이다.

"거기 누구예요?" 그는 혀가 풀리고 쉰 목소리로 말한다.

"저예요." 내가 말한다. "이파."

"아, 이파. 소등 시간이라고 알려주러 온 거예요? 착한 어린이처럼 잠자리에 들 시간이라고?" 그가 비뚤어진 미소를 짓는다. 그러나 그것은 내키지 않는 억지 웃음일 뿐이고, 불빛에 잡힌 것은 눈물자국인 듯하다.

"별채 주변을 돌아다니는 건 위험합니다." 나는 지극히 사무적인 태도로 말한다. 저 안에는 사람을 반으로 갈라버릴 수 있는 낡은 농기계도 있다. "게다가 손전등도 없이." 나는 덧붙인다. 그러고는 생각한다, 거기다 지금 당신처럼 고주망태가 되어서. 다만 참 이상하게도 내가 지금 그로부터 섬을 보호하려는 것 같다는 기분이 든다―섬으로부터 그를 보호하는 게 아니라.

그가 일어서서 내 쪽으로 걸어온다. 그는 몸집이 큰 남자고 취했으며 거기에 더해, 마리화나의 느글느글하고 달큼한 풀향까지 끼쳐온다. 나는 그에게서 한 발짝 더 뒷걸음치다 내가 부지깽이를 세게 부여잡고 있음을 깨닫는다. 그가 씩 웃으며 삐뚤삐뚤한 치열을 드러낸다. "그래," 그가 말한다. "조니 어린이도 잠자리에 들 시간이죠. 약간 너무 예전 버릇대로 해버린 것 같아요, 알잖아요." 그는 술병을 들이켜고 담배를 피우는 몸짓을 해 보인다. "매번 약간 기분이 가라앉는단 말이죠, 두 가지를 한꺼번에 너무 많이 하면. 내가 빌어먹을 헛것을 보고 있나 싶기도 하고."

나는 그에게 내가 보이지 않는다는 걸 알면서도 고개를 끄덕인다. 저도 그랬네요.

나는 그가 빙그르 돌아 휘청대며 궁전으로 향하는 모습을 지켜본다. 저 억지스러운 쾌활함은 단 한 순간도 그럴싸해 보이지 않았다. 그 미소에도 불구하고 그는 비참함과 두려움 사이에서 옴짝달싹 못하는 듯 보였다. 귀신이라도 본 사람 같은 몰골이었다.

결혼식 당일 낮

해나
부부 동반 참석자

일어나니 머리가 지끈거린다. 그 많은 샴페인—그다음엔 보드카—을 들이부은 일을 떠올린다. 나는 알람시계를 확인한다. 오전 일곱시. 찰리는 등을 대고 뻗은 채 곤히 잠들어 있다. 나는 간밤에 그가 들어와서 옷을 벗는 소리를 들었다. 발을 헛디디고 욕지거리를 내뱉겠거니 기다리는데 놀랍게도 몸은 가눌 수 있는 듯싶었다.

"핸." 그가 침대에 들어오며 내게 속삭였다. "술 게임 중간에 나왔어. 딱 한 잔밖에 안 했어." 그러자 그에 대한 적개심이 조금은 누그러졌다. 그러다가 그럼 이 시각이 되도록 어디에 있다 온 건지 궁금해졌다. 누구와 있다 온 건지. 나는 그와 줄스의 플러팅을 떠올렸다. 조노가 그들에게 잤느냐고 물어본 일을—그리고 둘 다 끝내 답하지 않았던 것을 떠올렸다.

그래서 나는 대답하지 않았다. 그냥 잠든 척했다.

그러나 나는 달아오른 기분으로 잠에서 깨어났다. 상당히 말도 안 되는 꿈을 좀 꾸었던 것이다. 보드카 탓도 일부 있었던 것 같다. 그러나 저녁 초입에 내게 내려앉던 윌의 시선이 기억에 남았던 탓도 있었다. 그리고 저녁 말미에 동굴 안에서 올리비아와 얘기했던 일도, 우리 발치에서 바닷물이 찰싹대는 동안 어둠 속에 꼭 붙어 앉아 오직 촛불만 밝힌 채 서로 술병을 주고받았던 일도. 비밀스럽고 어쩐지 관능적이었다고나 할까. 나는 어느새 올리비아의 한마디 한마디를 새겨듣고 있었고, 그녀가 그리는 장면들이 암흑 속에서 선명히 떠올랐다. 마치 벽에 밀쳐지고 엉덩이 위로 치맛단이 올라가고 누군가의 입이 닿은 사람이 나인 것처럼. 그놈은 등신 새끼일지언정 섹스 자체에는 상당히 능란한 듯했다. 그러자니 알지 못하는 사람과 잔다는, 그 사람의 움직임 하나하나가 예측되지 않는다는 데서 오는 살짝 위험한 스릴감이 떠올랐던 것이다.

나는 찰리를 돌아본다. 어쩌면 지금이 우리의 성관계 가뭄기를 끝내고 잃어버린 친밀감을 되찾을 적기일지도 모른다. 나는 이불 아래로 살그머니 손을 넣어 그의 가슴을 뒤덮은 용수철 같은 털을 스치다가 더 아래로 움직여……

찰리가 잠결에 놀란 소리를 낸다. 그러더니 잠기운이 찐득한 목소리로 말한다. "나중에, 핸. 너무 피곤해."

나는 뜨끔해서 손을 뺀다. '나중에'라니, 마치 내가 성가시다는 듯. 자기가 피곤한 것도 간밤에 하늘만이 아실 짓거리를 하고 돌아다니느라 늦게까지 안 잤던 탓이면서, 여기로 건너오는 배에서는 이게 우리끼리 보내는 주말여행이라고 말해놓고. 그 순간 내 감정이 얼마나 날것 그대로인지 그가 안다면. 나는 침실용 협탁에 놓인 양장본을 집어들어 그의 머리통을 갈겨버리고 싶은 급작스럽고도 무시무시한 충동을 느낀다. 놀라운 일이다, 이토록 분노가 솟구치다니. 내가 한동안 이런 분노를 품어왔을지도 모르겠다는 느낌이 든다.

그러고는 은밀히 생각한다. 줄스의 입장이 되어 월 옆에서 깨어난다면 어떤 기분일지 공상에 빠지는 나 자신을 내버려둔다. 나는 간밤에 그들이 내는 소리를 들었다—이곳의 모든 이가 들었을 것이다. 나는 다시금 어제 배에서 나를 번쩍 들어올려 내려주었던 월의 강인한 팔뚝을 생각한다. 그가 지난밤에 묘하고도 의뭉스러운 눈길로 나를 쳐다보던 모습을 포착했던 일도 생각한다. 내게 내려앉는 그의 시선이 느껴지면서 차오르던 권력의 감각도.

찰리가 잠결에 웅얼거리자 시큼한 아침 입냄새가 확 풍긴다. 월이 입냄새를 풍기는 것은 상상도 되지 않는다. 갑자기 나는 이 침실에서, 이런 생각에서 벗어나는 것이 중요하겠다고 느낀다.

궁전 안에 인기척이 전혀 없는 것을 보니, 내가 제일 먼저 일어난 사람인 듯싶다.

오늘은 바람이 꽤나 부는 게 분명하다. 계단을 살금살금 내려가는 동안 이곳의 오래된 석조에서 휘파람소리가 들려오며, 이따금 누군가 방금 손바닥으로 유리창을 때리기라도 한 것처럼 창틀에서 유리가 덜덜거리기 때문이다. 어제 날씨가 그나마 가장 좋았던 건가 싶다. 그럼 줄스의 심기가 편치 않을 텐데. 나는 까치발로 주방에 들어간다.

그곳에 이파가 빳빳한 흰 셔츠와 슬랙스를 입고 한 손에 클립보드를 든 채 몇 시간 전에 일어난 듯한 모습으로 서 있다. "좋은 아침입니다." 그녀가 말하면서 내 얼굴을 샅샅이 뜯어보는 게 느껴진다. "오늘 컨디션은 어떠세요?" 나는 저렇게 반짝거리며 분석하는 듯한 눈을 지닌 이파라면 사소한 것도 놓치는 법이 없으리라는 인상을 받는다. 그녀는 수수하면서도 상당한 미인이다. 본인 딴에는 덜 예뻐 보이려고 노력하는 듯싶으나 숨길 수 없는 미모가 빛을 발한다. 아름답게 모양이 잡힌 짙은 눈썹에 녹회색 눈동자. 오드리 헵번 같은 저런 자연스러운 우아함을, 저런 광대뼈를 가질 수 있다면 사람이라도 죽일 테다.

"괜찮아요." 내가 말한다. "죄송해요. 저 말고 일어난 사람이 있는 줄 몰랐어요."

"저희는 동이 트자마자 일을 시작했거든요." 이파가 말한다. "오늘은 중요한 날이니까."

나는 막상 결혼식은 거의 잊어버리고 있었다. 오늘 아침 줄스는 어떤 기분일지 궁금하다. 긴장될까? 무슨 일 때문이든 그녀가 긴장하는 모습은 상상이 가지 않는다.

"그쵸. 저는 산책이나 다녀올까 싶던 참이었어요. 약간 머리가 띵해서."

"그러면," 이파가 미소를 띠며 말한다. "섬 정상까지 산책하시는 게 가장 안전할 거예요. 산책로를 따라서 차일을 한쪽에 끼고 예배당을 지나면 됩니다. 그러면 늪지를 피할 수 있을 거예요. 그리고 문가에 있는 고무장화도 가져가세요─마른땅만 디디도록 조심하시고요, 안 그러면 토탄에 빠질 수도 있어요. 저 위로 올라가면 통신 신호도 좀 잡힙니다. 전화하실 일이 있다면요."

전화. 세상에─우리 애들! 죄책감이 내리덮치며 아이들을 완전히 깜빡했다는 사실을 깨닫는다. 우리 애들을. 이 장소가 벌써 나 자신을 이토록 잊어버리게 했다니 충격일 따름이다.

나는 바깥으로 나가 산책로, 아니 산책로의 잔해를 찾는다. 이파의 말과 달리 길을 찾기가 그리 수월하지만은 않은데, 분명 발길에 다져진 끝에 산책로가 되었을 법한, 다른 곳만큼 잡풀이 엄청 무성하지는 않은 곳을 간신히 분간할 수 있는 정도다. 걸어가는 동안 머리 위로는 구름이 잰걸음으로 탁 트인 바다를 향해 휘돌아 나아간다. 오늘은 확실히 바람도 더 불고, 이따금 태양이 구름 사이로 눈부시게 빛나긴 해도 대체로는 구름이 짙다. 내 왼편에 있는 거대한 차일이 내가 지나갈 무렵 바람결에 바스락댄다. 슬쩍 안에 들어가서 잠깐 구경해볼 수도 있겠다. 그러나 그보다는 오른편 예배당 너머에 있는 공동묘지 쪽이 끌린다. 어쩌면 연중 이 시기의 내 심리 상태, 매년 6월이면 내리닥치는 음울한 심기가 반영된 것일 수도 있겠다.

묘석 사이를 거닐다보니 매우 특징적인 켈트십자가가 여럿 보이는데, 희미해진 닻이나 꽃 그림도 알아볼 수 있다. 묘석 대부분은 너무 오래돼서 더는 거기에 새겨진 글씨를 거의 읽을 수조차 없다. 읽을 수 있다 해도 영어가 아니다. 아마 아일랜드어이리라. 어떤 묘석은 부서지거나 닳아버려서 실상 아예 모양이랄 게 없을 지경이다. 딱히 뭘 한다는 생각도 없이 나는 가장 가까이에 있는 묘석에 손을 대어보고 그 거친 돌덩이가 수십 년간 비바람에 매끈해진 자리를 느낀다. 약간 새것처럼 보이는 비석도 몇 개 있는데, 아마도 주민들이 섬을 영영 떠나기 직전에 세워진 것이리라. 그러나 대부분은 한동안 벌초하지 않은 듯 잡초와 이끼가 상당히 무성하다.

그러다 잡풀이 하나도 없어 눈에 확 띄는 묘석 하나를 발견한다. 아닌 게 아니라 그 묘석은 상태가 좋고, 앞쪽에는 자그마한 잼병에 담긴 야생화도 놓여 있다. 생몰년을 보니―나는 재빨리 암산을 한다―어린아이, 어린 소녀였던 듯싶다. 묘석에는 이렇게 적혀 있다. 다시 멀론, 바다로 떠나가다. 나는 바다 쪽을 바라본다. 많은 이들이 익사했다고 매티가 우리에게 말해주었다. 그러나 사실 그들이 언제 익사했는지는 말해주지 않았음을 깨닫는다. 그저 몇백 년은 된 일이겠지 넘겨짚었을 뿐이다. 그러나 어쩌면 보다 최근의 일일 수도 있다. 문득 생각해보니, 이 아이도 누군가의 자식이었다.

나는 허리를 숙이고 묘석을 만져본다. 목구멍 뒤편이 메어온다.

"해나!" 궁전 쪽을 돌아보니 이파가 거기 서서 나를 바라보고 있다. "그쪽이 아니에요." 그녀가 말하고는 산책로가 예배당에서 살짝 꺾어진 방향으로 이어지는 지점을 가리킨다. "저기예요!"

"고마워요!" 나는 그녀에게 외친다. "죄송해요!" 무단침입이라도 하다가 딱 걸린 기분이다.

궁전에서 점점 멀어질수록 산책로의 미미한 흔적조차 완전히 사라지는 듯하다. 군데군데 잡풀로 뒤덮여 안전해 보이는 땅들이 발 아래에서 밀려나더니 검은 개흙으로 주저앉는다. 오른쪽 장화에 이미 차가운 늪지 물이 스며든 터라 젖은 양말 안에서 발이 쩍쩍 소리를 낸다. 내 아래 어딘가에 시체가 묻혀 있다는 생각에 몸서리가 쳐진다. 오늘밤 본인들이 얼마나 매장터와 가까운 곳에서 춤을 추는 건지 알 사람이 있을까 모르겠다.

나는 핸드폰을 들어올린다. 이파가 장담한 대로 신호가 완전하게 잡힌다. 집으로 전화를 건다. 바람소리 위로 전화기 저편에서 전해지는 신호음이 들리고, 이내 엄마의 목소리가 말한다. "여보세요?"

"너무 이른 시간에 전화한 거 아니지?" 내가 묻는다.

"아유 아니지. 우리가 일어난 지가 벌써…… 히여간 몇 시간은 된 느낌이구나."

엄마가 벤에게 전화를 바꿔주자 목소리가 너무도 높고 새돼서 무슨 말을 하는지 거의 알아들을 수가 없다.

"뭐라고 했어, 우리 아들?" 나는 핸드폰을 귀에 대고 누른다.

"엄마 안녕이라고 했는데." 벤의 목소리에 나는 내면 저 아래 깊은 곳에서, 그애와의 유대가 나를 강력하게 끌어당기는 걸 느낀다. 아이들을 향한 나의 사랑에 버금가는 걸 찾는다면, 사실 찰리를 향한 사랑을 꼽기는 어렵다. 아이들에 대한 사랑은 동물적이고도 강력하며 피처럼 진한 사랑이다. 피붙이의 사랑이다. 그것과 가장 가까운 감정을 찾아보자면 언니 앨리스를 향한 사랑뿐이다.

"엄마 어디야?" 벤이 묻는다. "바닷소리 들린다. 거기 배 있어?" 벤은 배에 집착한다.

"응. 아빠랑 엄마랑 배 타고 왔어."

"커다란 배?"

"커다랗-다고 볼 수도 있지."

"엄마, 로티가 어제 진짜 아팠어."

"어디가 아픈데?" 나는 재빨리 묻는다.

사랑하는 이들에게 무슨 일이 일어난다는 생각만큼 나를 불안하게 만드는 건 없다. 나는 어렸을 때 밤중에 깨어나면 가끔 앨리스의 침대로 기어가서 언니가 확실히 숨을 쉬는지 확인하곤 했는데, 내가 상상할 수 있는 최악의 일은 무언가가 내게서 언니를 앗아가는 것이었기 때문이다. "난 괜찮아, 햅." 언니는 웃음기를 띤 목소리로 속삭이곤 했다. "그래도 들어오고 싶으면 이불 속으로 들어와." 그러면 나는 언니의 등에 딱 달라붙은 채 그 자리에 누워 언니의 호흡에 맞춰 오르내리며 마음을 안정시켜주는 늑골을 느끼곤 했다.

엄마가 전화를 바꾼다. "걱정할 거 전혀 없다, 햅. 어제 오후에 과식해서 그래. 너희 아빠가—하여간 얼빠진 양반이라니까—내가 장 보러 나간 사이에 애가 빅토리아 스펀지케이크를 맘대로 먹도록 내버려뒀지 뭐냐. 지금은 괜찮단다, 얘야. 로티는 지금 소파에 앉아 시비비스를 보면서 아침 먹기를 기다리고 있어. 그러니, 너는 너대로 화려한 주말을 신나게 즐기다 오렴."

지금 당장은 양말이 질척거리고 바닷바람에 눈이 따가워서 눈물이 나오는 터라 딱히 화려한 기분은 들지 않네요, 나는 생각한다. "알겠어요, 엄마. 내일 집에 가는 길에 짬 내서 전화할게요. 애들 때문에 너무 정신없지는 않고요?"

"정신없기는." 엄마가 말한다. "솔직히 말하면……" 엄마 목소리가 약간 메는 걸 놓치기란 어렵다.

"왜요?"

"아니, 정신을 다른 데로 돌릴 수 있어서 좋다고. 도움이 되는구나. 다음 세대를 돌보고 있으니." 엄마가 말을 끊더니 깊은숨을 들이쉬는 소리가 들린다. "알잖니…… 이맘때는."

"응." 나는 말한다. "알지, 엄마. 나도 같은 마음이야."

"그래, 우리 딸. 몸조심하고."

전화를 끊으며 퍼뜩 떠올린다. 올리비아를 보면 떠오르는 사람이 그녀인가? 앨리스? 모든 공통점을 갖추고 있다, 가늘고 부서질 것 같은 몸과 전조등에 비친 사슴 같은 눈빛까지. 나는 여름방학을 맞아 대학교에서 집으로 돌아온 언니를 처음 봤을 때를 기억한다. 언니는 몸무게가 삼 분의 일은 빠져 있었다. 끔찍한 질병이라도 앓는 사람처럼―무언가가 언니를 안팎으로 좀먹어가는 것처럼. 가장 최악이었던 부분은 언니가 본인에게 벌어진 일을 아무에게도 얘기할 수 없다고 생각했다는 점이었다. 나에게조차도.

나는 걷기 시작한다. 그러다 멈춰 서서 주위를 둘러본다. 내가 맞는 길로 가는 건지 잘 모르겠으나 정말 맞는 길이라는 게 있는지도 확실하지가 않다. 융기한 대지에 가려져 여기서는 궁전도, 심지어 차일도 보이지 않는다. 돌아갈 때는 길을 알 테니 나아가기가 한층 쉬우리라고 짐작했다. 그러나 지금 나는 방향감각을 잃은 느낌이다―생각이 완전히 딴 데 가 있었던 것이다. 다른 길로 온 게 확실한 것이, 여기는 더더욱 늪지가 많은 듯하다. 물렁하고 축축한 검은 이탄 지대를 피하고자 비교적 마르고 풀이 두두룩한 곳을 군데군데 찾아 깡충거려야만 한다. 나는 계속 나아간다. 그러다 약간 길이 막혀 높이 뜀박질을 한다. 그러나 그것은 잘못된 판단이었다. 디딘 발이 미끄러지면서 왼쪽 장화가 풀이 자라난 작은 흙더미가 아닌 물렁한 이탄 표면에 착지한다.

나는 가라앉는다―계속 가라앉는다. 너무도 빠르게. 땅이 아가리를 벌리더니 내 발을 삼킨다. 나는 중심을 잃으며 뒤쪽으로 비틀거리고 다른 발마저 땅을 파고들며 끔찍한 후루룩 소리와 함께 빨려들어간다. 가마우지가 검은 목구멍으로 생선을 넘기듯 재빠르게. 얼마 되지도 않아 이탄이 장화 윗부분까지 차오르는 듯하고 나는 더 깊이 가라앉는다. 처음 몇 초 동안은 놀라서 멍하게 얼어붙는다. 그러다 행동해야 한다는 것을, 나 자신을 구조해야 한다는 것을 깨닫는다. 나는 앞쪽의 메마른 땅을 향해 손을 뻗고 풀포기 두 개를 붙든다.

몸을 끌어올려본다. 꿈쩍도 하지 않는다. 완전히 박혀버린 모양이다. 머리끝부터 발끝까지 진흙탕을 뒤집어쓴 모습으로 돌아가서 무슨 일이 벌어졌는지 설명하려면 얼마나 쪽팔릴까. 그러다 내가 아직도 가라앉고 있음을 깨닫는다. 검은 진흙이 무릎을 넘어 아래쪽 허벅지 위로 찔끔찔끔 올라오고 있다. 조금씩 조금씩 나를 삼키고 있다.

갑자기 나는 더는 쪽팔리든 말든 상관하지 않는다. 진심으로 겁에 질린다. "도와주세요!" 내가 외친다. 그러나 바람이 내 말을 삼켜버린다. 내 목소리는 저멀리 궁전까지 전달되기는커녕 몇 야드 너머에도 도달하지 못한다. 그럼에도 나는 다시금 시도한다. 괴성을 내지른다. "도와주세요!"

나는 늪지에 있는 시체를 떠올린다. 진흙 저 아래 깊은 곳에서 백골이 된 손을 뻗어 나를 끌어내리려 드는 상상을 한다. 나는 두둑을 긁으며 온 힘을 다해 몸을 위로 끌어올리면서 짐승처럼 끙끙대며 기를 쓰기 시작한다. 꿈쩍도 하지 않는 느낌이지만 이를 악물고 더욱 힘을 준다.

그러다 누군가가 나를 쳐다보고 있다는 명료한 느낌을 감지한다. 등골이 오싹해지는 감각.

"거기 손 좀 빌려드려요?"

나는 흠칫한다. 몸이 잘 틀어지지 않아 말하는 사람이 누군지 볼 수가 없다. 그들이 천천히 빙 돌아와서 내 앞에 선다. 바로 안내역 두 명인데, 덩컨과 피트다.

"둘이서 잠깐 답사를 하고 있었거든요." 덩컨이 말한다. "그냥 뭐, 섬 지리나 파악해볼까 해서."

"설마 곤경에 빠진 공주님을 구조하는 영광을 누릴 줄은 꿈에도 몰랐네요." 피트가 말한다.

그들은 거의 완벽한 무표정이다. 그러나 덩컨의 입꼬리가 약간 씰룩거리는 것이, 그들이 나를 비웃고 있었다는 직감이 든다. 낑낑 대는 나를 한동안 지켜보고 있었을지도 모른다는 직감이. 나는 그들의 손길 따위에 기대고 싶지 않다. 하지만 사실 지금 뭘 가릴 처지가 아니다.

그들은 내 손을 하나씩 잡는다. 그들이 잡아당기자 나는 드디어 진흙의 아귀에서 한쪽 발을 빼내는 데 성공한다. 늪지에서 마저 발을 빼는데 장화 한 짝이 벗겨지고 진흙이 아가리를 벌렸을 때만큼이나 재빠르게 장화를 삼켜버린다. 나는 다른 발도 잡아빼고는 두둑을 긁으며 기어올라 안도한다. 잠시 땅바닥에 대자로 뻗어 탈진과 아드레날린으로 몸을 덜덜 떨며 좀체 발을 딛고 일어날 기력을 찾지 못한다. 방금 무슨 일이 벌어진 건지 도무지 믿기지가 않는다. 그러다 두 남자가 내 손을 하나씩 쥔 채 나를 내려다보고 있음을 문득 기억한다. 나는 그들에게 감사인사를 하며 예의에 어긋나지 않는 한에서 재빨리 그들의 손을 뿌리치고 허둥지둥 일어선다—우리 손가락이 꽉 얽힌 게 갑자기 이상하리만치 은밀하게 느껴진다. 아드레날린이 잦아들고 나니 이제야 그들이 나를 잡아당길 때 내가 어떻게 보였을지 점점 깨닫는다. 상의가 헤벌어져 낡은 회색 브라가 드러나고 뺨은 상기된 채 땀에 젖은 꼴이었으리라. 그리고 우리가 이곳에 고립되어 있다는 사실도 깨닫는다. 그들은 둘, 나는 혼자인데.

"고마워요, 두 분." 나는 말하며 목소리에 밴 떨림을 증오한다. "이제 다시 돌아가야겠어요."

"아무렴요." 덩컨이 말을 느리게 끈다. "이따가를 위해서 그 남사스러운 건 다 씻어내야죠." 내가 그 말에 너무 의미를 부여한 것인지 아니면 그의 말투에 실제로 외설적인 암시가 섞여 있는 건지 분간이 가지 않는다.

나는 궁전 쪽으로 다시 걷기 시작한다. 양말만 신은 두 발로 최대한 빨리 걸음을 옮기면서 가장 안전한 횡단점만 신중히 고른다. 갑자기 너무도 다시 실내로, 그래, 다시 찰리에게로 돌아가고 싶다. 저 늪지로부터 최대한 멀리 떨어지고 싶다. 그리고 솔직히 말하자면, 나를 구조해준 저 사람들로부터도.

이파

웨딩플래너

책상에 앉아 오늘의 일정을 검토한다. 나는 이 책상이 좋다. 이 책상 서랍에는 추억이 가득하다. 사진, 엽서, 편지—세월에 종이는 누레지고 손글씨는 유치한 낙서 같을지언정.

라디오를 일기예보 채널에 맞춘다. 여기서도 골웨이 방송국 주파수가 몇 개는 잡힌다.

"오늘 오후에는 다소 바람이 불겠습니다." 기상캐스터가 말한다. "풍력계급이 얼마나 되는 강풍일지에 대해서는 여러 지표가 상충하고 있지만 코네마라 대부분 지역과 골웨이 서부, 특히 해안과 도서 지역이 바람의 영향을 받으리라는 점은 확실히 말씀드릴 수 있겠습니다."

"그리 좋은 소식은 아닌 것 같네." 프레디가 들어와 내 뒤에 서서 말한다.

우리는 라디오에서 기상캐스터가 오후 다섯시 이후에 강풍이 위력을 발휘할 거라고 전하는 방송을 듣는다.

"그때쯤에는 하객 전부가 안전하게 차일 안에 있을 거야." 내가 말한다. "그리고 바람이 좀 분대도 차일은 굳건히 버텨줄 거고. 그러니까 걱정할 건 전혀 없어."

"전기장치는 어쩌지?" 프레디가 묻는다.

"전기장치야 상태가 꽤 괜찮잖아? 진짜 폭풍을 상대해야 하는 게 아니면. 게다가 예보에서 폭풍 얘기는 한마디도 없었고."

우리는 오늘 아침 동틀녘부터 일어나 있었다. 내가 이곳에서 모든 것이 정비되어 있는지 확인하는 동안 프레디는 심지어 필요한 물품 몇 개를 마지막으로 구해오느라 매티와 함께 아일랜드 본토에 다녀오기까지 했다. 플로리스트도 곧 도착해 예배당과 차일을 현지 야생화로, 꼬리풀과 손바닥난초와 등심붓꽃으로 꾸며놓을 것이다.

프레디는 주방으로 돌아가 미리 준비해둘 수 있는 음식들을 끝손질한다. 카나페와 오르되브르와 코네마라 훈제장에서 가져온 생선으로 만든 차갑게 먹는 전채요리를. 음식에 열정적인 남자, 그가 내 남편이다. 그는 음악계의 거장이 자기가 작곡한 곡에 대해 열변을 토하듯이 본인이 고안한 요리에 관해서 얘기하곤 한다. 그런 열정은 유년기에 싹튼 것인데, 본인 주장으로는 어렸을 적 식단에 다양성이 전혀 없었던 탓에 요리에 대한 열정이 불타오른 거라고 한다.

나는 차일로 걸어간다. 차일은 예배당과 공동묘지와 똑같은 고지대를 점하고 있는데, 토탄 늪지의 진창 지대 사이에 있는 비교적 마른 땅을 따라 궁전에서 동쪽으로 50야드 정도 가면 나온다. 저 앞에서 광분한 잰걸음소리가 들려오더니 이윽고 녀석들이 내 앞에 모습을 드러낸다. 깜짝 놀라 자신의 '굴'에서, 히스 덤불 사이에 아래쪽으로 잠자리 삼아 파두는 구덩이에서 뛰쳐나온 산토끼들이. 그들은 한참을 내 앞에서 전력 질주하며 하얀 꼬리를 까닥거리고 튼튼한 다리로 땅을 박차더니 양쪽에 있는 기다란 수풀로 몸을 홱 틀어 시야에서 사라진다. 산토끼는 아일랜드 민간설화에서 둔갑 동물이라, 가끔 이곳에서 산토끼를 볼 때면 이니시 안 앰플로라의 망혼이 모두 다시 실체화되어 히스 틈바구니를 뛰어다니는 건 아닐까 망상에 젖는다.

차일 안에서 업무를 시작한 나는 실내 난방기에 연료를 채우고 테이블도 이런저런 끝손질을 해둔다. 수채 물감으로 손수 칠한 메뉴판, 하객들이 집에 챙겨가도록 이름을 새겨 리넨 냅킨에 꽂아둔 순은 고리. 이따가는 이토록 아름답게 꾸민 테이블의 정연함과 야외의 야생성이 두드러진 대비를 이룰 테다. 우리가 촛불을 켜면 골웨이의 고급 향수 제조사인 클룬 킨 아틀리에의 부티크에서 적잖은 금액에 배송되어온 향초에서 퍼지는 향기가 이곳에 감돌 테다.

내가 이것저것 점검하는 동안 주위에서 차일이 부들부들 떤다. 이렇게 소리가 울리는 텅 빈 공간이 몇 시간 뒤면 사람들로 가득찰 거라고 생각하니 새삼 놀랍다. 이 안쪽 불빛은 바깥의 밝고 차가운 빛에 비해 흐릿하고 노랗지만 오늘밤엔 이 구조물 전체가 밤하늘에 띄워 보내는 풍등처럼 빛날 것이다. 아일랜드 본토에 있는 사람들도 건너다보고 이니시 안 앰플로라에서 뭔가 신나는 일이 벌어지고 있음을 확인할 수 있을 것이다―모두가 입을 모아 마치 역사에만 존재하는 곳이라는 듯 죽음의 장소, 귀신 들린 소도小島라고 일컫는 바로 이 섬에서 말이다. 내가 맡은 일을 잘해내기만 한다면 이번 결혼식을 계기로 분명 다들 이 섬의 현재에 대해 다시 얘기하게 될 것이다.

"똑똑!"

나는 돌아본다. 신랑이다. 그는 한 손을 들어올린 채 캔버스 천의 덮개가 마치 진짜 문인 양 그 한편을 두드리는 시늉을 한다.

"가출한 안내역 둘을 찾고 있는데요." 그가 말한다. "저희도 슬슬 정장을 입어야 할 시간이라. 혹시 그놈들 뒤꽁무니라도 보지 못하셨나요?"

"오," 내가 말한다. "좋은 아침입니다. 아뇨, 저는 못 본 것 같은데요. 간밤엔 잘 주무셨어요?" 나는 아직도 이 사람이 정말 실물의 그 사람, 윌 슬레이터라는 게 믿기지 않는다. 프레디와 나는 〈밤중에 살아남기〉를 첫 회부터 다 보았다. 하지만 이런 얘기를 신랑 신부에게 꺼낸 적은 없다. 혹여나 우리가 광적인 열성 팬이라 우리는 물론이고 그들마저 망신시키는 건 아닐지 걱정할까봐서였다.

"잘 잤죠!" 윌이 말한다. "정말 잘 잤어요." 실제로 만나본 그는 정말 잘생겼다, 화면으로 보는 것보다 훨씬 더. 나는 혹시 너무 빤히 쳐다보았나 싶어 고개를 숙이고 포크를 바로 한다. 그는 사는 내내 이런 외모였을 것이다. 어떤 사람은 어릴 적에는 어색하고 미숙하다가 매력적인 어른으로 자라나기도 한다. 그러나 이 남자는 너무도 태연자약하게 우아한 미모를 걸치고 있다. 짐작하건대 그는 유리한 결과를 내기 위해 자신의 미모를 이용하고, 명백히 그 미모의 힘을 매우 잘 인지하고 있다. 움직임 하나하나가 정교하게 조율된 기계가 작동하는 모습을, 상태가 최상인 동물을 보는 것만 같다.

"잘 주무셨다니 다행이네요." 나는 말한다.

"아." 그가 말한다. "다만 잠자리에 들 무렵 약간의 애로 사항을 발견하기는 했어요."

"애로 사항이요?"

"이불 아래에 해초가 있었거든요. 안내역들이 장난을 좀 쳤나봐요."

"어머 세상에." 내가 말한다. "정말 죄송합니다. 프레디나 저를 부르지 그러셨어요. 저희가 다 정리하고 새 침대보를 가져다가 침구도 새로 깔아드렸을 텐데."

"사과하실 필요 없어요." 그가 말한다—다시금 예의 그 매력적인 미소를 지으며. "사내애들이 다 그렇죠." 그가 어깨를 으쓱한다. "조노는 다소 몸집이 큰 사내애긴 하지만." 윌이 내 곁으로, 그의 콜로뉴 향기마저 감지될 정도로 가까이 와서 선다. 나는 살짝 뒷걸음친다. "여기 안쪽도 멋지네요, 이파. 정말 감명받았어요. 너무나 훌륭하네요."

"감사합니다." 내 말투는 대화를 반기지 않지만, 짐작건대 윌 슬레이터는 본인과 얘기하고 싶어하지 않는 사람에게 익숙하지 않을 것이다. 그가 물러서지 않자 나의 무뚝뚝한 태도를 도전으로 여길 가능성마저 있겠다는 깨달음이 온다.

"근데 난 이파 얘기도 궁금한데요?" 그가 고개를 한쪽으로 기울이며 묻는다. "여기서 두 분이서만 살면 외롭지 않아요?"

이 사람이 정말로 관심이 있는 건가, 아니면 그저 관심 있는 척하는 건가? 나는 궁금해진다. 왜 나에 관해 알고 싶어하지? 나는 어깨를 으쓱한다. "아뇨, 딱히 그렇진 않아요. 저야 워낙에 남들 말마따나 외톨이 기질이 있어서요. 솔직히 겨울에는 그저 생존하려고 아등바등하는 느낌이에요. 여름만 보고 여기 있는 거죠."

"그런데 어쩌다가 이곳에 이주하게 됐어요?" 윌은 진심으로 흥미가 있는 얼굴이다. 정말로 그는 대화 상대의 말 한마디 한마디에 매료되었다는 확신을 주는 그런 부류의 사람인 것이다. 그런 모든 면이 더해져서 그가 이토록 매력적인 것이리라.

"여름방학 때 여기 오곤 했거든요." 내가 말한다. "어렸을 적에. 우리 가족이 다 같이 오곤 했어요." 나는 그 시절 얘기를 자주 꺼내지 않는다. 그러나 그에게는 얼마든지 말해줄 수 있다. 하얀 모래 사장에서 값싼 딸기맛 아이스크림을 먹다 빨간 식용색소가 입술과 혀에 물들었던 일. 섬의 반대편에 있는 해안 바위 사이 물웅덩이에 쳐놓은 우리 그물을 열띤 손가락으로 뒤지며 새우와 작고 반투명한 게를 찾아냈던 일. 둘러막힌 만의 청록색 바다에서 얼어붙을 듯한 수온에 익숙해질 때까지 물장구를 치고 놀았던 일. 당연히 이런 추억은 하나도 얘기하지 않을 거다. 그런 얘기는 적절치 못할 테니까. 나와 고객 간의 기본적인 선은 지켜야 하는 법이다.

"아," 윌이 말한다. "이 지역 사투리를 쓰시는 것 같진 않던데요." 뭘 기대하는 건지 모르겠다. 좋은 아침이우다, 라든지 기여, 기여, 라든지 토끼풀*과 레프러콘**이라도 기대했나?

"네," 나는 말한다. "저는 억양이 더블린 쪽이라서 아무래도 덜 두드러질 거예요. 제가 워낙 여기저기서 살기도 했고요. 어렸을 적

---

* 아일랜드의 국화.
** 아일랜드 민화에 등장하는 수염이 난 남성 모습의 작은 요정.

에 아버지 직업상 가족이 이사를 많이 다녔거든요―아버지가 대학교수였던지라. 잉글랜드에도 잠깐 살았고― 한때 미국에서도 살았죠."

"프레디와는 외국에서 만난 거예요? 그는 잉글랜드 사람이죠?" 여전히 무척 흥미를 보이는, 너무도 매력적인 사람. 그래서 나는 약간 불편해지려고 한다. 그가 정확히 무엇을 알고 싶어하는 건지 궁금하다.

"프레디랑 저는 아주 오래전에 만났어요." 나는 그에게 말한다.

윌은 예의 그 매력적이고도 흥미롭다는 미소를 짓는다. "그럼 소꿉친구 겸 연인이었나요?"

"그렇게도 말할 수 있죠." 그러나 썩 맞는 얘기는 아니다. 프레디는 나보다 몇 살이 어리고 우리는 어떤 관계가 되기에 앞서 몇 년간 친구였다. 아니 어쩌면 친구조차 아니었고, 그보다는 서로를 구명 뗏목처럼 붙들고 있었다는 말이 맞으려나. 우리 어머니가 그저 예전 어머니의 모습을 한 껍데기가 되고 오래지 않았을 때부터. 우리 아버지가 심장마비를 일으키기 수년 전부터. 그러나 그 모든 사연을 이 신랑에게 말하진 않을 것이다. 모든 걸 다 떠나서 이 직업에 종사하는 한, 언제건 실수할 수 있다는 듯한 너무 인간적인 모습을 비치지 않는 게 중요하다.

"그렇군요." 그가 말한다.

"그럼," 어떤 질문이 되었든 그의 입에서 다음 질문이 나오기 전에 나는 말한다. "괜찮다면 저는 슬슬 다시 이런저런 채비를 하러 가야겠습니다."

"물론입니다." 윌이 말한다. "오늘 저녁에 완전 파티광이 몇 명

오거든요. 이파." 그가 덧붙인다. "그 사람들이 너무 아수라장을 벌이지 않기를 바랄 뿐이에요." 그는 자기 머리칼을 손으로 빗어넘기고 아마도 환심을 살 요량인 듯한 애처로운 표정으로 미소를 지어 보인다. 미소 지을 때 그의 치아는 정말 하얗다. 너무도 밝아서 따로 미백을 받는 건지 궁금해질 정도다.

그러더니 그는 살짝 가까이 다가와서 내 어깨에 손을 얹는다. "정말 환상적으로 잘해주고 있어요, 이파. 고마워요." 그가 손을 조금 지나치게 오래 얹고 있는 탓에 내 셔츠로 스미는 손바닥의 열기가 느껴진다. 나는 갑자기 이렇게 널찍하고 소리까지 울리는 공간에 우리 둘뿐이라는 사실을 심하게 의식하게 된다.

나는 미소—나의 가장 예의바르고 가장 전문적인 미소—를 짓고는 작은 걸음으로 한 발짝 물러난다. 아마도 윌 같은 남자는 본인의 성적 권능을 매우 확신할 것이다. 그런 모습이 처음에는 매력으로 읽히겠지만, 그 기저에는 한층 어둡고 한층 복잡한 뭔가가 깔려 있다. 그가 정말로 내게 끌린다거나 그런 건 전혀 아니리라. 내 어깨에 손을 올린 건, 그냥 그렇게 할 수 있어서다. 어쩌면 내가 지나치게 의미를 부여하는 건지도 모르겠다. 그러나 그 행동은 마치 책임자는 자신이고, 나는 본인을 위해 일하는 사람이라고 상기시켜주는 느낌이었다. 나는 본인에게 장단을 맞춰야 하는 사람이라고.

현재
결혼식 당일 밤

수색조는 암흑 속으로 줄지어 나아간다. 순식간에 바람이 그들을 엄습하며 괴성과 함께 몰아친다. 등유 횃불의 불길이 넘실거리고 치직거리며 금방이라도 꺼질 듯하다. 그들의 눈에 물기가 맺히고 귀는 웅웅댄다. 다들 저도 모르게 고개를 푹 숙인 채 바람이 단단한 덩어리라도 되는 양 밀고 나아간다.

폭풍과 맞선 이들의 몸속에 아드레날린이 휘돈다. 소년 시절의 어떤 감각―깊고 명명할 수 없으며 흉포한―이 떠오르며 지금 상황과 전혀 다르다고 할 수 없는 밤의 기억을 일깨운다. 그들이 어둠과 대치했던 기억을.

그들은 천천히 앞으로 나아간다. 양쪽이 이탄 늪지에 에워싸인 궁전과 차일 사이의 길쭉한 지대, 이곳에서 그들은 수색을 시작할 것이다. 그들이 외친다. "거기 누구 있어요?" 또 "누구 다쳤어요?" 또 "우리 말 들려요?"

아무런 대답이 없다. 바람이 그들 목소리를 삼켜버린 듯하다.

"아무래도 흩어져야 할 것 같은데!" 페미가 외친다. "그래야 빨리 수색하지."

"너 돌았냐?" 앵거스가 답한다. "양쪽으로 늪지가 있는데 흩어지자고? 우리 다 어디서부터 늪지인지도 모르잖아. 거기다 이렇게 깜깜한데. 딱히—딱히 무서워서 그러는 건 아니야. 다만 혼자서 그…… 엿같은 꼴을 발견하고 싶지는 않아."

그리하여 그들은 스칠 듯이 가까이에 다닥다닥 모여 있다.

"그 여자가 비명을 상당히 크게 지르긴 질렀나봐." 덩컨이 외친다. "그 웨이트리스 말이야. 이 바람소리를 이기고 들렸으니."

"겁먹어서 그랬겠지." 앵거스가 외친다.

"쫄았냐, 앵거스?"

"아니거든. 닥쳐라, 덩컨. 근데 정말…… 정말 보기가 어렵기는 하……"

그의 말은 유독 포악한 돌풍에 사라져버린다. 불똥이 소낙비처럼 흩날리며 커다란 등유 횃불 두 개가 생일 촛불처럼 훅 꺼진다. 횃불을 들고 있던 두 사람은 그래도 그 금속 지지대를 움켜쥔 채 마치 검이라도 되는 양 앞으로 내밀고 있다.

"사실," 앵거스가 외친다. "어쩌면 약간 겁나는 것도 같아. 그게 쪽팔릴 일이냐? 이 염병할 강풍 속에 나와 있는 것도 달갑지 않고, 또…… 또 우리가 뭘 찾게 될지 기대되지도 않는단……"

그의 말을 공황에 빠진 절규가 가로막는다. 그들이 돌아서서 각자의 횃불을 치켜들고 보니 피트가 한쪽 다리의 아래쪽이 반쯤 잠긴 채 허공을 붙들려 하고 있다.

"저 등신 새끼." 덩컨이 외친다. "마른땅 놔두고 다른 데로 샜지." 그러나 그는 안도하고, 다른 모두도 안도한다. 순간 그들은 피트가 뭔가를 발견한 줄 알았던 것이다.

그들은 피트를 끌어올린다.

"제길." 덩컨이 외치는 사이 피트는 늪지에서 벗어나 그들 발치에 손과 무릎을 대고 엎어진다. "오늘 우리가 구조한 사람이 이걸로 두 명이네. 아까 찰리 아내가 이 망할 놈의 늪지에 빠져서 돼지 멱따는 소리를 내지르는 걸 봤거든."

"시체가……" 피트가 신음하듯 말한다. "늪지에……"

"아 적당히 좀 하라고, 피트." 덩컨이 화가 나서 외친다. "등신같이 굴지 말고." 그는 횃불을 홱 휘둘러 피트의 얼굴 가까이 대고 다른 이들을 돌아본다. "이놈 눈 좀 봐―정신이 아주 나갔네. 이럴 줄 알았어. 이 새끼는 왜 데려온 거야? 존나 발목만 잡잖아."

피트가 입을 다물자 그들 모두 안도한다. 아무도 다시는 시체를 언급하지 않는다. 그것은 민간설화의 속설일 뿐임을 그들도 알고 있다. 그런 속설 따위는 무시할 수 있다―비록 모든 것이 한층 익숙하게 느껴지는 밝은 대낮일 때보다는 수월치 않을지라도. 그러나 애초에 그들이 파견된 목적 자체만큼은, 뭔가를 찾을지도 모른다는 가능성만큼은 무시할 수가 없다. 이곳 바깥에는 실재적인 위험이 도사리고 있고, 어둠 속에서는 지형이 낯설기도 하거니와 기만적이다. 그들은 이제야 온전히 깨닫기 시작한다. 자신들이 얼마나 준비가 되어 있지 않은지 이해하기 시작한다.

당일 이른 시각

줄스
신부

나는 눈을 뜬다. 대망의 결혼식 날이다.

간밤에 푹 자지 못했고 잠이 들어서는 이상한 꿈을 꿨다. 폐허가
된 예배당으로 들어서자 내 주위로 예배당이 바스러져 잿더미로
내려앉는 꿈. 나는 찜찜하고 영 불안한 기분으로 잠에서 깼다. 분
명 평소보다 과음한 탓에 숙취로 편집증이 살짝 온 것일 테다. 거
기다 해초를 치우고 몇 시간이 지났음에도 그 비린내가 여전히 남
아 있는 게 분명하게 감지된다.

윌은 일어나자마자 예법을 존중한답시고 남는 방으로 옮겨갔지
만 나는 차라리 그가 여기 있었으면 하고 바란다. 상관없다. 아드
레날린과 의지력으로 헤쳐나갈 수 있을 것이다. 응당 그래야 할 것
이다.

나는 푹신한 옷걸이에 걸린 웨딩드레스를 건너다본다. 보호용
박엽지가 드레스에 달린 날개처럼 정체 모를 산들바람에 가볍게

앞뒤로 너울댄다. 이제야 나는 이곳에 문을 닫고 창문을 내려도 어떻게든 안으로 들어오고야 마는 기류가 있음을 체득했다. 기류가 공기 중에서 소용돌이치며 깡충대고, 손끝의 감촉처럼 보드랍게 목덜미에 키스하고 등골을 오싹하게 훑어내린다.

나는 실크 가운 안에 코코드메르에서 오늘을 위해 골라둔 란제리를 입고 있다. 아주 섬세한 리버레이스로 기미줄만큼 촘촘하고 신부에게 어울리는 크림색이다. 얼핏 보면 매우 고전적인 속옷이다. 그러나 팬티에 자잘한 자개단추가 일렬로 쭉 달려 있어서 완전히 열어서 벌릴 수 있다. 고상하면서도 요염하다. 윌이 나중에 보면 좋아할 것이다.

창문 너머에서 일렁이는 인기척이 내 관심을 사로잡는다. 아래쪽 암석 위에 올리비아가 보인다. 그녀는 어제와 똑같은 헐렁한 스웨터와 찢어진 청바지를 입고 바다가 요란하게 하얀 포말을 일으키며 화강암 위에서 산산이 부서지는 벼랑 끄트머리를 향해 맨발로 길을 고르고 있다. 도대체 왜 해야 할 준비는 안 하고 저러고 있을까? 그녀는 고개를 숙이고 어깨를 축 늘어뜨린 채 뒤엉킨 밧줄 같은 머리칼을 뒤쪽으로 휘날리고 있다. 한순간 그녀가 벼랑 끄트머리에, 저 바닷물의 폭력성에 너무 가까워져 목구멍이 턱 막힌다. 저러다 떨어질 수도 있는데 여기서는 제때에 내려가서 그녀를 구할 수도 없을 테다. 내가 여기 속수무책으로 서 있는 동안 바로 저기에서 올리비아가 익사할 수도 있는 것이다.

나는 창문을 탁탁 두드리지만 그녀는 나를 무시하거나—혹은 나도 이쪽이 가능성이 높다고 인정하는데—파도 소리 때문에 내 소리를 듣지 못하는 것 같다. 하나 다행스럽게도 그녀는 낭떠러지에서 약간 멀찍이 걸음을 떼는 듯하다.

좋다. 올리비아에 관해서는 더는 걱정하지 않겠다. 슬슬 본격적으로 준비를 시작해야 할 때니까. 간단히 아일랜드 본토에서 출장 메이크업 아티스트를 데려올 수도 있었지만 이토록 중차대한 날에 다른 사람에게 내 외모에 대한 통제권을 쥐여주다니 어림없는 소리다. 신부 화장을 직접 하는 게 케이트 미들턴*에게 족하다면 내게도 족하다.

화장품이 든 가방으로 팔을 뻗다가 예기치 못하게 손을 약간 떠는 바람에 내용물이 전부 바닥에 쏟아져버린다. 제기랄. 나는 절대 덤벙대는 법이 없는데. 내가…… 긴장했나?

나는 쏟아진 내용물을, 자유를 찾아 분투하며 바닥을 굴러다니는 반짝이는 금빛 마스카라 튜브와 립스틱, 뒤집힌 콤팩트에서 길게 흘러나온 브론징 파우더를 내려다본다.

그곳에, 그 모든 것의 한복판에 자그마하게 접힌 종잇조각이 살짝 검게 그을린 채 놓여 있다. 그것이 시야에 들어오자 피가 차갑게 식는다. 나는 차마 시선을 돌리지 못하고 그것을 응시한다. 어떻게 이토록 작은 것이 지난 두어 달간 내 마음속에서 그토록 넓은 자리를 차지할 수 있었을까?

도대체 왜 나는 이 편지를 보관해둔 건가?

나는 편지를 펼쳐보지만 펼쳐볼 필요도 없다. 그 말들이 전부 기억에 각인되어 있기에.

---

* 영국의 왕세자비로 윌리엄 윈저 왕세자의 배우자이다.

214

윌 슬레이터는 당신이 생각하는 그런 남자가 아니야.

사기꾼에 거짓말쟁이야. 그와 결혼하지 마.

분명히 웬 정신 나간 놈의 소행이다. 윌을 안다고, 그의 인생에 관해 다 안다고 생각하는 타인들로부터 편지를 받는 건 윌의 일상이니까. 가끔은 그들이 격분하는 대상에 내가 포함되기도 한다. 인터넷에 우리 사진이 두어 장 올라갔을 때가 기억난다. '윌 슬레이터, 연인 줄리아 키건과 쇼핑중.' 틀림없이 〈메일 온라인〉에 영 기삿거리가 없는 날이었을 거다.

형편없는 생각임을 알면서도—알면서도—나는 기어이 아래 댓글난으로 내려가고야 말았다. 젠장. 이전에도 그렇게 분노로 가득한 댓글난을 본 적이 있었지만 그 표적이 본인이 되면 특히나 독살스럽고 더더욱 인신공격처럼 느껴지기 마련이다. 나에 관해 스스로 하는 최악의 생각들이 메아리치는 반향실 안에 나자빠진 기분이었다.

- 세상에 저 꼴에 본인이 예쁘다고 생각하나봐?

- 제대로 X년 같은데 내 눈에는.

- 에이 아줌마 허벅지가 자기보다 가는 남자랑은 절대 자는 거 아니라는 말 못 들어봤어요?

- 윌! ILY*! 그 여자 말고 날 선택해! :) :) :) 저 여자는 당신 수준에 한참

못 미쳐……

- 세상에, 정말 보기만 해도 싫다. 공주병 걸린 년.

거의 모든 댓글이 이런 식이었다. 저 바깥에 내게 이런 악담을
퍼붓고 싶어하는 생면부지의 사람들이 그렇게 많다는 게 믿기 어
려웠다. 스크롤을 내리다가 반대론자 두엇도 발견하긴 했다.

- 남자가 행복해 보이네요. 여자가 잘해줄 듯!

- 그나저나 저 여자 <다운로드> 창립자네─내가 제에일 좋아하
는 웹사이트인데. 둘이 잘 맞을 듯.

이렇게 한층 상냥한 목소리조차도 그 나름대로 불편하긴 매한가
지였다─그들 중 몇몇이 풍기던 월을 안다는, 나를 안다는 듯한 그
태도 때문에. 자기가 그에게 뭐가 좋은지 왈가왈부할 수 있는 입장
이라는 듯한. 월은 누구나 이름을 알 정도의 유명인은 아니다. 그
러나 이 정도의 유명세를 가진 상태에서는 오히려 이런 참견을 더
많이 받는데, 아직 그 사람에 대한 소유권이 있다고 생각하는 이들
위로 올라서지 못했기 때문이다.

그러나 그 편지는 인터넷의 그런 댓글과는 다르다. 한층 사적이
다. 소인도 없이 우편함에 떨궈져 있었으니 분명 손으로 직접 전달

---

* '사랑해(I Love You)'의 약자.

했다는 뜻이다. 누가 썼는지 몰라도 우리가 사는 곳을 알고 있는 사람이다. 그 남자 또는 여자가 이즐링턴에 있는 우리집으로 찾아왔던 거다—최근에 월이 이사오기 전까진 내 집이었던 곳으로. 그러니 확실히 그냥 어떤 정신 나간 놈의 소행일 가능성은 낮다. 아니면 정말 최악의 정신 나간 놈일 수도 있고.

그러나 어쩌면 우리가 아는 누군가의 소행일지도 모른다는 생각이 문득 떠오른다. 심지어 오늘 이 섬에 오는 누군가의 소행일지도 모른다는 생각이.

편지가 온 날 밤에 나는 그것을 장작 난로에 던져버렸다. 그러나 몇 초 뒤에 다시 잡아채 꺼냈는데 그러다 손목을 데었다. 여전히 화상 자국이 남아 있다—그 여린 살결에 찍힌 번들번들하고 부풀어오른 분홍빛 인장. 그 자국이 눈에 띌 때마다 꼭꼭 숨겨둔 편지가 떠올랐다. 그 짧은 세 마디가.

그와 결혼하지 마.

나는 편지를 반으로 찢는다. 찢고 또 찢고, 꽃종이처럼 될 때까지 찢는다. 그래도 성이 차지 않는다. 그것을 화장실로 들고 가서 변기에 넣은 뒤 물을 내리고 조각들이 전부 소용돌이치며 사라질 때까지 주시한다. 그 조각들이 배관을 따라 내려가 대서양으로, 우리를 둘러싸고 있는 저 대양으로 빠져나가는 상상을 한다. 그런 생각에 아마도 상식적이지 않을 정도로 심란해진다.

여하간, 이제 그 편지는 내 인생에서 사라졌다. 없어졌다. 그것에 관해 더는 생각하지 않을 것이다. 나는 머리빗, 뷰러, 마스카라를 집어든다. 나의 무기, 나의 화살집을.

오늘 나는 결혼할 것이고 결혼식은 살벌하리만치 찬란할 것이다.

현재
결혼식 당일 밤

"젠장, 이거 뚫고 나가기가 힘든데." 덩컨이 에는 듯한 바람으로 부터 얼굴을 가리려 한 손을 들어올리고 다른 손으로는 횃불을 홱 저으며 불똥을 한차례 흩뿌린다. "뭐 보이는 사람?"

그런데 무엇이 보여야 하지? 이것이 그들의 머릿속을 점령하고 있는 질문이다. 그들은 제각기 웨이트리스의 말을 떠올린다. 시체. 땅바닥의 불룩 튀어나온 부분과 움푹 팬 부분 하나하나가 잠재적인 공포의 근원이다. 그들이 앞쪽으로 쳐든 횃불은 딱히 도움이 되지 않는다. 이쪽을 제외한 나머지 밤 풍경을 한층 칠흑같이 보이게 할 따름이다.

"다시 학교로 돌아간 기분이야." 덩컨이 다른 이들에게 외친다. "어둠 속에서 살금살금 다니려니까 말이야. 누구 '생존' 할 사람?"

"한심한 소리 집어치워, 덩컨." 페미가 외친다. "우리가 뭐 찾으러 나온 건지 잊었어?"

"뭐, 알지. 그럼 아무래도 '생존'이란 말은 붙일 수가 없겠네."

"그걸 농담이라고 하냐." 페미가 외친다.

"알았다고, 페미! 진정해. 그냥 분위기나 띄우려고 그런 거야."

"그래, 근데 지금은 분위기나 띄울 때가 아니잖아."

덩컨이 벌컥 화를 낸다. "그래도 난 여기 나와서 찾아보고 있잖아, 안 그래? 차일에 남은 저 겁쟁이 자식들보다 낫잖아."

"그나저나 난 '생존'이 재미없었어." 앵거스가 외친다. "그렇지 않냐? 이제야 알겠어. 나는…… 나는 그게 다 무슨 신나는 대모험이었던 척하는 것도 질렸어. 완전히 난장판이었잖아. 누가 죽을 수도 있었고…… 실제로 죽기도 했지. 그런데 학교에서는 계속 방관하기나……"

"그건 사고였어." 덩컨이 끼어든다. "그애가 죽은 건. '생존' 때문이 아니었다고."

"아 그래?" 앵거스가 되받아 외친다. "어떻게 그렇게 칼같은 판단을 내렸을까? 너는 그냥 그 엿같은 짓거리가 다 너무 좋았던 거야. 네가 납치할 차례가 됐을 때 후배 애들이 질겁하는 거 보면서 꼴려했던 거 다 알아. 요즘엔 그렇게 가학적인 일진 놀이를 못하고 다녀서 어쩌냐? 보나마나 그때 이래로 그렇게 한껏 꼴린 적이 없었을……"

"애들아," 언제나 평화유지군으로 활약하는 페미가 그들에게 외친다. "지금은 그럴 때가 아니잖아."

잠시 동안 그들은 입을 다문 채 암흑을 뚫고 계속해서 터덜터덜 걸으며 각자의 생각에 골몰한다. 그들 중 누구도 이런 날씨에 바깥에 나와본 적이 없다. 바람이 돌풍을 일으키며 불어닥쳤다가 멀어진다. 가끔은 그들이 자기 생각을 들을 수 있을 만큼 잦아들기도 하지만, 다음 맹습을 위하여 전열을 가다듬는 것일 뿐이다. 수천 마리의 곤충이 몰려드는 소리처럼 분주하게 술렁거리면서. 최고조에 다다른 바람소리는 울부짖음처럼, 끔찍하게도 사람의 절규처럼, 아까 웨이트리스의 비명이 재현되는 것처럼 들린다. 그들의 피부는 바람에 쓸려 벗겨지는 듯하고 눈엔 눈물이 고여 앞이 안 보일 지경이다. 소름 끼치는 바람소리에 치를 떨면서, 그들은 바람의 잇새를 뚫고 나아간다.

"현실감이 없지 않냐?"

"뭔 소리야, 앵거스?"

"아니, 그게…… 방금까지만 해도 우리 모두 차일 안을 활보하며 웨딩 케이크나 먹었잖아. 근데 지금은 다 같이 여기 나와서 그……" 앵거스는 그 단어를 소리 내어 내뱉을 용기를 그러모은다. "시체를 찾고 있으니. 도대체 뭔 일이 벌어진 것 같냐?"

"아직 우리가 뭘 찾고 있는지도 모르잖아." 덩컨이 답한다. "꼬맹이 하나 말만 듣고 나온 거니까."

"그렇긴 한데 그 여자애가 상당히 확신하는 눈치였단 말이지……"

"뭐," 페미가 외친다. "주위에 술 취한 사람이 많았잖아. 저 안에서 다들 나사가 심하게 풀린 상태였으니까. 그렇게 상상하기 어려운 일은 아니지 않아? 누군가가 차일에서 어슬렁어슬렁 나가서 어두운 데로 갔다가 사고를 당했다는……"

"찰리 그 자식은 아닐까?" 덩컨이 의견을 낸다. "그놈 완전히 꼴불견이었잖아."

"그러니까." 페미가 외친다. "완전히 인사불성이 됐더라. 하긴 우리가 총각 파티 때 그놈한테 한 짓을 생각하면……"

"그 일에 관해선 더 말하지 마, 펨."

"근데 아까 신부 들러리 봤냐?" 덩컨이 외친다. "나랑 똑같이 생각한 사람?"

"무슨 생각을 했는데?" 앵거스가 답한다. "그애가 마치…… 그……"

"자살하려는 것 같았다고?" 덩컨이 외친다. "어, 나도 그렇게 생각했어. 우리가 온 뒤로 영 이상하게 굴었잖아? 확실히 살짝 정신이 이상한 것 같던데. 나는 그 여자애라면 멍청한 짓을 하고도 남았을……"

"누가 오고 있어." 피트가 그의 말을 자르며 외치더니 그들 뒤편의 암흑을 가리킨다. "누가 우리를 향해 오고 있어……"

"아 좀 닥쳐, 등신아." 덩컨이 그에게 벌컥 화를 낸다. "제길, 저자식이 자꾸 성질 뻗치게 하네. 아무래도 저놈을 다시 차일에 데려다놔야겠다. 내가 맹세하는데……"

"아니," 앵거스의 목소리가 떨린다. "피트 말이 맞아. 저기 뭐가 있어……"

다른 이들도 뒤쪽을 돌아본다. 그들은 서투른 원을 그리며 모여들다가 서로 부딪치고, 애써 불안감을 눌러삼킨다. 모두 입을 다문 채 뒤편의 어둠을 응시한다.

암흑을 뚫고 불빛 하나가 그들을 향해 까닥인다. 그들은 각자의 횃불을 내밀고 그게 무엇인지 보려 눈에 힘을 준다.

"아," 덩컨이 다소 안도하며 외친다. "그냥 그놈이네─그 뚱땡이, 웨딩플래너 남편."

"근데 잠깐," 앵거스가 말한다. "저 사람…… 손에 뭘 들고 있
는 거야?"

당일 이른 시각

올리비아
신부 들러리

창문 바깥으로 결혼식 하객을 섬으로 실어나르는 배들이 보이는데, 아직까지는 저멀리 바다 위에 떠 있는 검은 형체일 뿐이지만 점점 가까이 다가오고 있다. 곧 모든 일이 시작될 것이다. 나는 지금쯤 준비하고 있어야 맞는데, 내가 일찍부터 일어나 있었다는 걸 하늘만은 알리라. 일어났더니 가슴이 욱신거리고 머리가 지끈거려 바깥바람이라도 좀 쐬러 밖으로 나갔었다. 그러나 지금은 여기 내 방안에서 브라와 팬티 차림으로 앉아 있다. 아직은 저 드레스로 갈아입을 엄두가 나지 않는다. 나는 드레스의 엷은 색 실크에 묻은 작은 다홍색 얼룩을 발견했는데 어제 드레스를 입어볼 때 허벅지에 낸 작은 상처에서 흐른 피가 살짝 묻은 것 같다. 줄스가 눈치채지 못하길 천만다행이다. 줄스가 봤다면 진심으로 꼭지가 돌았을지 모른다. 나는 복도에 있는 개수대에서 찬물과 비누로 핏자국을 문질러 지웠다. 다행히 얼룩은 거의 다 빠졌다. 그저 작고 거뭇한 분홍색 반점만 남아 핏자국을 상기시킬 따름이다.

그러자니 수개월 전 그 피가 떠올랐다. 피가 그렇게 많을 줄은 몰랐다. 나는 눈을 감는다. 그러나 눈꺼풀 안쪽에서도 그것이 보인다.

다시 창문 바깥을 흘긋 내다보며 다가오는 저 모든 하객을 생각한다. 섬에 도착한 이래로 계속 폐소공포증을 느끼고, 탈출구도 달아날 곳도 없다고 느꼈는데…… 오늘은 그런 느낌이 훨씬 심해질 테다. 한 시간도 채 지나지 않아 줄스는 나를 호출할 것이고, 그러면 나는 그녀 앞에서 중앙 통로를 걸어가며 우리에게 꽂히는 모든 사람의 시선을 받아내야 할 것이다. 그런 다음 오만 사람—친지든 생판 모르는 사람이든—에게 말을 걸어야 할 텐데. 해낼 수 있을 것 같지가 않다. 갑자기 숨이 쉬어지지 않는 느낌이다.

이곳에 온 이후 약간이나마 기분이 나아졌던 건 간밤에 동굴에서 해나와 얘기하던 때가 유일했다는 생각이 든다. 누구에게도 해나에게 그랬던 것처럼 털어놓을 수 없었다. 내 친구들에게도, 그 누구에게도. 해나는 뭐가 달랐던 건지 모르겠다. 짐작하자면 그녀가 겉도는 인간처럼, 그녀 역시 모든 것으로부터 숨으려는 듯 보였기 때문인 것 같다.

아무래도 나가서 해나를 찾아봐야겠다. 지금이라면 그녀에게 말할 수 있으리라. 나머지 이야기를 털어놓을 수 있으리라. 그 모든 일을 공공연하게 꺼내놓을 수 있으리라. 다 털어놓을 생각을 하니 어지럽고 메스꺼워진다. 그러나 어쩌면 기분이 좀 나아질지도 모른다—폐에 공기가 하나도 들어오지 않는 듯한 느낌이 덜해질지도.

나는 덜덜 떨리는 손으로 청바지와 스웨터를 입는다. 해나에게 말한다면 다시는 주워담지 못하리라. 그러나 결심이 선 것 같다.

완전히 미쳐버리기 전에 털어놔야 할 것 같다.

방을 살금살금 빠져나간다. 심장이 목구멍으로 올라붙은 느낌이들 정도로 너무 거세게 뛰어서 침조차 삼키기 힘들다. 나는 까치발로 식당을 가로질러 계단을 오른다. 도중에 다른 사람과 마주치면안 된다―마주친다면 그대로 꽁무니를 빼버릴 것 아니까.

해나의 방은 긴 복도 끄트머리에 있는 듯싶다. 그곳에 가까워질수록 안쪽에서 흘러나오는 웅얼거리는 목소리가 점점 커지는 걸알아챈다.

"아 제발 좀, 핸." 나는 듣는다. "순 말도 안 되는 소리를 하고 그래……"

문도 살짝 열려 있다. 나는 조금 더 가까이 살금살금 다가간다.해나는 안 보이지만 사각팬티만 입고 분을 삭이려는 듯 서랍장 모서리를 움켜쥐고 있는 찰리는 보인다.

나는 우뚝 멈춘다. 봐서는 안 될 것을 본 느낌이, 그들을 염탐하고 있다는 느낌이 든다. 바보같이 찰리도 거기 있으리라는 생각을 미처 못했다―떠올리자면 손발이 다 오그라드는 내 십대 시절 풋사랑의 대상이었던 찰리. 나는 못하겠다. 다가가서 그들의 방문을 두드리고 해나에게 잠깐 얘기할 수 있겠냐고 묻지 못하겠다…… 둘이서 반나체로 명백히 뭔가에 관해 한창 언쟁중인 상황에서는 더더욱. 그러다 등뒤에서 다른 문이 열리는 바람에 거의 간이 떨어질 뻔한다.

"오, 안녕, 올리비아." 윌이다. 그는 정장 바지를 입고 흰 셔츠를풀어헤친 채 근육질의 그을린 가슴을 내보이고 있다. 나는 재빨리시선을 돌린다.

"바깥에서 웬 인기척이 들린다 싶더라니." 월이 말하며 내게 눈살을 찌푸린다. "여기 올라와서 뭐해?"

"아, 아무것도." 나는 말한다. 아니 말하려 하는데 내 입에서는 거의 어떤 소리도 나오지 않고 다만 거친 속삭임만 새어나올 뿐이다. 나는 돌아서서 자리를 뜬다.

내 방에 돌아와서 침대에 앉는다. 나는 실패했다. 너무 늦었다. 기회는 지나갔다. 지난밤에 어떻게든 해나에게 말할 방법을 찾았어야 했다.

창문 너머로 다가오는 배들을 내다보니, 이제 더 가까워졌다. 배들이 이 섬에 뭔가 악한 것을 실어오는 듯한 느낌이 든다. 하나 그건 어리석은 생각이다. 그도 그럴 것이 악한 것은 이미 여기 있지 않은가? 악한 건 나다. 내가 나쁘다. 내가 한 짓이.

이파
웨딩플래너

하객들이 도착하고 있다. 나는 그들을 맞을 채비를 하고 부두에서 다가오는 배들을 바라본다. 미소를 짓고 고개를 끄덕이며 예의 바른 얼굴을 내보이려 한다. 지금 나는 평범한 남색 원피스를 입고 굽 낮은 웨지힐을 신었다. 말쑥하지만 지나치게 말쑥하지는 않게. 하객의 일원으로 보이면 적절치 못할 테니까. 하긴 그런 걱정은 할 필요도 없다. 그들 모두가 의상에 상당히 품을 들였음이 분명하니까. 반짝이는 귀걸이와 고통스러울 정도로 굽이 높은 하이힐, 조그만 핸드백과 진짜 모피로 된 숄(6월이기는 하나 어쨌든 아일랜드의 여름은 서늘하기 마련이다). 소수지만 실크해트마저 보인다. 추측건대 결혼식 주인공이 라이프스타일 잡지사 사장과 텔레비전에 나오는 연예인쯤 되면 하객도 한층 더 힘을 주어야 하는가보다.

하객은 서른 명 남짓씩 무리 지어 하선한다. 그들 모두가 이 섬을 눈에 담는 모습을 보니 개인적으로 자긍심이 약간 북받치는 느낌이다. 오늘밤 하객은 백오십 명쯤 될 것이다―이니시 안 앰플로라에 들이는 인원치고는 상당히 많은 숫자다.

"제일 가까운 화장실이 어딘가요?" 턱 주변이 시퍼레진 한 남자가 셔츠 깃이 목을 조르는 양 깃을 쥐어뜯으며 내게 다급하게 묻는다. 아닌 게 아니라 하객 중 여럿은 옷차림은 화려하나 정작 본인들은 상태가 좋지 않아 보인다. 그렇다고 현재 파도가 그렇게 거친 편도 아니라, 바닷물은 백색과 은색 중간 어딘가에서 빛나고 있다―서늘한 햇빛이 내려앉아 거의 바라볼 수 없을 만큼 너무도 눈부시다. 나는 눈 위로 손차양을 하고 상냥하게 미소 지으며 손으로 길을 가리켜준다. 만일 일기예보대로 바람이 몰아칠 예정이라면 아무래도 귀갓길에는 강력한 뱃멀미약을 좀 내어드려야겠다.

우리가 어릴 때 이곳에 처음 도착해 낡은 나룻배에서 걸음을 내딛던 일이 떠오른다. 우리는 뱃멀미를 하지 않았다, 내가 기억하기로는. 우리가 선수에 서서 난간을 붙들고 꺅꺅대는데 배가 파도 위로 솟구쳤고 바닷물이 커다란 아치를 그리며 다가와 우리를 흠뻑 적셨다. 우리가 거대한 바다뱀을 타고 있다고 상상했던 기억이 난다.

그해 여름에는 이쪽 지방치고는 날이 따스해 햇볕에 금방 몸이 마르곤 했다. 그리고 애들은 거침이 없는 법이다. 아무렇지도 않게 해안을 달려내려가 바닷물에 첨벙 빠져들었던 것이 기억난다. 아무래도 그때까지는 아직 내가 바다에 대한 경계심을 배우지 못했던 것 같다.

말쑥한 육십대 부부가 마지막 배에서 내린다. 왠지 모르지만 그들이 건너와서 자기소개를 하기 전부터 신랑 쪽 부모임을 알겠다.

확실히 신랑이 어머니에게서 외모는 물론, 어쩌면 신체 색소까지 물려받은 듯하다. 어머니의 머리칼이야 이제 희끗희끗해지긴 했지만. 그러나 어머니에게는 신랑의 여유만만한 자신감 같은 게 전혀 없다. 그녀는 어떻게든 본인의 옷 속에라도 숨어보려는 사람 같은 인상을 준다.

신랑 아버지의 이목구비는 한층 날카롭고 다부지다. 저런 외모를 두고 절대 잘생겼다는 말은 못하겠지만 로마 황제의 흉상에서 비슷한 옆모습을 찾아볼 수 있으리라는 상상은 할 법하다. 아치형의 높은 눈썹, 매부리코, 살짝 잔인한 느낌을 주는 얇은 입술에 단호해 보이는 입매. 그는 매우 세게 악수를 해서, 내 손을 움켜쥐자 작은 손가락뼈들이 서로서로 으스러지는 느낌이다. 거기다 그는 무슨 정치가나 외교관처럼 권위적인 분위기를 풍긴다. "웨딩플래너시군요." 그가 미소를 지으며 말한다. 그러나 그의 눈만큼은 예의주시하며 평가하는 빛이다.

"맞습니다." 내가 말한다.

"좋군요, 좋아요." 그가 말한다. "우리 자리는 예배당 맨 앞줄이겠지요?" 본인 아들의 결혼식이니 그것은 당연하다. 그러나 내 생각에 이 남자라면 어떤 행사가 되었든 당연히 맨 앞줄에 자기 자리가 마련되리라고 예상할 것 같다.

"물론입니다." 내가 그에게 말한다. "지금 저 위쪽의 예배당으로 안내해드리겠습니다."

"이게 참," 우리가 예배당 쪽으로 걸어올라가는 동안 그가 말한다. "재미있네요. 실은 제가 남학교에서 교장을 맡고 있습니다. 그런데 여기 하객 중 대략 사 분의 일이 우리 학교 트리벨리언 학생이었단 말이지요. 그 아이들이 다 이리 장성한 모습을 보니 기분이 묘해요."

나는 미소를 지으며 예의바르게 관심을 표한다. "학생들 얼굴을 다 알아보시겠어요?"

"거의요. 그런데 다는 못 알아보죠, 전부 다는. 군계일학이었던 녀석들만 알아보겠네요, 흔한 표현을 쓰면." 그가 껄껄 웃는다. "벌써 몇몇 학생이 나를 발견하고 재차 확인하는 모습을 봤어요. 제가 약간 엄격한 선생으로 명성이 자자해서." 그는 이에 자부심이 있는 듯하다. "아마도 다들 섬뜩했겠죠. 설마 여기서 교장 선생님을 보다니."

확실히 섬뜩했으리라, 나는 생각한다. 이전에 한 번도 만난 적이 없음에도 그를 알고 있는 듯한 기분이 든다. 본능적으로 이 남자가 싫다.

이후에 나는 마지막 배까지 통솔해온 매티에게 가서 감사인사를 한다.

"정말 잘해주셨어요." 내가 말한다. "모든 게 매끄럽게 진행됐어요. 전원을 한꺼번에 데려오느라고 정말 고생 많으셨어요."

"그러는 우리 사장님도 여기서 결혼식을 올릴 사람을 구해오느라 애썼지. 그 남자 유명한 사람 맞죠?"

"신랑도 유명하지만 신부도 인지도가 좀 있어요." 그렇게 말은 해도 매티가 요즘 유행하는 온라인 여성 잡지를 알 것 같지는 않다. "마지막에는 통 크게 깎아주겠다고 제안했는데, 기사가 실릴 걸 생각하면 밑지는 장사는 아닐 듯해요."

매티가 끄덕인다. "그러면 이 섬이 분명히 이목을 끌게 될 테지,

암." 그는 햇빛에 실눈을 뜨고 저 너머 바다를 건너다본다. "오늘 아침에는 배 몰기가 수월했는데. 하지만 이따가는 사정이 다를 거요, 분명히."

"그러잖아도 일기예보를 주시하고 있었어요." 내가 말한다. 현재 우리에게 허장성세하듯 내리쬐는 햇살만 보면 날씨가 나빠지리라는 상상은 하기 어렵다.

"기여," 매티가 말한다. "바람이 딱 거세질라고 자리를 잡았어. 오늘 저녁은 영 안 좋아 보이거든. 저멀리 바다에서 큰 놈이 부글부글 끓고 있소."

"설마 폭풍이요?" 내가 놀라 말한다. "그냥 바람만 약간 부는 줄 알았는데."

매티의 얼굴에 떠오른 표정은 더블린 출신의 이런 순진함을 어떻게 여기는지 딱 말해준다—우리, 프레디와 나는 이곳에서 얼마나 오래 지냈든 영원히 신참일 것이다. "골웨이 방송국에 앉아서 예보나 읊어대는 놈의 말은 들을 것도 없고," 그가 말한다. "눈으로 보란 말요."

그가 손을 뻗어 가리키자 내 시선은 그의 손가락을 따라 저멀리 수평선 위에 어둑한 얼룩에 가닿는다. 아무리 내가 매티처럼 뱃사람이 아니라 해도 낌새가 좋지 않다는 것쯤은 알겠다.

"저기 있네." 매티가 의기양양하게 말한다. "폭풍."

조노

신랑 들러리

월과 나는 남는 방에서 준비를 하고 있다. 다른 녀석들도 금방 우리와 합류할 테니 나는 일단 내내 작정해왔던 말을 해두고 싶다. 나는 이런 일에는 영 젬병이다, 내 감정을 말하는 일에는. 그래도 월에게 돌아서서 무작정 내뱉어본다. "야, 너한테 말하고 싶었는 데⋯⋯ 그, 있잖아, 네 들러리를 맡게 돼서 진심으로 영광이다."

"들러리를 다른 사람에게 맡기겠다는 생각은 해본 적도 없는걸." 월이 말한다. "너도 알잖아."

그래, 근데 나는 그 말이 사실이라고 완전히 확신하지 못하겠다. 약간은 필사적이었으니까, 내 짓거리가. 그도 그럴 게, 어쩌면 직감이 틀렸을 수도 있겠지만, 한동안 월이 자기 인생에서 나를 잘라 내려 한다는 인상을 받았던 것이다. 텔레비전 프로그램과 관련해 서 이런저런 일이 있었던 이래로 나는 이 녀석을 거의 보지 못했다. 본인이 발탁됐다는 이야기조차 해주지 않아서 그 소식을 신문에서 읽었다. 그때 나는 상처를 받았다. 아무렇지도 않았다고 허세를 부릴 생각은 없다. 그래서 나는 윌에게 전화를 걸어 같이 한잔하자고, 축배나 들자고 했다.

그리고 술잔을 기울이며 나는 말했다. "그래! 내가 네 들러리 서준다."

그때 윌이 약간 곤란해하는 눈치였던가? 윌의 경우에는 분간하기가 어렵다―워낙에 번드르운 놈이니. 잠깐의 침묵 후에 그는 끄덕이며 말했다. "네가 내 마음을 읽었구나."

완전히 뜬금없이 꺼낸 말은 아니었다. 실제로 윌이 약속한 바이기도 했다. 우리가 꼬맹이였을 적에, 트리벨리언에 다닐 적에.

"너는 내 제일가는 친구야, 조노." 그는 언젠가 말했다. "누메로 우노.* 나한테 베스트맨이라고." 나는 그걸 잊지 않았다. 함께한 역사가 우리를 묶고 있다, 그와 나를. 정말로 나는 우리 둘 다 신랑 들러리를 맡을 사람은 나뿐임을 알고 있었다고 생각한다.

거울을 들여다보며 넥타이를 바로 맨다. 윌의 여벌 정장을 입으니 모양새가 엿같다. 사실 놀랄 일도 아니다, 이 정장이 세 사이즈 정도 작다는 걸 감안하면. 거기다 내가 밤을 새운 것처럼 보인다는 점을 감안하면, 실제로 밤을 새우기도 했고. 나는 너무 꽉 죄는 울 때문에 벌써부터 땀을 흘린다. 윌 옆에 서니 더더욱 엿같아 보이는데 그의 정장은 무슨 염병할 천사 무리가 그의 몸에다 한 땀 한 땀 기워준 듯이 보이기 때문이다. 어떻게 보면 실제로 한 땀 한 땀 기

---

* '1번'이라는 뜻의 이탈리아어. 영미권에서 '일인자' '최우선 순위'라는 뜻으로 사용된다.

운 것이 맞는데, 이놈은 그 정장을 새빌 로*에서 맞춤 제작했기 때문이다.

"지금 내 꼴이 아주 최상은 아니네." 내가 말한다. 금세기 최고의 절제된 표현이다.

"그거야 네 인과응보지." 윌이 말한다. "정장을 깜빡해버렸으니." 그는 나를 보고 웃는다.

"그러게. 내가 등신이지." 나도 나를 보고 웃는다.

나는 몇 주 전에 윌과 함께 정장을 사러 갔었다. 그는 폴 스미스를 권했다. 당연히 그곳의 점원은 모두 내가 뭘 훔쳐가리라는 듯이 나를 쳐다보았다. "정장이 괜찮네." 윌이 내게 말했다. "아마 새빌 로에 가지 않고 구할 수 있는 정장 중에선 제일 나을 거야." 그것을 입은 내 모습이 마음에 들긴 했다. 그것만큼은 틀림없었다. 나는 일찍이 좋은 정장을 가져본 적이 없었다. 고등학교 시절 이래로 그렇게 말쑥한 뭔가를 입어본 일이 없었다. 거기다 그 정장이 내 뱃살을 싹 감춰준다는 점도 마음에 들었다. 지난 일 년간 나 자신을 살짝 놓아버렸던 것이다. "너무 잘 먹고 살아서 그렇지 뭐!" 나는 말하며 똥배를 두드리곤 했다. 그렇다고 똥배가 자랑스럽지는 않다. 그 정장은 그 모든 것을 감춰주었다. 나를 존나 무슨 사장님처럼 보이게 해주었다. 단연코 내가 아닌 다른 사람처럼 보이게 해주었다.

나는 거울 속에서 몸을 옆으로 돌려본다. 재킷 단추가 금방이라도 핑 하고 터져나갈 것만 같다. 그래, 똥배를 가려주는 폴 스미스

---

* 남성용 고급 맞춤 정장으로 유명한 영국 런던 중심부의 거리.

의 울이 그립기는 하다. 여하간. 엎질러진 물 앞에서 울고불고해봐야 소용없다, 우리 엄마가 할 법한 말을 하자면. 거기다 허영을 부린다고 딱히 무슨 의미가 있겠는가. 애초에 나는 그다지 미남도 아닌데.

"하, 조노!" 덩컨이 말하며 방안으로 질주해 들어오는데 완벽히 잘 맞는 본인 정장을 입어 매무새가 번지르르하다. "미친 그게 뭐냐? 세탁기에 넣었다가 줄어들었냐?"

피트와 페미, 앵거스도 그의 뒤쪽에 바짝 붙어 있다. "좋은 아침, 좋은 아침이다. 얘들아." 페미가 말한다. "하객도 다 도착하고 있어. 방금 저 아래 부두에 가서 옛날 트렙스 패거리한테 인사하고 오는 길이야."

피트가 야유를 내지른다. "조노, 맙소사. 너 바지가 너무 조여서 아침으로 뭐 먹었는지까지 다 보이겠다, 야."

나는 손목이 삐져나오도록 양팔을 옆으로 쭉 뻗고 여봐란듯이 의기양양하게 걸으며 언제나처럼 바보짓을 한다.

"염병, 이 자식 좀 봐." 페미가 윌에게 돌아선다. "존나 쿨해서 버터도 안 녹겠다."

"근데 이 자식은 항상 좋은 놈처럼 보이는 나쁜 놈이었잖아." 덩컨이 말한다. 그는 몸을 숙여 윌의 머리칼을 헝클어뜨리고, 윌은 재빨리 머리빗을 집어들어 다시 반반하게 매만진다. "그렇지 않았냐? 저 곱상한 미소년 같은 얼굴 때문에. 선생님들한테 한 번도 혼난 적이 없었잖아, 안 그래?"

윌이 우리 모두에게 씩 웃어 보이더니 어깨를 으쓱한다. "나쁜 짓을 한 적이 없으니까."

"개소리하네!" 페미가 외친다. "너는 사람을 죽이고도 넘어갔잖아. 걸리지 않았으니까. 아니면 다들 눈감아줬는지도 모르지, 너희 아버지가 교장이고 뭐 그러니까."

"아냐," 윌이 말한다. "나처럼 얌전한 학생도 없었지."

"그러게," 앵거스가 말한다. "너는 공부도 존나 안 했는데 어떻게 GCSE*에서 최고점을 받았는지 나도 영 이해가 안 간단 말이지."

나는 윌에게 시선을 흘긋 던지며 그와 눈을 맞추려 한다―혹시 앵거스가 눈치챈 걸까? "하여간 맨날 꿀 빠는 새끼야." 앵거스는 그렇게 말하더니 몸을 숙여 윌의 팔을 꼬집는다. 아니다, 다시 생각해보니 그의 어투는 미심쩍다기보다 그저 감탄스러운 듯하다.

"쟤야 점수를 잘 받을 수밖에 없었지." 페미가 말한다. "야, 안 그러냐? 시험을 망쳤다간 너희 아버지가 호적에서 파버렸을 테니까." 페미는 언제나 저렇게 예리하게 사람 마음을 읽는 재주가 있었다.

"맞아," 윌이 어깨를 으쓱한다. "맞는 말이야."

교장의 아들이라는 위치가 사회적으로 나병 환자의 낙인처럼 작용할 수도 있었다. 그러나 윌은 그 위치를 견뎌냈다. 그는 전략이 있었다. 예를 들면 그 지역 고등학교에 다니던 여자애랑 잔 다음에 걔가 상의를 벗고 있는 폴라로이드사진을 찍어 우리 학년에 쫙 뿌려버린다거나. 그 이후로 그는 건드릴 수 없는 존재가 되었다. 거기다 실상 나한테 이것저것 해보라고 밀어붙이던 쪽도 언제나 윌이었는데, 아마도 본인은 빠져나갈 수 있으리라는 것을 알았기 때

---

* 영국의 중등교육 자격시험.

문이리라. 반면에 나는, 적어도 처음에는 장학금을 잃을까봐 무서웠다. 그랬다면 우리 부모님은 무너졌을 것이다.

"우리가 해초로 장난치던 거 기억나냐?" 덩컨이 말한다. "그것도 다 네가 떠올린 아이디어였잖아, 새끼야." 그가 윌을 가리킨다.

"아니," 윌이 말한다. "내가 떠올린 건 절대 아니었어." 단연코 그가 떠올린 거였다.

이전에 그런 일을 한 번도 당해본 적이 없었던 후배들은 경악해서 지렸고, 나머지 우리는 자리에 누워 그들이 내는 소리를 들으면서 배꼽 빠지게 웃었다. 그러나 후배라면 으레 그런 일을 겪기 마련이었다. 우리도 모두 그 입장이 되어보았다. 본인에게 던져진 엿 같은 상황을 감내해야만 했다. 결국에는 본인 차례가 되어 다른 누군가에게 그 엿을 던지리라는 것을 알았으니까.

당시 트리벨리언에 어떤 꼬맹이가 있었는데, 그 녀석은 우리가 잠자리에 해초를 넣었을 때 상당히 침착한 반응을 보였다. 1학년 꼬맹이. 계집애 같은 이상한 이름을 지닌 녀석이었다. 하여간 우리는 그를 '외톨이'라고 불렀는데 딱 맞는 별명이었다. 그애는 당시 기숙사의 장이었던 윌에게 완전히 집착했는데, 어쩌면 약간은 그를 사랑했는지도 모르겠다. 성적인 느낌은 아니었다. 적어도 내 생각에는 아니었다. 그보다는 가끔 어린애가 자기보다 나이 먹은 사람한테 집착하는 그런 느낌이었달까. 그애는 머리 모양도 윌과 똑같이 매만지기 시작했다. 왠지 우리 뒤를 졸졸 따라다니기도 했다. 가끔 개가 덤불 같은 곳 뒤에 숨어서 우리를 지켜보는 모습이 눈에 띄곤 했고, 우리가 나가는 럭비 경기도 빠짐없이 참관했다. 그애는 학교에서 체구가 제일 작고 웃기는 억양으로 말하고 커다란 안

경도 써서 놀려먹기에 최적의 대상이었다. 그러나 그애는 호감을 사려고 다분히 노력했다. 거기다 나는 그애가 일부 남자애들과 달리 일종의 신경쇠약에 걸리지 않고 첫 학기를 넘겼다는 사실에 솔직히 꽤 감명을 받았던 걸로 기억한다. 우리가 해초로 장난을 쳤을 때도 녀석은 일부 다른 애들처럼, 사감한테 쪼르르 달려가서 고자질했던 그 작고 투실투실한 자기 친구—우리가 '뚱땡이'라고 불렀던—처럼 계집애같이 불평을 늘어놓거나 투덜거리지 않았다. 그 점에서도 상당히 감명을 받았던 걸로 기억한다.

나는 다른 녀석들에게로 시선을 돌린다. 마치 수면 아래에서 올라온 것 같은 느낌이다.

"장난쳐서 교무실로 불려갔던 건 언제나 쟤 빼고 우리뿐이었지." 덩컨이 말한다. "결국 반성문을 써야 했던 것도 우리뿐이었고."

"개중에서도 특히 나였지." 페미가 말한다. "당연한 일이지만."

"해초 얘기가 나왔으니 말인데," 월이 말한다. "그거 재미없었다. 간밤에 말이야."

"뭐가 재미없었다고?" 나는 다른 애들을 쳐다본다, 녀석들도 혼란스러운 표정이다.

월이 눈썹을 올린다. "알 텐데. 침대 속에 해초 말이야. 줄스가 질겁을 했어. 그것 때문에 진짜 열받았다고."

"아니, 내가 한 거 아니다, 친구." 나는 말한다. "정말로." 내가 트렙스 시절의 기억을 되살릴 만한 짓을 할 리가 없잖은가.

"나도 아냐." 페미가 말한다.

"나도 아닌데." 덩컨이 말한다. "그럴 틈도 없었어. 저녁 먹기 전에 조지나랑 딴짓하느라 정신이 없었다고, 뭔 얘기인지 알겠지만…… 단언컨대 해초나 주우러 다니기에는 달리 할일이 많았다고."

윌이 얼굴을 찡그린다. "하여간 너희 중 한 명이 그런 거 알아." 그가 나를 지그시 쳐다보면서 말한다.

문에서 노크 소리가 들린다.

"와 살았다!" 페미가 말한다.

찰리다. "단춧구멍에 꽂을 꽃이 여기에 있다던데?" 그가 말한다. 그는 우리 중 누구도 제대로 쳐다보지 못한다. 가엾은 놈.

"저기 있어요." 윌이 말한다. "찰리한테 하나 던져줄래, 조노?"

나는 하나를, 푸릇푸릇한 이파리와 흰 꽃이 섞인 자그마한 잔가지를 집어들어 찰리에게 휙 던지는데, 그에게 가닿을 만큼 아주 세게 던지지는 못한다. 찰리는 그것을 받으려고 돌진하지만 결국 잡아내지 못하고 방바닥을 여기저기 더듬는다.

드디어 꽃을 집어든 그는 아무 말도 없이 가능한 한 재빨리 자리를 떠난다. 나는 다른 녀석들과 시선을 맞추고, 우리는 모두 웃음을 참는다. 그러자 한순간 우리가 다시 애들이 된 듯한, 우리 자신을 통제할 수 없는 듯한 느낌이 든다.

"신사분들?" 이파가 외친다. "조노? 하객이 다 도착했어요. 모두 예배당으로 들어갔어요."

"좋아," 윌이 말한다. "내 모습 어때?"

"지지리도 못생겼어." 내가 말한다.

"고맙다." 윌은 거울을 보며 재킷을 바로 한다. 그러더니 다른 애들이 앞서가는 사이 내게 돌아선다. "하나만 더, 친구." 그가 목소리를 깔고 말한다. "내려가기 전에 잠깐만, 나중에는 말할 기회가 없을 것 같아서. 신랑 들러리 연설 때 말이야. 나 완전히 망신 주지는 않을 거지?" 월은 씩 웃으면서 말하지만 아마도 진지하게 하는 말일 것이다. 그에게 내가 파고들지 않았으면 싶은 부분이 있다는 걸 안다. 그러나 그는 걱정할 필요가 없다―나도 그쪽을 파고들 마음은 없으니까. 그래 봐야 우리 둘 중 누구도 남들 눈에 좋게 비칠 리 없다.

"안 그러지. 야." 나는 말한다. "네 체면 세워줄게."

줄스
신부

금관을 들어 머리 위에 올리는 내 양손이 숨길 수 없이 덜덜 떨린다—눈치채지 않기가 어렵다. 나는 고개를 이쪽저쪽으로 돌려본다. 이 왕관이 내 예복에서 딱 하나 변덕을 부린 요소이자 낭만적인 환상에서 단 한 발 양보한 지점이다. 나는 이 왕관을 런던의 모자 제조사에 주문했다. 완전한 화관*을 쓰면 약간 히피족 어린애처럼 보일 것 같아서 그렇게까지 하고 싶지는 않았고, 이 정도면 멋스러운 타협점이 되리라는 느낌이 들었다. 말하자면, 아일랜드 민담 속 신부를 모호하게나마 수용한 것이랄까.

왕관이 내 어두운 머리칼과 멋지게 대비되며 빛나는 것이 내 눈에도 보인다. 나는 현지 야생화로, 꼬리풀과 손바닥난초, 등심붓꽃

---

* 아일랜드의 결혼식에서는 신부가 베일 대신 현지 야생화로 만든 화관을 쓰는 전통이 있다.

으로 만든 부케를 유리 화병에서 집어든다.

그러고 나서 아래층으로 내려간다.

"정말 예쁘구나, 우리 딸."

아빠가 저기 응접실에 매우 말쑥한 모습으로 서 있다. 그렇다, 아빠가 나와 함께 중앙 통로를 걸어갈 것이다. 다른 선택지도 고려해보았다, 진심으로. 누가 봐도 우리 아빠가 결혼생활의 기쁨을 훌륭히 대표하는 사람은 아니잖은가. 그러나 결국에는 내 안에 있는 자그마한 소녀가, 질서에 순종하고 정석대로 이루어지길 원하는 그애가 이겼다. 거기다 아빠가 아니면 누가 하겠는가? 우리 엄마가?

"하객도 전부 예배당에 착석했단다." 그가 말한다. "그러니까 이제 모든 게 우리만을 기다리는 셈이지."

몇 분만 있으면 우리는 궁전과 예배당을 가르는 자갈 진입로를 따라서 짧은 횡단을 할 예정이다. 그런 생각을 하자 황당하게도 뱃속이 공중제비를 넘는다. 마지막으로 이런 기분이 들었던 게 언제인지조차 생각나지 않는다. 작년에 팔백 명이 들어찬 강당에서 전자출판과 관련하여 TEDx 강연을 했을 때도 이런 기분은 들지 않았다.

나는 아빠를 바라본다. "그래서," 무엇보다도 뱃속의 산란함으로부터 정신을 돌리기 위해 말한다. "드디어 윌을 만나셨네요." 내 목소리는 영 이상하고 살짝 쥐어짜낸 듯하다. 나는 헛기침한다. "늦게라도 만나는 게 아예 안 만나는 것보다는 낫죠."

"그래." 아빠가 말한다. "만났구나."

나는 어조를 밝게 유지하려 애쓴다. "무슨 뜻이에요?"

"아무 뜻도 아니다, 주주. 그냥…… 그래, 내가 윌을 만났다는 거지.”

나는 다음 질문을 꺼내기도 전에 물어보면 안 된다는 걸 직감한다. 그러나 물어보지 않을 수가 없다. 좋든 싫든 나는 아빠의 의견을 알아야만 한다. 언제나 그 누구의 인정보다도 아빠의 인정을 좇아왔으니까. 학교 주차장에서 A-레벨* 성적표를 펼쳐보았을 때 내가 상상한 기쁨에 찬 표정은 엄마가 아닌 아빠의 것이었다. 아빠가 “잘했다, 우리 딸”이라고 말해주는 것이었다. 그래서 나는 묻는다. “그래서요?” 내가 말한다. “그래서 만나보니 마음에 드셨어요?”

아빠가 눈썹을 치킨다. “정말로 지금 이런 대화를 하고 싶은 거냐, 줄스? 그 친구와 결혼하기 반시간 전에?”

아빠 말이 옳다. 극적으로 나쁜 타이밍이다. 그러나 이미 이 길로 향하기 시작한 이상 후퇴란 없다. 그리고 나는 아빠가 대답하지 않는 것 자체가 대답일지 모르겠다는 의심도 들기 시작한다.

“네,” 내가 말한다. “알고 싶어요. 마음에 드세요?”

아빠가 왠지 얼굴을 찡그린다. “정말 매력적인 친구 같더구나, 주주. 정말 잘생기기도 했고. 아빠 눈에도 그건 보이더라. 단연 일등 신랑감이야, 틀림없이.”

계속 밀어붙여봤자 좋을 게 하나도 없는 상황이다. 그럼에도 나는 멈출 수가 없다. “그래도 첫인상이 그보다는 강렬했을 거 아니에요.” 내가 말한다. “아빠는 늘 사람 속내를 잘 읽는다고 하셨잖아요. 사업에서 너무도 중요한 기술이고 저도 어서 그렇게 할 수 있어야 한다고…… 그런 말들을 하셨으면서.”

---

* 영국에서 GCSE 시험의 심화 단계로 치르는 대학 입학 자격시험.

아빠는 무슨 소음을, 일종의 신음을 내뱉더니 마음을 다잡듯 무릎에 양손을 올린다. 그러자 나는 작고도 단단한 두려움의 씨앗이, 오늘 아침 그 편지를 봤을 때부터 쭉 그 자리에 있었던 그것이 내 뱃속에서 벌어지기 시작하는 것을 느낀다.

"말씀해주세요." 나는 말한다. 귓속에서 피가 쿵쿵대는 소리가 들린다. "윌의 첫인상이 어땠는지 말씀해주세요."

"딸, 내가 어떻게 생각하는지는 중요하지 않은 것 같다." 아빠는 말한다. "나야 그저 늙은 아비일 뿐인데. 내가 뭘 알겠니? 거기다 둘이서 함께한 지 이제 뭐…… 이 년이 되었다지? 그 정도면 서로 알아가기에 충분한 시간이라고 말할 수 있겠지."

사실 이 년은 아니다. 그 근처에도 가지 못했다. "네," 나는 말한다. "딱 이 사람이라는 걸 알기에 충분한 시간이긴 하죠." 이전에 몇 번이고 친구들에게, 직장 사람들에게 내뱉었던 말이다. 지난밤에 건배사에서 실질적으로 내가 한 말이기도 하다. 그리고 이전에는 그 말을 할 때마다, 나는 진심이었다. 적어도…… 진심이었다고 생각한다. 그런데 왜 이번엔 그 말이 너무도 공허하게 들리는 걸까? 이 말을 아빠보다 나 자신을 설득하려 내뱉고 있다는 느낌을 지울 수가 없다. 그 편지를 다시 발견한 뒤로 오랜 의구심이 고개를 디밀었다. 그에 대해 생각하고 싶지 않아서, 나는 전략을 바꾼다. "하여간," 내가 덧붙인다. "솔직히 말씀드리자면, 아빠, 어쩌면 전 아빠를 아는 것보다 그 사람을 더 잘 아는지도 모르겠어요—아빠랑 지낸 시간이 내 평생에 육 주 정도밖에 되지 않는다는 걸 생각하면."

상처를 주려 의도한 말이었고, 이 말이 적중하는 것을 본다. 아빠는 물리적으로 타격을 받은 듯 움츠러든다. "그래," 아빠가 말한다. "거봐라. 말 한번 잘했구나. 그러니 너한테 아빠 의견은 필요치 않겠지."

"그럼요," 내가 말한다. "그럼요, 아빠. 근데 아세요? 딱 이번 한 번만이라도 윌이 좋은 사람이라고 생각했다고 말씀해주실 수도 있었잖아요. 이 악물고 새빨간 거짓말을 해야 했더라도. 내가 아빠한테 무슨 말이 듣고 싶었는지 아시잖아요. 어쩜…… 어쩜 그리 이 기적이세요."

"얘야." 아빠가 말한다. "미안하다. 그래도…… 너한테 거짓말을 할 수는 없다, 우리 딸. 이제 나랑 같이 중앙 통로를 걸어가고 싶지 않다고 해도 이해하마." 그는 마치 내게 굉장한 선물이라도 안겨준 양 관대하게 말한다. 그 말이 주는 상처가 나를 관통하는 느낌이 든다.

"당연히 아빠와 같이 저 빌어먹을 중앙 통로를 걸어갈 거예요." 나는 딱딱거린다. "아빠는 내 인생에 거의 함께 있어주지도 않았고, 이 결혼식에 참석할 시간도 간신히 내셨잖아요. 네, 네, 알아요…… 쌍둥이의 젖니가 나거나 뭐 그랬겠지. 그런데 나는 삼십사 년간 아빠 딸이었잖아. 아빠가 나한테 얼마나 중요한지 알잖아, 중요한 사람이 아니게 해달라고 하늘에 기도했음에도 말이에요. 여기 아일랜드에서 결혼식을 올리기로 정한 이유에 아빠도 있어요. 아일랜드의 유산을 얼마나 값지게 여기시는지 아니까 나도 값지게 여기는 거라고요. 아빠가 뭐라고 생각하든 나와는 상관이 없었으면 하고 나도 기도해요. 근데 빌어먹을 상관이 있어요. 그러니까 나랑 중앙 통로를 걸어가요. 최소한 그 정도는 해줄 수 있잖아요. 저 통로를 나랑 걸어가면서 걸음걸음마다 내 덕분에 끝내주게 행복하다는 표정을 지어줄 수 있잖아요."

문을 두드리는 소리가 들린다. 이파가 불쑥 고개를 들이민다. "준비 다 되셨어요?"

"아뇨," 내가 말한다. "사실 시간이 좀 필요하네요."

나는 층계를 쿵쾅대며 침실로 올라간다. 알맞은 모양, 알맞은 무게의 무언가를 찾고 있다. 보면 바로 찾던 것임을 알게 되리라. 저기에 향초가…… 아니다, 신부용 부케를 꽂아두었던 화병이 있다. 나는 그것을 집어들어 한 손으로 무게를 가늠하며 자세를 가다듬는다. 그러고는 그것을 벽에다 내던지고 화병의 상반부가 조각조각 흩어지는 모습을 만족스레 지켜본다.

그다음엔 손에 티셔츠를 감고―나는 언제나 자상을 방지하려고 주의를 기울여왔다. 이건 자해 행위가 아니니까―화병의 깨지지 않은 부분을 집어들어 이를 악문 채 힘껏 벽에 내리치고 또 내리친다, 손에 든 것이 산산조각난 유리 파편이 될 때까지. 이런 행동을 한동안, 너무도 오래도록 하지 않았다. 월이 나의 이면을 보는 걸 원치 않았으니까. 이 느낌이 얼마나 좋은지 잊고 있었다. 이 해방감이. 나는 악물었던 이를 벌린다. 숨을 들이마시고, 내쉰다.

저질러버리고 나니 모든 것이 한층 명료하고 차분하게 느껴진다.

나는 언제나 그래왔듯 난장판을 정리한다. 그러면서 맘껏 시간을 끈다. 오늘은 나의 날이다. 다들 기다리든 지랄하든 하라지.

거울 속에서 나는 양손을 들어 머리 위에서 한쪽으로 기울어진 왕관을 바로잡는다. 힘을 쓴 탓에 얼굴에 혈색이 돈다. 수줍은 새신

부에게 썩 걸맞은 안색이다. 나는 양손으로 얼굴을 문질러 가다듬
으며 행복과 기대가 담긴 기쁜 표정으로 개조한다.

이파와 아빠가 무슨 소리를 들었는지는 몰라도 내가 다시 나타
났을 때 그들의 안색에는 어떤 낌새도 없다. 나는 그들에게 끄덕인
다. "준비됐어요." 그러고는 올리비아를 소리질러 부른다. 그녀는
응접실 옆의 작은 방에서 나온다. 올리비아는, 그런 일이 가능하다
면, 평소보다도 더 창백해 보인다. 그러나 기적적으로 그녀는 준비
가 되어 있다—드레스와 구두 차림으로 화환을 든 채. 나는 이파
에게서 내 부케를 잡아챈다. 그러고는 뒤따라오는 올리비아와 아
빠를 내버려두고 문밖으로 성큼성큼 걸어나간다. 전장으로 전진하
는 여전사가 된 기분이다.

길쭉한 중앙 통로를 걸어가자니 심기가 바뀌고 확신이 썰물처럼
빠져나간다. 나를 돌아보는 모두의 얼굴이 각각 이목구비 없이 기
이하게 뭉개진 듯 보인다. 아일랜드 민요 가수의 목소리가 내 주위
로 소용돌이치고, 한순간 나는 그것이 사랑 노래임에도 곡조가 너
무도 애도가처럼 들려 당황한다. 머리 위 폐허가 된 첨탑 위로 구
름이 질주한다—너무나 빠르게, 악몽에서처럼. 바람이 강해져서
석조 사이로 휘파람소리가 들린다. 기이한 한순간 나는 이 하객들
이 모두 타인이라는, 내가 한 번도 만나본 적 없는 사람들의 무리
가 나를 말없이 주시하고 있는 느낌을 받는다. 마치 찬물이 들어찬
수조에 발을 디딘 것처럼 내 안에 공포가 차오른다. 그들 모두 모
르는 사람이고, 통로 끝에서 기다리다가 내가 다가가자 고개를 돌
리는 저 남자도 예외가 아니다. 아까 아빠와 나눈 괴로운 대화가

뇌리에서 핀볼 게임을 한다—그러나 그중에서도 가장 시끄러운 건 아빠가 내뱉지 않은 말이다. 나는 아빠의 팔을 잡은 손에 힘을 풀고 우리 사이에 얼마간 거리를 두려 해본다. 마치 아빠의 생각이 내게 전염되기라도 할 것처럼.

그러자 갑자기 안개가 걷힌 듯 그들이 제대로 보인다. 친구와 가족이, 웃으면서 손을 흔드는 모습이. 그들 중 누구도, 천만다행으로, 우리에게 핸드폰을 들이대지 않는다. 우리는 본식이 진행되는 동안 사진 촬영을 삼가달라는 엄중한 문구를 청첩장에 적어 그 난장판을 미연에 방지했다. 나는 가까스로 얼었던 얼굴을 풀고 미소를 돌려준다. 그리고 그들 모두 너머에, 저기 중앙 통로 한가운데 잠시 구름을 뚫고 나온 햇빛 아래 말 그대로 광휘를 두르고 서 있는 사람은, 나의 예비 남편이다. 정장 차림의 그는 티 하나 없어 보인다. 눈부시게 찬란하고, 내가 보았던 그 어떤 순간에도 뒤지지 않게 잘생긴 모습이다. 그가 내게 보내는 미소는 지금 내 두 뺨에 따스하게 내려앉는 햇살 같다. 그 주위에 솟은 폐허가 된 예배당은 삭막하게 아름다운 모습으로 하늘을 향해 탁 트여 있다.

완벽하다. 완전히 내가 계획한 그대로고, 계획한 그 이상이다. 그리고 이 모든 것의 하이라이트는 제단에서 나를 기다리고 있는—아름답고도 찬란한—나의 신랑이다. 그를 바라보며 그를 향해 발을 내딛는 지금, 이 남자가 내가 아는 그 사람이 아닌 다른 사람이라고 믿기는 불가능하다.

나는 미소 짓는다.

해나
부부 동반 참석자

본식 내내 나는 혼자 줄스의 사촌 몇몇과 함께 장의자에 끼여 앉아 있었다—찰리는 결혼식 주요 하객의 일원인지라 맨 앞줄 지정석에 앉았다. 줄스가 중앙 통로를 걸어갈 때 기이한 순간이 있었다. 그녀의 얼굴에 한 번도 보지 못했던 표정이 떠올라 있었던 것이다. 거의 두려워하는 기색이었다. 눈을 휘둥그레 뜨고, 입매는 험악한 선을 그리며 굳어져 있었다. 다른 사람도 그것을 눈치챘는지, 그냥 내 기분 탓이었는지 궁금하다. 그녀가 앞에 있는 윌과 합류하자마자 미소를 지으며 모두가 예상하는 모습 그대로 신랑을 맞이하는 환한 신부가 되었기 때문이다. 내 주위에선 온통 두 사람이 너무도 근사해 보인다는 탄식과 속삭임이 새어나왔다.

그후로 결혼식은 전반적으로 매우 매끄럽게 진행되어왔다. 내가 참석했던 몇몇 결혼식과 달리 혼인 서약을 할 때 말을 더듬지도 않는다. 우리 모두가 말없이 지켜보는 가운데, 두 사람은 크고도 또

렷하게 서약을 한다. 석재 사이로 휘파람을 불어대는 산들바람만이 유일한 소음이다. 하지만 나는 사실 줄스와 윌을 바라보고 있지 않다. 대신 저멀리 맨 앞줄에 있는 찰리를 일별하려 애쓴다. 줄스가 맹세합니다라고 말할 때 그가 어떤 표정을 짓는지 어떻게든 보고 싶다. 그러나 불가능하다. 그의 뒤통수만, 어깨만 보일 뿐이다. 나는 머릿속에서 나 자신을 살짝 흔든다. 애초에 뭘 목격하리라 생각했던 건가? 무슨 증거를 찾고 있는 것인가?

그러다 갑자기 모든 것이 끝난다. 사방에서 사람들이 일어나면서 갑작스레 잡음과 웃음과 수다가 터져나온다. 줄스가 예배당에 걸어들어올 때 노래를 불렀던 여성이 우리를 노래로 배웅하자 반주를 깔아주는 바이올린의 곡조도 경쾌하게 뒤따른다. 가사는 전부 아일랜드어로, 천상에서 내려온 것 같은 높고도 낭랑한 그녀의 목소리가 폐허가 된 벽 주위에서 살짝 으스스하게 메아리친다.

나는 줄을 지어 밖으로 빠져나가는 하객들의 뒤꽁무니를 쫓으며 거대한 화환을 슬쩍슬쩍 피하는데, 푸른 잎이 달린 커다란 잔가지와 색색의 야생화가 내 눈에도 매우 세련되면서도 이곳의 극적인 풍경에 딱 들어맞아 보인다. 내 결혼식 때 엄마의 친구 캐런 아주머니에게서 결혼식에 쓸 꽃을 지인 할인가로 구매했던 일을 떠올린다. 그때는 전체적으로 살짝 복고풍의 파스텔 색조로 꾸몄었다. 그러나 나는 불평할 처지가 못 되었다. 우리 마음에 드는 플로리스트를 고용할 여유가 전혀 없었으니까. 정확히 본인이 바라는 대로 할 수 있는 돈이 있다는 건 과연 어떤 느낌일지 궁금해진다.

다른 하객들도 매우 잘 차려입은 부유한 사람들이다. 아까 예배당에서 나머지 하객을 둘러보았을 때 머리 장식을 꽂은 사람이 나

말고는 아무도 없다는 사실을 알아챘다. 혹시 이런 집단에서는 머리 장식이 관례가 아닌가? 다른 여자들은 모두 비싸 보이는 모자, 아마 그 모자만을 위해 특별 제작된 상자에 담겨 제공될 법한 모자를 쓰고 있는 듯싶다. 나는 사복 입는 날인 줄 모르고 앨리스랑 둘이 교복을 입고 학교에 갔던 날과 같은 기분이 든다. 조례시간에 자리에 앉아 지금 당장 자연연소한다면 하루종일 내게 꽂히는 전교생의 시선을 느끼지 않아도 되겠지 싶던 일이 떠오른다.

우리는 윌과 줄스가 예배당을 나서는 동안 던져줄 바스라진 말린 장미 꽃잎을 나눠 받는다. 그러나 바람이 꽤 강하게 불어서 꽃잎이 순식간에 홱 날아가버린다. 단 하나의 꽃잎조차 신혼부부에게 내려앉지 않는다. 대신 바람에 낚아채인 꽃잎은 거대한 구름으로 떠올라 바다 쪽으로 흩어져버린다. 찰리는 늘 나한테 미신을 너무 믿는다고 하지만 내가 줄스였다면 그 상황에 기분이 좋진 않았을 것이다.

신부측 주요 하객이 기념 촬영을 위해 이동한 사이에 다른 이들은 바깥에 바가 설치된 차일 쪽으로 몰려간다. 나도 용기를 내려면 술기운이 좀 필요하겠다고 생각한다. 잔디밭을 가로질러 바 쪽으로 가는데 두어 걸음 내디딜 때마다 구두굽이 푹푹 빠진다. 바텐더 두 명이 주문을 받으며 칵테일 셰이커를 흔든다. 진토닉을 주문하자 잔에 커다란 로즈메리 가지가 딸려 나온다.

이 무리 중에서는 바텐더들이 가장 친근해 보이는지라, 그들과 잠시 잡담을 나눈다. 그들은 이 지역 출신 청년으로 대학을 다니다가 여름방학을 맞이해 고향에 돌아온 오언과 숀이다.

"저희는 보통 아일랜드 본토에 있는 큰 호텔에서 일해요." 숀이 내게 말한다. "기네스 가문 소유였던, 만에 있는 커다란 성 있잖아요. 사람들이 주로 거기서 결혼하고 싶어하거든요. 여기서 결혼식을 올렸다는 얘기는 들어본 적 없네요, 옛날 옛적이면 몰라도. 여기가 귀신 들린 섬이라고들 하는 거 아세요?"

"진짜예요." 오언이 몸을 숙이며 목소리를 낮춘다. "우리 할머니도 이곳에 얽힌 엄청 음침한 이야기를 여러 개 해주셨어요."

"토탄 속의 시체 있잖아요." 손이 말한다. "아무도 그 사람들이 어떻게 죽었는지 확실히 모르는데, 짐작하기로는 바이킹의 손에 토막 살인을 당했다나봐요. 그 사람들이 제대로 된 무덤에 안장되지 못해서 한을 품은 영혼이 되어 떠돌아다닌대요."

아마 둘이서 그저 나를 놀리려 하는 말이겠지 싶으면서도 불안감에 오싹해지긴 매한가지다.

"거기다 풍문에 의하면 그것 때문에 마지막 주민들이 결국 전부 이곳을 떠나게 되었다고 하더라고요." 오언이 말한다. "늪지에서 들려오는 목소리가 너무 시끄러워서요." 그는 손을 향해 씩 웃고는 내게도 웃어 보인다. "오늘밤 어두워지고 나서도 여기 있어야 한다니 썩 내키지 않네요, 솔직히 말하면. 귀신이 나오는 섬이잖아요."

"저기요," 내 뒤에서 애비에이터 안경을 끼고 트위드재킷을 입은 남자가 부루퉁하게 말한다. "그것참 끝내주게 흥미로운 얘기이기는 한데, 저한테 올드패션드 한 잔 만들어주겠어요?"

나는 그것을 신호로 받아들이고 그들이 일을 하도록 자리를 뜬다.

활활 타오르는 횃불로 밝힌 통로에서 차일 안쪽을 살짝 훔쳐보기로 한다. 내부에는 비싸 보이는 수많은 향초가 기분좋은 꽃향기를 풍긴다. 그럼에도 확실히 그 기저에는 축축한 캔버스 천의 악취가 감돈다(이런 것에 기분이 좋아지다니 떳떳한 심정은 아니다).
결국 무슨 방도를 쓰든 이것도 커다란 텐트에 지나지 않는 것이다.
그래도 무슨 텐트가 이런지. 심지어 그런 텐트가 여러 개다. 이쪽
끝에 있는 작은 텐트에는 합판으로 된 댄스플로어에 밴드를 위한
무대까지 마련되어 있고, 저쪽 끝에는 또다른 바가 설치된 텐트가
있다. 세상에나. 결혼식에 두 개의 바를 차릴 수 있는데 뭐하러 하
나만 차리겠는가? 중앙 텐트에서는 흰 셔츠를 입은 웨이터들이 발
레리노만큼이나 우아하게 움직이며 포크를 가지런히 하고 유리잔
에 광을 내고 있다.

모든 것의 한복판에, 거대한 케이크가 은제 받침대 위에 놓여 있
다. 너무도 아름다워서 이따가 줄스와 윌이 거기에 칼을 댈 거라
는 생각을 하니 슬퍼지기까지 한다. 저런 케이크는 과연 가격이 얼
마나 할지 가늠조차 되지 않는다. 어쩌면 우리 결혼식 비용을 전부
합친 액수일지도.

다시 차일 밖으로 걸음을 내딛자 돌풍이 엄습해 몸서리가 쳐진
다. 바람이 확실히 거세지고 있다. 저쪽 바다에서도 이제 하얀 포
말을 일으키는 파도가 인다.

나는 군중을 바라본다. 이 결혼식 참석자 중에서 내가 아는 사
람은 전부 신부측 주요 하객들이다. 용기를 내지 않으면 찰리가 돌
아올 때까지 여기 혼자 서 있어야 되리라─게다가 찰리는 기념 촬
영을 마치자마자 아마 곧장 사회를 맡으러 갈 것이다. 그래서 나는
진토닉을 한 모금 벌컥 들이켜고 근처의 무리로 다가간다.

겉보기엔 썩 사근사근한 그들은 오랜만에 근황을 나누는 친구
무리이고, 나는 대화에 끼지 못한다. 그냥 그 자리에 서서 잔술을

훌쩍이며 로즈메리 가지에 눈이 찔리지 않도록 조심한다. 진토닉을 든 다른 모든 사람은 어떻게 상해를 입지 않고 마시는 건지 궁금하다. 어쩌면 사립학교에서 배우는지도 모르겠다. 거추장스러운 장식이 얹힌 칵테일을 마시는 법 같은 걸. 이곳의 모든 이들이 사립학교를 졸업했다는 것은 의심의 여지가 없으니까.

"여기 해시태그가 뭔지 혹시 알아?" 한 여자가 묻는다. "이 결혼식 해시태그? 청첩장도 확인해봤는데 보이지 않아서."

"해시태그가 있는지도 모르겠는걸." 그녀의 친구가 답한다. "애초에 여기 전파 신호가 너무 엉망이라 섬에 있는 동안은 아무것도 업로드를 못 할 것 같은데."

"어쩌면 바로 그 점 때문에 여길 결혼식 장소로 골랐는지도 몰라." 첫번째 여자가 알겠다는 듯이 말한다. "알잖아, 윌이 워낙 인지도가 있으니까."

"좀 의아하기는 해." 두번째 여자가 말한다. "솔직히 말하자면 이탈리아에서 하겠거니 싶었는데―호수 지방 같은 데서. 그게 요즘 유행 같으니까, 아냐?"

"그렇지만 줄스는 유행을 선도하는 쪽이잖아." 세번째 여자가 끼어든다. "어쩌면 이게 새로운 유행인지도 모르지……" 거대한 돌풍이 하마터면 그녀의 모자를 날려버릴 뻔하고, 그녀는 단호한 손길로 모자를 꽉 내리누른다. "망망대해 한복판에 있는 황량한 섬에서 결혼식을 여는 게."

"오히려 로맨틱하지 않아? 황야가 펼쳐진 가운데 폐허로 남은 장관이라니. 그 아일랜드 시인 생각난다. 키츠 말이야."

"예이츠겠지."

그 여자들은 그리스 제도에서 보낸 여름휴가로 피부가 짙게 그을렸다. 내가 이 사실을 아는 이유는 그들이 곧이어 그리스 제도에 관해 떠들기 시작하더니 크레타섬보다 이드라섬이 좋은 이유를 꼽아보고 있어서다. "세상에." 이내 그들 중 한 명이 말한다. "왜 애들을 데리고 이코노미석을 끊는 거야? 아니, 뭐하러 휴가를 초장부터 기분을 망치며 시작하느냐고." 만일 내가 끼어들어서 어떤 뉴포리스트* 캠핑장이 더 좋은지 이유를 논하기 시작한다면 이들이 무슨 말을 할지 궁금하다. 개인적으로 저는 어디 간이 화장실이 제일 좋은지가 관건이라고 생각해요, 이러면서 그들이 어느 해변 레스토랑이 가장 전망이 좋은지 비교하는 말투와 똑같이 으스댈 수도 있겠다. 아무래도 그 말은 아껴뒀다가 나중에 찰리에게나 해야지 싶다. 물론 간밤에 증명된 바와 같이 찰리가 상류층 사람들 근처에만 가면 약간 이상하게 굴긴 하지만 말이다—조금 자신감도 떨어지고 방어적으로.

내 오른편의 남자가 내게로 돌아서는데, 몸집만 커다란 남학생 같은 외양으로, 둥글둥글하고 뽀얀 분홍빛 얼굴이 후퇴하는 이마 선과 부조화를 이루는 유형의 사람이다. "그래서," 그가 말한다. "해나, 맞죠? 신부 쪽이세요, 신랑 쪽이세요?"

나는 황송하게도 누군가가 정말로 내게 말을 걸어주었다는 데에 너무도 감복해 그에게 키스할 수도 있을 지경이다.

"어, 신부 쪽이에요."

"저는 신랑 쪽이요. 그 녀석이랑 학교를 같이 다녔거든요." 그

---

* 영국 잉글랜드의 국립공원.

가 손을 내밀자 나는 악수한다. 무슨 면접이라도 보러 그의 사무실에 걸어들어간 기분이다. "그래서 줄리아랑은 어떻게 아는 사이인지……?"

"아," 내가 말한다. "저는 찰리의 아내예요─줄스의 친구인. 안내역 중 한 명이죠."

"그럼 그 억양은 어디서 온 거예요?"

"어, 맨체스터에서요. 뭐, 맨체스터 변두리에서랄까요." 다만 워낙 오랫동안 남부에 내려와 살았던지라 그쪽 억양을 많이 잃어버렸다고 항상 생각하기는 하지만.

"맨체스터 유나이티드를 응원하시겠네요? 아니, 제가 몇 년 전에 회사 출장차 올라간 적이 있었거든요. 괜찮은 경기였어요. 사우샘프턴이랑 붙었던 것 같은데. 이 대 일이었나 일 대 영이었나─하여간 무승부는 아니었죠, 그랬으면 엄청 지루했을 텐데. 근데 음식은 끔찍하더라고요. 완전 못 먹을 정도로."

"아," 내가 말한다. "그게, 저희 아빠가 응원하는 팀은……"

그러나 그는 이미 싫증이 나서 돌아선 뒤 옆에 있는 남자와 대화 중이다.

그래서 나는 보다 나이든 부부에게 자기소개를 하는데, 그들이 달리 누구와도 대화하고 있지 않은 듯 보인다는 점이 주된 이유다.

"저는 신랑의 부친 되는 사람입니다." 남자가 말한다. 말을 참 이상하게도 한다 싶다. 그냥 "저는 윌의 아빠입니다" 하면 되잖은가? 그는 기다란 손가락으로 곁에 있는 여성을 가리킨다. "그리고 이쪽은 제 아내입니다."

"안녕하세요." 그녀는 말하고는 자기 발만 내려다본다.

"아드님이 정말 자랑스러우시겠어요." 내가 말한다.

"자랑스럽다?" 월의 아버지는 의아하다는 듯 눈살을 찌푸린다. 그는 키가 큰데다 등도 굽지 않아서 그를 올려다보려면 목을 살짝 빼야만 한다. 그리고 코 모양이 워낙 길쭉한 매부리코라서 그렇겠지만 그가 코를 들치고 나를 내려보는 느낌이 든다. 그러자 뱃속이 살짝 졸아드는 것이 의식되면서 거의 학교에서 선생님한테 꾸지람을 듣던 일이 떠오를 지경이다.

"어, 네." 나는 당황하며 말한다. 그 이유를 내가 설명해야 할 줄은 생각지도 못했다. "이 결혼식이 주된 이유겠지만, 〈밤중에 살아남기〉 때문에도 자랑스러우실 것 같아서요."

"음." 그는 이 말을 곱씹어보는 듯하다. "하지만 그게 직업은 아니잖습니까?"

"어, 뭐, 물론 전통적인 관점에서는 아닐 수도 있겠지만……"

"그 녀석이 언제나 모범생인 건 아니었습니다. 뭐 이런저런 말썽에 휘말리기도 했지요―그래도 전반적으로 머리가 꽤 비상한 아이이긴 합니다. 용케 상당히 괜찮은 대학에 들어가기도 했으니까. 정치계나 법조계로 갈 수도 있었을 텐데. 아마 그쪽 세계에서 일류는 되지 못해도 남부끄럽지 않을 정도는 해냈을 겁니다."

신이시여. 이제야 월의 아버지가 교장이라는 사실이 떠올랐다. 지금 그의 말투는 마치 자기 아들이 아니라 그냥 아무 학생에 관해서 얘기하는 듯하다. 모든 게 탄탄대로인 듯한 월에게 연민을 느끼리라고는 상상도 못했는데―지금 나는 연민을 느끼고 있는 것 같다.

"자제분이 계십니까?" 그가 내게 묻는다. "아드님이?"

"네, 이름이 벤인데, 그애는……"

"트리벨리언 입학을 고려해보시는 것도 썩 나쁜 선택지는 아닐 겁니다. 우리 학교 방침이 다소…… 엄격하다고 여기는 분들도 있다는 건 저도 압니다만 그 방침으로 몇몇 신통찮은 재목을 훌륭한 남자로 성장시킨 것도 사실이지요."

이렇게 뼛속까지 차가운 남자의 손아귀에 벤을 넘긴다는 생각을 하자 공포가 차오른다. 설사 우리 애를 사립학교에 보낼 여유가 된다 해도, 설사 벤이 고등학교에 입학할 나이가 거의 찼다고 해도 당신이 운영하는 학교에 내 아들을 보내다니 어림도 없다고 말해주고 싶다. 그러나 나는 예의바르게 미소 짓고는 자리를 피한다. 윌의 부모님이 여기에 있다면 필시 신부측 주요 하객도 기념 촬영을 마치고 돌아왔다는 뜻일 테다. 그렇다면 왜 찰리는 나를 찾으러 오지 않는 걸까? 나는 군중을 훑어보다가 나머지 안내역과 몇몇 다른 남자들이 모여 있는 거대한 무리에서 드디어 그를 발견한다. 순간 욱하는 분노를 느끼며 하이힐이 허락하는 한 빠르게 그에게로 다가선다.

"찰리." 나는 윽박지르는 투를 억누르며 말한다. "세상에, 당신이 자리를 비운 지 몇 시간은 된 느낌이야. 아까 완전 웃긴 대화를 나눴는데……"

"어, 핸." 그는 다소 멍하게 말한다. 눈을 살짝 가늘게 뜨고 나를 쳐다보는 것도 그렇고, 이목구비가 약간 미묘하게 틀어진 듯한 게, 벌써 술을 꽤나 마셨다는 확신이 든다. 그의 손에 들린 샴페인잔이 가득차 있는데 그게 첫 잔 같지는 않다. 나는 찰리가 언제나 통제력이 있음을, 본인 주량을 알고 있음을 상기한다. 그는 다 큰 성인임을. "아," 그가 말한다. "어쨌든. 아마 이제 머리에서 그거 떼도 될 거야."

머리 장식을 말하는 것이다. 나는 장식을 떼면서 두 뺨이 뜨거워지는 걸 느낀다. 나를 창피해하는 건가?

찰리와 대화하던 남자 중 한 명이 걸어오더니 찰리의 어깨를 탁친다. "이쪽이 마님이신가, 찰리?"

"어," 찰리가 말한다. "로리, 내 아내 해나야. 해나, 이쪽은 로리. 총각 파티 때 만났어."

"만나서 정말 반가워요, 해나." 로리가 치열을 번득이며 말한다. 이 사립학교 출신은 죄다 왜 이리 매력적인지. 나는 예배당 바깥에 있던 안내역들을 떠올린다. 식순표를 드릴까요? 말린 장미 꽃잎도 좀 받으시겠어요? 버터도 녹지 않을 쿨한 모습으로. 그러나 나는 간밤에 그들이 어떻게 돌변하는지 보고야 말았다. 그들 중 누구도 나는 눈곱만큼도 신뢰하지 않을 테다.

"해나," 로리가 말한다. "아무래도 총각 파티 이후에 남편분을 그런 상태로 돌려보낸 것에 사과 말씀을 드려야 할 것 같아요. 그런데 다 재밌자고 한 장난이었거든요, 안 그래, 우리 친구 찰리? 원래 꼴찌로 오는 사람이 술래를 하고 뭐 그런 거잖아."

그게 정확히 무슨 말인지 모르겠다. 나는 찰리를 바라본다. 그러자 바로 눈앞에서 남편의 얼굴이 실시간으로 변한다. 이목구비가 굳으면서 입술이 팽팽한 선이 되어버리더니 내가 그 주말이 지나고 공항으로 마중나갔을 때 짓고 있던 바로 그 표정이 된다.

"도대체 다 같이 무슨 장난을 벌인 거예요?" 나는 장난스러운 어조를 유지하며 로리에게 묻는다. "찰리가 도통 저한테 얘기를 해주려 하지 않아서요."

로리는 안도하는 듯하다. "그건 잘했네." 그가 말하며 다시금 찰리의 어깨를 탁 친다. "총각 파티에서 일어난 일은 총각 파티에 묻어두자 뭐 그런 거 아니겠어요." 그가 내게 윙크한다. "하여간 그냥 다 재미있자고 한 일이니까. 사내애들이 다 그렇잖아요."

"찰리?" 로리가 자리를 뜨고 우리 둘만 남게 되자 나는 묻는다. "술 마셨어?"

"그냥 한 모금 한 거야." 그가 말한다. 발음이 풀린 것 같지는 않다. "뭐 긴장 좀 풀 겸."

"찰리……"

"핸." 그가 단호하게 말한다. "두어 잔에 내가 탈선하진 않아."

"그건 그런데……" 나는 스탠스테드공항에서 퀭한 눈에 전쟁 트라우마라도 겪은 듯한 모습으로 나타났던 그를 떠올린다. "총각 파티에서 무슨 일이 벌어졌던 거야? 저 사람은 무슨 말을 하는 거고?"

"아, 진짜." 찰리가 한 손으로 머리카락을 훑어넘기며 얼굴을 일그러뜨린다. "왜 그게 나를 이렇게까지 괴롭히는지 모르겠네. 그게, 뭐 아마 내가 저들의 일원이 아니라서일 수도 있어. 그렇지만 상당히 끔찍했던 것도 사실이야."

"찰리." 나는 뱃속에 불안이 똬리를 트는 것을 느끼며 말한다. "저들이 뭘 했는데?"

그러자 남편이 나를 돌아보고 잇새로 으르대는데 그의 말에 무언가—누군가—다른 존재의 미약하나 험악한 기미가 기어든다. "그 얘기는 씨발 하고 싶지 않아, 해나."

그럼 그렇지. 오 세상에. 찰리는 역시나 술을 들이켜고 있었던 거다.

조노
신랑 들러리

나는 샴페인을 벌컥 들이켜 잔을 비우고 지나가는 웨이트리스에게서 다른 잔을 집어든다. 이 잔까지 빠르게 넘겨버리면 아마도 지금보다는—글쎄, 평정심이 돌아올 테다. 오늘 아침 이 모든 걸 보고 있자니, 윌이 가진 모든 걸 보고 있자니…… 뭐랄까, 살짝 엇같은 기분이 되었다. 그런 기분이 떳떳하지는 않다. 그런 기분이 들다니 마음이 좋지 않은 건 물론이다. 윌은 내 제일가는 친구잖은가. 그를 위해서 그저 기뻐해주고만 싶다. 그런데 다시금 이놈들과 함께 있으니 옛날 기억이 다 끌려나와버렸다. 윌은 그 사건에 전혀 영향받지도, 발목을 잡히지도 않았던 것 같다. 반면에 나는 그동안 내내, 뭐라고 할까, 행복할 자격이 없다고 느껴왔다.

예배당 바깥의 군중 속에 낯익은 얼굴이 너무도 많다. 총각 파티에서 본 놈들에다 총각 파티에는 오지 않았지만 우리와 같은 고등학교에 다녔던 놈들까지. "누구 안 데리고 왔냐, 조노?" 그들이 내게 묻는다. "그럼 오늘밤 어느 행운의 아가씨에게 작업 좀 들어갈 예정인가?"

"글쎄." 내가 말한다. "그럴지도."

내가 누구를 꼬실지를 두고 약간의 내기가 오간다. 그런 다음 본인들의 직업, 주택에 관한 얘기로 화제를 돌린다. 스톡옵션과 포트폴리오도 화제에 오른다. 최근에 남성─혹은 여성─의원이 망신살 뻗치는 짓을 한 얘기도. 이 대화에 나는 크게 말을 보탤 수 없는데, 그들이 들먹이는 이름도 잘 알아듣지 못하겠거니와 설사 알아들을 수 있다 해도 아마 모르는 사람일 것이기 때문이다. 나는 여기 서서 멍청이가 된 기분을, 속하지 못하는 기분을 느낀다. 실상 속해본 적이 없기도 하고.

이제 다들 중책을 맡고 있다, 이 패거리는. 내 기억에 딱히 명석하지 않았던 놈들마저. 거기다 다들 학창시절의 모습과는 영 딴판으로 변한 듯하다. 그게 거의 이십 년 전임을 감안하면 놀랄 일도 아니지만. 그런데 그렇게 오래되었다는 느낌이 들지 않는다. 적어도 나는. 여기, 이 자리에 서 있는 지금만큼은. 얼굴들을 하나하나 바라보고 있자니 시간이 얼마나 흘렀든, 한때 머리카락이 있었던 자리가 벗어졌든, 한때 금발이었던 머리가 흑발이 되었든, 안경 대신 이제 콘택트렌즈를 꼈든 상관이 없다. 나는 한 명 한 명을 다 알아볼 수 있다.

그러니까, 지금까지도, 내가 그토록 실망시켰음에도 우리 부모님은 여전히 집안 거실의 벽난로 선반 위 가장 잘 보이는 자리에 학교 단체 사진을 올려뒀다. 그 사진에 먼지 한 톨 앉는 꼴을 본 적이 없다. 부모님은 그 사진을 너무도 자랑스러워한다. 우리 아들 좀 봐, 이렇게 으리으리한 상류층 학교에 들어가다니. 그 일원이 되다니. 전교생이 나와 있는 운동경기장 뒤편으로 학교의 중앙 건물이 있고 반대편엔 절벽이 있다. 우리는 모두 거기 철제 관중석에, 사감이 옆 가르마를 타 빗어넘겨준 머리로 멍청하게 씩 웃으며 예의바르게 걸터앉아 있다. 다들 카메라 보고 웃으세요!

나는 지금 그 사진에서처럼 그들 모두에게 씩 웃어 보인다. 그들이 속으로 전부 나를 보고 으레 하던 생각을 똑같이 하고 있을지 궁금하다. 조노, 쓸모없는 놈. 얼간이 새끼. 맨날 웃기기나 하지─변변찮은 놈. 그들이 예상했던 바로 그 모습으로 자라버린. 그래, 바로 그 부분에서 그들이 틀렸음을 증명해낼 거다. 왜냐면 내게도 떠벌릴 위스키 사업이 있잖은가?

"야, 조노. 이게 대체 얼마 만이냐." 그레그 헤이스팅스─세번째 줄 왼쪽에서 두번째에 있는 놈. 엄마는 화끈했으나 그 외모는 확실히 물려받지 못했음.

"하, 너답다, 조노, 하다못해 정장을 까먹고 오냐!" 마일스 로크─다섯번째 줄의 중간 어디쯤 있는 놈. 천재기가 있었지만 너무 샌님처럼 굴지 않아서 그럭저럭 학교생활을 했음.

"최소한 반지는 안 까먹었네! 까먹어버리지 그랬냐, 그럼 그야말로 끝장이었을 텐데." 제러미 스위프트─위쪽 제일 오른편 구석에 있는 놈. 내기를 해서 50펜스 동전을 삼키는 바람에 병원 신세를 졌음.

"조노, 우리 떡대─야, 솔직히 말하면 나 아직 총각 파티의 여운이 가시지 않았다. 너 나한테 엿 먹였잖아. 아 염병, 맞다 그 불쌍한 친구! 그놈은 우리가 완전 엿 먹였지. 그놈도 여기 있지 않아?"

커티스 로―네번째 줄 오른쪽에서 다섯번째에 있는 놈. 테니스를 거의 선수처럼 쳤지만 결국 회계사가 됨.

알겠는가? 다들 나한테 아둔하다고 한다. 그러나 막상 속을 까보면 나는 기억력이 상당히 좋단 말이다.

그 사진에는 내가 차마 쳐다보지도 못하는 얼굴이 하나 있다. 맨 아랫줄 체구가 제일 작은 애들 사이에서 오른쪽으로 빠져 있는 얼굴. 외톨이, 월을 숭배하고 그의 비위를 맞추기 위해서라면 뭐든 하려 들던 꼬맹이. 우리가 요구하면 뭐든 했다. 우리를 위해 급식실에서 롤빵과 버터를 더 훔쳐오기도 하고, 우리 럭비화의 진흙을 털어내기도 하고, 우리 기숙사 방을 청소하기도 했다. 사실 정말로 필요하지도 않거니와 우리가 직접 해도 되는 그 모든 일을. 그러나 한편으로는 그애에게 시킬 일을 생각해내는 게 재미있기도 했다.

어느샌가 우리는 점점 더 바보 같은 짓을 요구하게 됐다. 한번은 교사 지붕 위로 기어올라가서 부엉이처럼 울어보라고 했더니 정말로 그렇게 했다. 또 한번은 화재경보를 죄다 울려보라고 시켰다. 그놈이 어디까지 할지 보고 싶은 마음에 계속 밀어붙이지 않을 수 없었다. 가끔은 그의 소지품을 뒤져 걔네 엄마가 보내준 사탕을 먹거나 그놈의 화끈한 누나가 해변에서 찍은 사진으로 자위하는 시늉을 하기도 했다. 또는 그놈이 집에 보낸다고 써둔 편지를 찾아내 징징대는 목소리로 낭독하곤 했다. 다들 너무 보고 싶어요. 그리고 가끔은 그놈을 살짝 두드려패주기도 했다. 예를 들어 우리 럭비화를 깔끔히 닦아놓지 않았을 때―아니 우리가 깔끔하지 않다고 우겼을 때라고 해야겠다. 그놈은 항상 상당히 잘 닦아뒀으니까. 나는 그애를 세워놓고 '인센티브'를 준다며 징이 박힌 럭비화 밑창으로 그애 엉덩이를 때리기도 했다. 우리가 어디까지 벌을 안 받고 넘어갈 수 있나 보려고. 그리고 그애는 우리가 뭔 짓을 벌이든 그냥 넘어가게 해주었다.

나는 샴페인을 한 잔 더 집어들어 마신다. 이번 잔으로 드디어 느낌이 온다, 몸이 약간 높이 떠오르는 기분이다. 나는 '트리벨리언 동창'이 모인 커다란 무리 속으로 들어간다. 그들 모두에게 위스키 사업에 관해 말해주고 싶다. 앞으로 딱 반시간가량만. 딱 그들 중 여느 놈만큼이나 내가 괜찮은 놈임을 드디어 깨닫게 해줄 만큼만. 그러나 대화의 주제는 넘어가버렸고 나는 그 화제를 다시 꺼낼 방법을 떠올리지 못한다.

누군가 내 어깨를 강하게 두드린다. 돌아보자 그와 곧장 얼굴을 마주하게 된다. 슬레이터 씨. 윌의 아버지―하지만 무엇보다도, 언제나, 트리벨리언의 교장인 사람.

"조녀선 브리그스." 그가 말한다. "하나도 변하지 않았구나." 칭찬으로 하는 말이 아니다.

젠장, 그와는 멀리 떨어져 있기를 바랐건만. 그가 시야에 들어오자 내게서 언제나와 똑같은 반응이 일어난다. 성인이 되었으니 이제 다를 수도 있을 거라 생각했건만. 하지만 나는 언제나처럼 그가 똥줄이 당길 만큼 무섭다. 웃기는 일이다, 사실 옛날에 나를 곤경에서 구해준 게 바로 이 사람이었다는 걸 생각하면.

"안녕하세요, 선생님." 내가 말한다. 혀가 목구멍에 들러붙은 느낌이다. "그러니까, 이젠 슬레이터 씨라고 해야겠죠." 그는 '선생님'이라고 불리는 편을 선호할 듯하지만. 나는 어깨 너머를 흘긋거린다. 내가 아까까지만 해도 섞여 있던 무리는 입구가 닫혀버려서 우리는 이제 무리의 바깥에서 옴짝달싹하지 못한다. 그와 나 둘만. 탈출구도 없이.

슬레이터 씨가 나를 위아래로 훑어본다. "보아하니 옛날과 똑같이 독특하게 옷을 입는구나. 트리벨리언에 다닐 때 네가 입었던 교복 재킷은 처음엔 너무 크더니 끝에 가서는 너무도 작았지."

그랬죠. 우리 부모님이 교복을 딱 한 벌밖에 사줄 수 없었으니까.

"거기다 보아하니 아직도 내 아들 주위에서 알짱대는 모양이구나." 그가 말한다. 그는 나를 좋아한 적이 결코 없었다. 하기야 이 사람이 누군가를 좋아하는 모습은 상상할 수 없다, 자기 자식마저도.

"네." 나는 말한다. "저희 둘이 제일 친한 친구라서요."

"오, 정말로 그런 사이냐? 나는 언제나 네가 그저 내 아들의 궂은일을 대신해주는 친구일 뿐이라는 인상을 다소 받았는데 말이다. 예를 들어 네가 교장실에 몰래 들어와서 GCSE 시험지를 훔쳐다 줬을 때처럼."

한순간 사위의 모든 것이 잠잠하고 조용해진다. 나는 경악한 나머지 한마디도 내뱉지 못한다.

"오 물론," 슬레이터 씨가 내 침묵에도 동요하지 않고 말을 잇는다. "나는 알고 있지. 그 일이 공론화되지 않았다고 해서 안 들키고 넘어갔다고 생각한 거냐? 그 일이 알려졌다면 우리 학교에, 내 이름에 먹칠을 했을 거다."

"아뇨," 내가 말한다. "무슨 말씀인지 잘 모르겠습니다." 하지만 머릿속으로 생각한다. 실제 벌어진 일의 절반도 알지 못하시는 거예요. 아니 어쩌면 다 알고 있는데 제가 파악한 것보다도 포커페이스에 훨씬 뛰어나시거나.

나는 이 대화 후에 어찌어찌 빠져나온다. 술을 더 찾으러 간다. 더 센 술을. 저기 차일 근처에 주최측에서 세워둔 바가 있다. 바텐더들이 주문이 들어오는 속도를 따라가지 못한다. 다들 친구나 동반 참석자에게 갖다주겠다며 두세 잔씩 주문하는데, 실제로는 걸어가면서 자기들이 두세 잔씩 꿀떡꿀떡 넘겨버린다. 오늘 저녁에는 다들 나사가 풀릴 모양이다. 거기에 피터 램지가 가져온 약까지 더해지면. 나는 위스키—내가 가져온 것—를 집어든 내 손이 떨리는 걸 알아챈다.

그러다 인파 저편에서 아는 녀석을 발견한다. 그는 눈살을 찌푸리며 나를 쳐다본다. 그러나 그는 트리벨리언 출신이 아니다. 어쨌든 거의 쉰 살은 되어 보이니 그 단체 사진에 있기에는 나이가 너무 많다. 처음에는 저 사람을 어디서 알게 됐는지 떠오르지 않아 짜증이 인다.

그는 머리가 희끗희끗하고 약간 벗어졌는데도 최신 유행의 힙스터 같은 커트를 하고 정장에 운동화를 받쳐 신었다. 방금 소호에 있는 어떤 허세 넘치는 사무실 밖으로 걸음을 내디뎠는데 어쩌다 여기 웬 외떨어진 섬에 있게 되었는지 영문을 모르겠다는 듯한 모습이다.

몇 분 동안 생각해봐도 저런 사람을 당최 어디서 만났는지 진심으로 실마리조차 잡히지 않는다. 그러다 우리 둘 다 동시에 그 실마리를 떠올린 듯하다. 제길. 〈밤중에 살아남기〉의 제작자다. 뭔가 프랑스식의 멋부리는 이름이었는데. 피어스. 그거다.

그가 내 쪽으로 걸어온다. "조노, 여기서 만나니 반갑네요."

그가 내 이름을 기억하자, 내 얼굴을 알아보자 살짝 우쭐한 기분이 든다. 그러다 그가 내 얼굴을 본인 텔레비전 프로그램에 출연시킬 만큼 좋아하지는 않았음을 기억하고 열의를 누그러뜨린다. "피어스." 나는 손을 내밀며 말한다. 왜 그가 내게 다가와서 얘기하고 싶어하는지 존나 감이 안 온다. 우리는 딱 한 번, 내가 월과 스크린 테스트를 받으러 갔을 때 만난 게 전부인데. 그냥 멀리서 모든 이의 머리 위로 서로에게 잔을 들어 보이는 정도로 끝냈다면 확실히 피차간에 덜 민망하지 않았을까?

"오랜만이에요, 조노." 피어스가 발뒤꿈치를 딛고 앞뒤로 몸을 흔들며 말한다. "하마터면 못 알아볼 뻔했네요…… 머리를 많이 길러서." 그는 예의를 차린다. 내 머리는 그다지 길지 않았다. 그러나 나는 아마도 우리가 마지막으로 만났을 때보다 대략 십오 년은 늙어 보일 것이다. 다 술을 마신 탓이겠거니 싶다. "그래서 어떻게 지냈어요?" 그가 묻는다. "엄청 중요한 일을 하시느라 바쁘리라는 건 알지만."

그가 표현한 방식에 뭔가 이상한 구석이 있다는 느낌은 들지만 나는 대충 넘어간다. "그게," 나는 스스로에게 억지로 바람을 넣는다. "위스키 만드는 일을 하고 있어요, 피어스." 나는 일장 연설을 떠벌리려고 애를 쓰지만 솔직히 말하자면 이 사람이 이메일에서 단 몇 줄로 나를 거절했다는 사실이 자꾸만 생각난다.

저희 프로그램에 잘 맞는 인재가 아닌 듯합니다.

알겠지만, 사람들은 나의 이런 점을 눈치채지 못한다. 그들은 우리 조노, 거친 놈, 미친놈으로만 보지…… 막후에 별다른 생각이 있는 놈으로 보지 않는다. 물론 나도 다들 그렇게 생각하는 편이 좋아서 그 장단에 놀아나기는 한다. 하지만 나도 감정이 있는 사람이고, 이렇게 대화하고 있자니 그 제작사에서 나를 탈락시켰을 때만큼이나 민망해진다. 뭐 적어도 프로그램 기획료로 2천 파운드가량 받긴 했지만.

그러니까, 그 프로그램은 내 아이디어였다. 내가 전체를 고안했다고 말하는 건 아니다. 그래도 씨앗을 심은 건 나였다. 일 년쯤 전에 윌과 나는 술집에 앉아서 한잔하고 있었다. 만나자고 제안하는 것은 언제나 나였다. 그때 윌은 그냥 담당 에이전트만 있을 뿐 이렇다 할 방송일도 썩 많지 않았는데 언제나 너무 바빴다. 그러나 그는 나와의 약속을 두어 번 미루긴 해도 파투를 내는 일은 절대로 없다. 이 우정이 스러지기에는 우리 사이의 유대가 너무도 강력한 것이다. 그도 그걸 안다.

그때는 상당히 술에 취했던 게 분명한데, 내가 심지어 학창시절에 하던 그 게임, ‘생존’ 얘기까지 꺼냈기 때문이다. 윌이 나를 쳐다보던 표정이 기억난다. 내가 다음에 무슨 말을 할지 두려웠던 것 같다. 그러나 나는 그쪽으로는 전혀 파고들 마음이 없었다. 우리는 절대 그 이야기는 하지 않으니까. 나는 그 전날 밤에 웬 남자가 모험가랍시고 나오는 무슨 방송 프로그램을 봤는데 영 물러 보였던 걸 떠올리며 말했다. “‘생존’에 착안해서 텔레비전 프로그램을 만들면 요즘 나오는 소위 생존 어쩌고 하는 대다수 프로그램보다 훨씬 나을 것 같지 않냐?”

그러자 그가 나를 달리 보았다.

“왜?” 내가 물었다.

“조노,” 윌이 말했다. “그게 네가 지금껏 떠올린 것 중에 제일 괜찮은 아이디어일지도 모르겠다.”

"어, 하지만 그대로 실행할 수는 없잖아. 너도 알겠지만…… 그런 일이 있었으니까."

"그건 백만 년 전 일이야." 그가 말했다. "그리고 사고였고, 기억하지?" 그러고는 내가 답하지 않자 다시 말했다. "기억하지?"

나는 월을 쳐다보았다. 정말로 그렇게 믿는 걸까? 그는 대답을 기다리고 있었다.

"그럼," 내가 말했다. "그럼, 사고였지."

그후에 정신을 차리고 보니 월이 우리 둘의 스크린 테스트를 잡아두었다. 그다음에는 뭐, 다들 아는 화려한 역사가 펼쳐진 거다. 적어도 월에게는 말이다. 당연히 결국 그쪽에서 내 못난 상판대기를 원치 않았으니까.

피어스가 나를 살짝 이상한 눈길로 쳐다보는 것을 깨닫는다. 방금 내게 무슨 질문을 했던 모양이다. "죄송합니다." 내가 말한다. "뭐라고 말씀하셨죠?"

"딱 적성에 맞는 일을 찾은 모양이라고 말했습니다. 저희의 손해가 적어도 위스키 업계에는 이익이 된 것 같네요."

저희의 손해? 아니 그들은 손해를 본 게 아니었다. 그들은 나를 원하지 않았다. 그뿐이었다.

나는 잔술을 한 모금 꿀꺽 들이켠다. "피어스." 내가 말한다. "당신이 저를 프로그램에 출연시키길 원치 않았잖아요. 그러니 대단히 외람된 말씀을 드리자면, 지금 무슨 좆같은 말을 하는 겁니까?"

이파
웨딩플래너

수평선 위에 벌써 악천후의 얼룩이 번지며 어두워지고 있다. 산들바람도 거세졌다. 실크 드레스가 바람결에 펄럭이고, 모자 두어 개도 옆으로 재주를 넘듯 날아가고, 칵테일에 꽂힌 장식도 공중으로 휙 날아오른다.

그런데도 커져만 가는 바람소리를 이기며 가수의 목소리가 떠오른다.

"is tusa ceol mo chroí,
Mo mhuirnín
is tusa ceol mo chroí."

당신은 내 심장의 음악이에요,
내 사랑,

당신은 내 심장의 음악이에요.

한순간 숨쉬는 법을 잊어버린 것만 같다. 그 노래. 우리가 어렸을 적에 어머니가 그 노래를 불러주었다. 나는 억지로라도 숨을 들이마시고, 내쉰다. 집중하자, 이파. 헤쳐나갈 일이 너무도 많다.

하객들은 벌써 요구 사항을 들고 내 주위로 몰려들고 있다.

"혹시 글루텐프리 카나페 있나요?"

"여기는 어디서 신호가 제일 잘 잡히나요?"

"사진사한테 저희 사진 좀 찍어달라고 말해주시겠어요?"

"좌석 배치도에서 제 자리 좀 바꿔주실 수 있나요?"

나는 그들 사이를 돌아다니며 안심시키고 그들의 질문에 답하며 화장실, 휴대품 보관소, 바 쪽을 가리켜 보이며 길 안내를 한다. 하객은 백오십 명보다 훨씬 많은 인원처럼 느껴지는데, 온갖 곳에서 차일의 팔락대는 문으로 흘러들고 흘러나가고, 바 앞에서 와글거리고, 잔디밭을 떼지어 가로지르고, 스마트폰으로 사진을 찍느라 포즈를 취하고, 키스하고 웃고 웨이터 군단이 들고 있는 카나페를 집어먹는다. 나는 벌써 여러 명의 하객이 곤경에 빠지기 전에 그들을 늪지로부터 멀리 몰아낸 터였다.

"부탁드립니다." 무슨 축제가 벌어진 관광지라도 둘러보듯 술잔을 쥐고 공동묘지에 들어가려는 또다른 무리를 저지하며 내가 말한다. "여기 정말 낡고 부서지기 쉬운 비석도 여럿 있어서요."

"한동안 누가 찾아온 것 같은 흔적도 안 보이는데요, 뭐." 무리가 떨떠름하게 떠나는 차에 남자 한 명이 '예민하게 좀 굴지 마라' 하는 투로 말한다. "어차피 버려진 섬 아니에요? 그러니 누가 신경쓸 것 같지도 않은데." 확실히 그는 아직 내 가족의 작은 무덤을 발견하지 못했고 그 점이 나는 다행스럽다. 저들이 비석 사이를 뱅뱅 돌아다니고 술을 흘리며 뾰족구두와 윤을 낸 브로그 구두로 영지靈地를 짓밟으면서 비문을 소리 내어 읽는 건 원치 않는다. 저기 쓰인 나의 비극을 저들 모두가 탐독하는 건.

이 많은 사람들을 여기에 맞아들이면 얼마나 기이한 기분이 들까 싶어 마음의 준비를 해두었더랬다. 이것은 필요악이다. 결국 내가 원했던 바니까. 사람들을 다시 이 섬으로 불러들이는 것. 그럼에도 이렇게 무단침입을 당한 것처럼 느껴질 거라는 건 미처 알지 못했다.

올리비아
신부 들러리

본식은 몇 시간 동안 계속됐다—하여간 체감상으로는 그랬다. 얇디얇은 드레스 탓에 몸이 계속 떨렸다. 부케를 너무 꽉 움켜쥐어 장미꽃 줄기의 가시가 하얀 실크 리본을 뚫고 내 손을 찔러댔다. 아무도 보지 않을 때 양쪽 손바닥에 살짝 맺힌 핏방울을 빨아먹어야 했다.

그래도, 결국에는 끝났다.

그러나 본식 이후에 기념 촬영이 있었다. 미소를 지으려 애쓴 탓에 얼굴이 다 아프다. 두 뺨이 얼얼하다. 사진사가 계속 나를 콕 집어서 "아가씨! 그 처진 입꼬리를 거꾸로 뒤집어야죠" 하고 말했다. 나는 노력했다. 저쪽에서는 미소처럼 보였을 리 없다는 걸 나도 안다—분명 이를 드러낸 듯 보였으리라는 걸 나도 안다, 스스로도 그런 느낌이었기 때문이다. 줄스가 나 때문에 짜증이 뻗친 게 보였지만 뭘 어떻게 해야 좋을지 알 수 없었다. 제대로 미소 짓는 법조차 기억나지 않았으니까. 엄마가 내 어깨에 한 손을 올렸다. "괜찮니, 리비?" 아마 엄마도 무슨 일이 있다는 걸 알아챘으리라. 내가 괜찮지 않다는 걸, 전혀 괜찮지 않다는 걸.

사람들이 주위로 몰려든다. 엄청 오랫동안 얼굴을 보지 못했던 이모에 이모부에 사촌들까지.

"리비," 사촌동생 베스가 묻는다. "아직도 그 남자친구랑 사귀는 중이야? 이름이 뭐였지?" 그녀는 나보다 몇 살 어려서 이제 열다섯이다. 그리고 나는 언제나 그녀가 왠지 나를 우러러본다는 느낌을 받았다. 작년 이모의 쉰 살 생일 때 베스에게 캘럼과의 일을 다 털어놓았는데 그녀가 내 말을 새겨듣는 모습에 뿌듯했던 기억이 난다.

"캘럼." 내가 말한다. "아니…… 이제 안 만나."

"그럼 이제 엑서터에서 1학년을 마쳤겠네?" 맥 이모가 묻는다. 그 말은 엄마가 이모에게 내가 자퇴했다는 얘기를 하지 않았다는 뜻이리라. 고개를 끄덕이려는데 목이 지탱할 수 없을 만큼 머리가 너무 무겁게 느껴진다. "네," 괜찮은 척하는 편이 수월하기에 나는 말한다. "네, 맞아요."

나는 그들의 질문에 다 답하려 하지만 미소를 짓는 것보다도 더 진이 빠지는 일이다. 나는 소리를 지르고 싶다…… 속으로는 실제로 소리를 지르고 있다. 그들 중 몇몇이 나를 혼란스러운 눈길로 쳐다보고, 심지어 서로 흘긋거리기까지 한다. "쟤 왜 저런다니?" 하듯이. 걱정스러운 눈길로. 아마 내가 그들이 기억하는 올리비아 같지 않은가보다. 그들이 기억하는 소녀는 수다스럽고 외향적이고 곧잘 웃었으니까. 하기야 나는 내가 기억하는 올리비아조차 아니다. 그 올리비아에게 언젠가 돌아갈 수 있을지, 혹은 어떻게 돌아가야 할지 감이 잡히지 않는다. 그리고 나는 그들을 위해 연기조차 제대로 해낼 수 없다. 나는 엄마 같지 않으니까.

갑자기 또다시 숨을 쉴 수 없는 듯한, 내 폐에 제대로 공기를 들일 수 없는 듯한 느낌이 든다. 그들의 질문과 상냥하고 걱정스러운 얼굴로부터 벗어나고 싶다. 나는 잠깐 화장실에 다녀오겠다고 말한다. 그들은 개의치 않는 듯하다. 어쩌면 안도했을지도 모르겠다. 나는 무리에서 떨어져나온다. 엄마가 내 이름을 부르는 게 들리는 듯도 하지만 그냥 계속 걸어가니 나를 다시 부르지는 않는다. 아마 누군가와 대화하느라 정신이 팔렸기 때문이리라. 엄마는 관객을 사랑하니까. 나는 약간 걸음을 빨리한다. 이미 진흙이 덕지덕지 묻어버린 멍청한 하이힐을 벗어버린다. 모든 이와 정반대 방향으로 가고 있다는 것 말고는 정확히 어디로 가고 있는지도 확실치 않다.

내 왼쪽으로 검은 암석 절벽이 분무로 젖어 반들거린다. 땅이 여기저기 푹 파인 것이 마치 대지의 커다란 덩어리가 갑자기 바닷속으로 사라지면서 들쭉날쭉한 경계선만 남은 듯하다. 땅이 발밑에서 갑자기 꺼진다면, 갑자기 사라진다면, 그래서 나도 별수 없이 덩달아 빠져버린다면 어떤 느낌일지 궁금하다. 순간 내가 이곳에서 거의 땅이 꺼지기를 바라며 서 있다는 걸 깨닫는다.

내가 따라 걷는 산책로 아래쪽 절벽 사이사이로 하얀 모래사장이 펼쳐진 작은 골짜기가 보인다. 저멀리서 하얀 포말을 일으키는 거대한 파도가 인다. 불어대는 바람에 몸을 내맡기고 있자니 머리칼이 두피에서 뜯겨나가고 눈꺼풀이 뒤집히는 것 같으면서 바람이 나를 절벽 아래로 떠밀어버리려 안간힘을 쓰는 느낌이다. 얼굴이 소금기로 따끔거린다.

저멀리 바닷물은 꼭 카리브해의 섬에서 찍은 사진 속 바다처럼 새파랗다. 내 친구 제스가 작년에 가족과 함께 놀러가 인스타그램에 비키니를 입은 사진을 오만 장 정도 올렸던 그 섬의 바다처럼 (당연히 모두 페이스튠으로 보정을 마친 사진으로, 다리는 더 길어 보이고 허리는 더 가늘어 보이고 가슴은 더 커 보였다). 내가 바라보는 이 모든 경치가 퍽 아름다우리라 짐작은 가지만, 아름답다고 느껴지지는 않는다. 이제 더는 좋은 것을 무엇도 제대로 느낄 수 없게 되었다. 음식맛이라든가, 얼굴에 와닿는 햇살이라든가, 라디오에서 흘러나오는 좋아하는 노래라든가. 바다를 건너다보며 느껴지는 건 다만 갈비뼈 아래 어딘가에서 일어나는 오래된 상처처럼 무지근한 아픔뿐이다.

나는 너무 가파르지 않은 길을, 대지가 절벽이 아니라 내리막으로 해안에 맞닿는 길을 찾아 내려간다. 내리막에 자라나는 작고 거칠고 가시가 돋아난 덤불 사이를 용을 쓰고 헤쳐나가야만 한다. 비집고 지나가는 사이 드레스가 덤불에 잡아뜯기고, 이어 나무뿌리에 발부리가 걸리는 바람에 넘어져서 앞으로 나동그라지며 두둑으로 내리뒹군다. 실크가 찢어지는 게 느껴지고—줄스가 돌아버릴 텐데—무릎을 바닥에 찧는다—퍽! 무릎이 따갑고 머릿속에 떠오르는 것이라고는 마지막으로 이렇게 넘어진 게 어릴 적 학교 다닐 때, 아마도 거의 구 년 전이었다는 생각뿐이다. 그렇게 해변까지 비틀거리며 내려가는 동안 아이처럼 엉엉 울고 싶은 이유는 아파서, 온몸이 아파서일 텐데, 눈물은 한 방울도 나오지 않는다—제대로 울지 못하게 된 지도 한참이다. 울 수만 있다면 모든 게 한

결 나아질지도 모르는데 울 수가 없다. 울음은 내가 상실한 능력이자 잊어버린 언어 같다.

축축한 모래 위에 앉아 있자니 습기가 드레스에 스미는 게 느껴진다. 내 무릎은 그야말로 놀이터에서 뛰놀다 긁힌 듯한 찰과상으로 뒤덮였는데, 선홍색 속살이 드러난 채 모래투성이다. 나는 작은 비즈 손가방을 열어 조심스레 면도날을 꺼낸다. 드레스 자락을 들어올리고 피부에 면도날을 대고 누른다. 작은 선홍색 핏방울이 올라오는 걸 지켜본다―처음에는 느릿하다가 점차 빠르게 솟구치는 걸. 고통은 느껴지지만 내 피, 내 다리라는 감각은 없다. 그래서 더 많은 피가 표면으로 솟아나오게 자상을 쥐어짜며 그것이 내게 속한다는 느낌이 들기를 기다린다.

피는 선홍색으로 너무도 선명해서 아름답기까지 하다. 나는 손가락을 대어 피를 묻히고 손가락의 맛을, 비릿한 피맛을 본다. 나는, 그들의 표현을 따르자면, '처치' 후의 출혈을 기억한다. 그들은 '가볍게 피가 조금 비치는 것'은 완전히 정상적이라고 했다. 그러나 그것은 체감상 몇 주간 계속되었다. 마치 내 안의 뭔가가 녹슬어간다는 듯이 팬티에 보이던 암갈색 얼룩.

내가 생리를 하지 않는다는 걸 깨달았을 때 어디에 있었는지 정확히 기억한다. 2학년생 몇몇이 자기네 집에서 열었던 하우스 파티에 친구 제스와 함께 갔을 때였는데, 제스가 내게 생리가 예정일보다 일찍 터지는 바람에 탐폰을 찾으려고 욕실 수납장을 부리나케 뒤졌다고 말했다. 그녀가 그 말을 하자 먹은 게 없힌 듯이, 숨을 들이쉴 수 없는 듯이 뭔가 이상한 느낌이 들었던 기억이 난다―

살짝 지금과 비슷하게. 그때 내가 마지막으로 탐폰이든 뭐든 사용해야만 했던 게 언제였는지 기억도 나지 않는다는 사실을 깨달았다. 거기다 그간 약간 더부룩하달까 구역질이 난달까 피곤하달까 몸 상태가 이상하긴 했지만 워낙 쓰레기 같은 음식만 먹고 다닌데다 스티븐과의 일 때문에 기분이 엿같아서 그러리라 치부했었다. 그런 지도 한참이 되었더랬다. 평소에 나는 어떤 달에는 생리 양이 아주 적어서 거의 신경조차 쓰지 않을 정도이지만 그래도 항상 생리를 하기는 했다. 규칙적으로.

새 학기가 절반 정도 지났을 때였다. 나는 학내 보건실에 가서 여자 의사와 함께 임신 테스트를 해보았는데, 혼자서 제대로 할 수 있을지 확신할 수 없어서였다. 의사는 결과가 양성이라고 했다. 나는 그 말에 속지 않겠다는 듯이, 의사가 농담이었다고 말해주기를 기다리는 듯이 그 자리에 앉아 의사를 응시했다. 그게 사실일 수 있다고 진심으로 믿지 않았다. 이내 의사가 얘기를 시작했다, 내게 놓인 선택지가 무엇이 있는지, 그리고 이에 관해 의논할 만한 사람이 있는지. 나는 아무 말도 할 수 없었다. 내가 기억하기로 두어 번 입을 떼보았지만 아무것도, 공기조차 나오지 않았다. 그때도 역시 거의 숨을 쉴 수 없었던 탓이다. 숨통이 짓눌리는 느낌이었다. 의사는 그대로 앉아 동정어린 표정을 지었지만 물론 이런저런 법적인 문제 때문에 다가와 나를 안아줄 수는 없었다. 그 순간 나는 정말, 정말로 누가 안아줬으면 했다.

보건실에서 나오자 온몸이 덜덜 떨리고 기분이 묘해 제대로 걸을 수가 없었다―자동차에 들이받힌 느낌이었다. 내 몸이 내 몸 같지 않았다. 지금껏 내 몸이 비밀리에 이런 기이한 짓을 벌이고 있었던 거다…… 내가 꿈에도 모르는 사이에.

핸드폰을 조작하려는데 손가락조차 잘 움직이지 않았다. 그러나 결국에는 잠금을 풀었다. 와츠앱으로 그에게 메시지를 보냈다. 그는 메시지를 곧바로 읽었다. 세 개의 작은 점이 나타나는 것도 보았고, 상단에 '입력중'이라는 메시지도 떴다. 그러더니 점이 사라졌다. 그런 뒤에 점이 다시 나타났는데 거의 일 분 동안 '입력중'이었다. 그러더니 다시 아무 메시지도 없었다.

그가 지금 손에 핸드폰을 쥐고 있는 게 명백했으므로 나는 전화를 걸었다. 그는 받지 않았다. 다시 걸었지만 신호음만 계속 울렸다. 세번째로 걸자 즉각 음성사서함으로 넘어갔다. 통화를 거절한 것이었다. 그래서 음성메시지를 남겼다―목소리가 너무 떨려서 내가 무슨 말을 하는지 그가 알아듣기나 했는지조차 확실치 않지만.

엄마는 그것을 처리하려고 나를 병원에 데려갔다. 런던에서 엑서터까지 그 먼길을, 출발해서 도착하기까지 거의 네 시간이 걸리는 거리를 운전해 와서 내가 처치받는 동안 기다려주고 이후에 집에도 태워다 주었다.

"이게 최선이야." 엄마는 말했다. "이게 최선이란다, 우리 딸. 엄마도 네 나이 때 애를 가졌어. 달리 선택지가 있다는 생각은 못 했지. 엄마 인생이, 엄마 경력이 막 펼쳐지려는 시점이었는데. 그일이 모든 걸 망쳤단다."

그런 소리를 들으면 줄스가 참 좋아하겠다 싶긴 했다. 한번은 엄마와 줄스의 언쟁을 엿들은 적이 있었는데, 그때 줄스는 엄마에게 이렇게 소리쳤다. "엄마는 날 원하지도 않았잖아요! 내가 엄마의 가장 큰 실수였다는 거 나도 다 알아……"

나는 그렇게 할 수밖에 없었다. 그러나 그가 연락을 받았더라면, 그도 이해하고 공감한다고 알려줬더라면 마음은 훨씬 편했을 거다. 딱 메시지 한 줄—그거 하나만 보내주면 됐을 텐데.

"머리에 피도 안 마른 등신 새끼," 엄마는 내게 말했다. "이걸 다 너 혼자서 겪도록 내버려두다니."

"엄마," 혹시나 엄마가 무슨 희한한 우연으로 어쩌다 캘럼과 마주쳐서 일장 연설을 늘어놓으며 그를 닦아세우게 될까봐 나는 엄마에게 말했다. "개는 몰라. 개한테 알리고 싶지 않아."

엄마에게 왜 캘럼이 아니라고 말하지 않았는지 모르겠다. 엄마가 성적인 문제에 대해 점잔 빼는 스타일도 아니고, 스티븐과 있었던 일을 두고 나한테 잔소리할 사람도 아닌데. 그러나 그 일을 전부 되풀이하고, 거부당했던 걸 다시 느낀다면 얼마나 기분이 더 나빠질지 스스로 직감했던 것 같다.

그렇게 차를 타고 병원에서 돌아오는 길에 있었던 모든 일을 기억한다. 엄마가 평소와는 너무도 다른 모습이었던 것을, 그런 엄마를 일찍이 본 적이 없었다는 것을 기억한다. 엄마가 양손으로 핸들을 어찌나 세게 움켜쥐었는지 피부가 하얘진 것까지 보았다. 엄마는 계속해서 숨죽여 욕설을 내뱉었다. 엄마의 운전은 평소보다 거칠었다.

집에 도착하자 엄마는 나더러 소파에 가서 좀 누우라고 했고, 그다음에는 비스킷을 가져다주고 차도 끓여주고 날이 상당히 따뜻했는데 담요도 덮어주었다. 그러고는, 엄마가 이전에 차를 마시는 모습을 본 적이 있었나 긴가민가하긴 했지만, 찻잔을 들고 내 옆에 앉았다. 사실 엄마는 차를 마시지 않고 그저 자리에 앉아 양손으로 핸들을 움켜쥐었던 것처럼 머그잔을 꽉 움켜쥘 따름이었다.

"죽여버려도 시원찮을 놈." 엄마가 다시금 말했다. 그 목소리는 전혀 엄마 목소리 같지 않게 낮고 거칠었다. "그놈도 너랑 같이 왔어야지, 오늘." 그녀는 계속 그 이상한 목소리로 말했다. "내가 그놈 성^姓을 모르는 게 어쩌면 다행이다. 알았으면 그놈한테 뭔 짓을 벌일지."

저멀리 파도를 응시한다. 바다에 들어가면 기분이 나아지겠지 싶다. 불현듯 그렇게 해야만 괜찮아질 것 같다. 바다는 너무도 깨끗하고 아름답고 흠결이 없어 보여서 그 안에 들어가면 보석 안에 있는 듯한 기분이 들 것 같다. 나는 일어나서 드레스에 묻은 모래를 떨어낸다. 제길…… 바람을 맞으니 한기가 든다. 하지만 사실 기분좋은 한기다―예배당의 한기와는 다르다. 내 머릿속에서 여타의 잡념을 죄다 날려버리는 것만 같은 한기.

나는 젖은 모래 위에 신발을 벗어둔다. 드레스를 벗는 수고조차 하지 않는다. 물속으로 걸어들어가자 수온이 공기보다 10도는 낮아 완전히 꽁꽁 얼어붙을 만큼 차가운지라, 숨이 매우 밭아지고 공기를 짧게 꿀떡꿀떡 삼킬 수밖에 없다. 다리의 자상에 소금기가 닿으면서 따가운 감각이 느껴진다. 이윽고 물이 가슴까지, 또 어깨까지 차오를 만큼 더욱 깊이 들어가자 금세 코르셋을 입은 것처럼 정말 제대로 숨을 쉴 수가 없다. 머릿속과 피부 표면에서 작은 불꽃이 터지는 느낌이 나면서 모든 나쁜 생각이 느슨해져 그것을 한결더 쉽게 바라볼 수 있게 된다.

나는 수면 아래로 고개를 집어넣고 흔들어 나쁜 생각이 둥둥 떠

내려가도록 재촉한다. 한차례 파도가 밀려와 바닷물이 내 입을 가득 메운다. 너무 짜서 구역질이 나고, 구역질을 하자 물이 더 들어오는 바람에 도저히 숨을 쉴 수가 없는데, 바닷물이 더 들어차며 이제 콧속까지 들어오고 공기를 마시려 입을 벌릴 때마다 공기 대신 바닷물이 더 들어와서 짜디짠 바닷물만 입안 가득 벌컥벌컥 삼키게 된다. 두 발 아래로 바닷물의 움직임이 느껴지는데 마치 나를 어딘가로 잡아끄는 듯, 물귀신같이 나를 끌고 가려는 듯하다. 내 몸이 팔다리를 사방으로 허우적거리며 나 대신 분투하는 것이, 내가 모르는 뭔가를 알고 있는 듯하다. 익사한다면 조금은 이런 느낌일지 궁금하다. 그러다 지금 내가 실제로 익사하는 건지 궁금해진다.

줄스
신부

월과 나는 아수라장에서 빠져나와 절벽 옆에서 부부 기념사진을 찍는다. 바람이 확실히 강해졌다. 우리가 예배당이라는 보호벽 밖으로 걸음을 내딛자마자 하객들이 한 움큼씩 뿌린 꽃잎이 우리를 스칠 겨를도 없이 거세진 바람에 휩쓸려 바다로 날아가버렸다. 천만다행으로 내가 머리를 아래로 늘어뜨리기로 결정한 덕에 악천후에도 어느 정도 이상 흐트러지지 않는다. 머리칼이 뒤편에서 물결치는 게 느껴지고 치맛자락도 들려올라가 실크가 너울지듯 펄럭인다. 사진사는 너무도 좋아한다. "신부님이 고대 아일랜드 여왕님 같네요, 그렇게 왕관도 쓰시고, 안색까지 더해지니까!" 그가 외친다. 월이 씩 웃는다. "나의 아일랜드 여왕님." 그가 벙긋댄다. 나는 그에게 미소를 돌려준다. 나의 남편.

사진사가 우리에게 키스해보라고 요청하자, 나는 그의 입안에 슬쩍 혀를 밀어넣고 그도 똑같이 응해온다. 그 바람에 사진사가—

다소 당황해서—이 사진들은 공식 기록으로 남기기에 살짝 '선정적'일 수도 있다는 의견을 표한다.

이제 우리는 하객들에게로 돌아간다. 그들 사이로 걸어들어가는 우리를 돌아보는 얼굴들이 벌써 온기와 주류로 상기되어 있다. 그들 앞에 서자 이상하게 발가벗은 느낌이 든다. 아까 오전에 느낀 그 압박감이 얼굴에 드러나기라도 한 것처럼. 나는 친구들과 사랑하는 이들이 여기 한자리에 모여 명백히 즐거운 시간을 보내고 있는 이 기쁜 순간을 상기하려 노력한다. 그리고 예식을 잘 마쳤다는 사실도. 나는 사람들이 기억하고, 얘기하고, 따라 하려고 애쓸—그러다 아마 실패할—그런 예식을 성사시킨 것이다.

수평선 위로 어둑한 먹구름이 불길하게 모여든다. 여자들은 머리에 모자를, 허벅지에 치마를 움켜쥐고 조그맣게 꺅꺅대며 재미있어한다. 바람이 내 옷을 잡아당기고, 드레스의 묵직한 실크 치맛단을 휴지조각처럼 가볍게 차올리고, 머리 장식을 잡아뜯어 저멀리 바다로 내던지려는 듯 금속 핀 사이로 휘파람을 부는 것이 느껴진다.

나는 윌도 이를 느끼고 있는지 확인하려고 그를 흘끔 건너다본다. 덕담을 건네는 왁자지껄한 무리에 둘러싸인 그는 평소처럼 매력적인 모습이다. 그러나 대화에 완전히 몰두하지는 못하고 있음을 나는 감지한다. 그는 우리에게 인사하러 다가서는 각양각색의 친척과 친구의 어깨 너머를 계속해서 산만하게 흘긋거리는데, 마치 누군가를 찾거나 뭔가를 쳐다보는 듯하다.

"왜 그래?" 내가 물으며 윌의 손을 잡는다. 이제 단순한 금반지를 낀 그 손이 다르고도 생소해 보인다.

"저기 저 사람—피어스—맞지?" 그가 말한다. "조노랑 대화하는 사람?"

나는 그의 시선을 따라간다. 거기에서 정말 〈밤중에 살아남기〉의 제작자 피어스 화이틀리가 벗어진 머리를 진지하게 수그리고 뭔진 몰라도 조노가 하는 말에 귀를 기울이고 있다.

"응," 내가 말한다. "피어스 맞네. 무슨 일인데 그래?" 왜냐면 무슨 일이 났다는 것을 나는 확신하니까—윌의 찌푸린 표정에서 알 수 있으니까. 그가 이렇게 살짝 불안하고 심란한 표정을 짓는 건 거의 본 적이 없다.

"아무것도 아냐, 딱히." 그가 말한다. "나는, 아니, 그냥 약간 거북한 상황이라서, 알잖아. 조노가 텔레비전 프로그램 오디션에서 떨어졌으니까. 솔직히 말하자면 저게 누구한테 더 거북한 상황일지 모르겠네. 아무래도 내가 가서 둘 중 누구라도 구해줘야 할 것 같아."

"다 큰 성인인데 뭐." 내가 말한다. "당연히 자기 앞가림은 알아서들 하겠지."

윌은 내 얘기를 거의 들은 것 같지도 않다. 아닌 게 아니라 이미 내 손을 놓고 잔디밭을 가로질러 그들을 향해 가고 있다. 그를 돌아보고 인사하는 하객을 예의바르지만 단호하게 밀어내면서.

정말로 그답지 않은 행동이다. 나는 그의 뒤를 눈으로 좇으며 의문을 품는다. 이 불안감이 결혼식을 치르고 나면, 그 중차대한 혼인 서약을 입 밖으로 내뱉고 나면 사라지겠지 생각했다. 그러나 불안감은 여전히 명치에 욕지기처럼 얹힌 채 남아 있다. 뭔가 악의를 가진 존재가 나를 미행하고 있는 감각이 든다, 꼭 내 시야의 맨 끄트머리에서 알짱거려 제대로 한번 쳐다볼 수조차 없는 것처럼. 하지만 그것은 미친 생각이다. 그저 이 북새통에서 벗어나 잠깐 혼자 있을 시간이 필요할 뿐이야, 나는 결론짓는다.

하객 중 누군가가 나를 멈춰 세울까봐 고개를 숙이고 단호한 발걸음으로 성큼성큼 인파의 가장자리에 있는 하객들을 빠르게 스쳐지난다. 그리고 주방을 통해 궁전으로 들어선다. 내부는 천만다행으로 고요하다. 나는 안도감에 한참을 눈을 감고 있다. 주방 한가운데에 있는 정육용 도마 위에 무언가—분명 이후 만찬을 위한 준비의 일환이리라—가 커다란 천으로 덮여 있다. 나는 물잔을 찾아 찬물을 따르고 마음을 진정시켜주는 벽시계의 째깍거리는 소리에 귀를 기울인다. 그곳에서 개수대를 마주하고 선 채 물을 홀짝이면서 열까지 세었다가 다시 거꾸로 센다. 말도 안 되는 생각이야, 줄스. 다 기분 탓이라고.

무엇 때문에 내가 혼자가 아니라는 기분이 드는지 잘 모르겠다. 어쩌면 모종의 동물적 육감일지도. 그리하여 돌아보자 문간에……

오 세상에. 숨이 턱 막혀 뒤로 휘청거리고 심장이 두방망이질한다. 거대한 칼을 든 어떤 남자가 서 있는데 몸 앞쪽이 피범벅이다.

"하느님 맙소사." 내가 속삭인다. 나는 그에게서 주춤 물러나며 떨굴 뻔한 잔을 가까스로 부여잡는다. 한순간 순전한 공포가 솟구치고 아드레날린이 분출되다가…… 다시 이성이 힘을 회복한다. 그 남자는 프레디, 이파의 남편이다. 그는 정육용 칼을 들고 있고, 피는 그가 허리춤에 묶은 정육용 앞치마에 묻은 것이다.

"죄송합니다." 그가 특유의 어색한 태도로 말한다. "놀라게 하려던 건 아니었는데. 이 안에서 양고기를 저미는 중이라서요……

케이터링 천막보다 여기 작업대가 낫거든요."

증명이라도 하려는 듯이 그가 정육용 도마에 덮인 천을 들어올리자 그 아래로 온통 뒤죽박죽 포개진 양갈비가 보인다. 번들거리는 진홍색 살점과 그 위로 비죽 튀어나온 흰 뼈.

심박수가 정상으로 돌아오는 사이 내 얼굴에 얼마나 날것 그대로의 공포가 드러났을지 떠올라 창피해진다. "그래요," 나는 권위적인 어조를 더하려 애쓰며 말한다. "분명 맛있을 거예요. 고마워요." 그러고는 재빨리—그러나 서두르지 않도록 신중을 기하며—주방에서 걸어나간다.

북적이는 하객들과 다시 합류하자 군중의 활기에서 어떤 변화가 감지된다. 흥미어린 새로운 웅성거림이 감돈다. 저기 바다에서무슨 일이 벌어지는 듯하다. 뭔지 몰라도 모든 이가 지금 일어나는일에 주의를 빼앗겨 돌아보기 시작한다.

"뭔데요?" 나는 사람들의 머리 너머로 내다보려고 목을 빼지만아무것도 알아볼 수 없어 묻는다. 다들 지금 벌어지는 일을 더 잘보기 위해 말없이 바다 쪽으로 몰려가면서 주위에 있던 군중이 흩어진다.

어쩌면 무슨 해양생물이리라. 이파가 여기서 자주 돌고래가 보인다고 했다. 보다 드물게는 고래도 보인다고. 그런 거라면 상당한장관일 테니, 사소하게나마 근사한 분위기를 연출하는 요소가 되어주리라. 그러나 하객 인파의 앞줄에 있는 이들로부터 들려오는소리는 그런 장관에 걸맞은 음조가 아닌 듯하다. 내 예상대로라면꺅꺅대며 감탄사를 내뱉고 흥분해서 손짓 발짓을 해야 하는데. 그들은 뭔지 몰라도 그것을 골똘히 지켜보고 있을 뿐 그다지 큰 소리를 내지는 않는다. 그래서 나는 불안해진다. 뭔가 좋지 않은 일임을 암시하기에.

나는 앞으로 밀고 나간다. 다들 자리를 잡으려 몰려들면서 밀치락달치락하는 것이 공연장에서 가장 잘 보이는 자리를 두고 몸싸움을 벌이는 것 같다. 아까만 해도 나는 신부로서 그들에게 여왕과 마찬가지였기에 걸어가는 곳마다 인파가 쫙 갈라섰는데, 이제 그들은 현재 벌어지는 모종의 일에 너무도 정신이 팔린 나머지 본분을 망각해버렸다.

"지나갈게요!" 내가 외친다. "저도 좀 볼게요."

드디어 그들이 나를 위해 길을 터주고 나는 전방으로, 앞으로 나아간다.

저멀리에 무언가가 있다. 눈을 가늘게 뜨고 햇빛을 막으려 눈 위로 손차양을 한 나는 머리통의 거뭇한 형체를 알아본다. 이따금씩 하얀 손이 나타나는 것만 빼면 바다표범이나 해양생물 같기도 하다.

바다에 있는 것은 사람이다. 남자인지 여자인지 여기에서는 제대로 분간하기 어렵다. 필시 하객 중 한 명이리라. 아일랜드 본토에서 여기까지 사람이 헤엄쳐올 수 있을 리는 없으니까. 저 사람이 조노라 해도 놀랍지 않을 것이다—하지만 그일 리는 없다. 방금 전까지만 해도 피어스와 잡담하고 있었으니까. 그러니 그가 아니라면 아마도 하객들 가운데 과시욕이 넘치는 누군가가, 안내역 중 한 명이 수영 실력을 뽐내고 있는 것이리라. 그러나 더 자세히 들여다보던 나는 저 수영중인 사람이 해안 쪽이 아니라 먼바다 쪽으로 향하고 있음을 깨닫는다. 거기다 헤엄을 치는 게 아니라는 걸 이제야 알아본다. 사실상……

"물에 빠진 거예요!" 어느 여자가 외친다—짐작하기로 해나인 듯하다. "해류에 휘말려서…… 보세요!"

나는 더 잘 보려고 구경중인 하객 무리 틈으로 몸을 들이밀며 앞으로 나아간다. 마침내 앞줄에 서니 한층 뚜렷이 보인다. 아니 어쩌면 먼 거리에서도, 고작 뒤통수밖에 보이지 않는다 해도 가장 가까운 사람은 알아보는 법이니, 그런 신묘하고도 깊은 깨달음이 찾아온 것뿐인지도 모르겠다.

"올리비아!" 내가 외친다. "올리비아예요! 오 세상에, 올리비아 잖아." 달려나가려는데 치맛단이 구두굽에 걸려 거치적거린다. 실크가 찢어지는 소리가 들리지만 무시하고 구두를 차듯이 벗어던진 채 계속 달리다가 그만 발을 헛디뎌 두 발이 축축한 늪지대에 푹 빠져버린다. 나는 애초에 잘 뛰는 사람도 아닌데다 웨딩드레스를 입고 달리는 건 완전히 다른 얘기다. 믿을 수 없을 만큼 더디게 움직여지는 느낌이다. 천만다행으로 윌은 나와 같은 곤란을 겪지 않는 듯하다—그가 나를 제치고 뛰쳐나가고, 찰리와 여럿이 그 뒤를 따른다.

드디어 해변에 다다른 나는 무슨 일이 벌어진 건지 알아내는데, 내 앞에 펼쳐진 장면을 이해하는 데 몇 분이 걸린다. 분명 덩달아 달려오기 시작했을 해나도 거센 숨을 몰아쉬며 내 옆에 도착한다. 찰리와 조노는 허벅지까지 잠긴 채 물속에 서 있고 그 뒤로 몇몇 다른 남자는 물가에 서 있다—페미와 덩컨 등등. 그리고 그들 너머 깊은 바다에서 나타나는 사람은 올리비아를 품에 안아든 윌이다. 올리비아는 팔을 풍차처럼 휘두르고 다리를 발악하듯 걷어차면서 그와 씨름하듯 몸부림친다. 윌은 그녀를 꽉 붙든다. 그녀의 검은 머리칼은 미끈하다. 드레스는 완전히 반투명하다. 피부는 너무도 창백해서 푸르스름할 정도다.

"하마터면 익사할 뻔했어요." 조노가 해변으로 돌아오며 말한다. 그는 매우 심란해 보인다. 처음으로 나는 그를 향한 마음이 한결 따스해지는 걸 느낀다. "우리가 발견했기에 망정이지. 정신이 나간 거야 뭐야. 누가 봐도 여긴 둘러막힌 해안이 아닌데. 망망대해로 곧장 휩쓸려나갈 수도 있었다고요."

해안에 다다른 윌은 올리비아를 내려놓는다. 그녀는 그에게서 떨어져나와 우리 모두를 응시하며 선다. 그녀의 눈은 검고도 불가해하다. 흠뻑 젖은 드레스 아래로 그녀의 나체가 거의 들여다보인다. 유두의 거뭇한 점, 작게 움푹 파인 배꼽. 그녀는 원시적인 모습이다. 마치 야생동물처럼.

나는 윌의 얼굴과 목 부근에 할퀴어서 생긴 자국이 울긋불긋 튀어나온 것을 본다. 이런 모습에 스위치가 탁 켜진다. 방금까지만 해도 올리비아가 어떻게 될지도 모른다는 두려움으로 가득찼던 자리에서 이제 격렬하고도 시뻘겋게 달궈진 태양의 플레어 같은 격노가 느껴진다.

"저년이 돌았나 진짜." 내가 말한다.

"줄스." 해나가 부드럽게 말하지만, 그 목소리에 담긴 힐난조가 느껴지지 않을 만큼 부드러운 어조는 아니다. "저기, 제가 보기엔 올리비아가 괜찮은 것 같지 않아요. 저…… 제 생각에는 도움이 좀 필요하지 않나……"

"아 제발 좀, 해나." 나는 그녀에게 빙글 돌아선다. "봐요. 당신이 정말 상냥하고 모성애가 넘치고 뭐 그렇다는 건 알겠어. 그런데 올리비아는 존나 엄마가 필요한 게 아니라고요. 이미 엄마가 있거든─장담하는데 내가 일평생 받아보지 못한 지극정성을 퍼부어주는 엄마가. 올리비아는 도움이 필요한 게 아니에요. 그냥 저 빌어먹을 행실머리를 고칠 필요가 있는 거지. 쟤가 내 결혼식을 망치도록 두진 않을 거야. 그러니까…… 빠져 있어요, 알겠어요?"

해나가 거의 비틀대며 뒷걸음친다. 상처를, 충격을 받은 그녀의 표정을 나는 막연하게만 인지한다. 나는 도를 넘어버렸다. 그렇게 하고야 말았다. 그러나 지금 당장은 신경쓰지 않는다. 나는 다시 올리비아에게 돌아선다. "대체 뭐하고 있었던 건데?" 그녀에게 소리지른다.

올리비아는 그저 멍하게, 말없이 나를 빤히 응시할 뿐이다. 그녀는 취한 듯 보인다. 나는 올리비아의 어깨를 움켜쥔다. 손에 닿은 피부가 얼어붙을 듯 차갑다. 나는 그녀를 흔들어대고 뺨을 때리고 머리칼을 잡아당겨서라도 대답을 받아내고 싶다. 그때 올리비아의 입이 벌어졌다가 닫히고, 또 벌어졌다가 닫힌다. 나는 알아들으려 애쓰며 그녀를 응시한다. 그녀는 말을 하려고 시도는 하지만 목소리가 도무지 나오지 않는 듯하다. 눈빛에 어린 감정은 의지와 호소를 내비친다. 이에 온몸에 선득 오한이 든다. 한순간 그녀가 해독할 수단이 없는 메시지를 수기신호로 전하려 기를 쓰고 있는 것만 같은 느낌이 든다. 사과의 메시지인가? 아님 해명의 메시지?

다시 말해보라고 할 겨를도 없이 엄마가 우리에게 다가선다. "세상에 내 딸들, 내 딸들." 엄마는 뼈밖에 없는 몸으로 우리 둘을 꽉 껴안는다. 구름처럼 자욱하게 드리운 샬리마 향수 냄새 아래로 그녀의 진땀, 그리고 공포의 강렬하고 맵싸한 향취가 풍긴다. 당연히 엄마가 정말로 갈구하고 있는 것은 올리비아다. 그래도 나는 잠시 그녀의 포옹에 순순히 몸을 내맡긴다.

그러다 뒤편을 흘긋 돌아본다. 다른 하객들도 우리를 따라잡았다. 그들이 웅성거리는 소리가 들리고, 그들이 발산하는 흥분이 느껴진다. 이 모든 상황을 내가 수습해야 한다.

"또 수영하고 싶으신 분?" 내가 외친다. 아무도 웃지 않는다. 침묵이 길게 늘어지는 것 같다. 다들 쇼가 끝난 지금 어디로 가야 할지 알려주는, 어떻게 처신해야 할지 알려주는 큐 사인이라도 기다리는 듯하다. 나는 어찌해야 할지 모르겠다. 이 상황은 내 각본에 없는 것이다. 그래서 나는 그들을 빤히 응시하며 서서 해변의 축축함이 드레스의 치맛단에 스며드는 것을 느낀다.

다행히 그들 사이에서 간소한 남색 원피스와 웨지힐 구두를 단정하게 차려입은 이파가 당황한 기색이라곤 전혀 없는 모습으로 나타난다. 다들 그녀의 권위를 인정하듯이 이파에게 돌아선다.

"여러분," 그녀가 외친다. "주목해주세요." 체구가 작고 음전한 여성치고 그녀의 목소리는 인상적이리만치 드넓게 울려퍼진다. "모두 이쪽으로 저를 따라오시면 됩니다. 피로연 조찬*이 곧 나올 예정입니다. 차일에서 연회가 기다리고 있습니다!"

---

* 과거 서양 결혼식은 미사로 진행되어 신랑 신부가 영성체를 위해 단식하다 피로연에서 첫 끼니를 들었다. 그래서 지금까지도 피로연 만찬을 시간과 무관하게 '조찬(breakfast)'이라고 일컫는다.

조노
신랑 들러리

저놈을 좀 보라. 무슨 영웅처럼 줄스의 여동생을 바다에서 건져오는 모습을. 저 빌어먹을 놈을 좀 보라. 저놈은 언제나 모두에게 본인이 내보이고 싶은 딱 그 모습만 보여주는 탁월한 재주가 있다.

나는 다른 사람보다도, 어쩌면 세상 그 누구보다도 월을 잘 안다. 줄스가 월에 관해 알고 있는 것보다, 어쩌면 평생 알게 될 것보다 내가 훨씬 잘 알고 있다는 데 내기를 걸어도 좋다. 그녀와 있을 때면 월은 가면을 쓰고, 가리개를 세워두니까. 그래도 그의 비밀을 지켜왔던 건 그것이 우리 둘 모두의 비밀이기도 해서다.

그가 인정사정없는 개자식이라는 건 원래부터 알고 있었다. 학창시절부터, 그놈이 그 시험지를 훔쳤을 때부터 알고 있었다. 그래도 그놈의 그런 면으로부터 나만큼은 안전하다고 생각했다. 나는 그의 제일가는 친구가 아닌가.

대략 반시간 전까지만 해도 나는 그렇게 생각했다.

"너무도 안타까웠지요." 피어스가 말했다. "당신이 프로그램에 출연하고 싶어하지 않는다고 들었을 때는. 아니, 물론 윌이 여성 시청자에게 그야말로 선풍적인 인기를 얻고 있기는 하죠. 방송을 위해 태어난 인물이라고나 할까요. 그런데 살짝 너무…… 번드러울 때가 있어요. 그리고 당신과 둘만 있으니까 하는 말이지만 남성 시청자들은 윌을 썩 좋아하는 것 같지 않아요. 우리 제작진이 진행한 시청자 설문조사에 따르면 남성 시청자 눈에 윌은 살짝…… 음, 어느 설문조사 응답자가 사용했던 표현을 옮기자면, '약간 재수없는' 타입이라고 할까요. 일부 시청자, 특히 남성 시청자는 약간 너무 잘생겨 보이는 출연자가 나오면 흥미를 잃기도 하거든요. 당신이 출연했더라면 그런 면에서 균형이 잡혔을 텐데."

"저기, 잠깐만요." 내가 말했다. "왜 제가 출연하고 싶어하지 않는다고 생각하신 거예요?"

피어스는 처음에는 살짝 불쾌한 눈치였다—아무래도 통계에 관해 한창 장광설을 늘어놓는 중에 말이 잘리는 걸 기꺼워하는 유의 인물은 아닌 듯싶다. 그러더니 그는 내가 한 말을 곱씹으며 눈살을 찌푸렸다.

"왜 출연하고 싶어하지 않는다고 생각했느냐……" 그는 말을 멈추고 고개를 저었다. "아니, 회의에 한 번도 얼굴을 비추지 않았잖아요. 그래서 그랬죠."

나는 그가 무슨 말을 하는 건지 감도 잡히지 않았다. "무슨 회의요?"

"전체 프로그램을 어떻게 진행할지 논의하는 회의 말이에요. 윌이 에이전트랑 나타나서 말하길 당신과 긴 논의를 해보았는데 안타깝게도 당신은 결국 방송 쪽과 맞지 않는다고 결론을 내렸다고 그랬거든요. '텔레비전과 맞는 놈'이 아니라고."

그게 내가 근 사 년간 만나는 사람마다 하고 다닌 이야기이긴 했다. 다만 월에게 말한 적은 한 번도 없었다. 어쨌든 그 당시에는. 무슨 중요한 회의 전에는 더더구나. "저는 회의가 있다는 말은 전혀 들은 바가 없어요." 내가 말했다. "그냥 당신이 절 원하지 않았다는 이메일만 받았지."

페니 동전이 떨어지기까지* 시간이 꽤나 걸리는 듯했다. 그러다 피어스의 입이 얼빠진 듯 소리 없이 벌어졌다가 닫혔다. 무슨 생선 주둥이처럼. 뻐끔 뻐끔 뻐끔. 마침내 그가 말했다. "그럴 리가 없는데."

"아뇨." 나는 그에게 말했다. "아뇨, 그럴 리가 있어요. 제가 그건 확실히 말씀드릴 수 있는 게…… 저는 정말로 회의가 있다는 말은 들은 적이 없거든요."

"하지만 저희가 이메일을 보냈……"

"보내셨죠. 그런데 제가 보낸 이메일은 한 번도 받아보지 못했잖아요? 연락이 전부 월이랑 그의 에이전트를 통해서 오갔으니까. 그 둘이 매사 그런 식으로 정리해버렸잖아요."

"그게," 피어스가 말했다. 본인이 어마어마한 벌집을 건드려버렸다는 걸 이제야 인지한 듯했다. "그게," 그는 이렇게 된 이상 다 털어놓아야겠다 싶어졌는지 말을 이었다. "월이 당신은 출연할 마음이 없다고 확실하게 말을 해줬어요. 당신이 그간 자아성찰의 시

---

* 이전에는 몰랐던 것을 이해하게 된다는 관용구.

간을 가진 끝에 출연하지 않기로 결정했다고. 그래서 너무도 안타까웠죠, 저희는 줄곧 당신과 윌을 한 쌍으로 해서 기획하고 있었거든요…… 거친 놈이랑 번드러운 놈 콤비로. 그랬으면 방송계의 핵폭탄이 됐을 수도 있어요."

이에 관해 피어스에게 더 말하는 건 소용이 없었다. 그는 벌써 어디 다른 곳으로 순간이동이라도 하고 싶은 눈치였다. 저기요, 우리는 코딱지만한 섬에 있거든요. 나는 하마터면 이렇게 말할 뻔했다. 달리 갈 데는 아무데도 없다고. 하나 그가 그런 심정이 된 것도 놀랍진 않았다. 그는 내 어깨 너머를 흘긋거리며 자신을 구원해줄 누군가를 찾았다.

그러나 나는 그에게 불만이 있는 것이 아니었다. 제일 친한 친구라고 생각했던 놈에게 있는 것이었지.

호랑이도 제 말 하면 온다더니. 윌이 이렇게 바람이 부는데도 머리카락 한 올 흐트러진 데 없이 빌어먹게 잘생긴 모습으로 우리 둘에게 씩 웃어 보이며 성큼성큼 걸어왔다. "두 분 여기서 무슨 얘기를 그렇게 해요?" 그가 물었다. 윌은 이마에 맺힌 땀방울까지 보일 정도로 가까이 다가왔다. 봐라, 윌은 거의 땀을 흘리는 법이 없는 놈이다. 럭비 경기장에서도 그가 땀을 흘리는 모습은 거의 보지 못했다. 그런 그가 지금 땀을 흘리고 있었다.

이미 늦었어, 친구. 나는 생각했다. 이미 존나게 늦어버렸다고.

이제야 이해가 되는 것 같다. 그는 워낙 머리가 잘 굴러가는 놈이라 나를 초장부터 잘라내지는 않았다. 〈밤중에 살아남기〉의 원천이 된 아이디어는 내 것이었고, 우리 둘 다 그 사실을 알았다. 그가 나를 처음부터 배제했다면 나는 미주알고주알 썰을 풀어 우리가 어렸을 때 무슨 일이 있었는지 모든 이에게 까발렸을 수도 있다. 나는 이놈처럼 잃을 게 썩 많지도 않으니까. 그래서 그는 나를 끌어들였고, 나도 그 일에 참여하고 있다고 느끼게 한 다음에 다른 누군가의 탓으로 내가 쫓겨나게 된 것처럼 만들었다. 본인의 탓이 전혀 아닌 것처럼. 그렇게 되다니 안됐다, 친구. 정말 아쉬워. 너랑 같이 출연했으면 정말 좋았을 텐데.

내가 스크린 테스트를 받으면서 얼마나 좋아했는지 기억난다. 그 모든 것을, 내가 아는 것을 말하는 게 자연스럽게 느껴졌다. 내가 뭔가 말할 게 있는 사람처럼 느껴졌다—사람들이 귀기울일 만한 무언가가. 그쪽에서 구구단을 외워보라든가 정치 얘기를 해보라든가 청했다면 나는 존나 망했을 거다. 그러나 등산이나 현수하강 같은 건, 그런 기술은 내가 어드벤처 센터에서 가르치던 것들이니까. 처음에 잠깐 말고는 카메라를 의식하지도 않았다.

이 사안에서 제일 모욕적인 부분은 그 모든 게 월에게는 분명 너무도 간단한 일로 느껴졌으리라는 점이다. 멍청한 조노…… 눈 가리고 아웅하기가 어찌나 쉬운지. 이제야 왜 요즘에 그놈이랑 연락하기가 그토록 어려웠는지 이해가 간다. 왜 그가 나를 밀어내는 것처럼 느껴졌는지. 왜 내가 그의 신랑 들러리를 서기 위해 사실상 구걸하다시피 해야 했는지. 들러리를 서겠다는 내 제안을 받아들였을 때 그놈은 그걸 위로상쯤으로, 반창고쯤으로 생각했을 게 틀림없다. 그러나 신랑 들러리를 선다고 수지 타산이 맞는 건 아니다. 그 정도 크기의 반창고로는 어림도 없다. 그는 그동안 내내, 학창시절부터 쭉 나를 이용해먹은 거다. 나는 그의 곁에서 더러운 일을 대신 도맡아왔다. 그러나 윌은 나와 스포트라이트를 공유할 마음이 추호도 없었다. 암, 없었고말고. 그래서 판이 차려지자 나를 버스 아래로 걷어차버린 거다.

나는 내가 가져온 위스키를 단숨에 꿀꺽꿀꺽 들이켠다. 친구도 안중에 없는 저 인간 말종 새끼. 어떻게든 복수할 방법을 찾아내리라.

해나
부부 동반 참석자

올리비아는 다른 사람의 동생이자 다른 사람의 딸이다. 어쩌면 줄스가 말한 대로 나는 빠져 있어야 하는지도 모르겠다. 그런데도 빠져 있을 수가 없다. 다른 이들이 차일로 줄줄이 들어가는 동안 나는 어느새 반대 방향으로, 궁전을 향해 걸어가고 있다.

"올리비아?" 나는 일단 안으로 들어선 뒤 외친다. 대답이 없다. 내 목소리는 석벽에 부딪혀 울리며 내게로 돌아온다. 지금 이곳은 너무도 고요하고 어둡고 텅 빈 듯하다. 이 안에 다른 누군가가 있다고 믿기 어렵다. 올리비아의 방이 어디인지는 안다. 식당에서 이어지는 그 문─그쪽으로 먼저 가보자, 나는 결심한다. 방으로 가 노크를 한다.

"올리비아?"

"네?" 얼핏 안쪽에서 자그마한 목소리가 들려오는 듯하다. 나는 그것을 신호로 받아들이고 문을 밀어 연다. 올리비아가 어깨에 수건을 감싼 채 침대에 앉아 있다.

"저 괜찮아요." 그녀가 나를 올려다보지도 않고 말한다. "금방 차일로 돌아갈 거예요. 그냥 일단 옷 좀 갈아입으려고요. 저 괜찮아요." 두 번 말한다고 해서 더 설득력이 있지는 않다.

"정말로 괜찮아 보이진 않는데요." 내가 말한다.

올리비아는 어깨를 으쓱하지만 아무 말도 하지 않는다.

"봐요," 나는 말한다. "내가 상관할 일이 아니라는 건 알아요. 우리가 서로 거의 모르는 사이라는 것도 알고. 하지만 어제 얘기를 나누면서 당신이 뭔가 상당히 큰일을 겪었다는 직감이 왔어요…… 그런 상황에서 행복한 표정을 짓기는 분명 어려울 거라는 짐작도 가고."

올리비아는 나를 쳐다보지 않은 채 여전히 말이 없다.

"그래서," 나는 말한다. "내가 묻고 싶었던 건, 바다에서 뭐하고 있었던 거예요?"

올리비아는 다시금 어깨를 으쓱한다. "모르겠어요." 그녀가 말한다. 잠시 정적. "저…… 모든 게 살짝 버거워져서. 결혼식이, 그 모든 사람들이. 나더러 줄스가 결혼해서 엄청 행복하겠다고 그러고. 나는 어떻게 지내냐고들 물어보고. 대학은 잘 다니는지……" 말이 점차 사그라지고, 그녀는 자기 손을 바라본다. 아이 손톱처럼 심하게 물어뜯어서 벌겋게 속살이 드러나 창백한 피부와 대조되어 보이는 큐티클이 눈에 들어온다. "그냥 그 모든 것으로부터 벗어나고 싶었어요."

줄스는 그 모든 게 관심을 끌기 위한 행동이라고, 올리비아가 비련의 여주인공 행세를 하는 거라고 해석했다. 내 짐작으로는 그 반대였던 듯하다. 올리비아는 사라지려 했던 것이다.

"내가 이야기 하나 해줄까요?" 나는 그녀에게 묻는다.

그녀가 싫다고 하지 않기에 말을 잇는다.

"간밤에 우리 언니 앨리스 얘기를 했던 거 기억나요?"

"네."

"그게, 왠지…… 왠지 당신을 보면 언니가 약간 생각난다고 할 까요. 내가 이렇게 얘기한다고 거북해하진 않았으면 해요. 장담하 는데 단연코 칭찬이니까. 언니는 우리 가족 중에서 처음으로 대학 에 진학한 사람이었어요. GCSE도 최고점을 받았고 A-레벨도 전 과목 A를 받았거든요."

"난 그렇게 똑똑하지 않은데." 올리비아가 웅얼거린다.

"그래요? 본인이 드러내길 꺼려서 그렇지 훨씬 똑똑할 것 같은 데. 엑서터에서 영문학을 전공했잖아요. 거기 좋은 학과 아니에요?"

그녀는 어깨를 으쓱한다.

"앨리스는 정계에서 일하고 싶어했어요." 내가 말한다. "그러려 면 생활기록부도 나무랄 데 없어야 하고 그에 걸맞은 성적도 받아 야 한다는 걸 알았죠. 당연히 언니는 그렇게 해냈고 영국에서 일류 대학으로 손꼽히는 곳에 합격했어요. 그러다가 1학년 때 본인이 제출한 리포트마다 손쉽게 최우수 성적을 받는다는 걸 깨닫고 약 간 풀어져서 첫 남자친구를 사귀었어요. 우리 가족, 그러니까 나랑 엄마랑 아빠 모두 상당히 별난 일이라 여겼죠. 언니가 갑자기 그에 게 푹 빠져버렸으니까."

앨리스는 크리스마스 휴일을 맞아 집에 돌아왔을 때 새로 생긴 남자친구에 관해 내게 모두 말해주었다. 그를 만난 건 릴* 동아리에서였는데, 학기말에 화려한 댄스파티가 열리기 때문에 언니도 가입했다는 호화로운 댄스 동아리였다. 언니가 공부에 쏟던 그 치열함을 이 새로운 관계에 그대로 쏟아부었구나 생각했던 기억이 난다. "걔는 완전 섹시하다니까, 핸." 그녀가 내게 말했다. "그래서 다들 그애한테 홀딱 반해 있어. 그애가 나한테 눈길이라도 준다는 게 믿기지가 않아." 언니는 내게 비밀을 지키겠다는 맹세를 받아낸 다음에 둘이서 잠자리도 했다고 말해주었다. 그는 언니가 처음으로 자본 남자였다. 언니는 그와 너무도 가까워진 느낌이 들었다고, 그런 느낌을 받을 수 있을 줄은 꿈에도 몰랐다고 말했다. 하지만 이런 단서를 달았던 것도 기억난다. 어쩌면 그게 다 호르몬의 장난과 청춘기 연애에 대한 사회문화적 이상화인지도 모른다고. 아름답고 똑똑한 언니, 자기감정마저 합리적으로 분석하려 하다니······ 앨리스다웠다.

"그러다가 언니가 남자친구와 시들해지기 시작했어요." 나는 올리비아에게 말한다.

올리비아가 눈썹을 치킨다. "권태기가 온 거예요?" 그녀는 이제 조금 더 이야기에 빠져든 모양이다.

"그런 것 같아요. 부활절 휴일 즈음에는 그에 관해 그렇게 열심히 떠들지 않더라고요. 언니에게 물어보니까 그 사람이 자기가 생각했던 남자가 아니었다는 걸 깨달았다고 했어요. 게다가 그 사람한테 정신이 팔려 시간을 너무 많이 뺏겨서 이제는 정말 책상 앞에 앉아서 공부에 집중해야 할 때라고도. 제출한 리포트가 B-를 받는

---

* 스코틀랜드의 민속춤.

바람에 정신이 번쩍 들었나보더라고요."

"이런," 올리비아가 눈을 굴리며 말한다. "엄청난 공붓벌레였나봐요." 그러더니 뚝 멈춘다. "죄송해요."

나는 미소 짓는다. "나도 언니한테 정확히 똑같은 말을 했어요. 그래도 그런 점이 앨리스다웠죠. 여하간 남자친구와도 제대로 예의바르게 매듭을 짓자 싶어서 직접 만나 얘기를 했대요." 그런 점역시 앨리스다웠다.

"상대가 어떻게 나왔대요?" 올리비아가 묻는다.

"그다지 좋게 풀리진 않았죠." 내가 말한다. "이별을 통보하는 내내 완전 소름 끼치게 굴면서 감히 자기에게 굴욕감을 주다니 가만히 있지 않겠다고 했대요. 언니더러 대가를 치르게 될 거라면서." 그 말을 기억하는 건 그렇다고 그가 대체 뭘 할 수 있는지 궁금해했던 걸 기억하기 때문이다. 어떻게 이별했다고 해서 '대가'를 치르게 만들 수 있는가?

"그놈이 무슨 보복을 했는지 언니는 말해주지 않았어요." 나는 올리비아에게 말한다. "나에게도 엄마에게도 아빠에게도 말하지 않았죠. 너무도 수치스러웠던 거예요."

"하지만 알게 된 거죠?"

"나중에요." 내가 말한다. "나중에야 알게 됐죠. 그놈이 언니 동영상을 찍었다는 걸."

앨리스의 동영상이 학내 인트라넷에 업로드되었다. 릴 동아리에서 주최한 그 화려한 댄스파티 이후에 언니가 그에게 찍도록 허락한 동영상이었다. 대학측에서는 그 동영상의 존재를 알게 되자마자 서버에서 내렸지만, 그땐 이미 소문이 퍼진 뒤였고 피해를 입은 뒤였다. 원본 말고도 복제 파일이 캠퍼스 곳곳의 컴퓨터에 저장되어 있었던 것이다. 페이스북에도 올라갔다. 내려졌다. 다시 올라갔다.

"그러니까, 말하자면…… 디지털 성범죄 피해자가 된 거예요?" 올리비아가 묻는다.

나는 고개를 끄덕인다. "지금이야 그렇게 부르죠. 하지만 그때는 뭐랄까, 더 순진한 시대였어요. 요즘에는 조심하라고 알려주잖아요? 누구한테 사진이나 동영상을 찍도록 허락하면 결국 인터넷에 퍼질 수도 있다는 걸 모두가 알잖아요."

"그렇긴 하죠." 올리비아가 말한다. "하지만 다들 까먹죠. 그 순간에는. 아니면 그런 거죠, 정말로 좋아하는 사람이 부탁하면 넘어가기도 하는. 그래서 짐작해보자면 대학에 있는 모든 사람이 그걸 봤겠네요?"

"네." 내가 말한다. "그런데 최악은 우리 가족이 당시엔 몰랐다는 거예요, 언니가 말해주지 않았으니까. 너무도 수치스러웠던 거죠. 아마도 말하면 우리 가족이 언니에게 가지고 있는 이미지가 깨질 거라고 생각했던 것 같아요. 언니는 항상 너무도 완벽했거든요, 물론 우리가 그래서 앨리스를 사랑했던 건 아니지만."

언니가 나에게조차 말하지 않았다는 사실. 그 사실에 아직도 가슴이 너무 아리다.

"때로는," 내가 말한다. "제일 가까운 사람들에게 유독 털어놓기가 어려운 법인가봐요. 사랑하는 사람들에게. 익숙한 이야기죠?"

올리비아가 고개를 끄덕인다.

"그래서, 이건 알아줬으면 해요. 나한테는 말해도 된다는 거. 알겠죠? 말하자면 이런 거예요. 언제나 터놓고 얘기하는 편이 낫거든요—수치스럽게 느껴지더라도, 남들은 이해하지 못하겠지 싶더라도. 앨리스도 그 일에 관해서 내게 털어놓을 수 있었더라면 싶어요. 어쩌면 언니 혼자서는 볼 수 없었던 어떤 균형적 시각을 얻었을지도 모르니까."

올리비아가 나를 올려다보더니 시선을 피한다. 그러고는 속삭임에 지나지 않는 목소리가 나온다. "네."

그때 땡땡거리는 방송소리가 차일 쪽에서 들려온다. "신사 숙녀 여러분"—나는 찰리의 목소리임을 깨닫는데, 분명 사회를 보는 중이리라—"피로연 조찬을 위해 착석해주시기 바랍니다."

나는 시간상 올리비아에게 나머지 사연을 말해주지 못한다—그리고 어쩌면 그게 최선일지도 모른다. 그래서 나는 그 사건 일체가 앨리스의 인생에, 그녀의 신변에 크나큰 오점처럼 남았다고 말하지 못한다—그 자리에 문신처럼 새겨졌다고. 우리 중 누구도 앨리스가 얼마나 부서지기 쉬웠는지 깨닫지 못했다. 앨리스는 언제나 너무도 유능하고, 너무도 통제력이 있어 보였으니까. 그렇게 놀라운 성적을 받고, 운동부에서도 활약하고, 대학에도 버젓이 입학해 빈틈 하나 없어 보였으니까. 그러나 그 기저에는, 이 모든 성취의 원동력에는 얽히고설킨 불안덩어리가 있었음을 우리 중 누구도 너무 늦어버릴 때까지 미처 알지 못했다. 앨리스는 그 모든 수치심을 감내할 수 없었다. 그녀는 절대 본인이 꿈꿔왔던 대로 정계에서 일할 수는 없을 것임을—절대 불가능할 것임을—깨달았다. 대학을 중퇴해 학사학위를 따지 못했기 때문만은 아니었다. 이제 그녀가 어떤 남자에게 구강성교를—그보다 더한 것도—해주는 동영상이 인터넷에 퍼졌기 때문이었다. 그것은 씻을 수 없는 오점이었다.

그래서 나는 올리비아에게 말하지 않았다. 6월의 어느 날, 언니가 대학을 떠나 고향집에 돌아오고 나서 두 달 뒤, 엄마가 네트볼 연습을 마친 나를 마중나간 사이에 앨리스가 욕실 캐비닛에서 진통제를 비롯해 온갖 약을 잡히는 대로 다 섞어서 먹어버렸다고. 이번달로부터 십칠 년 전, 아름답고도 총명해 마지않았던 나의 언니가 스스로 목숨을 끊었다고.

이파
웨딩플래너

방금 신부 들러리에게 벌어진 일은 내 잘못이다. 이런 일이 벌어질 것을 예측했어야 했다. 실제로 벌어지리라 눈치채기도 했다, 저 여자애가 문제를 일으킬 조짐이 부글부글 끓고 있다는 걸 알았으니까. 오늘 아침 그녀에게 조식을 가져다주었을 때 알아차렸다. 본식 동안 그녀는 금방이라도 돌아서서 자리를 박차고 나가고 싶은 표정이기는 했어도 버텨주었다. 그후에도 물론 나는 그녀를 예의 주시하려고 노력했다. 그러나 그 밖에도 내게 쏟아지는 요구 사항이 너무도 많았다. 하객들이 너무도 끈질기고 너무도 과격해서 웨이터들—대다수가 여름방학을 맞은 고등학생과 대학생인—이 도저히 감당해낼 수준이 아니었다.

정신을 차리고 보니 소동은 벌어졌고 그녀는 바닷물 속에 있었다. 그녀를 보다가 나는 갑자기 과거의 다른 날로 순간이동했다. 도와줄 수도 없이 무력했던 그날로. 여러 낌새를 눈치챘음에도 무시한 탓에 결국 너무 늦어버리고 만 그날로. 꿈속에 끈질기게 출몰하는 그 장면. 물이 차오르고 나는 뭐라도 할 수 있을지 모른다는 양 손을 내뻗는……

이번에는 구조가 가능했다. 그녀를 안고 물에서 걸어나오는 신랑을, 오늘의 구세주로 등극한 그를 나는 떠올린다. 그러나 내가 때맞춰 좀더 관심을 기울였더라면 애초에 그 일이 벌어지지 않게 막을 수도 있었을 것이다. 이렇게 안일했던 나 자신에게 화가 치민다. 그래도 하객 앞에서는, 피로연 조찬을 위해 전원을 차일로 인솔하는 동안에는 가까스로 냉정한 프로다운 모습을 유지했다. 내가 정신 줄을 그렇게까지 꼭 붙들고 있지 않았다 해도 뭔가가 틀어졌음을 눈치챈 사람은 아무도 없었으리라. 여하튼 투명인간이 되는 게 내 직업이니 말이다.

프레디가 필요하다. 프레디는 언제나 내 기분을 나아지게 해주니까.

나는 하객의 시선이 닿지 않는 곳, 차일 뒤편의 케이터링 구역에서 소규모의 조수들과 함께 음식을 접시에 담고 있는 그를 찾는다. 그리고 주방 보조들의 호기심어린 시선을 피해 그를 데리고 바깥으로 나온다.

"여자애가 익사할 뻔했어, 저기서." 내가 말한다. 그 일을 떠올리면 숨이 잘 쉬어지지 않는다. 그 모든 장면이, 하마터면 무슨 일이 일어날 뻔했는지가 눈앞에 생생히 떠오른다. 마치 과거의 다른 날로, 행복한 결말이란 없었던 그날로 돌아가버린 것만 같다. "오 세상에…… 프레디, 그애가 익사할 뻔했어. 내가 충분히 주의를 기울이지 않아서." 옛날 일이 처음부터 다시 펼쳐진다. 전부 내 잘

못이다.

"이파." 프레디가 말한다. 그는 내 어깨를 꽉 붙잡는다. "그애는 익사하지 않았어. 다 괜찮아."

"아니." 나는 말한다. "그 사람이 구했으니까 그렇지. 하지만 만약에……"

"만약이란 없어. 지금 하객들은 차일에 있어. 모든 게 완벽하게 진행될 거야, 나를 믿어. 이제 저기로 돌아가서 당신이 제일 잘하는 걸 해." 프레디는 언제나 나를 달래는 데 능숙했다. "사소한 돌발 상황일 뿐이야. 그거 말고는 모든 게 멋지게 돌아가고 있어."

"하지만 내가 상상한 그림과는 너무도 다른걸." 내가 말한다. "생각보다 버거워. 저들 모두가 이곳에 와서 온갖 군데를 헤집고 다니게 두자니. 그 남자들은 간밤에 끔찍한 술 게임이나 하고. 이제는 이런 일까지 ― 전부 다 떠오르게 만드니……"

"거의 다 됐어." 프레디가 단호하게 말한다. "앞으로 몇 시간만 넘기면 돼."

나는 끄덕인다. 그의 말이 옳다. 그리고 나도 정신을 꼭 붙들고 있어야 한다는 걸 안다. 정신이 무너질 여유 따윈 없으니까, 오늘 만큼은.

현재
결혼식 당일 밤

　이제 그들은 그 남자, 프레디가 최대한 빠른 걸음으로 그들에게 서둘러 다가오는 모습을 알아본다. 그는 한 손에 손전등을 들고 있을 뿐, 그보다 음험한 건 전혀 갖고 있지 않다. 그가 다가오는 사이 횃불의 불빛이 그의 창백한 이마에서 번들거리는 땀을 포착해 낸다. "모두 차일로 돌아가는 게 좋겠습니다." 그가 숨을 헉헉대며 띄엄띄엄 외친다. "가르다*를 불렀어요."

　"뭐? 왜요?"

　"웨이트리스가 약간 정신을 차렸습니다. 저기 바깥의 어둠 속에 다른 사람이 있는 걸 본 것 같다고 해서요."

　"저 사람 말을 들어야 해." 프레디가 자리를 뜨고 나서 앵거스가

---

* '경찰'이라는 뜻의 아일랜드어.

다른 이들에게 외친다. "경찰을 기다려야 한다고. 안전한 상황이
아니야."

"안 돼." 페미가 외친다. "그러기엔 너무 멀리 와버렸어."

"정말로 여기에 금방 출동을 할 거라고 생각하냐, 앵거스?" 덩컨
이 묻는다. "경찰이? 이 날씨에? 존나 어림도 없지. 여기엔 우리뿐
이야."

"아니, 그러니까 더더욱 그렇단 거지. 안전한 상황이 아니라니
까……"

"우리 너무 성급하게 결론짓는 거 아닐까?" 페미가 외친다.

"뭔 소리야?"

"저 사람은 단지 웨이트리스가 다른 사람도 봤을 가능성이 있다
고만 했잖아."

"하지만 정말 본 거라면," 앵거스가 외친다. "그렇다면……"

"뭔데?"

"아니, 다른 사람이 개입되었다면. 그렇다면 이 상황이…… 이
상황이 사고가 아닐 수도 있다는 얘기잖아."

그가 굳이 명확히 말하지 않아도 그들은 그의 말 뒤에 숨은 단어
를 알아챈다. 살인.

그들은 제각기 횃불을 조금 더 세게 움켜쥔다. "이게 쓸 만한 무
기가 되어줄 거야." 덩컨이 외친다. "실제로 그런 상황이 닥치면."

"그럼." 페미가 어깨를 약간 펴면서 외친다. "쪽수로 붙어보자
고. 이쪽은 넷이고 저쪽은 하나지."

"잠깐, 누구 피트 본 사람?" 앵거스가 갑자기 말한다.

"뭐? 우라질…… 못 봤는데."

"혹시 아까 프레디를 따라간 거 아냐?"

"안 따라갔어, 펨." 앵거스가 답한다. "게다가 걔는 진심 제정신이 아니었는데. 환장하겠네……"

그들은 그를 외쳐 부른다. "피트!"

"야, 피트, 거기 있냐?" 대답이 없다.

"제기랄…… 난 그 녀석까지 찾으러 다닐 마음은 없다." 덩컨이 외치는데, 그 목소리에는 희미하지만 분명한 떨림이 담겨 있다. "걔가 그런 상태인 게 처음도 아니잖아, 안 그래? 자기 앞가림은 알아서 하겠지. 괜찮을 거야." 다른 이들은 그가 본심보다 짐짓 확신에 찬 듯 말하려 애쓰는 게 아닌가 의심한다. 그러나 그에 관해 따져 묻지는 않을 것이다. 그들도 그렇게 믿고 싶으므로.

당일 이른 시각

줄스
신짜

이파가 차일 안에 마법과 같은 광경을 소환해두었다. 이 안은 따스해서 점점 차가워지는 바깥바람으로부터 잠시나마 안식처가 되어준다. 입구 밖에서 불을 밝힌 횃불들이 깜빡거리며 휘청이는 게 보이고 이따금씩 차일의 지붕도 바람을 맞아 살짝 부풀어올랐다가 내려온다. 그러나 그런 광경은 어떻게 보면 안쪽의 아늑한 느낌을 더해줄 뿐이다. 공간 전체에 향초의 향기가 감돌고 촛불 주위에 모인 얼굴들은 장밋빛인 것이, 건강과 혈기로 상기되어 보인다―상기된 진짜 이유는 오후 내내 뼛속까지 스미는 아일랜드의 바람을 맞으며 술을 들이켠 탓일지라도 말이다. 내가 원했던 모든 것이 갖추어졌다. 하객을 둘러보자 그들의 표정에서 주변 경관에 대한 경외심이 느껴진다. 그런데도…… 나는 왜 이렇게 공허한 기분인가?

모두가 벌써 올리비아의 정신 나간 짓거리는 잊어버린 모양이다. 완전히 다른 날에 벌어진 일이라고 해도 믿겠다. 그들은 와인잔을 휙 젖혀 꿀꺽꿀꺽 들이켜고…… 점점 더 시끄럽게 굴며 활기가 넘친다. 오늘의 분위기는 되살아났고 예정된 궤도를 따라가고 있다. 그러나 나는 잊을 수 없다. 올리비아의 표정, 그녀가 말하려 애쓸 때 떠오르던 그 호소어린 표정을 떠올리면 목덜미의 솜털이 죄다 곤두서며 주의를 환기한다.

접시를 치우는데 하나하나가 거의 핥아먹기라도 한 듯 깨끗하다. 술기운이 하객들의 허기를 돋우기도 했고 프레디도 솜씨 좋은 요리사다. 내가 가본 결혼식에서는 고무를 씹는 듯한 식감의 닭가슴살과 학교 급식에나 나올 법한 채소를 입안에 억지로 욱여넣어야 했던 경우가 너무도 많았다. 이번에 나온 요리는 매우 부드러운 양갈비로 혀에서 벨벳처럼 녹아들었고, 로즈메리향이 가미된 으깬 감자도 곁들여져 있었다. 완벽했다.

연설 시간이 다가온다. 웨이터들이 건배를 위해 준비한 볼랭저 샴페인이 놓인 쟁반을 들고 여기저기로 흩어진다. 명치끝에서 시큼함이 느껴지고 샴페인을 더 마실 생각을 하자 살짝 메스꺼워진다. 하객들의 화기애애한 분위기에 장단을 맞춘답시고 이미 너무 많이 마신지라 기분이 영 이상하고 둥둥 떠 있는 것 같다. 피로연 술자리중에 수평선에 떠오르던 먹구름의 잔상이 마음속에서 계속 맴돈다.

숟가락이 유리잔에 부딪히는 소리가 난다. 딩 딩 딩!

차일 안의 담소가 사그라지고 순종적인 고요가 그 자리를 차지한다. 이 공간의 주의가 환기되는 것이 느껴진다. 상석 테이블에 앉은 우리를 향해 다들 고개를 돌린다. 쇼가 시작되려는 참이다.

나는 기대감에 찬 밝은 얼굴로 표정을 재정비한다.

그때 차일의 전등이 몸서리치더니 꺼진다. 우리는 바깥의 스러지는 햇빛과 짝을 이루는 황혼의 음침함 속으로 내던져진다.

"죄송합니다." 이파가 차일 뒤편에서 외친다. "바깥에 바람이 불어서요. 여기 전기가 약간 왔다갔다하네요."

누군가가, 내 생각에는 안내역 중 한 명이 이리처럼 길게 울부짖는다. 그러자 다른 이들도 합류하는 통에 이 안에 이리떼가 가득 들어찬 듯한 소리가 난다. 이쯤 되자 모두가 술에 취해 너 나 할 것 없이 고삐가 풀리고 거칠어진다. 나는 모두에게 닥치라고 소리지르고 싶다.

"월." 내가 으르댄다. "우리 하객들한테 그만해달라고 하면 어떨까?"

"그러면 기름만 붓는 꼴일 거야." 그가 달래듯 말한다. 월의 손이 내 손을 덮는다. "분명히 조금만 있으면 전등이 다시 들어올 거야."

도저히 더는 못 참겠다고, 정말로 소리를 질러버리고야 말겠다고 생각한 바로 그때, 전등이 다시금 깜빡이며 들어온다. 하객들은 환호한다.

아빠가 먼저 연설을 하려고 일어선다. 어쩌면 아빠가 아까 보인 행동에 대한 벌로 마지막 순간에 아빠를 쫓아내야 했을지도 모르겠다. 하지만 그러면 이상해 보이지 않겠는가? 그리고 이 결혼식이라는 행사의 상당 부분은 어떻게 보이는가에 달렸음을 나는 깨달았던 것이다. 우리가 매사를 기쁨과 환희에 넘치는 모습으로 헤쳐나가기만 한다면…… 뭐, 그러면 오늘 수면 아래에서 꿈틀대고 있는 어두운 기운도 억누를 수 있지 않겠는가. 장담하건대 거의 모두가 이 결혼식이 우리 아빠의 후한 지갑 덕택이라고 짐작할 것이다. 사실은 그렇지 않지만.

모두가 나에게 어떤 연유로 여기서 결혼식을 올릴 결심을 했는지 계속 물어보았다. 나는 소셜미디어에 공고를 올렸었다. '당신의 결혼식장을 홍보해주세요.' 모두 〈다운로드〉에 실을 특집 기사의 일환으로. 이파가 부름에 응했다. 그녀의 홍보물에 담긴 치밀한 계획성과 실용성을 고려한 측면에 감탄했다. 그녀는 다른 모든 이들보다 훨씬 기회에 굶주린 듯 보였다. 이곳이 실제로 다른 경쟁자들을 단연 능가하기도 했다. 그러나 이파가 우리와의 거래를 따낸 건 그런 이유 때문이 아니다. 내가 여기서 식을 올리기로 결정한 이유를 정말로 진실하게 말하자면 가성비가 좋아서였다.

왜냐면 친애하는 우리 아버지가, 머리부터 발끝까지 위풍당당한 모습으로 저기 서 있는 그가 경제적 지원을 끊었기 때문이다. 아니면 세브린이 대신 끊었든가.

아무도 그 사실을 짐작하지 못할 테다, 그렇지 않은가? 내가 3천 파운드나 하는 케이크를 주문하고 이름이 각인된 순은 고리를 냅킨에 꽂아두고 클룬 킨 아틀리에에서 올해 생산된 향초 전량을 쓸어 왔으니. 그러나 그게 정확히 내 하객들이 내게 기대하던 바였다. 그리고 그 비용을 빠듯하게나마 감당할—그리고 내게 익숙한 스타일로 결혼식을 꾸릴—수 있었던 건 이파가 여기서 결혼식을 연다면 50퍼센트 할인을 해주겠다는 제안을 했기 때문이다. 그녀는 외견상 맵시가 좀 떨어져 보일 수 있어도 요령 있는 여자다. 그렇게 그녀는 계약을 성사시켰다. 이파는 이제 내가 이 결혼식장을 잡지에 특집 기사로 실을 것도 알고, 월 덕분에 언론의 조명을 받을 것도 안다. 종국에는 수지가 맞을 것이다.

"이 자리에 참석하게 되어 영광입니다." 아빠가 말한다. "저의 귀여운 딸아이가 결혼하는 이 자리에."

저의 귀여운 딸아이라. 그러셔. 내 미소가 굳는 게 느껴진다.

아빠가 잔을 높이 들어올린다. 기네스를 마시고 있다—그는 본인 뿌리에 충절을 지키고자 샴페인을 마시지 않는 것을 신조로 삼아왔다. 내가 애정이 담긴 눈빛으로 아빠를 응시해야 한다는 건 알지만 아까 아빠가 한 말로 아직도 심기가 불편해 도저히 아빠를 쳐다보지도 못하겠다.

"하지만 또 줄리아는 실상 저의 귀여운 딸아이였던 적이 없기도 합니다." 아빠가 말한다. 억양이 근래 몇 년간 들어본 것 중에 가장 강하다. 아빠의 억양이 한층 도드라지는 때는 감정이 격앙된 순간이나⋯⋯ 술을 상당히 마셨을 때다. "우리 딸은 언제나 자기 마음을 잘 알았습니다. 아홉 살 때도 본인이 원하는 걸 언제나 정확히 알았어요. 제가 마음을 돌리려고⋯⋯" 그가 의미심장한 헛기침을 뱉는다. "설득해봤지만 말입니다." 하객들 사이에서 재미있어하는 반응이 잔물결처럼 퍼진다. "우리 딸은 일편단심의 야망을 품고 본인이 원하는 바를 좇아갔지요." 아빠가 유감스럽다는 듯한 미소를 짓는다. "저 좋을 대로 생각한다면 그런 점에서 저를 닮았다고 말씀드릴 수도 있겠습니다. 그러나 저는 딸아이와 같지 않습니다. 강인함에 있어서 저는 줄스의 발치에도 못 미치니까요. 저는 제가 뭘 원하는지 안다는 양 행세하지만 실제로는 그때그때 끌리는 걸 좇을 뿐입니다. 줄스는 완전히 주체적인 인간이고 우리 딸이 가는 길을 막아서는 자는 누가 됐든 무사하지 못할 겁니다. 분명 우리 딸의 직원분들은 모두 동의하실 것 같은데요."〈다운로드〉임직원이 모여 앉은 테이블에서 살짝 긴장어린 웃음소리가 들려온다. 나는 그들에게 더없이 행복한 미소를 짓는다. 당신들 중 누구도 문제삼지 않을 것이다. 오늘만큼은.

"자." 아빠가 말한다. "물론 제가 결혼 쪽으로는 썩 번듯한 롤모델이 못 되는 사람이긴 합니다. 정말 정직하게 말씀드리자면요. 저의 첫번째 아내와 다섯번째 아내가 오늘 저녁 이 자리에 함께하고 있습니다. 그러니까 저는 기혼자 모임의 정회원이라고 말할 수 있겠습니다만…… 썩 성실한 회원은 아닌 거지요." 그다지 재미있는 농담은 아니다—하객들 사이에서 예의바른 킥킥거림이 좀 흘러나오기는 하지만. "줄스도 오늘 오전에 제가 아버지로서 조언을 몇 마디 해주려 하니까 그 점을—어험—재빨리 지적하더군요."

아버지로서 조언. 하.

"그러나 지난 세월 동안 어떻게 하면 올바른 결혼생활을 꾸려나갈 수 있는지에 관해 제가 두어 가지는 배웠노라고 감히 말씀드리겠습니다. 결혼이란 세상에서 본인이 가장 잘 아는 사람을 찾는 일입니다. 그 사람이 어떤 커피를 좋아하는지, 가장 좋아하는 영화는 무엇인지, 처음 기른 고양이의 이름은 무엇인지 같은 게 아니라, 좀더 심층적인 수준에서 아는 걸 말씀드리는 겁니다. 그 사람의 영혼을 아는 거랄까요." 그가 세브린에게 씩 미소 짓자 그녀는 단연 의기양양해한다.

"거기다 제가 그런 조언을 할 자격이 있다는 생각도 별로 들지 않더군요. 제가 딸아이의 곁에 항상 있어주지는 못했다는 걸 아니까요. 방금 한 말은 취소. 제가 딸아이 곁에 붙어 있었던 적이 거의 없었습니다. 저도 애엄마도 곁에 있어주지 못했지요. 아라민타도 그 점에 관해선 아마 제 말에 동의할 거라고 생각합니다."

와. 나는 엄마 쪽을 쳐다본다. 엄마가 띠고 있는 일그러진 미소는 거의 내 미소만큼이나 뻣뻣해 보인다. 첫번째 아내 운운한 부분도 본인이 나이를 먹었다는 느낌을 주니 좋아했을 리 없으며 오늘 신부측의 자애로운 어머니상을 너무도 즐거이 연기하던 마당에 부모로서 자식을 등한시했다는 이런 암시마저 나오니 속으로는 길길이 날뛰고 있을 테다.

"그래서 부모의 부재 속에서 줄리아는 언제나 자신의 길을 스스로 개척해야만 했지요. 그리고 얼마나 훌륭한 길을 개척했는지. 아빠가 매번 별 요령이 없어 이런 마음을 표현하지 못했다는 건 알지만, 주주, 아빠는 우리 딸이, 또 우리 딸이 이뤄낸 모든 것이 너무도 자랑스럽단다." 나는 학교의 상장 수여식을 떠올린다. 내 졸업식도. 〈다운로드〉 창립식도—아빠가 참석하지 않았던 그 모든 식을. 얼마나 수시로 그런 말을 듣고 싶었는지 생각한다, 그리고 지금 여기 그 말이 놓여 있다—아빠에게 가장 화가 나는 바로 지금. 눈에 눈물이 차오르는 게 느껴진다. 젠장. 그 말에 정말 허를 찔렸다. 나는 절대로 울지 않는 사람인데.

아빠가 나를 돌아본다. "정말 사랑한다…… 총명하고 복잡하고 치열한 나의 딸아." 오 세상에. 이건 눈만 살짝 반짝이게 하는 예쁜 눈물도 아니다. 눈물이 두 뺨 위로 흘러넘치는 바람에 손바닥으로 닦아내다가 결국 냅킨마저 집어든다. 내게 무슨 일이 벌어지는 건가?

"그리고 또 말씀드릴 게 있습니다." 아빠가 하객을 향해 말한다. "줄스가 이토록 훌륭하고 독립적인 성인이기는 해도 저는 저의 귀여운 딸아이라고 저 좋을 대로 생각하고 싶답니다. 그도 그럴게 부모가 되면 어쩔 수 없이 특정한 감정이 생기기 마련이잖습니까…… 얼마나 개떡같은 부모였든 간에, 자식에게 주장할 권리가얼마나 적든 간에 말입니다. 그리고 그런 감정 중 하나는 보호본능이지요." 그는 다시금 나를 돌아본다. 나는 이제 아빠를 바라보아야 한다. 아빠는 진심으로 다정한 얼굴이다. 가슴이 아려온다.

그러더니 그는 월에게 돌아선다. "윌리엄, 자네는…… 좋은 남자인 듯 보이네." 그냥 내 기분 탓이었나, 아니면 '보이네'에 위험한 방점이 찍혀 있었던 게 맞나? "하지만," 아빠가 웃는다—나는저 웃음을 안다. 저것은 미소 따위가 전혀 아니다. 이를 드러내는것이다. "내 딸을 잘 돌봐줘야 할 거야. 허튼짓은 말아야 하네. 그리고 어떤 짓으로든 내 딸을 다치게 한다면—뭐, 그럼 간단하지." 아빠가 잔을 들어올려 고요히 건배한다. "내가 자네를 잡으러 갈걸세."

팽팽한 침묵이 내린다. 나는 억지로 웃음을 내뱉지만 오히려 흐느낌처럼 들리는 듯하다. 내 웃음에 뒤이어 다른 하객들 사이에도웃음의 파문이 퍼져나간다—그 말을 어떻게 받아들여야 할지 알게 되어 안도한 것이리라. 아, 농담이구나. 다만 그것은 농담이 아니었다. 나도 알고, 아빠도 안다—그리고 월의 얼굴에 떠오른 표정으로 미루어보건대, 월도 안다.

올리비아
신부 들러리

줄스의 아버지가 자리에 앉는다. 줄스는 얼굴이 얼룩덜룩하고 벌게져서 엉망진창이다. 아까 그녀가 냅킨으로 눈가를 훔치는 걸 보았다. 늘상 엄청 강한 척을 하지만 내 이부언니도 감정을 느끼기는 하는 모양이다. 나는 솔직히 아까 전의 일로 마음이 좋지 않다. 내가 이렇게 말해봤자 줄스가 믿지 않으리라는 건 알지만 정말로 미안하다. 바닷물의 한기가 피부 깊숙이 스민 듯 아직도 오한이 든다. 줄스의 심기를 최대한 거스르지 않으려고 간밤에 입었던 드레스로 갈아입었지만, 평소 입는 옷을 입을 수 있었으면 싶다. 나는 양팔로 몸을 감싼 채 어떻게든 따뜻하게 해보려고 하지만 이가 딱딱 부딪치는 건 멈추지 않는다.

함성과 휘파람과 몇몇 야유 속에 윌이 자리에서 일어난다. 그러자 이내 차일 안이 고요해진다. 그는 군중의 주의를 완전히 휘어잡는다. 그는 사람들에게 그런 효과를 자아낸다. 짐작건대 윌의 외양과 몸가짐, 즉 자신감 때문일 테다. 언제나 온전히 평정심을 유지하는 그 모습 때문일 테다.

"저와 제 새 신부를 대표하여," 그가 말한다—그의 말은 함성과 환호와 테이블을 두드리는 소리와 발을 구르는 소리에 거의 묻혀버린다. 월은 미소를 지으며 둘러보고 이내 모든 이가 진정한다. "저와 제 새 신부를 대표하여 오늘 자리해주신 여러분께 깊은 감사를 드립니다." 그가 말한다. "저희가 가장 사랑하는 소중한 분들, 가족 친지 여러분이 모두 함께하는 자리에서 축복을 받다니 너무도 근사한 일이며, 이 말에 줄스도 분명 동의할 겁니다." 그가 줄스를 돌아본다. "지금 저는 세상에서 제일가는 행운아가 된 기분입니다."

줄스는 이제 눈가가 말라 있다. 그리고 월을 올려다보는 그녀의 표정은 완전히 바뀌었다. 갑자기 너무도 행복해 보여 그녀를 쳐다보기가 백열전구를 응시하는 것처럼 어려울 정도다. 월이 그녀에게 환한 미소를 돌려준다.

"어머 세상에." 어떤 여자가 옆 테이블에서 속삭이는 소리가 들려온다. "둘이 그냥 너무 완벽하다."

월은 모두를 둘러보며 씩 웃음 짓는다. "그리고 정말로 행운이었죠." 그가 말한다. "저희 첫 만남 말입니다. 제가 바로 그때 바로 그 장소에 있지 않았더라면. 줄스가 곧잘 하는 말마따나, 그때가 저희의 〈슬라이딩 도어스〉* 같은 순간이었던 거죠." 그가 잔을 들

---

* 1998년 개봉한 로맨스 영화로, 우연하고 사소해 보이는 순간이 필연적이고 운명적인 결과로 이어진다는 내용을 담고 있다.

어올린다. "그러니까, 행운을 위하여. 그리고 행운을 스스로 개척해나가기…… 아니 필요하다면 행운에 작은 도움의 손길을 주는 정도의 노력을 위하여."

윌이 윙크한다. 하객들이 웃는다.

"무엇보다도 먼저," 그가 말한다. "신부 들러리에게 얼마나 아름다워 보이는지 말씀드리는 게 통례겠지요? 우리 신부 들러리는 한 명뿐이지만 그녀가 일곱 명의 몫만큼 아름답다는 데에 다들 동의하시리라 생각합니다. 그러니까 올리비아, 저의 새 처제를 위하여 건배!"

모든 사람들이 나를 돌아보며 각자 잔을 들어올린다. 나는 견딜 수가 없다. 환호가 사그라지고 윌이 다시 말을 시작할 때까지 땅바닥만 쳐다본다.

"그리고 다음으로 제 새 신부를 위하여. 나의 아름답고 총명한 줄스……"—하객들이 다시금 난동을 부린다—"당신이 없었다면 삶이 정말 너무도 따분했을 거야. 당신이 없었다면 기쁨도 사랑도 없었을 거야. 당신은 내 동반자이자 반려자야. 그러니 모두 부디 일어나서 줄스를 위해 건배해주세요!"

내 주위에서 하객이 전부 일어선다. "줄스를 위하여!" 그들이 웃으며 되풀이한다. 그들은 모두 윌을 보며 미소 짓는데, 특히나 여자들은 그의 얼굴에서 눈을 뗄 줄을 모른다. 그들이 뭘 보고 있는지 알겠다. 윌 슬레이터. 텔레비전 스타. 이제 내 이부언니의 남편. 영웅. 아까 나를 바다에서 구해내던 모습을 보라. 다재다능한 호인.

"줄스와 제가 어떻게 만났는지 아시나요?" 모두 착석하고 나자 윌이 묻는다. "'운명'의 힘으로 만났습니다. 줄스가 빅토리아앨버트박물관에서 〈다운로드〉의 파티를 열었거든요. 저는 그냥 동반 참석자였어요, 친구를 따라간 것뿐이었지요. 어찌어찌하다보니 제 친구는 사정상 파티를 떠나야 했고 저는 그 자리에 남았죠. 저도 이만 자리를 뜰까 막 고민하던 차였어요. 그러니까 완전히 충동적인 결정이었던 거죠, 다시 안으로 들어가자고 마음먹은 건. 그러니 제가 다시 안으로 들어가지 않았다면 어떻게 되었을지 누가 알겠습니까? 우리가 과연 만나기는 했을까요? 그래서…… 비록 줄스가 일을 너무 열심히 해서 가끔 우리 관계가 일까지 포함한 삼각관계처럼 느껴질 때도 있지만 그 일이 우리를 만나게 해주었다는 점에서 역시 감사를 표하고 싶습니다. 〈다운로드〉를 위하여!"

하객들이 일어선다. "〈다운로드〉를 위하여!" 그들은 앵무새처럼 따라 한다.

나는 줄스가 약혼을 한 뒤에야 줄스의 새 약혼자를 만나볼 수 있었다. 그녀는 약혼자에 관해 매우 비밀스러웠다. 혹시나 그가 우리 가족 때문에 학을 뗄까봐 손가락에 반지를 끼기 전까지는 집에 그를 데려오고 싶지 않은 눈치였다. 이렇게 말하면 못된 년처럼 들릴지도 모르겠지만 줄스는 늘 어떤 일에 있어서는 상당히 매몰찼다. 그렇다고 딱히 그녀를 탓하는 마음이 들진 않는 것 같다. 엄마도 좀 지나치게 굴 때가 있으니까.

줄스는 줄스답게 만남 전반을 무대감독처럼 지휘했다. 둘은 엄마 집에 도착해 커피를 한잔하면서 반시간가량 머문 뒤, 다 같이 리버 카페로 가서 점심을 들 예정이었다(두 사람의 단골 식당이라고 줄스는 우리에게 말했고, 예약도 해둔 터였다). 엄마와 내게 내린 그녀의 지령은 상당히 명확했다. 날 위해서 부디 이 만남을 개판으로 만들지 말아달라.

진심으로 나는 개판으로 만들 의도가 없었다, 줄스의 약혼자와의 첫 만남을. 그러나 두 사람이 도착해서 처음 현관문으로 걸어들어온 순간, 나는 욕실로 달려가서 토할 수밖에 없었다. 그러고는 몸이 움직여지지 않았다. 변기 옆에 무너져서 체감상 매우 오래도록 바닥에 주저앉아 있었다. 누군가 내 배를 주먹으로 때린 것처럼 숨이 막히는 느낌이었다.

어떻게 된 일인지 정확히 눈앞에 그려졌다. 그는 나를 택시에 밀어넣은 다음 빅토리아앨버트박물관으로 다시 들어간 것이다. 그곳에서 언니를, 파티의 주인공을 만났던 것이다—그에게 훨씬 더 적합한 여자를. '운명'을. 그리고 우리가 처음 만났을 때 그가 한 말도 기억한다. "네가 열 살만 더 먹었더라면 내 이상형이었을 텐데." 모든 것이 눈앞에 그려졌다.

잠시 뒤에—짐작건대 줄스에게 중요한 일정이 있었기에—줄스가 위층으로 올라왔다. "올리비아." 그녀가 말했다. "우리 이제 점심 먹으러 출발해야 해. 물론 나야 너도 같이 갔으면 싶지만, 지금 네 몸 상태가 별로 좋지 않다면, 그렇다면 뭐 건너뛰어도 괜찮을 것 같아." 괜찮지 않다는, 전혀 괜찮지 않다는 소리로 들렸지만 그 상황에서 그런 건 신경쓸 거리도 되지 못했다.

어찌어찌 나는 목소리를 되찾았다. "나…… 나는 못 가겠어." 나는 문 너머로 말했다. "나…… 몸이 안 좋아." 당장은 그것이 가장 쉬운 길일 듯했다, 그녀의 말에 편승하는 것이. 그리고 어쨌든 몸 상태가 좋지 않은 것도 사실이었다—독극물이라도 삼킨 것처럼 뱃속에서 구역질이 올라왔으니까.

하지만 그후로 줄곧 생각해왔다. 만일 그때 용기를 내어 욕실 문을 열고 그 자리에서 줄스의 면전에 대고 진실을 말했더라면 어땠을까? 이렇게 마냥 기다리고 숨기만 하다가 손쓸 수 없는 파국을 맞이하는 대신?

"알았어." 줄스가 말했다. "그렇다면 됐어. 네가 못 가다니 정말 유감이다." 눈곱만큼도 유감스러운 투가 아니었다. "지금은 이런 문제로 법석을 떨지 않을 거야, 올리비아. 어쩌면 네가 진짜로 아픈 걸 수도 있고. 무죄 추정의 원칙은 적용해줄게. 하지만 나는 정말 네가 이 약혼을 지지해줬으면 좋겠어. 엄마 말로는 네가 최근에 힘든 시기를 보냈다고 하니 나도 안타까워. 하지만 이번만은 힘들더라도 언니를 위해서 행복한 모습을 보여줬으면 좋겠다."

나는 욕실 문에 기대앉아 계속 숨을 쉬어보려 했다.

그는 너무도 재빨리 본인의 반응을 감추었다. 그가 현관문으로 걸어들어왔을 때, 우리가 처음 '만난' 그때, 어쩌면 몇 분의 일 초만큼은 충격이 비쳤다. 어쩌면 나밖에 눈치채지 못했을 그런 표정. 깜빡이는 눈꺼풀, 살짝 팽팽해진 턱. 그 이상의 낌새는 일절 없었다. 그는 충격을 너무도 잘 감추었고, 너무도 번드러웠다.

그러니까 알겠지만, 나는 그를 윌이라고 생각할 수가 없다. 내게 그는 언제나 스티븐일 것이다. 데이팅 앱에서 나 역시 가명을 썼으면서도 그런 생각은 해보지 못했다. 그 역시 거짓말을 했을지 모른다는 생각은 해보지 못했던 거다.

약혼 기념 술자리에서 나는 이전처럼 달려나가거나 숨지 않으리라 결심했다. 그간 두어 달 내내 그날 내가 택할 수 있었던 다른 대처법을, 달아나서 토하는 것보다 훨씬 나은, 훨씬 덜 한심한 다른 모든 경우의 수를 고심해보았던 것이다. 애초에 내가 잘못한 건 아무것도 없었다. 이번에는 그와 대면할 생각이었다. 내게도, 줄스에게도 죄다 설명해야 하는 쪽은 바로 그였다. 빌어먹을 욕지기를 느껴야 하는 쪽도 바로 그였다. 첫번째 대면에서는 그에게 승기를 넘겨버렸다. 이번에는 내가 그에게 보여줄 것이었다.

그는 초반부터 나를 당황하게 만들었다. 내가 도착하자 그는 함박웃음을 지어 보였다. "올리비아!" 그가 말했다. "몸 상태가 좀 나아졌는지 모르겠네요. 지난번에는 제대로 인사도 못해서 정말 아쉬웠거든요."

너무 충격을 받아 아무 말도 나오지 않았다. 그는 바로 내 면전에서 우리가 한 번도 만난 적이 없다는 듯 행세하고 있었다. 하도 그러니까 나 자신까지 의심이 들기 시작했다. 정말로 이 남자가 맞나? 하지만 이 남자라는 걸 나는 알았다. 이 남자라는 데에는 한 점 의혹도 없었다. 더 가까이 가자 그의 눈가 피부에 예전과 똑같은 주름이 잡혀 있는 게, 턱 아래쪽으로 목에 점 두 개가 박혀 있는 게 보였다. 그리고 그가 나를 처음 봤을 때, 몇 분의 일 초 동안 비쳤던 그 반응을 나는 너무도 또렷이 기억했다.

그는 본인이 뭘 하고 있는지 정확히 알았다. 내가 아는 진실에 관해 말을 꺼내기 더더욱 어렵게 만들려는 것이었다. 거기다 그는 내가 너무 한심해서 줄스에게 어떤 말도 꺼내지 못하리라고, 너무 쭈뼛거려서 무슨 말을 하든 줄스는 믿지 않으리라고 확신하고 있기도 했다.

그가 옳았다.

해나
부부 동반 참석자

방금 윌의 연설에는 뭔가 이상한 구석이 있었다. 이상하게 익숙하게 느껴지는, 데자뷔 같은 감각이 드는 어떤 구석이. 그게 뭔지 딱 꼬집어 말할 수는 없어도 주위의 모든 이가 환호하고 박수 치는 동안 나는 명치끝에 찜찜한 뒷맛이 남았다.

"슬슬 시작되네요." 우리 테이블에 있는 누군가가 속삭이는 소리가 들린다. "다들 본 행사를 맞이할 준비 되셨죠?"

찰리는 나와 같은 테이블에 앉아 있지 않다. 그는 상석 테이블에, 바로 저기 줄스의 왼쪽 팔꿈치께에 앉아 있다. 말이 되는 것도 같다. 여하간 나는 결혼식 주요 하객의 일원이 아닌 반면 찰리는 일원이니까. 그러나 주변 어딜 둘러보든 남편과 아내는 서로의 곁에 앉아 있는 듯싶다. 그제야 내가 오늘 아침 이후로 찰리를 거의 보지 못했고, 그나마도 야외 술자리에서 본 게 전부라는 사실이 퍼뜩 떠오른다―그러자 어쩐지 아예 서로를 보지 못한 경우보다 더더욱 그와 단절된 기분이 든다. 고작 스물네 시간의 간극으로 우리 사이에 심연이 열린 듯한 느낌이다.

내 근처에 앉아 있는 하객들은 신랑 들러리의 연설이 얼마나 길어질지를 두고 여론조사를 진행했다. 내기를 걸려면 50파운드라기에 나는 거절했다. 그러면서 우리 테이블을 '장난꾸러기 테이블'로 명명하기도 했다. 우리 테이블에는 조증의 격렬한 기류가 감돈다. 그들은 너무도 오랫동안 닭장 같은 곳에 갇혀 살아온 아이들 같다. 지난 한 시간여 동안 그들은 인당 최소한 한 병 반씩은 들이켰다. 내 옆에 앉은 피터 램지라는 사람은 아까부터 말을 너무도 빨리 쏟아내서 머리가 다 어지러울 지경이다. 그가 이런 상태인 건 그의 한쪽 콧구멍 둘레에 딱딱하게 굳어 있는 하얀 가루와도 모종의 관련이 있을지 모른다. 나는 그쪽으로 몸을 숙여 냅킨 모서리로 거기 묻은 것을 닦아내고 싶은 충동을 억누르느라 안간힘을 쓴다.

찰리가 자리에서 일어나 다시 사회를 보기 위해 윌에게서 마이크를 받아든다. 어느덧 나는 그가 술을 너무 많이 마셨다는 어떤 징후가 보이진 않는지 주의깊게 관찰하고 있다. 그의 얼굴이 살짝 처져서 그런 징후를 역력히 드러내고 있지는 않은가? 그가 약간 불안정하게 서 있지는 않은가?

"자 이제," 찰리가 말하자 사람들이―내가 보기엔 특히 안내역들이―신음을 내고 야유하고 귀를 막으면서 괴성으로 응답한다. 찰리는 얼굴을 붉힌다. 나는 그의 입장이 되어 속으로 민망해한다. 그는 다시 시도한다. "자 이제…… 신랑 들러리의 차례입니다. 모두 조너선 브리그스에게 큰 박수를 보내주시기 바랍니다."

"살살 해라, 조노!" 윌이 입가에 손나팔을 대고 외친다. 조노는 쓸쓸한 미소를 지으며 움찔하는 몸짓을 해 보인다. 모두가 웃는다.

나는 항상 신랑 들러리의 연설을 지켜보는 게 고역이다. 너무 큰 기대를 받는 연설인 것이다. 너무 밋밋한 연설과 모욕감을 주는 연설 사이에는 정말로 미세한, 머리카락만큼 가느다란 선만 있을 뿐이다. 물론 완전 멋지게 해보겠다고 무리수를 두기보다는 정치적 올바름을 고수하는 편이 낫다. 하지만 나는 조노가 모욕감을 느끼는 사람이 있을까 마음을 쓰는 부류는 아니라는 인상을 받는다.

아마 내 착각이겠지만, 조노는 찰리에게서 마이크를 받아들 때 살짝 휘청이는 듯하다. 그의 곁에 서니 내 남편은 판사만큼이나 정신이 맑아 보인다. 그런 뒤, 조노는 테이블 앞쪽으로 돌아나가다가 발을 헛디뎌 거의 넘어질 뻔한다. 내 테이블의 동석자들이 야유와 괴성을 엄청나게 쏟아낸다. 내 옆에서 피터 램지가 입에 손가락을 넣고 휘파람을 부는 바람에 귀에서 이명이 들린다.

조노가 우리 모두 앞에 나설 때쯤에는 그가 취했다는 사실이 상당히 명확해진다. 그는 몇 초간 말없이 그 자리에 서 있다가 본인이 어디에 있고 뭘 하려 했는지 떠올린 듯하다. 그가 마이크를 몇 번 톡톡 두드리자 온 천막에 타격음이 둥둥 울려퍼진다.

"빨리해, 조너스!" 누군가가 외친다. "우리 여기서 기다리다 늙어 죽겠다!" 내 테이블에 둘러앉은 하객들이 주먹을 두드리고 발을 구르기 시작한다. "연설해, 연설해, 연설해! 연설해, 연설해, 연설해!" 팔뚝의 털이 오소소 곤두선다. 지난밤이 떠오른 것이다. 그 부족적인 박자, 그 위협감.

조노는 한 손으로 '진정해, 진정해' 하는 몸짓을 한다. 그는 우리 모두를 향해 씩 미소 짓는다. 그러더니 빙그르 돌아 윌을 바라본다. 그는 목을 가다듬고 깊은숨을 들이쉰다.

"저희는 오래도록 알고 지낸 사이입니다, 이 녀석이랑 저랑. 우리 트리벨리언 동창 모두 듣고 있나!" 특히나 안내역들이 함성을 지른다.

"하여간." 함성이 잦아들자 조노가 한 손을 휙 뻗어 윌을 가리키며 말한다. "이 친구를 좀 보세요. 이 친구를 싫어할 이유가 너무 많지 않나요?" 침묵이 흐르고, 어쩌면 약간 너무 길게 뜸을 들이고 나서야 조노는 다시 말을 잇는다. "모든 걸 가졌잖아요. 잘생겼지, 매력 있지, 직업 좋지, 돈도 있지"―이 말에 뼈가 있나?―"거기다……"―그가 줄스를 가리킨다―"이젠 여자까지. 그러니까 사실 생각해보니…… 아무래도 저는 윌을 확실히 싫어하는 것 같아요. 저랑 같은 마음이신 분?"

차일 안에 웃음이 파문처럼 퍼진다. 누군가가 외친다. "잘한다!"

조노가 씩 웃는다. 그의 눈이 거칠고도 위험하게 번득인다. "모르시는 분들을 위해 말씀드리자면, 윌이랑 저는 같은 고등학교를 다녔어요. 그런데 그 학교가 보통 학교는 아니었죠. 말하자면 뭐랄까…… 아, 뭐라고 해야 하나…… 『파리 대왕』이랑 비슷한 수용소 같았달까요―어젯밤에 그 책 제목을 알려줘서 고마워요, 찰리! 그러니까 열심히 공부해서 좋은 성적을 받기 위한 학교가 아니었어요. 생존해야 하는 곳이었지."

마지막 문장에서 그가 '생존'이라는 단어를 무슨 고유명사처럼 강조해서 말했다고 느낀 게 나쁜지 궁금해진다. 저들이 지난밤 저녁식사 자리에서 우리에게 말해준 그 게임을 나는 기억한다. 그 게임 이름도 '생존' 아니었나?

"그리고 솔직히 말씀드리자면," 조노가 말을 잇는다. "저희는 그때 몇 년간 꽤나 개떡같은 일에 휘말리기도 했어요. 특히 트리벨리언에 다니던 시절을 말씀드리는 겁니다. 어두운 시간이 좀 있었어요. 돌아버릴 것 같은 시간도 좀 있었고요. 가끔은 우리가 세상 전체와 맞서는 것처럼 느껴지기도 했죠." 그가 윌을 건너다본다. "안 그랬나?"

윌이 고개를 끄덕이며 미소를 짓는다.

조노의 어조에는 약간 기묘한 구석이 있다. 위험하게 날이 서 있는 게, 그가 뭐라도 저지르거나 말해버려서 모든 것을 완전히 탈선하게 만들 수도 있겠다는 직감이 든다. 나는 다른 테이블을 둘러보며 다른 하객들도 이를 감지하고 있을지 궁금해한다. 실내가 확실히 살짝 조용해진 것이 모든 이가 숨죽이고 있는 듯하다.

"그런 게 제일가는 친구 아니겠습니까?" 조노가 말한다. "언제나 뒤를 봐주는 게."

테이블 끄트머리에 아슬아슬하게 놓인 유리잔을 바라보면서 어찌 손쓸 수도 없이 유리잔이 산산조각나기만을 기다리는 느낌이다. 나는 줄스를 흘긋 건너다보고 움찔 놀란다. 그녀의 입매는 험악한 선을 그리며 굳어져 있다. 이 연설이 얼른 끝나버리기만 기다리는 듯한 표정이다.

"그리고 여기도 좀 보세요." 조노가 본인을 향해 손짓한다. "저는 터질 것 같은 정장이나 껴입은 존나 게을러빠진 뚱땡이잖아요. 아." 그가 윌을 돌아본다. "내가 정장을 까먹고 왔다고 했잖아? 그래, 거기에도 약간 사연이 있어요." 그는 빙그르 돌아 우리 하객들과 마주한다.

"그래서. 사실대로, 정직하게 사실대로 말씀드릴게요. 정장 따위 처음부터 없었어요. 아니…… 정장이 있었는데 없었던 거죠. 그게, 처음에는 윌이 한 벌 사주겠거니 생각했어요. 제가 이런 방면으로 그다지 빠삭하지는 않아도 좀 확실히 알고 있는 게 신부 들러리가 입는 드레스는 그렇게 한다더라고요, 아니에요?"

조노는 질문하듯 우리 모두를 쳐다본다. 아무도 답하지 않는다. 이제 차일 안에는 고요가 감돈다―내 옆의 피터 램지마저도 덜덜 떨던 다리를 멈췄다.

"신부가 들러리 드레스를 사주지 않나요?" 조노가 우리에게 묻는다. "그게 통례 아닌가요? 다른 사람한테 빌어먹을 옷을 입히는 거잖아요. 본인이 선택해서 입는 게 아니라. 그리고 여기 우리 윌은 특히 폴 스미스에서 제가 정장을 맞췄으면 했지요, 그 아래로는 눈에 차지 않으니까."

그는 이제 완전히 흐름을 탔다. 무슨 오픈 마이크 무대에 오른 코미디언처럼 우리 앞에서 앞뒤로 성큼성큼 걸어다닌다.

"하여간…… 그래서 우리 둘이 가게 안에 서 있는데 제가 가격표를 보고 속으로 생각한 거죠―우라질, 이 새끼 돈 좀 쓰려나보네. 800파운드라니. 그 정도면 여자들이 침대에 누워주는 그런 정장 아니겠어요? 근데 그러자고 800파운드를 써? 차라리 돈을 내고 여자를 눕히는 게 낫지. 아니, 제가 살면서 800파운드짜리 정장을 어디다 쓰겠어요? 제가 이 주마다 한 번씩 무슨 으리으리한 파티에 참석해야 하는 것도 아니고. 그래도, 저는 생각했죠. 윌이 그걸 입으라고 하는데 내가 뭐라고 가타부타하겠나?"

나는 윌을 흘긋 쳐다본다. 그는 미소를 짓고 있으나 껄끄러워하는 표정이다.

"그런데 그러다가," 조노가 말한다. "정작 계산대에 갈 순간이 되니까 이 친구가 민망하게시리 딱 옆으로 비켜서더니 저더러 계산을 하게 하는 겁니다. 저는 내내 신용카드 한도가 초과되지 않길 기도했고요. 진짜 솔직히 말하자면, 카드가 결제됐다는 게 존나 기적이었어요. 그리고 윌은 그 자리에 서서 내내 방실방실 웃고만 있는 겁니다. 마치 본인이 정말로 나한테 정장을 사줬다는 듯이. 내가 돌아서서 감사인사라도 해야 마땅하다는 듯이."

"이거 점점 볼만해지는데." 피터 램지가 속삭인다.

"그래서 이튿날 저는 정장을 환불했죠. 당연히 윌에게 환불했다는 사실을 말할 마음은 없었고요. 그래서 짐작하시겠지만 저는 여기 오기 훨씬 전부터 정장을 깜빡하고 집에 두고 온 척을 하자고 이 모든 작전을 꾸며뒀던 겁니다. 저더러 영국까지 그 먼길을 다시 가서 가져오라고 할 순 없을 테니까, 그렇죠? 거기다 천만다행으로 제가 깡촌 한복판에 사는 덕분에 하객 중 누구도 대신 정장을 가져다주겠다고 '친절히 제안'할 수 없었고요―그랬음 저는 가시방석에 앉게 됐겠네요, 하하!"

"이거 재미있자고 하는 소리예요?" 내 건너편에 앉은 여자가 묻는다.

"정장 한 벌에 800파운드라뇨." 조노가 말한다. "800파운드. 재킷 안쪽에 웬 알지도 못하는 놈 이름이 수놓아져 있다는 이유만으로? 저는 망할 콩팥이라도 팔아야 했을걸요. 이 거지같은 몸뚱이라도 팔아야 했을 거라고요." 그가 양손으로 음탕하게 몸을 쓸어내리자 몇몇 미적지근한 성적 야유가 터진다. "길거리 매춘부가 될 뻔한 거죠. 거기다 아시다시피 서른 중반이 된 게을러빠진 털보 뚱땡이는 수요층도 아주 한정되어 있잖아요." 그는 커다랗고 거친 웃음을 터뜨린다.

이에 뒤이어—마치 큐 사인이라도 받은 양—몇몇 하객이 그를 따라 웃는다. 그건 안도의 웃음, 그간 숨을 참고 있었던 사람들의 웃음이다.

"제 말은," 조노가 아직 끝맺지 못한 말을 잇는다. "그 정장을 윌이 사줄 수도 있었던 거잖아요? 그의 지갑이 두둑하지 않은 것도 아니고, 그렇죠? 주로 우리 줄스 덕택이지만. 근데 윌은 구두쇠가 따로 없어요. 물론 이건 제 사랑을 듬뿍 담아서 하는 말입니다." 그는 기이하게 과장된 게이 흉내를 내며 윌에게 속눈썹을 깜빡이는 시늉을 한다.

윌은 이제 미소를 짓지 않는다. 줄스의 표정은 도저히 바라볼 수조차 없다. 봐서는 안 될 것 같다. 이런 심정은 교통사고 현장에 자꾸만 눈이 가는 그런 끔찍하고 음침한 충동과 크게 다르지 않다.

"하여간," 조노가 말한다. "이렇든 저렇든. 윌은 아무것도 묻지 않고 자기 여벌 정장을 빌려줬어요. 아주 충직한 사나이다운 행동이지 않나요? 다만 친구, 경고는 해두어야겠는데"—그가 몸을 펴자 재킷의 단추로 여민 부분이 쭉 늘어난다—"다시 원래 상태로 돌려주겠다는 보장은 못하겠다." 그는 다시 돌아서서 우리 모두를 마주한다. "하지만 또 그런 게 제일가는 친구 아니겠습니까? 언제나 뒤를 봐주는 게. 윌이 짠돌이이긴 합니다. 그래도 언제나 저를 위해 그 자리에 있어주었다는 건 제가 알죠."

조노는 커다란 손을 윌의 어깨에 얹는다. 윌이 그 무게에 살짝 찌그러진 듯이, 조노가 그를 내리누르고 있는 듯이 보인다. "그리고 전 압니다, 알다마다요. 월이 절대로 저를 등쳐먹지 않으리라는 걸." 그가 월에게 돌아서서 마치 월의 얼굴을 탐색하듯 몸을 바짝 수그린다. "나 등쳐먹을 거냐, 친구?"

월은 한 손을 들어 조노의 침이 튀겼는지 얼굴을 닦는다.

잠시 침묵이 흐르고, 어색하고 끝나지 않는 침묵 속에서 조노가 정말로 대답을 기다리고 있다는 것이 명확해진다. 마침내 월이 말한다. "아니. 뭘 등쳐먹어. 당연히 그럴 일 없지."

"뭐 그렇다니 다행이네." 조노가 말한다. "아주 다행이야! 왜냐면, 하하…… 우리가 함께 헤쳐온 일들이 얼만데. 내가 너에 관해 알고 있는 게 얼만데, 야. 날 등쳐먹는 건 현명하지 못한 처사겠지? 우리가 공유하는 역사가 얼만데? 너도 기억나지, 응? 수년 전 그 일 말이야."

그는 다시 월에게 돌아선다. 월의 얼굴이 백지장 같다.

"제길," 우리 테이블에 앉은 누군가가 속닥인다. "조노가 대체 뭔 얘길 주절대는 거야? 약이라도 한 거야?"

"그러니까." 대답이 들린다. "미친 거지."

"그리고 그거 알아?" 조노가 말한다. "아까 안내역들이랑 잠깐 얘기해봤거든. 결혼 절차에 약간의 전통을 가미해도 괜찮겠다 싶더라고. 옛 추억도 되살릴 겸." 그가 하객들을 향해 손짓한다. "얘들아?"

신호라도 받은 것처럼 안내역들이 일어선다. 모두가 이동해 월이 앉아 있는 자리를 에워싼다.

월은 명랑하게 어깨를 으쓱한다. "뭘 어쩌려고?" 모두 웃는다.

그러나 월은 따라 웃지 않는다.

"이래야 도리에 맞지 싶다." 조노가 말한다. "전통이 뭐 그런 거 아니겠냐. 가자, 친구, 재미있을 거야!"

그러더니 그들은 포위된 월을 붙잡는다. 모두 웃고 환호한다— 그러지 않았다면 상황이 훨씬 더 음험해 보였을 것이다. 조노는 풀 어둔 넥타이를 월의 눈에 눈가리개처럼 두른 다음 묶는다. 그러더 니 그들은 어깨에 월을 둘러메고 그대로 행진하듯 나간다. 차일 밖 으로, 점점 짙어지는 어둠 속으로.

조노
신랑 들러리

우리는 월을 '속삭이는 동굴' 바닥에 떨군다. 월은 자신의 귀하디귀한 정장이 젖은 모래에 닿는 것도, 동굴 안의 냄새가, 썩어가는 해초와 유황의 악취가 얼굴을 강타하듯이 끼쳐오는 것도 썩 기껍지 않을 테다. 이제 어두워지기 시작해서 제대로 보려면 눈을 약간 가늘게 떠야 한다. 바다도 아까보다 거칠어졌다. 양쪽에서 파도가 암석을 들이받는 소리가 들린다. 여기까지 그를 짊어지고 오는 내내 월은 웃으면서 농을 쳤다. "너희 나를 지저분한 데로 데려가지는 마라. 이 정장에 뭐라도 묻으면 줄스한테 죽는단 말이야……" 라든가 "내가 뇌물로 볼랭저 한 상자 더 챙겨줄 테니까 나 좀 다시 데려가줄 사람 없을까?"

애들은 모두 웃고 있다. 그들에게는 이것이 순전히 크나큰 유흥거리이자 옛날 생각도 나는 약간의 일탈 행위다. 그들은 차일에 앉아 있던 지난 두어 시간 동안 점점 취하고 흥분했다. 특히 코에 가루가 묻은 피터 램지 같은 애들은 더더욱. 나도 연설하기 전에 화장실에서 그중 몇몇이랑 한차례 빨았는데 아마도 좋은 생각은 아니었던 것 같다. 신경만 더 과민해졌다. 모든 것이 기이하리만치 명료해져버리기도 했다.

다른 애들은 모두 그저 밖에 나왔다는 사실에 들떠 있다. 약간 총각 파티 때와 같은 양상이다. 옛날 그때처럼 모두 뭉친 것이. 이제 몰아치는 강풍이 상황을 더더욱 극적으로 만든다. 아까 우리도 바람에 맞서 고개를 푹 숙여야 했다. 그래서 윌을 들고 나르기가 더 버거웠다.

여기 '속삭이는 동굴'은 괜찮은 장소다. 상당히 외떨어진 곳이기도 하고. 트리벨리언 교정에 이런 동굴이 있었다면 '생존'에 사용되었으리라 짐작할 만하다.

윌은 자갈 위에, 바닷물과 너무 가깝지는 않은 곳에 누워 있다. 이 근방의 조수가 어떨지 모르니까. 우리는 오랜 학교 전통에 따라 그의 손목과 발목도 우리 넥타이로 묶어두었다.

"좋아, 얘들아." 내가 말한다. "이 녀석 여기 잠깐 내버려두자. 제 발로 잘 돌아오는지 한번 보자고."

"정말로 쟤를 저기다 내버려두진 않을 거지?" 동굴에서 기어나오는 동안 덩컨이 내게 속삭인다. "혼자서 묶인 걸 풀 때까지?"

"아니지." 내가 그에게 말한다. "뭐, 반시간 후에도 못 돌아오면 다시 와서 구해주자."

"그래야지!" 윌이 외친다. 그는 여전히 이 모든 것이 크나큰 우스갯거리라도 된다는 듯이 굴고 있다. "나 결혼식 마저 해야 한다고!"

나는 나머지 안내역과 함께 차일로 향한다. "있잖아." 궁전을 지나칠 무렵 내가 말한다. "난 여기서 잠시 실례할게. 소변 좀 눠야 해서."

나는 서로 웃고 떠밀며 차일로 돌아가는 모두를 바라본다. 나도 저들 같을 수 있었으면 싶다. 이게 그저 악의 없는 학창시절 추억이자 약간의 유흥쯤이었으면 싶다. 아직도 이것이 게임일 수 있었으면.

그들이 모두 시야에서 사라지자 나는 돌아서서 다시 동굴 쪽으로 걸어가기 시작한다.

"거기 누구야?" 내가 다가가자 윌이 외친다. 그의 말이 동굴 속에서 메아리쳐 다섯 명의 그가 말하는 듯이 들린다.

"나야." 내가 말한다. "친구."

"조노?" 윌이 식식댄다. 그는 가까스로 몸을 세워 동굴 벽에 기대앉아 있다. 이제 애들이 떠난 지금 그는 면치레를 그만두었다. 턱 근육이 팽팽하게 긴장한 것이, 눈이 가려져 있는데도 그가 상당히 열받았다는 걸 알겠다. "당장 풀어, 이 눈가리개도 빼고! 나는 결혼식장에 있어야 한다고—줄스가 길길이 뛸 거야. 이제 장난은 충분히 쳤잖아. 근데 이건 재미없거든."

"그래." 내가 말한다. "그래, 재미없는 거 나도 알아. 봐, 지금 나도 안 웃고 있잖아. 네가 당하는 입장이 되니 딱히 재밌지만은 않지? 하지만 넌 몰랐을 거야, 지금까지는. 너는 트렙스에서 '생존'을 해본 적도 없잖아? 그것도 어떻게든 미꾸라지처럼 빠져나갔지."

윌이 눈가리개 뒤에서 눈살을 찌푸리는 게 보인다. "있잖아, 조노." 그는 가볍고 친근한 어조로 말한다. "아까 연설도 그렇고……

지금 이것도—너 술이 좀 과했던 게 아닌가 싶다. 진심으로, 친구……."

"난 네 친구가 아니야." 내가 말한다. "왜인지는 짐작할 거라고 생각하는데."

나는 연설 내내 실제보다 더 취한 척했다. 실상 그렇게까지 취하지는 않았다. 거기다 코카인으로 각성되기까지 했다. 내 정신은 지금 매우 명료하다. 마치 누군가가 뇌 속에 눈부신 대형 조명을 켜둔 느낌이다. 많은 것들이 불현듯 환히 밝혀지며 아귀가 맞아떨어진다.

누군가한테 농락당하는 것도 이제 끝이다.

"오늘 오후 두시까지만 해도 나는 네 친구였지." 나는 윌에게 말한다. "하지만 이제는 아니야, 더는 친구가 아니라고."

"무슨 소리야?" 윌이 묻는다. 살짝 자신감이 떨어진 말투가 나오기 시작한다. 그렇지, 나는 생각한다. 너는 겁먹어야 하고말고.

아까 연설을 하는 내내 도대체 내가 뭔 짓을 하는 건지 그가 불안한 눈으로 지켜보는 것을 알 수 있었다. 내가 이다음에 무슨 말을 뱉을지, 하객이 다 보는 앞에서 본인에 관해 무슨 말을 털어놓을지 조마조마해하면서. 그가 그 자리에서 피똥을 싸고 있었기를 바란다. 내가 연설에서 모두에게 하나부터 열까지 말해버려 아예 끝장을 봤더라면 좋았을 것이다. 그러나 나는 꽁무니를 빼고야 말았다. 수년 전에 꽁무니를 뺐듯이—그때 나 역시 선생님들에게 달려가서 누구였는진 몰라도 우리를 고자질한 그애의 주장을 뒷받침해줬어야 했는데. 우리가 정확히 무슨 짓을 저질렀는지 털어놓았어야 했는데. 둘이 말하면 선생님들도 묵살하지 못했을 것 아닌가?

그러나 나는 그때도 할 수 없었고, 오늘 연설 때도 할 수 없었다. 왜냐면 나는 빌어먹을 겁쟁이니까.

그러니 이것은 차선책이다.

"아까 피어스와 매우 흥미로운 대화를 했거든." 내가 말한다. "매우 계몽적인 대화를."

월이 침을 꿀꺽 삼킨다. "내 말 들어봐." 그가 신중히 말을 고르는데 매우 합리적으로, 남자 대 남자로 말하자는 어조다. 그러자 더더욱 화가 치솟는다. "피어스가 너한테 뭐라고 했는지는 모르겠지만……"

"날 존나 등쳐먹었더라." 나는 말한다. "사실 피어스가 많은 얘기를 해줄 필요도 없었어. 내가 혼자서 감을 잡았으니까. 그래, 내가. 멍청한 조노, '좀더 노력하세요' 조노가. 넌 나를 그 자리에 앉힐 수 없었던 거야, 안 그래? 너무도 커다란 말썽거리니까. 네가 한때 어떤 놈이었는지 떠오르게 하니까. 네가 뭘 했는지도."

월이 찡그린다. "조노, 친구, 난……"

"너랑 나랑은," 내가 말한다. "야, 너랑 나랑은 언제나 서로의 편이 되어줘야 하는 거잖아. 우리가 세상 전체와 맞서는 거다, 네가 말했잖아. 특히 우리가 일을 저지르고 나서, 우리가 서로 속사정을 알아버리고 나서. 내가 네 뒷배가 되었고 네가 내 뒷배가 되었잖아. 나는 그렇게 생각했다고."

"그게 맞아, 조노. 너는 내 제일가는 친구고……"

"내 얘기 들어볼래?" 내가 말한다. "내 위스키 회사에 대해?"

"아 그래." 월이 재빨리 열의를 띠고 말한다. "헬레이저!" 이번에는 기억해냈다. "거봐, 그렇지! 너도 완전 잘나가잖아. 그거 놓쳤다고 이렇게 억울해할 필요가 전혀 없……"

"아니." 나는 다시 그의 말을 자른다. "있지, 그런 회사는 없어."

"무슨 소리야? 네가 우리한테 돌린 그 술병……"

"가짜야." 윌에게는 내가 보이지 않음에도 나는 어깨를 으쓱한다. "마트에서 싱글몰트 위스키를 사다가 공병에 옮겨 담은 거야. 내 친구 앨런이 술병 상표를 만들어줬고."

"조노, 무슨……"

"아니, 나도 처음에는 실제로 할 수 있을 거라고 생각했어. 그래서 이렇게 비참한 거야. 애초에 앨런한테 시안까지 만들어달라고 했으니까. 어떤 모양으로 나올지 보려고. 근데 요새 위스키 브랜드를 론칭하기가 얼마나 어려운지 아냐? 데이비드 베컴이 아니고서야. 아니면 자금을 대줄 돈 많은 부모가 있든가 요직에 있는 사람과 연줄이 닿아 있든가 하지 않고서야? 나는 그런 거 하나도 없거든. 원래부터 없었어. 트렙스의 다른 애들도 죄다 그걸 알고 있었지. 그중 몇몇이 등뒤에서 나를 비렁뱅이라고 부르고 다닌 거 다 알아. 하지만 우리 사이만큼은 진짜인 줄 알았지."

윌이 자세를 바로 하려고 바닥에서 몸을 비튼다. 나는 그를 부축하지 않을 것이다. "조노, 친구, 세상에……"

"아, 맞다, 그리고 위스키 브랜드를 만들려고 그 어드벤처 센터를 그만둔 게 아냐. 얼마나 한심한 사연인지 말해줄까? 들어봐…… 약에 취한 채로 일하다가 잘렸어. 무슨 십대도 아니고. 어느 팀워크 훈련 코스에 웬 뚱뚱한 놈이 왔는데, 내가 그를 자일에서 너무 빨리 내려보내는 바람에 발목이 골절됐거든. 그리고 내가 왜 약에 취해 있었을까?"

"왜였는데?" 그가 경계하며 묻는다.

"하루하루 살아가려면 약에 취해야만 하니까. 잊게 해주는 게 그것뿐이니까. 난 말야, 내 인생 전체가 몇 년 전 그 시점에서 멈춰버린 기분이야. 마치…… 마치 그 이래로 좋은 일이라곤 아무것도 없었던 것 같아. 트렙스를 졸업하고 몇 년 후에 겨우 찾아온 딱 하나 좋은 일이 그 텔레비전 프로그램에 출연할 기회였는데―그것마저 네가 앗아갔지." 나는 말을 멈추고 심호흡을 하며 거의 이십 년 뒤에야 드디어 깨닫게 된 바를 내뱉을 준비를 한다. "그런데 너는 그렇지 않잖아? 넌 옛날 일에 아무런 영향도 안 받는 것 같아. 너에게는 그 사건이 아무 의미도 없었던 거지. 넌 늘 하던 대로 자기 필요한 걸 취하면서 살잖아. 그리고 매번 대가를 치르지 않고 넘어가지."

해나
부부 동반 참석자

안내역 넷이 차일로 다시 박차고 들어온다. 피터 램지가 합판 바닥에 무릎을 대고 미끄러지며 하마터면 웅장한 웨딩 케이크가 놓인 테이블을 들이받을 뻔한다. 덩컨이 앵거스의 등에 펄쩍 올라타서 한쪽 팔로 목에 헤드록을 세게 걸어 앵거스의 안색이 보랏빛으로 변하기 시작한다. 앵거스는 비틀대며 반쯤 웃고 반쯤 숨을 헐떡거린다. 그러다가 페미가 그들 위로 펄쩍 올라타자 다 같이 사지가 얽히고설킨 채 무너진다. 월을 그렇게 차일에서 끌고 나간 본인들의 난동에 기세등등해져 잔뜩 흥분한 것 같다.

"야, 바로 가자!" 덩컨이 벌떡 일어나며 고함친다. "지옥을 올릴 시간이다!"

다른 하객들도 이것을 신호로 받아들이고 웃고 떠들며 그들을 뒤따른다. 나는 자리에 계속 앉아 있다. 연설은 물론 뒤이은 구경거리에 대다수가 짜릿하고 신이 나는 모양이다. 그러나 나도 같은 기분이라고는 말할 수 없다―윌이 웃고 있긴 했어도 그 모든 상황에는 불편한 기류가 깔려 있었다. 눈가리개에다 그렇게 손발마저 묶어버리다니. 저쪽 테이블을 건너다보니 거의 줄스만 혼자 남아 생각에 잠긴 채 꼼짝도 하지 않고 앉아 있다.

갑자기 바가 있는 천막에서 소란이 인다. 목소리들이 고조된다.

"워…… 진정 좀 해요!"

"빌어먹을 대체 왜 이러는데, 이 친구는?"

"세상에, 일단 흥분을 좀 가라앉히시고……"

그러고는 의심의 여지 없는 내 남편의 목소리. 아 세상에. 나는 일어나서 서둘러 바 쪽으로 향한다. 사람들이 무슨 놀이터에 모인 아이들처럼 북새통을 이룬 채 다들 열광적으로 지켜보고 있다. 나는 인파를 떠밀며 최대한 빨리 앞으로 향한다.

찰리가 바닥에 쭈그리고 있다. 다음 순간 그가 주먹을 치켜들고 다른 남자, 덩컨 위에 반쯤 걸터앉아 있다는 걸 깨닫는다.

"다시 말해봐." 찰리가 말한다.

한순간 나는 그를 빤히 쳐다볼 수밖에 없다. 내 남편―지리 교사이자 두 아이의 아버지이며 평소엔 너무도 온순한 남자를. 정말 오래도록 그의 이런 면을 보지 못했다. 그러다 퍼뜩 내가 나서야 한다는 걸 깨닫는다. "찰리!" 나는 부리나케 앞으로 달려나가며 말한다. 찰리는 돌아보더니 한순간 나를 거의 알아보지 못한 듯 그저 눈을 깜빡인다. 상기된 그는 아드레날린이 돌아 덜덜 떨고 있다. 그의 숨결에서 술냄새가 난다. "찰리, 대체 무슨 일이야?"

그는 이 말에 약간 제정신이 돌아온 듯하다. 그리고 천만다행으로 더는 큰 소란을 피우지 않고 일어선다. 덩컨은 낮게 투덜대며 셔츠를 바로 한다. 찰리가 나를 뒤따라오는 사이 우리가 지나가도록 인파가 갈라지는데, 하객 전원의 말없는 시선이 느껴진다. 눈앞에 닥친 경악의 순간이 지나가자 이제는 그저 모멸감만 느껴질 따름이다.

"대체 왜 그런 거야?" 중앙 천막으로 돌아와 가장 가까운 테이블에 앉으며 내가 그에게 묻는다. "찰리, 무슨 생각이었던 건데?"

"못 참겠어서." 그가 말한다. 확실히 혀 꼬부라진 소리를 내고 입매가 굳은 것으로 보아 얼마나 취했는지 짐작이 간다. "그 자식이 총각 파티에 관해 입을 털기에 나도 못 참겠어서."

"찰리." 내가 말한다. "총각 파티에서 무슨 일이 있었던 거야?"

그는 길게 신음하며 손으로 얼굴을 가린다.

"말해봐." 내가 말한다. "얼마나 안 좋은 일이기에 그래? 정말로?"

찰리의 어깨가 축 처진다. 그는 갑자기 내게 털어놓기로 마음먹은 듯하다. 그가 심호흡하고, 기나긴 침묵이 흐른다. 그러더니 마침내 이야기를 시작한다.

"우리는 스톡홀름에서 두어 시간 떨어진 곳까지 페리보트를 타고 가서, 그 다도해에 있는 어떤 섬에 야영지를 꾸렸어. 상당히…… 뭐랄까, 사내애들답게 텐트도 치고 모닥불도 피웠지. 누가 스테이크도 좀 사와서 잉걸불에 굽기도 했어. 나야 윌 말고는 아는 사람이 전혀 없었지만 괜찮은 사람들처럼 보였어."

진탕 마신 술에 혀가 풀리면서 갑자기 이야기가 죄다 쏟아져나온다. 찰리가 말하길, 그들은 모두 같이 트리벨리언에 다녔던지라 그 시절 추억담이 지루하게 한참 이어졌고, 그는 그저 자리에 앉아 미소를 지으며 흥미가 있는 듯 보이려 노력했다. 그는 당연히 술을 많이 마시지 않으려 했고, 그러자 그들이 그를 조롱했다. 그러다 한 명이—피트였을 거라 찰리는 생각한다—버섯을 꺼내들었다.

"당신이 버섯을 먹었다고, 찰리? 환각 버섯을?" 나는 웃을 뻔한다. 이건 전혀 분별 있고 안전제일주의자인 남편 얘기 같지가 않다. 이런저런 시도를 기꺼이 해보는 쪽은, 십대 시절 맨체스터의 클럽에서 두어 번 그런 것에 발을 담가본 쪽은 나다.

찰리가 얼굴을 찌푸린다. "어, 그게, 다들 하는 분위기였어. 그런 사내 녀석들 무리에 섞여 있으면…… 안 하겠다는 말이 안 나오잖아? 거기다 나는 그들처럼 상류층 학교에 다녔던 것도 아니어서 이미 겉돌고 있었는데."

하지만 당신은 서른여섯이잖아, 나는 그에게 말하고 싶다. 만약 벤의 친구들이 벤에게 원하지 않는 일을 시켰다면 당신은 벤에게 뭐라고 말하겠어? 그러다 간밤에 모두가 연호하는 동안 내가 그 술잔을 비웠던 일이 떠오른다. 그러고 싶지 않았음에도, 사실 그러지 않아도 된다는 걸 알았음에도. "그래서. 환각 버섯을 먹었다는 거야?" 학내 마약 문제에 관해서 엄격한 불관용주의 정책을 고수하는 여기 내 남편이. "아 세상에." 나는 말하고 이내 웃는다—어쩔 수가 없다. "그걸 알면 학부모회에서 뭐라고 할지!"

이어서 찰리가 말해주기를, 그들은 모두 카누를 타고 다른 섬으로 향했다. 그리고 발가벗고 물속에 뛰어들었다. 그들은 찰리에게 제3의 작은 섬으로 수영해서 가보라고 도발했고—그런 식으로 도발하는 일이 많았다—이윽고 그가 돌아오자 모두 사라지고 없었다. 그를 카누도 없이 거기 남겨두고 가버린 것이다.

"난 옷도 없었어. 봄이긴 했지만 거긴 빌어먹을 북극권이라고,

핸. 밤에는 얼어죽을 만큼 추워. 그놈들이 마침내 나를 데리러 올 때까지 거기서 몇 시간을 기다렸어. 버섯 기운도 점점 사라지던 차였지. 너무 추웠어. 이러다 저체온증에 걸리는 게 아닌가, 이러다 죽는 게 아닌가 싶었어. 그래서 그들이 나를 발견했을 때 나는……"

"당신은 뭐?"

"나는 울고 있었어. 땅바닥에 누워서 애처럼 흐느끼고 있었다고."

그가 지금도 눈물이 나올 만큼 심한 모멸감을 느끼는 듯 보여 나는 마음이 쓰인다. 벤을 안아주는 것처럼 그도 안아주고 싶지만, 그러면 어떻게 받아들일지 확신이 서지 않는다. 남자들이 총각 파티에서 멍청한 짓을 한다는 사실은 알지만, 이건 찰리를 아예 표적으로 정해놓고 따돌렸던 것처럼 보인다. 그건 옳지 않은 일 아닌가?

"너무 끔찍하다." 나는 말한다. "꼭 왕따를 시킨 것 같잖아, 찰리. 아니 실제로 왕따를 시킨 거잖아."

찰리는 먼 곳에 시선을 고정하고 있고, 나는 그의 표정을 읽어낼 수가 없다. 언제나 남편을 속속들이 안다고 가정했던 오만함이여. 우리는 몇 년을 함께해왔다. 그러나 이 이상한 공간에 온 지 스물네 시간도 채 되지 않았는데 그 가정이 환상이었다는 사실이 폭로되고 말았다. 우리가 이 섬으로 바다를 건너오던 바로 그때부터 느꼈다. 찰리가 점점 모르는 사람처럼 보였던 것이다. 총각 파티가 이 사실을 한번 더 확증해준다. 그가 내게 숨겨왔던 끔찍한 경험, 그를 복잡하고 비가시적인 방식으로 탈바꿈시킨 계기라 의심되는 일이 드러나다니. 사실대로 말하자면 지금 찰리는 그다지 찰리답지 않다. 적어도 내가 아는 그의 모습 같지 않다. 이곳이 그에게— 우리에게—어떤 영향력을 행사한 것이다.

"전부 그의 생각이었어." 찰리가 말한다. "난 확신해."

"누구? 덩컨?"

"아니. 덩컨은 머저리야. 추종자지. 윌. 그가 주동자야. 당신도 알겠지만. 그리고 조노도. 나머지는 모두 지시에 따라 움직였던 거야."

윌이 다른 이들에게 그런 짓을 하도록 시키는 모습이 잘 그려지지 않는다. 애초에 총각 파티를 진두지휘하는 쪽은 보통 친구들이지 신랑이 아니지 않은가. 그래, 조노가 배후에 있는 모습은 무리 없이 상상할 수 있다, 특히 조금 전 그렇게 난동을 벌이는 꼴을 보고 나니까. 그에게는 뭐랄까 살짝 거친 분위기가 감돈다. 악의가 있는 건 아니지만, 진심으로 그럴 의도는 없는데도 상황을 지나치게 극단으로 몰아붙이는 듯하달까. 덩컨 역시 분명 주동자가 될 만하다. 그러나 윌은 아니다. 찰리가 그냥 윌이 마음에 안 들어서 뒤집어씌우려 하는 거라는 생각이 든다.

"당신 내 말 안 믿지?" 찰리의 표정이 어두워진다. "윌이 주동자였다고 생각하지 않는 거야."

"그게," 내가 말한다. "솔직히 말하면 사실 그런 생각은 안 들어. 왜냐면……"

"왜냐면 그놈이랑 하고 싶으니까?" 그가 으르렁거린다. "그래, 내가 눈치 못 챘을 거라 생각했어? 당신이 지난밤에 윌을 어떤 눈길로 쳐다보는지 다 봤어, 해나. 이름을 부르는 투는 또 어떻고." 그는 살짝 소름 끼치는 가성으로 말한다. "어머 윌, 동상에 걸렸을 때 얘기 좀 해주세요, 어머, 너무 남자답다……"

그 어조에 실린 표독스러움이 너무도 예상치 못한 것이라 나는 움찔 물러난다. 찰리가 취한 게 너무 오랜만이라 그가 얼마나 돌변하는지 잊고 있었다. 그러나 나는 그 말에 담긴 경미한 진실의 낟알에 반응한다. 윌에게 호응하는 내 모습이 어떻게 느껴졌는지 기억하자 일순 스치는 죄책감. 그러나 그 죄책감은 빠르게 분노로 돌변한다.

"찰리." 나는 으르댄다. "어떻게…… 어떻게 감히 나한테 그렇게 말할 수 있어? 지금 당신이 얼마나 모욕적으로 굴고 있는지 알기나 해? 고작 윌이 내게 환영받는 느낌을 주려고 좀 노력했다는 이유로. 당신보다 나를 훨씬 많이 신경써준 사람한테."

그러자 지난밤 그가 줄스와 플러팅하던 일이 떠오른다. 남자들과 술을 마시고 있었을 리 없는 그가 꼭두새벽에야 우리 침실로 슬쩍 들어오던 일도.

"솔직히," 나는 목소리를 높인다. "당신은 나한테 뭐라 할 처지도 못 돼. 줄스랑 지난밤에 그렇게 진절머리 나도록 수작을 부렸던 주제에. 줄스는 늘 당신을 손아귀에 쥐고 있는 듯이 굴잖아—당신은 또 거기에 장단을 맞춰주고. 그런 꼴을 보면 내 기분이 어떤지 알기나 해?" 내 목소리가 갈라진다. "알기나 하냐고?" 하루종일 느낀 압박감과 외로움이 그제야 몰려오면서 나는 분노와 울음 사이에서 옴짝달싹도 못한다.

찰리는 살짝 누그러진 모습이다. 그가 뭔가 말하려 입을 떼지만 나는 고개를 젓는다.

"당신 걔랑 섹스했지?" 이전까지는 전혀 알고 싶지 않았다. 그러나 이제 물어볼 용기가 나는 것 같다.

긴 침묵이 흐른다. 찰리가 양손에 얼굴을 묻는다. "딱 한 번." 그의 목소리는 손가락에 가로막혀 작게 들린다. "그치만…… 옛날 일이야, 진짜로……"

"언제? 언제였는데? 십대였을 때?"

찰리가 고개를 든다. 뭔가 말하려는 듯 입을 열더니 다시 닫는다. 그의 표정. 아 세상에. 십대 때가 아니었던 거다. 복부를 강타당한 느낌이다. 그러나 이제 알아야겠다. "그보다 나중이었어?" 내가 묻는다.

그는 한숨짓더니 끄덕인다.

목구멍이 조여드는 듯해서 말을 내뱉는 게 고역이다. "혹시…… 혹시 우리가 만나던 동안이었어?"

찰리는 몸을 움츠리더니 다시 양손에 얼굴을 묻는다. 길고 나지막한 신음을 내뱉는다. "핸…… 정말 미안해. 아무 의미도 없었어, 진짜로. 너무 멍청한 짓이었어. 당신은…… 그러니까, 그게, 우리가 한동안 섹스를 안 하던 때였어. 그러니까……"

"내가 벤을 낳고 나서구나." 뱃속에서 욕지기가 치민다. 갑자기 확신이 든다. 찰리는 아무 말도 하지 않고 내게 필요한 확답은 그걸로 충분하다.

마침내 그가 말한다. "알잖아…… 우리 관계가 순탄치 않던 시기였잖아. 당신은, 그…… 당신은 항상 너무 다운되어 있어서 나도 뭘 해야 할지, 어떻게 도와줘야 할지 감도 안 잡혔고……"

"그러니까 내가 산후우울증의 경계를 넘나들고 있었던 그때란 말이지? 내가 꿰맨 자리가 낫기를 기다리던 그때? 세상에, 찰리……"

"정말 미안해." 이제 그에게서 모든 허장성세가 빠져나갔다. 완전히 술이 깼다고 믿을 수도 있을 것 같다. "정말 미안해, 핸. 줄스가 당시 사귀던 남자친구랑 막 헤어진 터라 퇴근길에 둘이 한잔하러 갔는데…… 내가 너무 많이 마셨어. 이후에 둘 다 끔찍한 해프 닝이었다고 동의하고 다시는 그런 일이 없도록 하자고 했어. 아무 의미도 없었어. 사실 나는 거의 기억도 안 나. 핸, 나 좀 봐."

나는 그를 쳐다볼 수 없다. 쳐다보지 않을 것이다.

너무도 참담해서 그 일에 대해 명료하게 생각해볼 엄두도 못 내 겠다. 쇼크에 빠진 듯한, 그 사실이 야기한 고통이 아직 온전히 스 며들지 못한 듯한 기분이다. 하지만 그로써 그 모든 플러팅이, 그 모든 신체적 밀착이 새롭고 끔찍한 관점으로 다시 보인다. 줄스가 나를 의도적으로 배제한다고 느낀 그 모든 순간이 떠오른다―자 기가 찰리를 독점하겠다는 듯 저지선을 치던 모습.

저 개 같은 년이.

"그래서 지금껏 내내," 나는 말한다. "지금껏 내내 당신은 둘이 그저 친구 사이일 뿐이라고, 살짝씩 플러팅하고 그러는 건 아무 의 미도 없다고, 당신한텐 친동생 같은 애라고 말해왔는데…… 그 말 은 존나 사실이 아닌 거네? 당신네 둘이서 간밤에 뭔 짓거리를 하 고 돌아다녔는지 내가 알게 뭐야. 알고 싶지도 않아. 그래도 어떻 게 감히 당신이?"

"핸……" 그는 손을 뻗어 망설이듯 내 손목을 만진다.

"아니, 만지지 마." 나는 팔을 홱 빼내며 일어선다. "지금 당신 가 관이다. 정말 망신스러워. 총각 파티에서 그들이 당신에게 무슨 짓 을 했든 간에 방금 당신의 행동에는 변명의 여지가 없어. 그래, 그들 이 한 짓이 끔찍했을 수도 있겠지. 하지만 당신에게 두고두고 남는 상처가 된 건 아니잖아? 제발 좀, 성인이라면, 아버지라면……"

나는 하마터면 '남편이라면'을 덧붙일 뻔하지만 차마 그 말은 나오지 않는다. "져야 할 책임이 있잖아. 그리고 그거 알아? 당신 뒷바라지하는 것도 질렸어. 신경 끌래. 본인이 싼 지랄맞은 똥은 이제 본인이 직접 치워." 나는 돌아서서 성큼성큼 걸어나간다.

조노
신랑 들러리

"조노." 윌이 작게 웃으며 말한다. 그 웃음이 동굴 벽에 부딪혀 우리에게 메아리로 돌아온다. "정말로 네가 무슨 말을 하는지 모르겠어. 다 옛날 얘기잖아. 이러는 건 너한테도 좋지 않아. 너도 이제 앞으로 나아가야지."

그래, 나는 생각한다. 근데 나아갈 수가 없다고. 마치 나의 어떤 부분이 그 시절에 갇혀버린 것만 같다. 잊으려고 힘껏 발버둥쳤지만 오히려 내 중심에 자리잡았다, 이 독이 든 기억은. 그 이래로 인생에서 아무것도, 여하간 중요한 일이란 아무것도 일어나지 않은 것만 같다. 그리고 어떻게 윌은 그간 단 한 번도 뒤돌아보지 않고 인생을 살아나갈 수 있었는지 궁금하기까지 하다.

"다들 비극적인 사고였다고 했지만," 내가 말한다. "사고가 아니었어. 우리가 한 짓이었잖아. 윌. 다 우리 잘못이었다고."

"제가 기숙사 방을 정리하고 있었는데," 우리가 럭비 연습을 마치고 방에 들어오자 '외톨이'가 말했다. 그에게 시킬 일도 바닥났던지라 나는 방 청소나 하라고 말해둔 참이었다. "이걸 발견했어요." 그는 마치 화상을 입을까봐 조심하듯이 그걸 한 손으로 들고 있었다. GCSE 시험지 한 뭉치를.

그는 월을 쳐다보았다. '외톨이'의 표정만 보면 누가 죽기라도 한 줄 알았을 것이다. 아마도 그에게는 누가 죽은 것이나 마찬가지였으리라. 그의 영웅이.

"다시 가져다 놔." 월이 매우 조용히 말했다.

"시험지 가져오면 안 되는 거잖아요." '외톨이'는 그렇게 말했는데, 우리 둘 다 그애보다 키가 두 배는 컸던 걸 생각하면 용기 있는 행동이라고 나는 생각했다. 상당히 용감하면서도 제대로 된 녀석이었다, 지금 생각해보면. 생각하지 않으려 하지만. 그는 고개를 저었다. "이거…… 이거 부정행위잖아요."

그가 방을 나가자 월은 내게 돌아섰다. "이 등신 머저리야." 그가 말했다. "시험지가 방에 있는 걸 알면서 왜 쟤한테 방 정리를 시킨 거야?" 시험지를 빼돌린 건 월이었지 내가 아니었다. 물론 시험지를 빼돌린 게 발각됐다면 월은 나한테 누명을 씌웠을 거라고 나는 지금 확신한다.

그때 그가 사실은 전혀 웃음이 아닌 웃음을 지었던 게 기억난다. "그거 아냐?" 월이 말했다. "오늘밤에 아무래도 '생존'을 한번 해야겠다."

"너는 가만히 있을 수 없었지." 나는 월에게 말한다. "시험지를 빼돌린 게 발각되면 퇴학당하리라는 걸 알았으니까. 그리고 빌어먹을 평판은 항상 너한테 너무도 중요했으니까. 언제나 그런 식이었어. 너는 네가 원하는 걸 가져. 그리고 네가 가는 길을 막아선다 싶은 다른 모든 사람을 날려버리는 거지. 나까지도."

"조노." 윌이 침착하고 이성적인 어조로 말한다. "너 너무 많이 마셨다. 네가 지금 무슨 말을 하는지도 모르잖아. 그게 우리 잘못이었다면 처벌도 안 받고 그냥 넘어가지는 못했을 거야. 안 그래?"

우리 둘만 있으면 되는 일이었다. 그날 밤 '외톨이'의 방에는 애들이 넷만 있었다—여섯 중 둘은 아파서 보건실에 있었던 것이다. 그 점이 도움이 되었다. 우리가 들어갔을 때 그중 한 명이 뒤척인 듯싶었지만 우리는 재빨랐다. 나는 무슨 암살자가 된 듯한 기분이었고, 그 기분이 존나 짜릿했다. 신이 났다. 딱히 생각 같은 건 하지 않았다. 그저 아드레날린이 온몸에 치솟고 있었을 뿐. 윌이 눈가리개를 묶는 동안 나는 그애의 입안에 럭비 양말을 욱여넣었고, 그러자 그가 내던 소리가 잦아들며 조용해졌다. 그를 들고 가는 건 어렵지 않았다. 몸무게가 하나도 안 나가다시피 했으니까.

그는 약간 버둥거렸다. 그래도 몇몇 애들이 그랬듯 오줌을 지리지는 않았다. 내가 계속 말하지만, 상당히 용감한 녀석이었던 것이다.

나는 숲속으로 들어가겠거니 생각했다. 그러나 윌은 절벽 쪽을 몸짓으로 가리켰다. 나는 이해가 되지 않아 그를 바라보았다. 순간 무시무시하게도 그애를 절벽에서 던져버리자고 제안하는 것 같다는 생각이 들었다. "절벽 길." 그가 내게 벙긋댔다. "그래, 알았어." 나는 안심했다. 그리하여 우리는 절벽 길로 내려갔는데, 걸음

걸음에 백악이 바스러져 발이 미끄러지는 통에 한참이 걸렸고, 양손으로 그애를 붙들고 있어야 해서 암벽에 망치로 박아둔 난간을 붙잡을 수도 없었다. 녀석은 버둥거리기를 그만두었다. 전혀 꼼짝도 안 했다. 숨을 못 쉬는 게 아닌가 걱정되어 재갈을 빼주려 하자 월이 고개를 저었던 게 기억난다. "코로 숨쉴 수 있잖아." 아마도 그즈음부터 좋지 않은 느낌이 들기 시작했던 것 같다. 그건 멍청한 생각이라고 나는 스스로에게 되뇌었다. 우리 모두 당했던 일이지 않은가? 우리는 계속 움직였다.

마침내 해변에 다다라 젖은 모래사장까지 내려갔다. 어떻게 탈출을 어렵게 만들지 계산이 서지 않았다. 일단 눈가리개만 벗으면 안경이 없더라도 자신이 어디 있는지 훤히 보일 터였다. 학교에서 그다지 먼 곳도 아니고 누구라도 저 절벽 길은 올라갈 수 있었다—특히나 작은 꼬마애라면. 남자애들은 맨날 해변으로 내려왔으니까. 하지만 나는 생각했다, 월이 결국은 이 녀석이 쉽게 빠져나오게 해주려는 모양이라고, 녀석이 우리한테 해준 일들이 있으니까—럭비화도 닦아주고 우리 기숙사 방도 치워주고 기타 등등. 그건 공평해 보였다.

"너도 알잖아, 월." 내가 말한다. 가슴속 어딘가 깊은 곳으로부터 아우성이, 고통의 외침이 올라온다. 나는 울고 있는지도 모르겠다. "우리는 죗값을 치렀어야 했어, 우리가 저지른 일에 대해서."

월이 절벽 길 아래편을 가리키던 게 기억난다. 그가 끈을 꺼내든 것은 바로 그때였다. 뭐 대단한 끈은 아니고 럭비화 한 켤레에서 빼낸 끈이었다.

"얘를 묶을 거야." 윌이 말했다.

마무리는 수월했다. 윌은 나더러 절벽 길 아래편 난간에 그를 묶으라고 했다―나는 매듭 같은 걸 상당히 잘 묶었으니까. 그제야 나는 깨달았다. 그걸로 탈출을 조금 더 어렵게 만들려는 거구나. 거기서 빠져나오려면 마술사 후디니처럼 묘기를 부려야 할 테고, 바로 그 부분에서 시간이 소요될 터였다.

그러고 나서 우리는 그를 두고 떠났다.

"제발 좀, 조노." 윌이 말한다. "그때 다들 뭐라고 했는지 알잖아. 그건 끔찍한 사고였다고."

"너도 알다시피 그건 사실이 아니……"

"아니. 그게 사실이야. 다른 사실은 없어."

이튿날 잠에서 깨어 우리 기숙사 방 창문으로 바다를 내다보던 기억이 난다. 그리고 그때 깨달았다. 우리가 얼마나 멍청했는지 믿을 수가 없었다. 밀물이 들어찼던 것이다.

"윌." 내가 말했다. "윌, 그애가 혼자 끈을 풀 수 있었을 것 같지 않아. 밀물을…… 생각하지 못했어. 아 세상에, 어쩌면 그애는……" 나는 토할 것만 같았다.

"닥쳐, 조노." 윌이 말했다. "아무 일도 없었던 거야, 알겠어? 무엇보다 먼저 우리는 그렇게 입을 맞춰야 해, 조노. 안 그러면 엄청난 사달이 날 거야, 이해하지?"

이런 일이 벌어지다니 믿을 수가 없었다. 잠들었다가 깨어나면 모든 게 현실이 아니게 되었으면 싶었다. 현실 같지가 않았다, 이렇게까지 끔찍한 사태라니. 이 모든 일이 종잇조각 몇 장 빼돌린 것 때문에 벌어지다니.

"자," 월이 말했다. "동의하는 거지? 우리는 침대에서 자고 있었어. 우리는 전혀 모르는 일이야."

그는 너무도 재빨리 선수를 쳤다. 나는 그 문제에 대해서는, 사람들에게 말하는 것에 대해서는 생각조차 해보지 못했다. 그러나 만약 생각해보았다면 말해야 한다고 여겼으리라. 그게 옳은 일이지 않나? 이런 일을 비밀에 부칠 수는 없는 것이다.

그러나 나는 월의 뜻에 반대하지 않았다. 그의 얼굴을 보고 일종의 두려움을 느꼈기 때문이다. 그의 눈빛은 바뀌어 있었다―마치 눈동자 뒤에 빛이 없는 것 같았다. 나는 천천히 고개를 끄덕였다. 훗날 그게 무슨 의미를 지닐지, 나를 어떻게 파멸시킬지 그때는 생각지 않았던 것 같다.

"똑바로 말해." 월이 내게 말했다.

"동의해." 내 목소리가 쉬어서 나왔다.

그애는 죽었다. 끈을 풀고 탈출하지 못했다. 그것은 '비극적인 사고'였다. 그것이 학교 경비원이 저멀리 해변가에 쓸려간 그를 발견하고 일주일 뒤, 조례에서 우리 모두에게 전해진 말이었다. 결국에는 묶은 끈이 풀린 모양이지만, 그가 목숨을 부지할 만큼 일찍 풀리지는 않았나보다. 하지만 어쨌든 끈에 쓸린 자국은 남았으리라 생각할 법하다. 그런데 그 지역 경찰서장이 월의 아버지와 친구였다. 두 사람은 월의 아버지 서재에서 함께 술잔을 기울이곤 했다. 그게 도움이 되었던 듯하다.

"그애 부모님도 기억나." 나는 이제 월에게 말한다. "사건 이후 학교에 찾아오셨을 때. 그애 어머니는 본인도 죽고 싶다는 표정이 었어." 나는 그녀가 자동차에서 내리는 모습을 위층 기숙사 방에서 지켜보았다. 그녀가 위쪽을 향해 시선을 들었을 때 나는 덜덜 떨며 시야에서 비켜서야 했다.

나는 쭈그려앉아 월과 눈높이를 맞춘다. 그의 어깨를 세게 부여 잡고 내 눈을 똑바로 쳐다보게 한다. "우리가 죽인 거야, 월. 우리 가 그애를 죽인 거야."

월은 나를 뿌리치려 양팔을 마구 내뻗는다. 그의 손톱이 내 목을 긁어 옷깃 아래에 생채기가 난다. 상처가 따갑다. 나는 한 손으로 그를 암벽에 떠민다.

"조노." 월이 숨을 몰아쉬며 말한다. "너 정신 좀 차려야겠다. 씨 발 그 입 좀 닥치라고." 그제야 내 말이 그에게 가닿았음을 알아챈 다. 월은 거의 욕설을 내뱉는 법이 없으니까. 아마 황금빛 인기남 다운 이미지와 맞지 않아서일 테다.

"알고 있었어?" 내가 그에게 묻는다. "알고 있었지, 그렇지?"

"내가 뭘 알고 있었는데? 무슨 말인지 모르겠다고. 제기랄, 조 노. 이거나 풀어. 이만큼 묶어놨음 됐잖아."

"밀물이 들어올 거라는 걸 너는 알고 있었지?"

"네가 무슨 말을 하는지 모르겠다니까. 조노, 말이 전혀 두서가 없잖아. 간밤에도 그래 보이더니 연설할 때도 그러더라, 친구. 너 너무 많이 마셨어. 무슨 문제라도 있는 거야? 이것 봐. 난 네 친구잖아. 도움을 받을 방법이 있어. 내가 도와줄 수 있어. 다만 이런 망상은 그만 좀 해."

나는 눈가에서 머리칼을 걷어낸다. 날이 찬데도 손가락에 묻어나는 땀이 느껴진다. "내가 존나 등신 천치였지. 난 언제나 미련한 놈이었어, 그건 나도 알아. 변명을 하는 건 아냐. 그래, 그애를 묶은 건 나였지, 네가 시켜서. 하지만 난 밀물은 생각도 못했어. 이튿날 아침 너무 늦어버렸을 때까지도 생각하지 못했다고."

"조노." 월이 누가 올까봐 두려운 듯 으르댄다.

그러자 나는 목소리를 더 높이고 싶어진다. "지금껏 내내," 내가 말한다. "지금껏 내내 나는 그게 궁금했어. 그리고 너한테 무죄 추정의 원칙을 적용해줬지. 이렇게 생각했어. 그래, 학창시절에 월은 때로 재수없는 놈이었지만 우리 모두 마찬가지였잖아. 그런 데에서 생존하려면 그런 놈이 되어야 했으니까."

그곳은 우리를 짐승으로 만들었다.

나는 그애를 생각한다. 그애야말로 짐승이 되지 않으면—너무 선량하고 너무 정직해서 규칙을 이해하지 못하면—무슨 일을 당하는지 보여주는 표본이었다고.

"그래도," 나는 말한다. "이렇게 생각했지. '월은 악하지 않다. 애를 죽이진 않을 거다. 고작 시험지 몇 장 빼돌린 걸 들켰다고 해서. 비록 들키면 본인이 퇴학당할 수도 있는 상황이라 해도.'"

"나는 그애를 죽이지 않았어." 월이 말한다. "아무도 죽이지 않았어. 바닷물이 죽인 거지. 어쩌면 '생존' 게임이 죽였을 수도 있겠지. 하지만 우리가 죽인 건 아니야. 그애가 탈출하지 못한 게 우리 잘못은 아니잖아."

"그래." 내가 말한다. "그래, 그게 바로 지난 수년간 나 자신에게 되풀이해왔던 말이야. 네가 꾸며낸 이야기를 나도 되뇌고 다녔지. 게임 때문에 죽은 거라고. 하지만 우리가 게임이었어, 윌. 그애는 우리를 친구로 생각했어. 우리를 믿었다고."

"조노." 이제 윌은 화가 나 있다. 그는 앞으로 몸을 수그린다. "씨발 정신 차려. 네가 이 모든 걸 망치게 내버려두진 않을 거야. 네가 지난날에 후회가 좀 남는다는 이유로, 네 인생이 엉망진창이고 잃을 게 아무것도 없다는 이유로. 그런 조그만 놈은 어차피 실제 사회에 나와서도 생존하지 못했을 거야. 걔는 약해빠진 병아리였다고. 우리가 아니었더라도 뭔가 다른 이유로 죽었을 거야."

그 학기는 사망 사건으로 일찍 종업했다. 모두 다가오는 여름방학으로 관심을 돌렸고 그애는 애초부터 존재한 적이 없었던 것만 같았다. 어쩌면 학교의 나머지 학생들에게는 정말로 존재하지 않는 것이나 마찬가지였는지도 모른다. 별 볼 일 없는 1학년짜리에 불과했으니.

다만 밀고자가 하나 있긴 했다. 우리를 고자질한 학생 한 명이. 그 학생은 '외톨이'의 뚱뚱한 땅딸보 친구였으리라고 나는 쭉 확신해왔다. 그는 우리가 기숙사 방으로 들어와 '외톨이'를 묶는 걸 보았다고 했다. 밀고는 그리 커다란 여파를 일으키지 못했다. 말할 것도 없이 윌의 아버지가 교장이었으니까. 그는 대개의 경우 재수 없는 인간이었는데 누구보다도 윌에게는 특히 더 그랬다. 그러나 그때만큼은 윌의 뒷배가 되어주었고, 그럼으로써 내 뒷배도 되어주었다.

그리고 우리는 서로의 뒷배가 되어주었다.

그 긴 세월 내내 우리는 붙어다녔다―여러 기억으로, 함께 헤쳐
나왔던 암울한 구렁텅이와 우리가 저지른 일로 묶인 채. 나는 우리
사이에 대해 윌도 똑같이 생각하는 줄 알았다, 서로를 필요로 하는
사이라고. 그러나 그 텔레비전 오디션 사건으로 명확해지건대 그
동안 내내 그는 우리 우정에서 발을 빼고 싶었던 거다. 나는 너무
도 커다란 말썽거리니까. 나와 거리를 두고 싶었던 거다. 그러니
내가 신랑 들러리를 서주겠다고 말했을 때 엄청 불편해하는 기색
이었던 것도 무리가 아니다.
　"조노." 윌이 말한다. "우리 아버지를 생각해봐. 아버지가 어떤
분인지 너도 알잖아. 그래서 나도 그렇게 좋은 점수를 따려고 절박
하게 아등바등했던 거야. 그렇게 해야만 했어. 그리고 내가 시험지
를 훔쳤다는 사실을 아버지가 알아버렸다면…… 나를 죽였을 거
야. 그래서 그애한테 겁을 주려고 했던 건데……"
　"감히," 내가 말한다. "자기연민 따위 늘어놓을 생각 마. 그간
네가 얼마나 수도 없이 면책권을 받아왔는지 알기나 하냐? 그 외모
를 이용해 네가 이렇게 훌륭한 놈이라고 사람들을 꾀어넘긴 덕분
에?" 그의 자기연민은 내 화를 돋우기만 했다. "모두한테 말해버
릴 거야." 나는 말한다. "더는 견딜 수 없어. 모두한테 다 말해버릴
거야……"
　"네가 무슨 배짱으로." 윌의 목소리는 이제 바뀌었다―낮고 딱
딱하게. "그럼 우리 인생이 망가질 거야. 네 인생까지."
　"하!" 내가 말한다. "그걸로 이미 내 인생은 망가졌어. 그날 아

침 네가 입 닥치고 있으라고 했을 때부터 쭉 나는 망가지고 있었다고. 애초에 너를 위해서가 아니었다면 절대 입을 다물지 않았을 거야. 그애가 죽은 이래로 단 하루도 그 일을 떠올리지 않은 날이 없었어. 누구에게라도 말했어야 했다는 마음이 들지 않은 날이 없었어. 근데 너는? 아 전혀, 그 일로 너는 아무런 영향도 받지 않았네? 너는 늘 그래왔듯이 그냥 나아갔잖아. 아무런 여파도 겪지 않고. 근데 그거 아냐? 이제 여파를 좀 겪어야 할 때가 된 것 같아. 그럼 차라리 마음이 놓일 거야, 내 입장에서는. 우리가 몇 년 전에 해야 했던 일을 내가 지금 하는 것뿐이니까."

그때 동굴 안에 어떤 소리가, 여자 목소리가 울려퍼진다. "저기요?"

우리 둘 다 얼어붙는다.

"월?" 웨딩플래너다. "여기 계세요?" 그녀가 암벽이 굽이진 모퉁이에서 나타난다. "아, 조노도 있었군요. 월을 찾아봐달라고 저를 보냈어요—다른 안내역들이 여기에 월을 놔두고 왔다면서." 우리 모두가 빌어먹게 거대한 동굴 안에 서 있는데다 한 명은 손발이 묶이고 눈가리개를 한 채 땅바닥에 주저앉아 있는 상황임에도 그녀는 완전히 침착하고 프로다운 어조다. "거의 삼십 분이 다 되어가서 줄리아가 저더러 가서 좀…… 구조해달라고 했어요. 미리 경고 말씀을 드리자면 줄리아는 그다지……" 그녀는 고상하게 표현할 방도를 찾으려는 듯 보인다. "그다지 이 일을 기껍게 여기지 않아요…… 거기다 밴드도 곧 연주를 시작할 겁니다."

내가 월의 손발을 풀고 부축해 일으키는 동안 그녀는 학교 선생님처럼 우리를 지켜보며 기다린다. 그러고 나서 우리는 그녀를 따라 동굴을 나선다. 아무래도 그녀가 뭐라도 듣거나 봤을지 궁금해진다. 또 그녀가 끼어들지 않았다면 내가 과연 무슨 짓을 저질렀을지도.

이파
웨딩플래너

차일 안에 펼쳐진 피로연장에는 이제 다른 기어가 들어갔다. 하객들은 샴페인을 들이켜다 못해 씨를 말려버렸다. 이제 그들은 한층 도수가 높은 독주로, 가설된 바에서 제공하는 칵테일과 샷으로 옮겨간다. 모두들 이 밤의 자유에 한껏 취해 있다.

궁전의 화장실에서 핸드타월을 갈아 끼우며 나는 정체가 뻔한 고운 흰 가루가 바닥뿐만 아니라 점판암으로 된 세면대 가장자리에까지 온통 흩뿌려진 광경을 발견한다. 놀랍지는 않다. 하객들이 차일로 돌아오면서 코를 은밀하게 훔치는 걸 봤으니까. 하루종일 똑바로 처신해왔다, 이 하객 무리는. 그들은 이곳까지 먼길을 왔다. 축하 선물도 들고 왔다. 적절하게 옷을 차려입고 본식 내내 자리를 지켰으며 연설을 경청하고 적절한 표정을 짓고 알맞은 대화를 나눴다. 그러나 그들은 잠시 저마다의 책임을 뒤로하고 온 성인들이다. 그러니 부모와 동석하지 않은 아이들과 진배없다. 이제부터는 온전히 그들 세상이다. 신부와 신랑이 첫 춤을 추려고 대기하는 동안에도 그들은 앞으로 밀어닥치며 당장이라도 댄스플로어를 저들의 것으로 만들 태세다.

한 시간 전쯤 궁전으로 돌아왔을 때 위층에서 이상한 소리가 들려왔다. 건물의 나머지 공간에는 당연히 바리케이드를 쳐두었지만 취한 인간들이 발길 닿는 대로 가겠다고 뻗대면 조치를 취해봤자 한계가 있는 법이다. 위층을 살펴보려고 올라가서 신랑 신부의 침실 문을 열어젖히자 행복한 신혼부부가 아닌 다른 남녀가 침대에 엎어진 모습이 눈에 들어왔다. 불쑥 침입한 나를 보고 그들은 몸을 가리려 허둥대며, 여자는 붉어진 얼굴로 치마를 홱 잡아내리고 남자는 꺼떡거리는 발기된 성기를 실크해트로 가렸다. 얼마 뒤나는 그들이 아무 일 없었다는 듯이 차일의 각기 다른 구석으로 돌아가는 모습을 보았다. 이 사건에서 특히나 내 흥미를 끌었던 부분은 둘 다 결혼반지를 끼고 있었다는 점이었다. 그러나 나는―이제 줄리아 본인만큼이나 좌석 배치도를 빠삭하게 외운 사람으로서― 모든 남편과 아내가 서로의 반대편에 앉았다는 사실을 공교롭게도 알고 있다.

하지만 그들은 나에 대해 그다지 걱정하지 않았다. 내가 방에 들어가자 그들이 처음 보였던 패닉 상태는 일종의 피식대는 안도로 바뀌었다. 내가 그들의 비밀을 발설하지 않을 터임을 아는 것이다. 거기다 나는 딱히 놀라지도 않았다. 이전에도 똑같은 장면을 숱하게 봐왔다. 이런 극단적인 행동은 매우 예사로운 것이라고 할 수 있다. 결혼식을 두른 술 장식에는 언제나 비밀이 얽혀 있기 마련이다. 나는 비밀리에 털어놓는 말을, 누군가를 향한 험담과 뒷담화를 듣는다. 동굴 안에서 신랑 들러리의 말도 일부 들었다.

결혼식을 기획한다는 건 이런 거다. 하객이 장단을 맞춰주고 특정한 경계선 안에 머물러야 한다는 걸 잊지만 않으면 나는 완벽한 하루를 꾸릴 수 있다. 그러나 하객이 협조해주지 않으면 그 뒤탈은 이십사 시간보다 훨씬 오래갈 수도 있다. 그런 유의 후유증은 누구도 통제할 수 없다.

줄스

신부

밴드가 연주를 시작했다. 윌―약간 헝클어진 모습으로 차일에
돌아온―이 내 손을 잡고 우리는 합판 바닥으로 걸음을 내디딘다.
내가 그의 손을 아플 정도로 세게 쥐고 있다는 걸 깨닫고, 나는 손
힘을 풀라고 스스로에게 말한다. 그러나 안내역들과 그들의 멍청
한 장난질 때문에 저녁을 방해받은 탓에 나는 화가 나 있다. 하객
들이 함성과 고함을 내지르며 우리를 둘러싼다. 얼굴은 달아올라
땀범벅이고, 이를 드러낸 채 눈을 휘둥그레 뜨고 있다. 그들의 취
기가 한층 심해졌다. 그들이 앞으로 밀어닥치며 몸을 기대오자 갑
자기 이 공간이 너무도 비좁게 느껴진다. 다들 너무도 가까워 풍기
는 냄새까지 맡아진다. 향수와 콜로뉴, 기네스와 샴페인의 시큼한
효모 냄새, 체취, 술로 시큼해진 입냄새. 나는 본디 미소 지어야 마
땅하기에 그들 모두에게 미소를 지어 보인다. 너무 지나치게 미소
를 지은 탓에 귀 아래 어딘가가 무지근하게 저려오고 턱 전체가 심

하게 잡아당긴 고무줄처럼 느껴진다.

내가 좋은 시간을 보내고 있다는 인상을 주고 있기를 바란다. 나는 술을 많이 마시기는 했지만 한층 경계하게 되고 한층 초조해진 것 말고는 딱히 눈에 띌 만한 영향은 받지 않았다. 아까 그 연설 이후 나는 점점 불안감이 커졌다. 주위를 둘러본다. 다른 모든 이가 이제 진심으로 거리낌을 벗어던지고 굉장히 즐거운 시간을 보내고 있다. 그들에게 연설이 일으킨 탈선 사고는 단지 이날에 딸린 각주—흥미로운 일화—정도에 지나지 않으리라.

윌과 나는 이쪽저쪽으로 스텝을 밟는다. 그는 나를 빙그르 돌려 멀리 떨어뜨렸다가 다시 가까이 당긴다. 이렇게 대단치 않은 동작에도 하객들은 감탄사를 외친다. 댄스 레슨을 받는 건 이루 말할 수 없이 촌스러운 일일 듯해서 따로 수업을 받지 않았지만 윌은 훌륭한 춤 솜씨를 타고났다. 두어 번 내 끌리는 치맛자락을 밟은 것만 빼면. 그래서 나는 넘어지기 전에 그의 발 아래에서 치맛자락을 당겨 빼내야 했다. 이렇게 볼품없는 실수를 하다니 그답지 않다. 그는 정신이 다른 데에 가 있는 듯하다.

"그 난리는 대체 다 뭐였던 거야?" 그가 나를 가슴으로 끌어당겼을 때 나는 묻는다. 그의 귓속에 달콤한 밀어라도 속삭이는 것처럼.

"아, 멍청한 장난질이었어." 윌이 말한다. "사내애들이야 다 그러니까. 까불대고 그러는 거지, 뭐. 총각 파티의 여운이 약간 남아서였는지도 모르고." 그는 미소 짓지만 도통 그답지 않아 보인다. 차일로 돌아왔을 때 그는 와인을 가득 따라 두어 잔을 들이켰다, 연달아서. 그는 어깨를 으쓱한다. "조노가 장난 좀 친 거야."

"지난밤에 그 해초도 소위 사소한 장난이었잖아." 내가 말한다.

"그리고 아주 엿같이 재미가 없었고. 그러더니 이런 짓까지 해? 거기다 그 연설은 또 뭐고. 조노는 왜 그런 소릴 한 건데? 옛날 일이 어쩌고 한 건 다 뭐야? 서로의 비밀을 지켜주니 뭐니…… 무슨 비밀이 있다는 거야?"

"아." 윌이 말한다. "나도 모르겠어, 줄스. 그냥 조노가 까부는 거야. 아무 얘기도 아니야."

우리는 댄스플로어를 천천히 원형으로 돈다. 화색이 만연한 얼굴, 박수 치는 손을 얼핏 스친다.

"아무 얘기도 아닌 것 같지가 않던데." 내가 말한다. "상당히 중요한 얘기 같았어. 대체 조노한테 무슨 약점을 잡힌 거야?"

"아 제발 좀, 줄스." 그가 날카롭게 말한다. "내가 말했잖아, 아무 얘기도 아니라고. 그만 좀 해. 제발."

나는 윌을 응시한다. 그 말 자체보다 그 말을 뱉는 어투가—거기다 그가 내 팔을 잡은 손아귀에 힘이 들어가는 게—기이하다. 그게 뭔지 몰라도 확실히 아무 얘기도 아닌 게 아님을 강력하게 입증해주는 확증처럼 느껴진다.

"아파." 나는 그의 손아귀에서 팔을 빼며 말한다.

그는 즉각 사과한다. "줄스, 저기, 미안해." 이제 그의 목소리는 완전히 달라졌다—일말의 적개심마저 사라졌다. "당신한테 쏘아붙이려는 건 아니었는데. 그게, 긴 하루였잖아. 물론 굉장한 하루였지만 긴 하루이기도 했지. 용서해줄래?" 그리고 미소를 짓는데, 내가 그날 밤 빅토리아앨버트박물관에서 봤을 때부터 도저히 저항할 길을 찾지 못한 바로 그 미소다. 그런데도 평소와 같은 그런 효과를 자아내지 못한다. 굳이 따지자면 기류가 너무도 급변한 탓에 그 미소는 더더욱 불안한 느낌만 가중할 뿐이다. 마치 가면을 뒤집어쓴 것처럼.

"우리 이제 부부잖아." 내가 말한다. "마땅히 서로 이것저것 공유할 수 있어야지. 서로에게 털어놓을 줄도 알고."

윌은 팔 아래로 나를 빙그르 돌려 떨어뜨렸다가 다시 끌어당긴다. 이 야단스러운 동작에 관중이 환호한다.

그런 뒤 우리가 다시 한번 마주하게 되자 그는 깊은숨을 들이쉰다. "있지," 그가 말한다. "조노가 옛날에, 우리가 어렸을 때 벌어졌다고 말하는 그 사건을 머리에서 떨쳐버리지 못하고 있거든. 그 생각에 너무 집착하고 있어. 근데 그게 다 망상이야. 그래서 오랫동안 계속 안쓰럽다는 마음이 있었어. 그 점에서 내가 잘못했던 거지. 내 인생은 잘 풀리고 조노 인생은 안 풀렸으니까 그 응석을 다 들어줘야겠다고 마음먹었던 게. 이제 조노는 질투까지 하고 있어. 내가 가진 것, 우리가 가진 것 전부를. 조노 딴에는 내가 빚진 게 있다고 생각하는 모양이야."

"아니 맙소사," 내가 말한다. "대체 당신이 그 인간한테 빚진 게 뭐가 있어? 명백히 오랫동안 당신 옷자락을 부여잡고 기생해온 쪽은 조노인데."

윌은 이 말에 답하지 않는다. 대신 곡이 절정에 다다르자 나를 가까이 끌어당긴다. 인파에서 환호성이 터져나온다. 그런데 그 소리가 갑자기 멀어지는 듯하다. "오늘밤만 지나면 끝이야." 윌이 내 머리칼에 대고 단호하게 말한다. "내 인생에서—우리 인생에서—그놈을 잘라낼게. 약속해. 그놈이랑은 인연 끊을 거야. 날 믿어. 내가 처리할게."

해나
부부 동반 참석자

나는 밖을 돌아다니다가 댄스플로어가 있는 천막으로 들어왔다. 다행히 신랑과 신부의 첫 춤이 끝난지라 구경하던 하객이 전부 몰려들어 공간을 채우고 있었다. 이 안에서 정확히 뭘 찾고 싶은 건지도 잘 모르겠다. 아마 내 머릿속에서 휘몰아치는 생각으로부터 뭔가 주의를 돌릴 만한 것이려나. 찰리와 줄스. 그에 관해 생각하는 것이 너무도 고통스럽다.

여기 천막 안은 모든 하객이 한 명도 빠짐없이 욱여들어, 육체들로 뜨거운 북새통을 이룬 듯한 느낌이다. 밴드 보컬이 마이크를 잡는다. "춤출 준비 되셨나요, 여러분?"

밴드는 광란적인 리듬을 연주하기 시작한다—네 대의 바이올린으로, 거칠면서도 발장단을 맞추게 되는 곡조를. 모두가 술에 취한 채 엉망진창으로 각자 나름의 아일랜드 지그 춤을 시도하면서 사방에서 몸을 부닥친다. 윌이 인파 속에서 올리비아를 붙잡는 게 보인다. "신랑이 신부 들러리에게 춤을 청할 시간입니다!" 그러나 그들이 댄스플로어로 비척비척 들어서는 모습은 마치 둘 중 한 명이 상대에게 저항하고 있는 것처럼 기이하게 보조가 맞지 않는 듯 보인다. 올리비아의 표정에 나는 멈칫한다. 궁지에 몰린 표정이다. 아까 연설에서도 뭔가 걸리는 구석이 있었다. 그전에도 그런 생각이 들었더랬다. 뭐였을까? 그게 이상하리만치 익숙하게 다가왔었다. 나는 정신을 집중하려 애쓰며 그게 무엇이었는지 기억을 더듬는다.

빅토리아앨버트박물관, 그거였다. 올리비아가 간밤에 스티븐을 그곳에, 줄스가 주최한 파티에 데려갔다고 말해준 게 기억난다. 그 기억이 퍼뜩 떠오르면서 사위가 고요해진다……

하지만 그건 완전히 미친 생각이다. 그럴 리가 없다. 얼토당토않은 생각일 테다. 필시 기이한 우연의 일치일 것이다.

"저기요," 내가 밀치고 지나가자 한 남자가 말한다. "뭐가 그리 급해요?"

"아," 나는 그가 있는 쪽을 멍하니 흘긋하며 말한다. "죄송해요. 제가…… 정신이 좀 없어서요."

"뭐, 춤 한번 추면 정신이 돌아올지도 모르죠." 그가 씩 웃는다. 나는 남자를 더욱 가까이 들여다본다. 상당히 매력적이다―키도 훌쩍하고 흑발에 미소를 지으면 한쪽 뺨에 보조개도 잡힌다. 남자는 내가 뭐라고 말할 겨를도 없이 내 손을 잡더니 자기 쪽으로 살짝 끌어당겨 댄스플로어로 향한다. 나는 저항하지 않는다.

"아까 당신을 봤어요." 그는 음악소리를 이기려 고함친다. "예배당에서 혼자 앉아 있는 거. 그때 보고 생각했죠. 저 여자분이랑 알아가봐도 괜찮겠다." 다시 떠오르는 미소. 아. 이 남자는 내가 독신이고 여기 혼자 왔다고 생각하는 거다. 아까 바에서 찰리가 벌인 난동을 목격하지 못한 거다.

"루이스예요." 남자가 이제 자기 가슴을 가리키며 고함친다.

"해나예요."

아마도 나는 남편과 함께 왔다고 설명해야 할 것이다. 그러나 지금 당장은 찰리 생각을 하고 싶지 않다. 거기다 그의 시선을 통해 이렇게나 우쭐해진 새로운 나의 이미지—스스로 생각했던 형편없는 옷차림의 가면 쓴 여자가 아니라 매력적이고 신비로운 여성—를 품게 된 지금 나는 아무 말도 하지 않기로 결심한다. 나는 그와 더불어 음악에 맞추어 몸을 움직이도록 스스로를 놔둔다. 그가 좀 더 바짝 다가서며 시선을 맞추도록 놔둔다. 어쩌면 나도 더 가까이 다가섰는지도 모른다. 그의 땀냄새가 날 정도로 가까이—하지만 깨끗한 땀냄새, 좋은 향기다. 명치에서 뭔가가 꿈틀거린다. 살짝 찌릿한 욕망의 감각이.

현재
결혼식 당일 밤

저기 바깥에 다른 사람이 있다. 이 생각으로 인해 그들은 그림자를 보고 겁먹고 칠흑 속에서 온갖 형체에 움츠러드는데, 그 형체는 그들에게 불쑥 덤벼들 듯 보이다가 막상 모습이 드러나면 착시에 불과한 것임이 밝혀진다. 그들은 바짝 다붙어 무리를 지어 움직이면서 자신들의 숫자가 하나라도 더 줄어들까 전전긍긍한다. 피트는 아직도 행방불명이다.

정체 모를 시선이 그들에게 와닿는 듯해 그들은 오싹해진다. 이제 더 서툴고 더 노출된 기분이다. 그들은 울룩불룩한 땅에, 숨어 있는 히스 덤불에 발부리가 걸려 비틀거린다. 피트 생각은 하지 않으려 한다. 생각할 여력도 없다. 자기 몸을 사려야 하므로. 이따금씩 그들은 다른 이유보다도 그저 안심하고자 서로에게 고함을 지르는데, 그 목소리는 밤중에 치켜든 또다른 횃불과 같다. 평소답지 않게 보듬는 투다. "거기 괜찮냐, 앵거스?" "어―너도 괜찮냐, 페미?"고함이 그들을 계속 나아가게 해준다. 점점 커져가는 공포를 잊게 해준다.

"세상에, 저게 뭐야?"페미는 큰 호를 그리며 횃불을 휘젓는다. 횃불이 웬 곧추선 형상을, 그림자 속에서 창백하게 솟아오른 거의 성인 남성만큼 키가 훌쩍한 형상을 비춘다. 그리고 비슷한 형체 여럿과 한층 작은 몇몇 형체까지.

"공동묘지야."앵거스가 낮게 외친다. 그들은 켈트십자가를, 바스러진 석재의 형상을 응시한다. 그 괴기스럽고도 고요한 군단을.

"제기랄."덩컨이 외친다. "사람인 줄 알았잖아." 한순간 그들 모두 그렇게 생각했다. 둥그런 형태와 가느다랗고 곧추선 토대가 공모한 결과 잠깐이나마 사람처럼 보였던 것이다. 슬그머니 뒤꽁무니를 빼는 지금도 그 수많은 보초병 같은 형상이 책망의 눈빛으로 그들을 응시하는 듯한 기분을 떨쳐내기가 어렵다.

그들은 새로 방향을 틀어 한참을 계속 걷는다.

"저 소리 들려?"앵거스가 외친다. "바다에 너무 가까이 와버린 모양인데."

그들은 걸음을 멈춘다. 손을 뻗으면 닿을 거리에서 암벽에 바닷물이 부딪는 것이 어렴풋이 느껴진다. 부딪는 충격에 발아래 지반이 몸서리치는 것까지 느껴진다.

"그래. 알겠다."페미는 생각한다. "공동묘지가 우리 뒤에 있고, 바다가 여기 있어. 그러면 내 생각에 우리는…… 저쪽으로 가야겠네."

그들은 파도가 부서지는 굉음으로부터 살금살금 물러서기 시작한다.

"야, 저기 뭐가 있는데……"

단박에 그들은 모두 제자리에 우뚝 멈춘다.

"뭐라고, 앵거스?"

"저기 뭐가 있다고. 봐."

그들은 제각기 횃불을 내민다. 횃불이 드리운 불빛이 지면에서 흔들린다. 그들은 처참한 광경을 발견할까봐 단단히 마음의 준비를 한다. 횃불 불빛이 금속재의 단단하고 윤이 나는 표면에 눈부시게 반사되자 놀랐던 그들은 다소 안도한다.

"이건…… 이게 뭐야?"

개중 가장 용맹한 페미가 앞으로 나서서 그것을 집어든다. 그는 모두를 향해 돌아서며 환한 불빛에 손차양으로 눈을 가린 채 그것을 들어올려 모두에게 보여준다. 그들은 즉각 그 물체를 알아본다, 본래 형태는 훼손되고, 금속은 휘고 부러졌을지언정. 그것은 금관이다.

당일 이른 시각

올리비아
신부 들러리

나는 차일 구석구석을 돌아다닌다. 테이블 사이를 누빈다. 사람들이 마시다 만 반쯤 채워진 잔을 집어들어 들이켠다. 아주 인사불성으로 취해버리고 싶다.

윌이 그 춤 때문에 나를 붙잡은 후로 최대한 재빨리 그에게서 벗어났다. 구역질이 났다, 그에게 바짝 붙어 있자니, 내게 밀착해오는 그의 몸을 느끼자니, 그와 한 짓을…… 그가 내게 시킨 짓을…… 우리 사이의 끔찍한 비밀을 떠올리자니. 그는 꼭 그걸 즐기고 있는 것 같았다. 춤이 거의 끝나갈 무렵 그가 내 귓가에 속삭였다. "아까 네가 저지른 그 정신 나간 짓거리 말이야…… 그걸로 끝내자, 응? 더는 없는 거야. 내 말 알아듣지? 더는 없는 거라고."

사람들이 내버려둔 술잔을 비우며 돌아다니는 나를 아무도 눈치채지 못하는 듯하다. 이쯤 되니 다들 상당히 술에 취한데다 각자의 테이블을 내버려두고 춤을 추러 간 터라 댄스플로어는 완전히 미어터질 지경이다. 죄다 서른몇 살은 먹은 사람들이 슬렁드롭 춤을 추며 서로 몸을 비벼대는데, 바이올린 연주가 흐르는 외딴섬의 차일이 아니라 웬 엿같은 2000년대 클럽에서 50센트의 노래에 맞춰 비비적대는 것만 같다.

예전의 나라면 그 광경을 웃기다고 여겼을 수도 있다. 친구들한테 문자를 보내 눈앞에서 펼쳐지는 환장 파티를 생중계하는 모습이 그려진다.

웨이터 몇 명이 차일 구석에서 모두를 지켜보며 가장자리를 맴돌고 있다. 몇몇은 내 또래이거나 나보다 어리다. 그들 모두 우리를 싫어한다는 게 너무도 명백하다. 놀랍지도 않다. 나도 저들이 싫으니까. 특히나 남자들이. 오늘밤 소위 윌과 줄스의 친구랍시고 여기 온 작자 몇몇이 내 어깨와 골반과 엉덩이를 만져댔다. 손으로 움켜쥐고 쓸어내리고 쥐어짜고 모아쥐고―아내와 여자친구가 보지 않는 틈을 타서, 내가 무슨 고깃덩이라도 되는 양. 넌덜머리가 난다.

마지막으로 그런 일이 있었을 때 돌아서서 그놈한테 제대로 독기어린 시선을 날렸더니 그놈은 내게서 뒷걸음치며 멍청하게 눈을 휘둥그레 뜬 얼굴로 공중에 양손을 들어올려 보였다―전적으로 결백한 척하면서. 다시 그런 일이 생긴다면 정말로 이성을 놓아버릴 것 같다.

나는 조금 더 마신다. 역겨운 맛이 난다. 시큼하고 퀴퀴하다. 그런 게 신경쓰이지 않을 만큼 들이켜야겠다. 더는 미각도 촉각도 느껴지지 않을 만큼.

그러다 사촌동생 베스에게 붙들려 댄스플로어 천막으로 끌려간다. 아까 예배당 밖에서 본 걸 빼고는 작년에 이모 생신 이후로 베스를 만나지 못했다. 그녀는 화장을 짙게 하고 있지만 그 아래로 보이는 둥근 얼굴과 커다란 눈은 여전히 어린아이의 것이다. 나는 그녀에게 립스틱과 아이라이너를 닦아내고 안전한 유년기라는 시공간에 더 오래 남아 있으라고 말해주고 싶다.

댄스플로어에서 움직이고 떠미는 몸들에 온통 둘러싸이자 공간이 빙빙 돌기 시작한다. 지금껏 마신 모든 술의 취기가 한꺼번에 밀려드는 느낌이다. 곧이어 나는 넘어진다―누군가의 발에 걸렸거나, 어쩌면 굽이 너무 높은 멍청한 구두 탓일지도 모른다. 세게 넘어지면서 쿵 소리가 나지만 충격을 체감하는 데는 한참이 걸린다. 머리를 부딪힌 것도 같다.

후끈한 공기 너머로 베스가 근처의 누군가에게 말하는 소리가 들린다. "언니가 정말 취한 것 같아요. 이게 웬일이야."

"줄스를 데려와야겠는데." 누군가가 말한다. "아님 이분 어머니라도."

"줄스는 안 보여요."

"어, 봐요, 저기 윌이 오네."

"윌, 올리비아가 많이 취했어요. 좀 도와줄래요? 나는 어째야 할지 모르겠어서……"

그가 미소를 지으며 내게 다가온다. "아, 올리비아. 이게 무슨 일이에요?" 그는 내게 한 손을 뻗는다. "자, 일어서게 부축해줄게요."

"싫어." 나는 그의 손을 탁 쳐낸다. "꺼져."

"자, 일어서봐요." 윌이 너무도 다정하고 너무도 상냥한 목소리로 말한다. 그가 나를 일으키는 게 느껴지고 저항해봤자 별 소용도 없을 것 같다. "같이 바깥바람 좀 쐬고 와요." 그는 내 어깨에 손을 올린다.

"나한테 손대지 마!" 나는 그의 손아귀에서 벗어나려 몸부림친다.

우리를 지켜보는 사람들이 웅성거린다. 까다로운 애라고, 보나 마나 서로 이런 얘기를 주고받을 테다. 미친 애라고. 망신스럽다고.

차일 바깥으로 나서자 바람이 전력으로 우리에게 불어닥치는데 너무 거세서 하마터면 뒤로 자빠질 뻔한다. "이쪽으로." 윌이 말한다. "여기가 바람이 덜하니까." 나는 갑자기 저항하기에는 너무도 피곤하고 취해버린 느낌이다. 그에게 떠밀려 차일 반대편으로 돌아 육지가 끝나고 바다가 시작되는 곳을 향해 나아간다. 저멀리 아일랜드 본토의 불빛이 칠흑 속에 쏟아진 반짝이의 자취처럼 보인다. 불빛은 초점이 맞았다 나갔다 한다. 선명히 잡혔다가 흐리멍덩해지는 게 물속의 불빛을 보는 듯하다.

이제, 아주 오랜만에 우리 둘만 남는다.

그와 나만.

줄스

신부

나의 새신랑이 사라진 듯하다. "뭘 보신 분 계세요?" 나는 하객들에게 묻는다. 그들은 어깨를 으쓱하고 고개를 젓는다. 나는 그들에게 얼마간 행사하고 있었을지도 모를 통제권을 잃어버린 느낌이다. 그들은 분명 내 결혼식을 위해 이 자리에 있다는 사실을 잊어버렸다. 아까까지만 해도 다들 도저히 견딜 수 없을 만큼 내 주위를 뱅뱅 돌면서 마치 여왕 앞에 선 신하처럼 찬사와 축복의 말을 건넸는데, 이제는 내게 관심이 없는 듯하다. 아마 그들에겐 이 자리가 쾌락을 조금이나마 좇을 기회일 것이다. 각자 육아나 과중한 업무에 짓눌리기 전 대학 시절이나 이십대 초반에 누렸던 자유 속으로 되돌아갈 기회. 오늘밤은 그들의 것이다―각자 친구들과 근황을 주고받고 옛날에 호감이 있었던 상대와 플러팅을 한다. 화를 낼 수도 있겠으나 그래 봐야 소용없다고 나는 결론짓는다. 내게는 그런 것보다 더 중요한 걱정거리가 있다. 뭘.

그를 찾아다니는 시간이 길어질수록 불안감은 더 커져만 간다.

"내가 봤어." 누가 큰 소리로 말해서 돌아보니 사촌동생 베스다. "윌은 올리비아랑 있어―올리비아가 약간 취해가지고."

"아, 맞다. 올리비아랑 갔다!" 다른 사촌동생이 맞장구친다. "둘이 입구 쪽으로 갔어. 올리비아한테 바깥바람 좀 쐬게 해준다고."

올리비아, 또 구경거리가 되었구나. 그러나 밖으로 나가봐도 그들의 기척은 없다. 차일 입구 주위에서 어슬렁거리는 사람이라고는 흡연자 무리―대학 동창―뿐이다. 그들은 내게 돌아서더니 정말 근사해 보인다는 둥 너무도 황홀한 결혼식이었다는 둥 온갖 입에 발린 소리를 쏟아놓는다―나는 그들의 말을 자른다.

"올리비아나 윌 본 사람 있어?"

그들은 차일 옆쪽을, 바다 쪽을 애매하게 몸짓으로 가리킨다. 그렇지만 도대체 왜 윌과 올리비아가 저리로 나간단 말인가? 이제 날씨도 험해지기 시작해 어두운데다 달빛도 시야를 비춰주기에는 너무 침침하다.

강풍의 한가운데로 발을 내딛자 내 주위에서도 차일 주변에서도 바람이 비명을 지른다. 아까 올리비아가 익사할 뻔했던 장면이 떠올라 공포로 간이 뚝 떨어지는 느낌이 든다. 올리비아가 설마 멍청한 짓을 벌이지는 않았겠지?

드디어 차일을 중심으로 새어나오는 빛무리 너머로, 바다 쪽에서 그들의 희미한 윤곽이 시야에 잡힌다. 그러나 명명할 수 없는 어떤 직감으로 나는 그들을 소리쳐 부르지 않기로 한다. 둘이 서로 매우 가까이 붙어 있음을 깨달은 것이다. 땅거미 속에서 두 형체가 하나로 합쳐져 흐려지는 듯하다. 끔찍한 한순간 나는 생각하길……
아니, 그들은 분명 얘기를 나누는 것일 테다. 그럼에도 말이 되지
않는 상황이다. 내 여동생과 윌이 예의상 나누는 대화 이상의 말
을 서로 주고받는 모습을 본 적이 있는지도 모르겠다. 그도 그럴
게 둘은 서로를 거의 알지도 못한다. 그들은 이전에 딱 한 번 만났
을 뿐이다. 그런데도 서로에게 할말이 상당히 많아 보인다. 도대체
무슨 얘기를 하고 있는 걸까? 왜 다른 하객의 눈을 피해 굳이 이 먼
구석까지 와서 대화를 하는 거지?

　나는 벽을 타는 도둑처럼 조용히 움직이며 짙어지는 어둠 속으
로 조금씩 나아가기 시작한다.

올리비아
신부 들러리

"내가 줄스한테 얘기할 거야." 나는 말한다. 그 얘기를 꺼내는 것 자체가 고역이지만, 나는 말하기로 마음을 다잡았다. "내가…… 내가 줄스한테 우리 얘기를 해버릴 거라고." 나는 아까 해나가 한 말을 떠올린다. '언제나 터놓고 얘기하는 편이 낫거든요—수치스럽게 느껴지더라도, 남들은 이해하지 못하겠지 싶더라도.'

그는 내 입을 한 손으로 꽉 틀어막는다. 너무도 급작스러워서 나는 깜짝 놀란다. 그의 콜로뉴 냄새가 난다. 섹스 후에 내 피부에서도 그 콜로뉴 냄새가 나던 일이 기억난다. 그게 너무도 기분좋게, 너무도 어른스럽게 느껴지던 일이. 이제는 그 냄새에 토하고 싶을 지경이다.

"아니, 올리비아." 윌이 말한다. 그의 목소리가 여전히 거의 다정하고 상냥해서 더더욱 끔찍하다. "난 네가 말할 것 같지 않은데, 정말로. 왠지 알아? 그러면 언니의 행복을 네 손으로 부수는 꼴이 될 테니까. 오늘은 네 언니의 결혼식 날이야. 명청한 아가씨야. 그 런 짓을 하기에 줄스는 너한테 너무도 특별해. 거기다 굳이 뭐하 러? 이제 와서 우리 둘 사이에 무슨 일이 생길 것 같지도 않은데."

차일 반대편에서 재잘거리는 소리가 불쑥 들려오고, 누군가가 이런 우리의 모습을 볼까 걱정되는지 그가 내 입에서 손을 치운다.

"니도 알이!" 니는 말한디. "내 의도는 그게 아니야―내가 원하 는 건 그게 아니라고."

그는 나를 믿을지 말지 확신이 서지 않는다는 듯 눈썹을 치킨다. "그럼 네가 원하는 게 뭔데, 올리비아?"

더는 이토록 지독한 기분을 느끼지 않는 것, 나는 생각한다. 그 간 품고 다니던 이 끔찍한 비밀을 없애버리는 것. 그러나 나는 답 하지 않는다. 그러자 윌이 말을 잇는다. "알겠다. 나한테 분풀이하 고 싶은 거구나. 나도 순순히 인정할게, 이 모든 사태에서 내 행동 에 흠결 하나 없었던 건 아니야. 너랑은 제대로 헤어졌어야 했지. 어쩌면 더 투명하게 속내를 내보여야 했는지도 모르고. 누굴 다치 게 할 마음은 추호도 없었거든. 내가 솔직히 어떻게 생각하는지 말 해줄까, 올리비아?"

그가 답을 기다리는 듯하기에 나는 고개를 끄덕인다.

"네가 말할 작정이었으면 지금쯤은 이미 말하고도 남았을 거라 고 생각해."

나는 고개를 젓는다. 그러나 그의 말이 옳다. 정말 말하려 했으 면, 줄스에게 사실대로 털어놓으려 했으면 시간은 차고 넘치게 있 었다. 새벽에 침대에 누워 어떻게 줄스를 따로 불러낼지―점심이 나 먹자고 할까 커피나 한잔하자고 할까―수도 없이 생각했다. 그러나 결코 실행하지 못했다. 나는 너무도 겁쟁이였다. 대신 나는 신부 들러리 드레스를 입어보러 옷가게에 가는 걸 피했듯이 그녀를 피했다. 숨는 편이, 이 사태가 벌어지지 않은 척하는 편이 수월했으니까.

내가 줄스였다면, 혹은 엄마였다면 이런 상황에서 어떻게 했을까도 생각해보았다. 어쩌면 그를 처음 보자마자 전부 까발렸을지도 모른다—약혼 기념 술자리에서 모두가 지켜보는 가운데 그에게 망신을 주었을지도. 그러나 나는 그들처럼 강인하지 못하고, 대담하지 못하다.

그래서 편지로 시도해보았다. 편지를 프린트해 줄스의 우편함에 떨궈두었다.

윌 슐레이터는 당신이 생각하는 그런 남자가 아니야.
사기꾼에 거짓말쟁이야. 그와 결혼하지 마.

그걸로 최소한 줄스가 윌에게 의구심이라도 갖지 않을까 생각했다. 한번 생각이라도 해보지 않을까. 그녀 마음에 작디작은 한 톨의 의심이라도 심어주고 싶었다. 하지만 한심한 짓거리였음을 이제야 알겠다. 어쩌면 줄스는 그 편지를 받지도 못했을지 모른다. 어쩌면 윌이 먼저 발견했을 수도 있고, 광고 전단 무더기와 함께 쓸려가서 쓰레기통으로 직행했을지도 모른다. 그리고 그것을 봤다고 한들 줄스는 그런 편지 따위에 눈 하나 깜짝할 사람이 아님을 일찌감치 알았어야 했다. 줄스는 걱정꾼이 아니다.

"언니 인생을 무너뜨리고 싶지는 않잖아?" 윌이 이내 말한다.

"언니한테 차마 그런 짓은 못하지."

사실이다. 가끔 언니가 싫다는 마음이 들 때도 있지만 사랑하는 마음이 더 크다. 줄스는 언제까지고 나의 언니일 것이고, 이 일을 말해버린다면 우리 사이는 영영 틀어질 것이다.

그는 너무도 뻔뻔하게 본인 이야기를 밀어붙인다. 반면 내 관점의 이야기는 전부 다 허물어진다. 그리고 사실 자신이 딱히 거짓말을 한 건 아니라는 그의 말은 맞을지도 모른다. 그는 단지 진실을 말하지 않았을 뿐이다. 더는 내 분노를, 그 눈부시게 불타오르는 기운을 붙잡고 있을 여력이 없는 것 같다. 분노가 사그라지면서 그 빈자리에 더 나쁜 무언가를 남기는 느낌이다. 일종의 공허함을.

그러다가 갑자기 줄스가, 그가 실제로 어떤 놈인지 낌새 하나 채지 못하고 예배당에서 그 옆에 서서 얼굴에 미소를 띠던 모습이 떠오른다. 줄스는 절대로 남에게 농락당하는 법이 없는데…… 그에게 농락당한 것이다. 언니를 생각하자 나 자신을 위해서는 불가했던 그런 분노가 차오른다.

"당신이 보낸 문자 다 저장해뒀어." 내가 말한다. "줄스한테 다 보여주면 돼." 그것이 내가 우위를 점하는 마지막 고지이자, 내가 쥐고 있는 마지막 힘의 자투리다. 나는 내 말에 쐐기를 박기 위해 그의 눈앞에 핸드폰을 내밀어 보인다. 다음에 일어날 일을 내다봤어야 했는데. 그러나 그가 너무도 부드럽고 상냥하게 말해서 나는 그러지 못했다. 그의 팔이 홱 뻗어나온다. 그가 허공에서 내 손목을 움켜쥔다. 반대편 손목도 움켜쥔다. 그리고 재빠른 동작으로 단번에 내게서 핸드폰을 빼앗는다. 그리고 그가 뭘 하는 건지 내가 알아챌 겨를도 없이 핸드폰을 멀리, 컴컴한 바닷물 속으로 던져버린다. 핸드폰이 물에 빠지자 작게 '퐁당!' 소리가 들린다.

"백업도 되어 있을 거야⋯⋯" 백업파일을 어떻게 찾아야 하는지도 모르면서 나는 말한다.

"아 그래?" 윌이 비웃는다. "그렇게 사람들 인생을 망치고 싶어, 올리비아? 정 그렇다면 내 핸드폰에도 사진이 좀 있다는 걸 알아야 할 텐데⋯⋯"

"하지 마!" 내가 말한다. 줄스가—누구라도—그런 나를 본다고 생각하면⋯⋯

나는 그가 내 영상을 찍을 때 너무도 마음이 불편했다. 그러나 그는 내가 그에게 해주는 모습이 너무나 섹시하다고, 그걸 찍어서 보면 엄청 흥분될 거라면서 너무도 능숙하게 촬영을 부탁했다. 거기다 촬영하지 않으면 내가 내숭덩어리, 어린애처럼 보일까봐 걱정도 되었다. 그리고 그 영상에 그는 전혀 나오지 않았다—얼굴도, 목소리조차도. 내가 그것을 그에게 보냈다고, 내가 혼자 찍은 거라고 그가 주장할 수도 있다는 사실을 나는 이제야 깨닫는다. 그는 그 모든 것을 부정할 수 있다.

지금 그의 얼굴이 내 얼굴에 바짝 붙어 있다. 정신 나간 한순간 내게 키스하려는 건가 생각한다. 그리고 이런 자신이 싫지만, 나의 아주 작은 일부는 그가 키스해주길 원한다. 나의 일부는 그를 원한다. 그러자 욕지기가 난다.

윌은 여전히 내 한쪽 손목을 움켜쥐고 있다. 아프다. 나는 신음하며 잡아빼려 하지만 그는 더 세게 움켜쥘 따름이다. 그의 손가락이 내 살갗을 파고든다. 그는 힘이 세다. 나보다 훨씬 힘이 세다. 나는 아까 그가 군중 앞에서 여봐란듯이 위대한 영웅 행세를 하며 나를 물에서 건져나올 때 그 사실을 깨달았다. 나는 작은 면도날을 떠올리지만, 그것은 차일 어딘가 내 비즈 가방 속에 있다.

월이 나를 앞으로 홱 잡아당기자 나는 발이 걸려 넘어진다. 신발 한 짝이 벗겨진다. 이제야 절벽 끝이 그다지 멀지 않다는 사실을 깨닫는다. 그리고 그는 나를 그쪽으로 끌어당기고 있다. 저멀리 바닷물이 온통 달빛을 받아 윤이 나는 검은색으로 보인다. 하지만…… 그가 그러기야 하겠는가, 설마?

현재
결혼식 당일 밤

안내역들은 페미의 손에 들린 훼손된 금관을 응시한다. 금관이 발견된 곳이 너무도 뜬금없이 느껴져서―폭풍 한가운데 검은 흙 바닥에 놓여 있다니―모두가 그걸 이전에 어디서 보았는지 떠올리는 데 얼마간의 시간이 걸린다.

"줄스가 쓰고 있던 왕관이잖아." 앵거스가 말한다.

"젠장," 페미가 말한다. "진짜 그렇네."

그들은 각자 침묵 속에서 과연 어떤 폭력이 가해졌기에 금속이 이토록 무참히 찌그러졌는지 궁금해한다.

"너네 그때 얼굴 봤냐?" 앵거스가 묻는다. "줄스의 얼굴? 케이크 자르기 전에? 완전 화가 난 것 같다고 난 생각했거든. 아니면…… 아니면 어쩌면 완전 겁먹은 얼굴이었든가."

"차일에서 줄스 본 사람 있어?" 페미가 묻는다. "전등이 다시 들어온 뒤에?"

앵거스가 겁을 낸다. "아무리 그래도 설마 그렇게 생각하는 건…… 줄스가 뭔가 나쁜 일을 당했을 수도 있다고 생각하는 건 아니지?"

"빌어먹을." 덩컨이 씩씩대며 한차례 숨을 내뱉는다.

"딱히 그렇다는 말은 아니야." 페미가 답한다. "그냥 내 말은—줄스를 본 기억이 나는 사람이 있느냐는 거지."

긴 침묵이 흐른다.

"기억이 안 나……"

"안 나지, 덩크. 나도 안 나."

그들은 암흑 속에서 주위를 둘러본다. 어떤 움직임이라도 포착하려고 눈에 힘을 주고, 어떤 소리라도 잡아채려고 귀를 쫑긋 세우고, 목구멍에 숨이 턱턱 막힌 채.

"오 세상에. 봐, 저쪽에 또 뭔가가 있어." 앵거스가 몸을 숙여 어떤 물체를 집어든다. 그것을 불빛에 들어올리는 그의 손이 덜덜 떨리는 게 보이지만 이번만큼은 아무도 그가 겁을 먹었다고 조롱하지 않는다. 그들은 이제 모두 겁에 질렸다.

그것은 신발 한 짝이다. 옅은 회색 실크에 발가락 부근에 보석 박힌 버클이 달린 코트슈즈 한 짝.

몇 시간 전

해나
부부 동반 참석자

이 남자, 루이스는 춤을 굉장히 잘 춘다. 밴드가 하객들을 채찍
질해 광란의 도가니로 몰아넣으면서 우리 주위로 사람들이 위태롭
게 달려들자 우리는 떠밀려 가까이 엉겨붙는다. 나는 어느덧 하루
종일 얼마나 스트레스가 쌓이고 외로움에 시달렸는지 생각하기에
이른다. 그 점에 있어선 찰리에게 큰 책임이 있다. 하지만 지금 당
장은 그에 관해 생각하고 싶지 않다. 그에게 너무 화가 나고, 너무
슬프다. 거기다, 내가 마지막으로 음악에 몸을 맡겨본 적이 언제였
더라―마지막으로 정말 신나게 춤을 춰본 적이 언제였더라? 마지
막으로 이렇게 욕망의 대상이 된 적이, 이토록 끝내주게 섹시한 기
분이 들었던 적이 언제였더라? 그간 삶의 여로 어딘가에서 나의 그
런 부분을 잃어버린 느낌이다. 지금 몇 시간 동안은 즐거이 그 일
부를 되찾아볼 테다. 나는 양손을 머리 위로 올린다. 머리칼을 흔
들며 어깨의 맨살에 스치는 머리칼의 감각을 느낀다. 나를 지켜보

는 루이스의 시선을 느낀다. 골반으로 음악의 리듬을 탄다. 나는 언제나 춤을 잘 추는 사람이었다—십대 때 수년간 맨체스터에 있는 클럽에서 이비사로부터 건너온 모든 최신곡에 맞춰 광란적으로 몸을 흔들며 실력을 갈고닦았으니. 음악에 몸을 맡기면 얼마나 자기 몸과 합일된 느낌이 드는지를, 얼마나 흥분되는지를 잊고 있었다. 거기다 루이스의 만족스러운 표정과, 그가 나와 줄곧 맞추던 시선을 옮기는 건 내가 움직이는 사이 내 몸을 쭉 훑어내릴 때뿐이라는 점에 비추어보면 내 모습이 얼마나 괜찮은지도 알 수 있다.

음악이 느려진다. 루이스가 나를 더 가까이 끌어당긴다. 그의 양손은 내 허리 위에 있고 그의 심장박동이 셔츠 너머로, 그의 가슴의 열기가 직물 너머로 느껴진다. 그의 살냄새도 맡아진다. 그의 입술은 내 입술에서 불과 몇 인치 거리에 있다. 그리고 우리가 몸을 밀착한 지금에서야 깨닫는다, 그는 발기해서 나를 누르고 있다.

나는 살짝 몸을 떼며 우리 사이에 몇 인치의 공간이나마 확보하려고 한다. 머리를 좀 식혀야겠다. "있죠." 내가 말한다. 목소리가 살짝 떨린다. "아무래도 저기 가서 한잔해야겠어요."

"그럼요." 그가 말한다. "좋은 생각이네요!"

그더러 같이 가자는 말은 아니었다. 나는 갑자기 나만의 공간이 좀 필요한 듯한 기분이 들지만 동시에 설명할 기운도 없어진다. 그리하여 우리는 함께 바가 있는 텐트로 향한다.

"월이랑은 어떻게 아는 사이예요?" 나는 음악소리를 이기려고 함친다.

"뭐라고요?" 루이스가 들으려고 바짝 다가오자 그의 귓불이 내 입술을 스친다.

나는 질문을 되풀이한다. "당신도 트리벨리언 출신이에요?"

"아." 그가 말한다. "고등학교를 말하는 거죠? 아뇨, 윌이랑 저는 에든버러에서 같은 대학에 다녔어요. 같이 럭비부에 있었죠."

"야, 루이스." 바에 서 있던 남자가 한 손을 들어올리더니 우리가 가까이 다가가자 그와 포옹한다. "이리 와서 외로운 놈과 술친구 좀 해줘라, 응? 아이오나가 댄스플로어로 가버렸어. 이제 끝날 때까지 뒤꽁무니도 구경하지 못하게 생겼다고." 그가 나를 발견한다. "오, 안녕하세요. 만나서 반갑습니다. 제 친구랑 놀아주고 계셨군요? 얘가 아까 예배당에서 그쪽을 점찍고는 아주……"

"닥쳐라." 루이스가 얼굴을 붉히며 말한다. "그래도 뭐, 우리가 춤추고 놀기는 했지, 그죠?"

"전 해나예요." 나는 말한다. 약간 목멘 소리가 나온다. 내가 여기서 뭐하는 건지 회의감이 든다.

"제스로예요." 루이스의 친구가 말한다. "그래서, 해나, 뭐 마시고 싶으세요?"

"어……" 나는 분별 있게 행동해야 한다는 생각에 망설인다. 오늘 이미 너무 많이 마셨다. 그러다 찰리를, 본인과 줄스에 관해 그가 털어놓은 얘기를 떠올린다. 나는 짧게나마 댄스플로어에서 느낀 자유로운 감각을 되찾고 싶다. 정신을 더 놔버리고 싶다. "샷이요." 나는 바텐더를 돌아보며 말한다. 아까 만났던 오언이다. "샷을…… 어, 테킬라로 주세요." 나는 미적대고 싶지 않다.

제스로가 눈썹을 올린다. "좋다아아. 나도요. 루이스는?"

오언이 우리에게 테킬라 석 잔을 따라준다. 우리는 각자의 샷을 들이켠다. "와 씨." 루이스가 말하며 잔을 쾅 내려놓는데 눈에 눈물이 고인다. 그러나 내 샷은 아무런 효력이 없었던 것 같다. 거의 물이나 다름없을 지경이다.

"한 잔 더요." 내가 말한다.

"저분 맘에 든다." 제스로가 루이스에게 말한다. "근데 내 간도 맘에 들어하는지는 잘 모르겠네."

"내 눈엔 완전 섹시한데." 루이스가 나를 향해 환하게 웃으며 말한다.

우리는 다시 한번 샷을 들이켠다.

"그쪽은 에든버러대학에 안 다녔죠." 제스로가 눈을 가늘게 뜨고 나를 보며 말한다. "다녔어요? 당신이 다녔으면 분명 내가 기억할 텐데. 당신처럼 화끈하게 노는 여자는."

"안 다녔어요." 내가 말한다. 또 그곳 얘기. 그곳을 언급하기만 해도 정신이 확 깨는 느낌이다. "전……"

"저희는 거기 다녔거든요." 제스로가 루이스의 목에 한쪽 팔을 걸치며 말한다. "우리 인생의 황금기 아니었냐, 루? 아직도 그립다니까. 럭비를 하던 것도 그립고. 물론 이 몸의 안녕을 위해서는 럭비는 꿈도 안 꾸는 편이 좋겠지만요." 그가 자기 콧등을 가리키는데, 납작한 모양새가 예전에 골절된 적이 있는 게 분명하다.

"저는 이 하나가 나갔어요." 루이스가 말한다.

"기억난다!" 제스로가 웃으며 내게 돌아선다. "물론 윌은 생채기 하나 입는 법이 없었지만요. 윙어*였거든요, 그 자식은. 꽃미남 포지션. 그래서 저렇게 역겨우리만치 잘생긴 거예요."

---

*winger. 럭비 경기에서 후측방인 '윙'에서 뛰는 선수.

"그런 훼방꾼이 또 없었어요." 루이스가 말한다. "시합 마치고 뒤풀이하러 가서, 어떤 여자애한테 말이라도 걸어볼라치면 윌이 어슬렁어슬렁 걸어와 자기가 쏠 테니까 한잔하겠느냐고 묻는 거예요. 그러면 여자애들이 윌한테서 눈을 못 뗐다니까요."

"여자 꼬시는 성공률이 아주 미쳤었죠." 제스로가 끄덕이며 말한다. "윌이 릴 동아리에 가입한 이유도 오로지 그거였잖아, 쭉쭉빵빵한 여자들 만나보겠다고. 그래도 걔가 백발백중은 아니었다는 걸 잊지 말자고. 그놈 어장에서 한 명 도망쳤던 거 기억나지?"

"아, 맞다." 루이스가 말한다. "그애를 까먹고 있었네. 북부 출신 여자애 말이지? 똑똑했던 애?"

오 신이시여. 참혹상에 점차 또렷하게 초점이 맞아가는 느낌이다. 그리고 나는 그저 여기 서서 그 광경을 지켜볼 수밖에 없다.

"맞아." 제스로가 말한다. "꼭 당신처럼요." 그가 내게 윙크한다. "근데 그 여자애한테 차이고 나서 윌이 보복했잖아. 기억나냐, 루이스?"

루이스는 눈을 가늘게 뜬다. "잘 모르겠는데. 그게…… 그애가 대학을 중퇴했던 것만 기억나. 중퇴하지 않았나? 그애가 헤어지자고 했을 때 윌이 상당히 발끈했던 걸로 기억하는데. 윌이랑 사귀기에는 좀 너무 똑똑한 여자가 아니었나 줄곧 생각이 들더라고."

내 명치에서 욕지기가 점점 심해진다.

"그 동영상이 쫙 돌았던 거 기억나지?" 제스로가 말한다.

"미치이이이인." 루이스가 눈을 휘둥그렇게 뜨며 말한다. "야, 당연하지. 그건 진짜…… 살벌했잖아."

"아마 지금쯤은 폰허브에 흘러들어갔을 거야." 제스로가 말한다. "고전 영상으로 분류되어 있겠지, 분명히. 그앤 지금쯤 뭐하고 있을지 궁금하네. 어딘가에 동영상이 올라가 있다는 걸 알면서."

"저기," 루이스가 갑자기 나를 보더니 말한다. "괜찮아요? 세상에……" 그가 내 팔에 손을 얹는다. "얼굴이 아주 백지장 같아요." 그는 동정하듯 얼굴을 찌푸린다. "혹시 마지막 잔에 사레라도 들린 거예요?"

나는 루이스를 떠밀고 비틀거리며 그들로부터 멀어진다. 바깥으로 나가야만 한다. 가까스로 늦지 않게 나가자마자 양손을 짚고 무릎을 꿇은 채 무너져 땅바닥에 구토한다. 열병이라도 걸린 것처럼 전신이 덜덜 떨린다. 나는 하객 두엇이 입구 안쪽에 서서 충격과 혐오감에 웅얼거리며 킥킥대고 있다는 걸 어렴풋이 인지한다. 여기 바깥은 날씨가 훨씬 거칠어진 터라 머리카락이 뽑힐 듯 휘날리고 눈이 눈물로 따끔거린다는 것 역시 어렴풋하게 인식한다.

나는 다시 구토한다. 그러나 선상에서 뱃멀미를 했을 때와 달리 전혀 상태가 나아지지 않는다. 이 욕지기는 달랠 방도가 없다. 내 안쪽 깊은 곳으로 내려앉아버렸다, 독극물과도 같은 새로운 깨달음이. 내 핵심부로 흘러들어와버렸다.

현재
결혼식 당일 밤

"이거 누가 신고 있었더라?" 앵거스가 신발 한 짝을 들어올린다. 그의 손이 떨린다.

"아까 분명히 봤는데." 페미가 답한다. "근데 어디서 봤는지 생각이 안 나―모든 게 너무 오래전 일 같아." 이제 초현실적으로 느껴지는 쪽은 오히려 낮이다. 이것, 즉 밤, 폭풍, 마음속의 공포가 그들에게 존재하는 전부가 되어버렸다.

"이거 가져가야 할까?" 앵거스가 묻는다. "어쩌면…… 어쩌면 무슨 일이 벌어진 건지 실마리가 될 수도 있잖아."

"아니. 제자리에 둬야 해." 페미가 말한다. "애초에 손을 대면 안 됐던 거였어. 사실 왕관도 마찬가지고."

"왜?" 앵거스가 묻는다.

"왜냐니, 멍청아." 덩컨이 딱딱댄다. "증거가 될 수도 있잖아."

"야." 그들이 신발을 놔두고 움직이는데 앵거스가 말한다. "바람이…… 멈췄어."

그의 말이 옳다. 어째서인지 그들이 눈치채지 못한 사이에 폭풍이 기력을 소진해버렸다. 폭풍이 지나간 자리에는 기괴한 정적만이 남아, 그들은 차라리 폭풍의 귀환을 갈망한다. 이 고요는 숨을 참는 것처럼, 거짓 평온처럼 느껴진다. 거기다 이제 자신들의 겁먹은 숨소리, 거칠고 밭은 숨소리마저 들려온다.

그간 그들은 전방위를 확인하느라 성큼성큼 전진하기 어려웠다—벨벳처럼 드리운 암흑 속에 어떤 위협적인 요소가, 움직이는 기척이 있는지 조마조마하게 훑느라. 그러나 지금은 드디어 궁전이 저멀리 시야에 어른거리며 창문으로 검은 윤광을 반사하고 있다.

"저기." 페미가 우뚝 멈춘다. 뒤편의 다른 이들이 얼어붙는다.

"아무래도……" 그가 말한다. "아무래도 저기 뭔가 있는 것 같아."

"망할 신발 다른 짝이기만 해봐라." 덩컨이 고함친다. "이게 뭐야? 신데렐라야? 망할 헨젤과 그레텔이냐고?" 이런 농담을 시도해봤자 아무도 반응하지 않는다. 모두 그의 목소리에서 덜걱거리는 공포를 들은 탓이다.

"아니." 페미가 말한다. "신발이 아니야."

다들 그의 목소리에서 날 선 기색을 느낀다. 이에 그들은 그게 뭔지 몰라도 전혀 보고 싶지 않고, 뒤꽁무니를 빼고 싶어진다. 하지만, 그러는 대신에 페미가 횃불을 천천히 좌우로 내두르고, 불빛이 지면 위를 미약하게 가로지르는 가운데, 그들은 억지로 서서 지켜본다.

저기 무언가가 있다. 비록 이번에는 무언가가 아니지만. 그것은 누군가다. 그들이 커져가는 공포 속에서 지켜보는 사이 흙바닥에 비춘 불빛에 기다란 형체가 드러난다. 엎어진 자세를 하고 있는, 끔찍하게도 인간의 것이 분명한 형체가. 그 형체는 궁전과 상당히 가까운 지점에, 한층 단단한 지대에서 이탄 늪지로 이어지는 가장자리에 엎어져 있다. 바람결에 몸에 걸친 옷자락이 부스대고 키들대는데, 거기에 핸드폰 손전등의 흔들거리는 불빛마저 더해지자 소름 끼치게도 움직이는 듯한 인상을 준다. 모골이 송연한 마술, 교묘한 속임수가 아닐 수 없다.

안내역들은 저 옷가지 안쪽에 정말로 인간이 있다는 게 믿기지가 않는다. 조금 전까지만 해도 웃고 떠들던 사람이. 그들 모두와 함께 결혼식을 축하하던 사람이.

조금 전

이파

웨딩플래너

웨이터 여럿의 도움을 받아, 그리고 무한히 신중을 기하며, 우리는 거대한 케이크를 들어올려 차일 한가운데로 옮겼다. 하객들은 곧 여기로 불려와 이 주위에 모여서 케이크의 첫 조각을 자르는 광경을 지켜보게 될 것이다. 커팅식은 아까 예배당에서 진행된 본식에 버금가는 성례처럼 느껴진다.

프레디가 칼을 들고 케이터링 공간에서 나타난다. 그는 나를 보며 얼굴을 찌푸린다. "여보 괜찮아?" 그가 나를 유심히 뜯어보며 묻는다.

"괜찮아." 나는 그에게 말한다. 아무래도 낮 동안의 긴장감이 얼굴에 다 드러나는 모양이다. "그냥 약간 버거워서 그런 것 같아."

프레디는 끄덕이고, 이해한다. "그래도 조금만 있으면 다 끝날 거야." 그가 케이크 옆에 놓아둘 칼을 내게 건넨다. 섬세하게 세공한 아름다운 칼인데, 기다란 칼날에 우아한 자개 손잡이가 달렸다.

"이 칼 정말 조심히 다루라고 말해줘. 아주 살짝만 스쳐도 베이는 수가 있어. 신부가 칼을 특별히 잘 갈아달라고 요청했거든—사실 미친 짓이지, 이런 칼은 고기 써는 용도로 만들어진 건데. 저런 스 펀지 정도야 버터 썰듯이 쓱 갈라버릴걸."

줄스
신부

올리비아와 월이 절벽 끝에서 나누는 대화를 나는 전부 들었다. 혹은, 적어도 상황이 이해될 만큼은 들었다. 대화 일부를 바람이 채가는 바람에 그들에게 매우 가까이 다가가야 해서, 그들이 이쪽을 흘긋하다 나를 발견할 거라는 확신이 들 정도였다. 그러나 보아하니 각자 서로에게—상대와의 논쟁에—너무도 골몰한 나머지 눈치채지 못한 모양이었다. 처음에는 무슨 말인지 아예 감이 잡히지 않았다.

"내가 줄스한테 우리 얘기를 해버릴 거라고." 올리비아가 고함쳤다. 처음에 나는 이해하기를 거부했다. 그럴 리 없었다. 그런 상황을 고려하는 것만으로도 너무나 끔찍했다……

그러다가 바다에서 나왔을 때의 올리비아가 떠올랐다. 한순간 내게 뭔가 말하려 애쓰는 듯 보였던 그 모습이.

그리고 나서 월의 목소리가 돌변하는 것도 들었다. 그가 그녀의 입을 손으로 틀어막는 모습. 그녀의 팔을 움켜쥐는 모습. 그가 말하는 실제 내용보다도 그 모습에 나는 더 충격을 받았다. 여기 내 남편이 있었다. 동시에 내가 거의 모르는 남자가 있었다.

어둠 속에서 그들을 지켜보다 눈치챈 둘 사이의 육체적 친밀감은 그 어떤 말보다도 유려한 설명이 되어주었다.

절벽 끝에 있는 그들을 보았을 때 이 모든 상황의 흉물스러운 형체가 내 눈앞에서 덩어리를 이루며 빚어지기 시작했다.

처음에는 분노할 겨를조차 없었다. 그저 거대하고 존재론적인 충격만이, 모든 것의 밑바닥이 꺼지는 듯한 감각만이 있었을 뿐. 하지만 이제 나는 다른 감각을 느끼기 시작한다.

그는 내가 치욕을 주었다. 나를 농락해 바보로 만들었다. 그러자 익숙해서 거의 위안이 되기까지 하는 분노가 내 안에서 피어오르며 다른 모든 감정을 일소해버리는 게 느껴진다.

나는 머리에 쓴 금관을 잡아채 땅바닥에 던진다. 그것을 짓밟아 우그러진 금속 쪼가리로 만들어버린다. 그래도 분이 풀리지 않는다.

올리비아
신부 들러리

"윌!" 줄스의 목소리다. 이윽고 밝고 푸르스름한 불빛—그녀의 핸드폰 손전등 불빛이다. 우리를 향해 비춘 스포트라이트에 딱 걸려버린 듯한 느낌이다. 우리 둘 다 얼어붙는다. 윌은 마치 내 피부에 닿아 화상이라도 입은 양 곧장 내 팔을 놓고 후다닥 물러난다.

줄스가 그의 이름을 부른 어투로는 무엇도 판별할 수가 없다. 완벽하게 무감한 투였다—어쩌면 살짝 조급한 기색이 있었을지도 모르지만. 줄스가 어디까지 보았는지, 아니 그보다 어디까지 들었는지 궁금하다. 하지만 줄스가 그리 많이 들었을 리는 없지 않겠는가? 만약 들었다면—뭐, 나는 줄스를 안다. 아마 둘 다 지금쯤 저절벽 밑바닥에 쓰러져 있을 것이다.

"둘이 대체 여기 나와서 뭐하는 거야?" 줄스가 묻는다. "윌, 다들 당신이 어디 있는지 궁금해하잖아. 그리고 올리비아, 네가 쓰러졌다고 누가 그러던데?" 그녀가 가까이 다가온다. 모습이 뭔가 달라졌는데, 나는 생각한다. 언니의 금관이 사라졌다, 바로 그거다.
하지만 그 밖에 달라진 구석이 또 있는 듯한데, 어디인지 집어낼
수가 없다.

"맞아." 윌이 다시 매력을 발산하며 말한다. "올리비아가 바깥
바람을 좀 쐬면 좋을 것 같아서."

"그래." 줄스가 말한다. "참 다정하네. 하지만 이제 안으로 들어
가야 해. 케이크를 자를 시간이야."

현재
결혼식 당일 밤

안내역들은 신중하게 시신을 향해 다가선다.

시신은 비교적 마른 지대에서 약간 떨어진 곳, 이탄 늪지로 이어지는 지점에 엎어져 있다. 이미 늪지가 시체를 성실하고 다정하게 에워싸며 그 가장자리를 덮기 시작했다—그러니 설사 죽은 이가 갑자기 기적적으로 되살아나 떨치고 일어서려 해도 예상보다 쉽지는 않을 것이다. 한쪽 손, 한쪽 발을 빼내느라 고생할지도 모른다. 토지의 검고 축축한 가슴팍에 꽉 끌어안긴 꼴이 될지도 모른다.

늪지는 일찍이 다른 시체도 삼킨 바가 있었다. 통째로 삼켜 아가리를 쩍 벌리고 제 아래 깊은 곳으로 밀어넣어버렸다. 하나 그건 오래전 일이었고, 늪지는 한참이나 배를 곯은 터였다.

그들이 살금살금 더 가까이 가자 이리저리 훑는 불빛에 신체 부위들이 제각기 드러난다. 두 다리는 어색하게 바깥쪽으로 벌어져 있고, 머리는 위로 들쳐진 채 땅바닥에 놓여 있다. 텅 비어 무엇도 담고 있지 않은 두 눈은 빛줄기에 번득인다. 그들은 반쯤 벌어진 입을 흘긋거리는데 혀가 살짝 삐져나온 것이 어쩐지 외설적이다. 거기다 흉골에는 검붉은 핏자국이 얼룩져 있다.

"하, 씨발." 페미가 말한다. "하, 씨발…… 윌이야."

처음으로 신랑은 아름다워 보이지 않는다. 그의 이목구비는 일그러져 고통의 가면을 쓴 듯하다. 멍하게 응시하는 두 눈, 축 늘어진 혀.

"오, 하느님." 누군가 말한다. 앵거스는 헛구역질을 한다. 덩컨은 흐느끼듯 울음을 내뱉는다. 그들 중 누구에게도, 그 어떤 경우에도 동요하는 모습을 보여준 적 없는 덩컨. 그러더니 그는 쭈그리고 앉아 시신을 흔든다―"왜 이래, 이 자식아. 일어나! 일어나라고!" 그렇게 흔들어대자 고개가 좌우로 구르며 끔찍하게도 살아 움직이는 듯한 모습이 연출된다. "그만해!" 앵거스가 덩컨을 붙잡으며 고함친다. "그만하라고!"

그들은 시신을 응시하고 또 응시한다. 페미의 말이 옳다. 윌이다. 그러나 윌일 리 없다. 그들 무리의 정신적 지주, 건드릴 수 없는 존재, 모두에게 사랑받는 윌일 리 없다.

윌에게―그들의 전사한 친구에게―너무도 정신이 팔린 나머지, 각자의 충격과 비탄에 너무도 깊이 빠진 나머지 그들은 모두 경계를 풀어버린다. 누구도 몇 피트 떨어진 곳에서 나는 인기척을 눈치채지 못한다. 아주 생생히 살아 있는 또다른 형상이 암흑을 벗어나 그들을 향해 다가오고 있음을.

조금 전

윌
신랑

줄스와 나는 함께 차일로 돌아간다. 올리비아는 알아서 돌아오도록 내버려둔다. 거기서 한순간 정신이 나갔을 때, 우리가 절벽 끝에 너무도 가까이 있음을 깨닫자 충동이 일었다. 설사 그렇게 되었다 해도 놀라는 사람은 별로 없었을 것이다. 어차피 올리비아는 아까 스스로 물에 빠져 죽으려 하지 않았는가—적어도 내가 그녀를 구하기 전까지는 확실히 그래 보였다. 거기다 바람마저 이렇게 불어대니—이제는 정말로 강풍이 불고 있다—혼란이 더더욱 가중되었을 테다.

그러나 그건 내가 아니다. 나는 살인자가 아니다. 나는 좋은 놈이다.

다만 모든 게 다소 통제를 벗어나 손쓸 수 없게 되어버렸다. 이것저것 처리할 일들이 생긴 것이다.

당연히 나는 줄스에게 올리비아 얘기를 절대 할 수 없었다. 줄스의 어머니 집에 방문한 그날 둘의 관계를 알게 됐을 때도, 일이 그렇게까지 진척된 상황에서 그런 얘기를 할 수는 없었다. 불필요하게 줄스에게 상처를 줄 이유가 뭐가 있겠는가? 올리비아와의 일―그건 절대 진실된 관계로 발전할 리 없었잖은가? 그냥 잠깐 끌렸던 거지. 올리비아와는 온통 거짓에 기반한 관계였다, 내 거짓말은 물론 그녀의 거짓말까지. 사실 그날 데이트에서 올리비아를 만났을 때 구미가 당겼던 건 그녀의 허세, 본인이 아닌 누군가가 되려 하는 그 모습 때문이었다. 나이들어 보이려 허세를 부리던, 세련되어 보이려 허세를 부리던 모습. 그 확신 없는 모습. 그런 모습을 보니 그녀를 타락시키고 싶다는 마음이 들었다. 올리비아는 한때 내가 대학에서 사귀었던 여자친구와 다소 비슷했다. 소위 착실한 여자애―똑똑하고 노력가에다 허접한 고등학교 출신이라 본인이 그 대학에 다닐 만큼 잘난 사람이라고 생각하지 않았던 여자애였다.

그러나 그 파티에서 줄스를 만났을 때는 달랐다. 마치 운명 같았다. 나는 곧장 우리가 얼마나 잘 어울릴지 알아보았다. 우리가 얼마나 잘 어울려 보일지―외적인 면에서도 그렇지만, 우리가 서로에게 걸맞은 상대라는 면에서도. 나는 앞날이 창창한 새로운 직업에 막 뛰어들려는 참이었고, 그녀는 워낙에 야심 찬 수완가였으니. 나는 나와 동급의 상대가, 자신감과 야망이 있는 사람이 필요했다―나 같은 사람이. 함께라면 우리는 천하무적일 터였다. 아닌 게 아니라 실제로 그렇다.

올리비아는 계속 입을 다물고 있을 거라고 나는 생각한다. 그건 처음부터 알고 있었다. 아무도 본인을 믿지 않으리라 생각할 것임을 알았다. 그녀는 자신을 지나치게 의심한다. 다만―아마도 단순

히 내 편집증적인 생각 탓이겠지만—여기 온 이래로 그녀가 달라
진 듯한 느낌이 들기는 한다. 이 섬에 있으니 모든 것이 달라진 듯
하다. 마치 이곳이 그런 변화를 일으키는 것처럼, 우리가 어떤 이
유가 있어 이곳에 불려온 것처럼 느껴진다. 말도 안 되는 생각이라
는 건 안다. 그냥 이 많은 사람을 한꺼번에 한곳에 몰아넣은 탓일
테다, 과거와 현재의 사람들을 몽땅. 나는 평소에는 매우 신중을
기하는 편이지만 이 모든 것을 사전에 숙고해보지 못했다는 점은
인정해야겠다. 이 모든 사람을 여기 다 모아놓으면 어떤 일이 벌어
질지까지는. 그 여파까지는.

　음. 올리비아는 괜찮을 것 같다. 하지만 차일로 돌아가자마자 조
노와 관련해서는 무슨 수를 써둬야겠다. 그놈이 애먼 사람을 죄다
붙잡고 입을 털고 다니게 놔둘 수는 없다. 어쩌면 내가 조노를 과
소평가했는지도 모르겠다. 그를 여기 불러오는 게, 가까이 두는 게
더 안전하리라 생각했다. 그러나 내가 알지도 못하는 사이에 줄스
가 피어스를 초대해버렸다. 그래, 사실 거기서부터 모든 일이 어그
러졌던 거다. 줄스가 피어스만 초대하지 않았어도 조노는 텔레비
전 오디션에 관해 절대 알 수 없었을 테고 우리는 평소대로 지냈을
거다. 그가 프로그램에 출연했어도 절대 잘 풀렸을 리 없다는 걸
스스로도 알아야 한다. 실상 본인도 안다, 자기 입으로 너무도 잘
말하고 다녔듯이. 조노는 완전히 말썽거리다. 마리화나 피우고
술이나 마셔대면서 옛날 일은 존나 잊어버리지도 않으니. 그러다
기자 앞에서 무슨 환각 상태를 겪기라도 했으면 전부 다 들통났을
테다. 본인도 그걸—본인이 어떤 대참사를 초래할지—알면서 왜
그 문제로 저렇게 난리인지 사실 이해가 가지 않는다. 하여간 조노

는 위험하다. 그가 알고 있는 게, 발설할 수 있는 게 있으니. 아무
도 그놈 말을 믿지 않으리라고 나는 상당히 확신한다—이십 년 전
의 웬 얼토당토않은 이야기잖은가. 그래도 나는 그런 위험을 감수
하지 않을 것이다. 조노는 다른 방면에서도 위험하니까. 동굴에서
그가 무슨 짓을 하려고 했던 건지 나는 눈가리개를 하고 있어서 알
지 못하지만, 이파가 우리를 찾아와주길 천만다행이다. 그렇지 않
았다면 무슨 일이 벌어졌을지 누가 알겠는가.

　뭐. 이번에는 그놈이 불시에 내 뒤통수를 치게 놔두지 않을 거다.

해나
부부 동반 참석자

나는 제스로와 루이스로부터 알아낸 사실을 이성적으로 바라보려 한다. 그냥 우연의 일치일 가능성이 아주 미미하게라도 있을까? 나의 합리적인 목소리를 들으려 노력한다. 비슷한 상황에서 내가 찰리에게 할 법한 말을 상상하면서. 당신 취했어. 생각에 조리가 없잖아. 일단 푹 자고 아침에 다시 생각해봐.

하지만 정말로―제대로 되새겨볼 필요조차 없이―나는 알겠다. 직감이 든다. 우연의 일치라기에는 너무도 말끔히 맞아떨어진다.

물론 앨리스의 영상은 익명으로 게시되었다. 게다가 당시 우리 가족은 너무도 비탄에 잠겨 있어서 혹시 범인을 찾는 데 도움을 줄지 모르는 앨리스의 친구들을 찾아볼 생각도 못했다. 그러나 후일에야 나는 언젠가 언니의 인생을 망친―언니의 인생을 끝장낸―그놈에게 설욕할 기회가 찾아온다면 그놈을 고통스럽게 만들고 말리라고 맹세했다. 오 세상에…… 거기다 내가 그놈에게 호감을 품

었던 걸 생각하면. 나는 간밤에 그의 꿈까지 꿨던 것이다—이 생
각에 쓸개즙이 더더욱 입안으로 역류한다. 앨리스를 망가뜨린 바
로 그 매력에 나까지 속아넘어가다니 또 한번 모독당한 것이나 다
름없다.

나는 리허설 만찬 때의 윌을 떠올린다. 우리 약혼 기념 파티에서
만났던가요? 어디서 뵌 것 같아서. 줄스한테 있는 사진에서 봤나보군요.
그가 나를 알아봤다고 말했을 때, 그는 나를 알아본 것이 아니었다.
앨리스를 알아본 거였다.

침착한 외양을 걸치고 차일 안으로 다시 들어설 때, 속으로는 분
노가 너무도 강력해 나조차 섬뜩할 지경이다. 언니의 죽음에 책임
이 있는 저 남자는 거짓된 매력을 이용해서, 타고난 외모와 계급적
특권을 이용해서 승승장구하고 경력을 일궈냈다. 반면에 그보다
백만 배는 총명하고 훌륭한 사람인 앨리스—똑똑하고 눈부신 우
리 언니—는 기회 한 번 얻어보지 못했다.

나는 인파에 둘러싸인다. 그들은 취해서 얼이 빠져 비틀댄다. 그
들 사이로는, 너머로는 앞쪽이 보이지 않는다. 나는 사람들을 밀치
고 나아가는데 때로 너무 세게 떠미는 바람에 작은 볼멘소리가 들
려오고 나를 돌아보는 시선이 느껴진다.

전등이 다시 말썽인 모양이다. 분명 바람 때문일 테다. 내가 군
중을 헤치고 나아가는 사이 전등이 깜빡이며 나갔다가 다시 들어
온다. 그러고는 다시 나간다. 아까 황혼녘에는 불빛이 없어도 상당
히 잘 보였다. 그러나 지금은 전등 불빛이 사라지자 거의 칠흑이나
다름없다. 테이블에 놓인 작은 향초도 소용이 없다. 오히려 사람들

의 모호한 형체, 이쪽저쪽으로 움직이는 그림자만 보이게 만들어 혼란을 가중할 뿐이다. 사람들은 꺅꺅대고 깔깔대며 나와 부딪힌다. 귀신 들린 집에 들어온 느낌이다. 소리를 지르고 싶다.

주먹을 너무 세게 쥐었다 폈다 하는 바람에 손톱이 손바닥 살갗을 뚫는 느낌이다.

이건 내가 아니다. 마치 빙의라도 된 듯한 기분이다.

전등이 들어온다. 모두가 환호한다.

찰리의 목소리가 마이크로 증폭되어 공간 구석에서 울려퍼진다. "여러분, 이제 케이크 커팅식이 있겠습니다." 내 앞으로 몰려드는 하객 너머로 나는 마이크를 쥐고 있는 남편을 쏘아본다. 그가 이토록 멀게 느껴진 적이 없었다.

저기 순백으로 반짝이며 설탕 꽃과 나뭇잎으로 완벽하게 장식된 케이크가 놓여 있다. 그 옆으로 줄스와 윌이 자세를 잡고 선다. 그러자 그들은 웨딩 케이크 꼭대기에 올리는 완벽한 장식용 인형처럼 보인다. 금발에 탄탄한 몸매로 우아한 정장을 차려입은 윌과 흑발에 모래시계 몸매로 순백의 드레스를 차려입은 줄스. 지금껏 내가 누군가를 증오한 적이 있었다고는 절대 말할 수 없다. 제대로 증오한 적이 있었다고는. 앨리스의 남자친구에 관해, 그가 언니한테 무슨 짓을 했는지에 대해 들었을 때조차 증오심이 들지는 않았다. 그 증오심을 쏟아부을 실체가 없었기 때문이다. 오, 하지만 나는 이제 그를 증오한다. 저기 서서 백 개의 핸드폰에서 터지는 플래시에 미소 짓는 그를. 나는 가까이 다가간다.

결혼식 주요 하객들이 두 사람 주위로 모여든다. 안내역 넷이 씩 웃어 보이며 월의 등을 토닥이는데 나는 의문이 든다. 저들 중 누구라도 그의 본성을 엿본 적이나 있을까? 저들은 상관하지 않는 걸까? 그리고 저기 찰리가 맨정신인 척, 스스로를 제대로 통제하고 있는 척 상당히 능숙하게 연기를—단언컨대 연기에 지나지 않을 테다—하고 있다. 근처에는 줄스와 월의 부모님이 서서 뿌듯하게 미소를 짓고 있다. 그리고 올리비아도 온종일 그러했듯이 처량한 얼굴로 서 있고.

나는 조금 더 가까이 다가간다. 내 혈관에 전류라도 충전된 것처럼 온몸을 따닥따닥 훑어대는 이 감정을, 이 기운을 어째야 할지 모르겠다. 한 손을 내밀자 격정으로 손가락이 덜덜 떨린다. 그러자 섬뜩해지면서 동시에 흥분된다. 만일 지금 당장 시험해본다면, 내가 초자연적인 새로운 힘을 지녔다는 사실을 깨달을지도 모른다는 느낌이 든다.

이파가 앞으로 나선다. 줄스와 월에게 칼을 건넨다. 날이 기다랗고 날카로운 커다란 칼이다. 칼에 자개 손잡이도 달렸는데, 전반적인 외양을 좀더 부드럽게 만들어 그 예리함을 감추려는 듯하다. 마치 이렇게 말하려는 것처럼. 이것은 웨딩 케이크를 자르는 용도의 칼로, 그 밖에 음험한 속내는 전혀 없답니다.

월이 줄스의 손 위에 손을 얹는다. 줄스가 우리 모두를 향해 미소 짓는다. 그녀의 치아가 번득인다.

나는 조금 더 다가선다. 이제 거의 앞줄에 있다.

그들이 함께 케이크를 자를 때, 손잡이를 잡은 줄스의 손마디가 하얘지고 월의 손은 그녀의 손 위에 얹혀 있다. 케이크가 쪼개지며 검붉은 심부를 드러낸다. 줄스와 월은 그들 주위의 핸드폰 카메라를 향해 미소 짓고, 미소 짓고, 미소 짓는다. 칼이 다시 테이블 위에 놓인다. 칼날이 번득인다. 칼이 바로 저기에 있다. 손을 뻗으면 닿을 곳에 있다.

그러던 중 줄스가 몸을 숙이더니 케이크를 큼지막하게 한 움큼 집어든다. 그리고 카메라를 향해 미소 지은 채, 플래시가 터지듯 재빠르게 그것을 월의 면상에 처박는다. 그 행위는 뺨을 올려붙이는 것만큼이나, 주먹을 갈기는 것만큼이나 난폭해 보인다. 월이 휘청이며 그녀에게서 물러나 곤죽이 된 케이크 틈새로 입을 떡 벌리고 그녀를 쳐다보는 사이 스펀지 시트와 아이싱이 덩어리째 그의 티 하나 없는 정장에 떨어진다. 줄스의 표정은 난해하다.

무슨 일이 벌어질지 모두가 지켜보는 사이 한순간 간담이 서늘한 정적이 흐른다. 그때 월이 가슴에 손을 얹더니 '당했다'는 몸짓을 해 보이며 씩 웃는다. "아무래도 이것 좀 씻어내러 다녀와야겠네요." 그가 말한다.

모두가 함성과 환호와 비명을 내지르며 방금 목격한 사건의 기이함을 잊어버린다. 이건 다 식의 일환인 것이다.

그러나 나는 눈치챈다. 줄스는 웃고 있지 않다.

월은 차일에서 나가 궁전 쪽으로 걸어간다. 하객들은 다시 담소를 나누고, 웃기 시작했다. 아마 나가는 그를 돌아보는 사람은 오직 나뿐일 테다.

밴드가 다시 연주를 시작한다. 모두가 댄스플로어로 쏟아져나간다. 나는 여기 제자리에 그대로 뿌리내린 듯 서 있다.

그리고 전등이 나간다.

올리비아

신부 들러리

그의 말이 맞았다. 나는 이제 결코 줄스에게 말하지 못할 것이다.

윌이 어떻게 그 모든 걸 궤변으로 왜곡해버렸는지 생각한다. 어떻게 모든 일이 내 탓으로 느껴지게 만들었는지. 그는 자신이 내게 준 수치심을 이용해먹었던 거다. 줄스와 함께 현관문으로 걸어들어오는 그를 본 이래로 쭉 느껴왔던 바로 그 수치심을. 그는 내가 하찮고 사랑받지 못하고 추하고 멍청하고 무가치한 존재라고 느끼게 만들었다. 나 자신을 증오하게 만들었고, 이 끔찍한 비밀을 안겨줌으로써 내가 다른 이들에게, 심지어 우리 가족에게—특히나 우리 가족에게—담을 쌓게 만들었다.

방금 절벽 끝에서 그가 어떻게 내 팔뚝을 움켜잡았는지 생각한다. 줄스가 따라 나오지 않았다면 무슨 일이 벌어질 뻔했는지 생각한다. 만일 줄스가 보았다면 모든 것이 달라졌을 것이다. 그러나 그녀는 보지 못했고, 나는 때를 놓쳤다. 이제 와서 말해봐야 아무도 내 말을 믿어주지 않을 것이다. 아니면 다들 나를 비난할 것이다. 나는 못한다. 그걸 감수할 만큼의 용기가 없다.

그래도 무언가 내가 할 수 있는 일이 있을 테다.

그리고 전등이 나간다.

줄스
신부

케이크로는 성에 차지 않았다. 소심하고 한심하게 느껴졌다. 그는 돌이킬 수 없을 만큼 나를 실망시켰다. 망할 우리 가족이 단 한 명도 빼놓지 않고 나를 실망시켰듯이. 윌과 관련해서는 스스로 신중하게 구축해둔 보안책을 전부 무시했다. 그에게 휘둘린 건 내가 자초한 일이다.

케이크를 자를 때 내게 미소 짓던 그를, 케이크 위에서 겹쳐진 우리의 손을 떠올려본다. 그 손이 내 동생의 몸을 구석구석 만지고, 또…… 하느님 맙소사, 그런 생각을 하는 것만으로도 너무 역겹다. 우리가 같이 잘 때 그는 내 동생 생각을 했을까? 내가 너무도 멍청해서 영영 짐작도 못하리라 생각했을까? 필시 그랬으리라. 그리고 그의 생각이 옳았다. 그런 사소한 이유까지 하나하나 더해져서 이 상황이 이토록 모욕적으로 다가오는 것이다.

글쎄. 그는 나를 과소평가했다.

내 안에서 분노가 커지며 충격과 비탄을 집어삼킨다. 분노가 내 갈비뼈 아래에서 피어오르는 게 느껴진다. 분노가 지나는 길에 다른 모든 감정을 일소하니 거의 다행스러울 지경이다.

그리고 전등이 나간다.

조노
신랑 들러리

나는 바깥의 암흑 속에 있다. 여기 바깥은 염병할 강풍이 불어댄다. 밤의 어둠 속에서 이런저런 것들이 자꾸 튀어나오는 느낌이다. 나는 그것들을 물리치고자 양손을 들어올린다. 무엇보다 그 얼굴이, 간밤에 내 방에서 보았던 그 얼굴이 다시 보인다. 그 커다란 안경, 우리가 그애를 납치하기 몇 시간 전 마지막 순간에 기숙사 방에서 그애가 지어 보였던 그 표정까지. 우리가 죽인 소년. 우리 둘이서 그를 죽였다. 그러나 그로 인해 망가진 건 우리 중 한 명의 인생뿐이었다.

정신이 오락가락하는 기분이다. 피트 램지가 식후 입가심용 박하사탕이라도 되는 양 약을 돌렸다―그 효력이 드디어 나를 장악하고 있다.

윌, 그 개새끼. 아무 일도 없었다는 양, 아무런 타격도 받지 않았다는 양 차일로 들어가다니, 얼굴에 함박웃음까지 띠고. 지금 생각해보면 기회가 있었을 때 동굴 안에서 그놈을 끝장내버렸어야 했다.

나는 차일로 되돌아가려 애쓴다. 차일의 불빛은 보이지만 계속 다른 장소에서 나타나는 느낌이다…… 가까워졌다가 저리로 멀어지는 게. 차일의 소음도 들려온다, 바람결에 스치는 캔버스 천, 음악……

그리고 전등이 나간다.

이파

웨딩플래너

전등이 나간다. 하객들이 소리를 지른다.

"걱정하지 마세요, 여러분." 내가 고함친다. "바람 탓에 발전기가 또 말썽이라 그렇습니다. 모두 여기 계시면 몇 분 안에 전등이 다시 들어올 겁니다."

윌
신랑

나는 궁전의 화장실에서 얼굴에 묻은 케이크를 씻어낸다. 길잡이가 되어주는 건물의 불빛이 있었음에도 여기까지 오는 길은 수월치가 못했는데, 자꾸 불어대는 바람이 나를 날려버리려 했기 때문이다. 그래도 어쩌면 나만의 공간을 좀 가지고 잡생각을 비우는 기회로 삼는 것도 괜찮을 것 같다. 세상에, 아이싱이 머리카락 사이사이는 물론 콧속에도 박혀 있다. 줄스가 정말 있는 힘껏 문질렀구나. 치욕스러운 순간이었다. 케이크를 맞고 나서 고개를 들었더니 나를 지켜보는 아버지가 보였다. 늘 짓던 그 표정을 하고 있는—중요한 시합에 출전할 1군 멤버가 발표되었는데 내 이름은 올라 있지 않았을 때와 같은. 혹은 내가 옥스브리지에 들어가지 못했을 때, 혹은 GCSE 결과가 나왔는데 살짝 지나치게 완벽한 성적이었을 때와 같은. 나에 대한 당신의 판단이 옳다고 판명되었다는 듯 일종의 암울한 뿌듯함에 가까운 표정. 나는 아버지가 나를 대견스러워하는 모습을 단 한 번도 본 일이 없다. 아버지가 늘 요구했던 것처럼 오직 정진하고자, 성취하고자 줄곧 노력해왔음에도 불구하고. 내가 성취한 그 모든 것에도 불구하고.

케이크 조각을 들어올렸을 때 줄스의 표정. 씨발. 그녀가 뭔가 알아차린 건가? 하지만 뭘? 어쩌면 그저 안내역들이 나를 그렇게 짊어지고 나간 일 때문에 아직 짜증이 나 있는 것뿐이리라, 우리의 저녁이 방해받아서. 분명히 그런 것이고 그 이상의 이유는 없었으리라. 그렇지 않더라도 필요하다면 분명 내가 그녀를 구슬릴 수 있을 테다.

이렇게 될 일이 아니었는데. 모든 게 갑자기 모래성처럼 느껴진다. 모든 게 지금 당장이라도 붕괴해버릴 것 같다. 저곳으로 돌아가 다 바로잡아야겠다. 그런데 무엇을 먼저 처리하지?

나는 거울에 비친 내 모습을 시야에 담는다. 이 얼굴을 준 하느님에게 감사할 따름이다. 이 얼굴엔 지난 두어 시간 동안 느꼈던 압박감이 일절 비치지 않는다. 이 얼굴이 나의 여권이다. 이 얼굴로 나는 신뢰를, 사랑을 얻는다. 그리고 그런 이유로 나는 결국에 조노 같은 놈을 언제나 이길 것임을 안다. 입꼬리에 묻은 작은 빵 부스러기를 마지막으로 닦아낸 다음 머리칼을 정돈한다. 나는 미소 짓는다.

그리고 전등이 나간다.

현재
결혼식 당일 밤

그들은 시신 위로 몸을 구부린다. 페미―평상시에는 외과의로 일하나 지금 당장은 그 직업마저 매우 멀게만 느껴지는―가 엎어진 형상 위로 허리를 굽혀 얼굴을 입 가까이 대고 미약한 숨소리라도 나는지 귀를 기울인다. 실상 헛된 짓이다. 이 바람소리를 뚫고 뭐라도 듣는 게 가능하다 해도, 멍하게 뜬 두 눈과 헤벌어진 입과 가슴께에 묻은 거뭇한 진홍색 얼룩을 보면 그의 숨이 끊어졌음은 명명백백하다.

그들은 모두 눈앞에 놓인 미동 없는 형상에 정신을 빼앗긴 나머지 그들 외에 누군가가 있다는 걸 아무도 눈치채지 못했고, 빙 둘러서 있는 그들의 언저리에서 암흑에 싸여 있던 형상을 일별하지 못했다. 이제 그 형상이 횃불의 불빛 속으로 발을 디디며 어둠 속에서 서서히 모습을 드러낸다. 무슨 끔찍한 고대의 인물처럼―구약성서에 나오는 복수의 화신처럼. 그들은 처음에 그를 알아보지 못한다. 그들이 첫번째로 본 것은 범벅이 된 피다.

그는 피로 목욕이라도 한 듯한 모습이다. 피가 셔츠 앞섶을 뒤덮고 있어, 옷은 이제 하얀색보다 진홍색에 가깝다. 그의 손은 손목까지 피에 푹 젖어 있다. 목에도 피가 묻어 있거니와 턱선을 따라 엉겨붙은 게 마치 피를 마시기라도 한 듯하다.

그들은 경악에 휩싸여 말없이 그를 주시한다.

그는 조용히 흐느낀다. 그가 그들에게 양손을 들어 보이고 이제야 그들은 번득이는 금속 물체가 눈에 들어온다. 그리하여 그들이 두번째로 본 것은 칼이다. 그들에게 생각할 겨를이 있었다면 그것을, 그 칼날을 알아보았으리라. 날이 길고 우아하며 자개 손잡이가 달린, 조금 전 웨딩 케이크를 자를 때 보았던 바로 그 칼을.

페미가 맨 먼저 목소리를 찾는다. "조노." 그가 매우 천천히 신중하게 말한다. "조노―이제 다 끝났어, 친구. 칼 내려놔."

조금 전

월
신랑

씨발. 또 정전인가. 나는 윗주머니 안쪽을 더듬어 핸드폰을 찾아 손전등을 툭 켜며 밤의 어둠 속으로 나선다. 여기 바깥에는 정말로 강풍이 불고 있다. 고개를 수그리고 바람결에 기대야만 조금이라도 앞으로 나아갈 수가 있다. 젠장, 바람에 머리카락이 헝클어지는 건 질색인데. 내가 절대 공개적으로 시인할 만한 사실은 아니지만—〈밤중에 살아남기〉의 이미지에는 썩 어울리지 않는 사고방식일 테니까.

내가 걸어가는 방향이 어느 쪽인지 확인하려고 고개를 들었다가 누가 저쪽에서 다가오고 있다는 걸 깨닫는데, 들고 있는 손전등 불빛만 알아볼 수 있을 뿐이다. 분명 저쪽에서는 내가 훤히 보일 테지만 내게는 보이지 않는다.

"거기 누구세요?" 내가 묻는다. 그리고 드디어 그 사람의 형체를 알아본다.

그녀의 형체를.

"아," 나는 다소 안도하며 말한다. "당신이군."

"안녕하세요, 월." 이파가 말한다. "케이크는 다 닦으셨어요?"

"네, 얼추요. 무슨 일이에요?"

"또 정전이 되어서요." 그녀가 말한다. "자꾸 이렇게 되어 죄송해요. 날씨가 이래가지고. 일기예보에서는 날씨가 이렇게까지 나쁠 거라는 말은 없었거든요. 저희 발전기가 도저히 맥을 못 추네요. 지금쯤이면 사실 전기가 다시 들어왔어야 맞는데…… 그래서 무슨 상황인지 살펴보러 가던 길이었어요. 말이 나와서 말인데— 혹시 저를 좀 도와주실 수 있을까요?"

사실 별로 안 돕고 싶다. 나는 돌아가야 한다, 처리할 사안이 있으니까—아내도 달래야 하고 신부 들러리와 신랑 들러리도…… 어떻게든 해야 한다. 하지만 어차피 어둠 속에서는 그런 일도 전혀 할 수 없을 것이다. 그러니까 손을 보태주는 편이 나을지도 모른다. "물론 도와드려야죠." 나는 정중하게 말한다. "오늘 아침에도 말씀드렸다시피 저는 보탬이 되고 싶어서 안달이 난 사람인걸요."

"감사합니다. 정말 친절하시네요. 이쪽으로 쫌만 가면 나오거든요." 그녀가 길에서 벗어나더니 빙 돌아 궁전 뒤편으로 나를 이끈다. 여기는 바람이 들이치지 않는다. 그런데—이상하게도—발전기처럼 보이는 것에는 도달하지 않았는데도 이파가 돌아서서 나를 마주한다. 그녀가 내 눈에 불빛을 비춘다. 나는 한 손을 들어올린다. "그거 살짝 눈부신데요." 나는 웃는다. "무슨 심문이라도 받으러 온 기분이네요."

"아." 그녀가 말한다. "그런가요?"

그러나 이파는 손전등을 내리지 않는다.

"부탁인데," 나는 이제 슬슬 짜증이 일지만 예의바른 태도를 유지하려 노력하며 말한다. "이파, 불빛이 너무 눈을 찔러요. 이러면 아무것도 보이지 않는데요."

"우리에게 시간이 별로 없거든요." 그녀가 말한다. "그러니까 얼른 해치워야죠."

"뭘요?" 실로 기이한 한순간, 나는 잠자리를 하자는 제안을 하는 건가 생각한다. 그녀는 확실히 매력적이다. 오늘 아침 차일 안에서 그 점을 눈치챘다. 그 매력을 숨기려 하는 것이 오히려 더욱 매력적이고—말했듯이 나는 언제나 그런 점을 좋아했다. 여성의 그런 자각 없는 모습, 그런 확신 없는 모습을. 그녀가 프레디처럼 뚱뚱한 남편이랑 뭘 하고 있는 건지 알 길이 없다. 그렇다 하더라도, 지금 당장은 사실 내 문제만으로도 벅차다.

"아무래도 당신한테 그냥 얘기해줘야겠다는 마음이 들었거든요." 이파가 말한다. "오늘 아침에 당신이 언급했을 때 말해줬어야 했는데. 하지만 그때 말하는 건 신중한 행동 같지 않았어요. 간밤에 침대에 있던 해초. 그거 제가 넣었어요."

"해초?" 나는 불빛을 응시하면서 대체 그녀가 무슨 얘기를 하는 건지 이해하려 애쓴다. "아뇨, 아뇨." 내가 말한다. "그건 분명 안내역 중 한 명이 그랬을 거예요, 왜냐하면 그건……"

"당신이 트리벨리언에서 후배들에게 하던 짓거리였죠. 그래. 나도 알아요. 나도 트리벨리언에 관해선 다 알아요. 알고 싶었던 것보다 더 많이 알게 되었다고 할 수 있죠, 사실."

"안다니…… 아니 이해가 안 가는데……" 심장이 가슴속에서 약간 빠르게 뛰기 시작하는데 왜인지는 잘 모르겠다.

"나는 인터넷에서 당신을 아주 오래도록 찾아다녔어." 이파가 말한다. "하지만 윌리엄 슬레이터─그게 참 흔한 이름이더라고. 그러다가 〈밤중에 살아남기〉가 방영됐지. 거기 당신이 있었어. 프레디가 당신을 보자마자 알아봤어. 그리고 당신은 그 형식조차 바꾸지 않았지, 안 그래? 우리는 전편을 다 봤어."

"무슨……?"

"그래. 그게 당신을 여기 데려오려고 내가 그토록 애쓴 이유야." 그녀가 말한다. "당신 아내의 잡지에 특집 기사를 싣는 조건으로 그렇게 말도 안 되는 할인을 제시한 이유고. 그 여자가 조금은 더 의심할 거라고 예상했는데. 하지만 그래서 그 여자가 당신과 그토록 잘 어울리는 거겠지. 뭐든 다 자기 것인 양 누리고 살아와서 세상이 자기한테 뭔가 빚지고 있다고 믿는 여자니까. 그 여자도 우리가 이런 조건으로 이득을 볼 수 있을 리 없다는 걸 분명 알았을 거야. 그래도 내가 뭔가 얻는 게 있기는 있네, 이렇게 되고 보니까."

"뭘 얻는데요?" 나는 그녀에게서 뒷걸음치기 시작한다. 갑자기 약간 수상쩍은 낌새가 든다. 그러나 오른발을 내디딘 지면이 아래로 푹 꺼진다. 발이 빠지기 시작한다. 우리는 딱 늪지의 가장자리에 있다. 마치 그녀가 그렇게 되도록 계획한 듯이.

"당신과 얘기하고 싶었어." 이파가 말한다. "그뿐이야. 그리고 이보다 나은 방식은 생각해낼 수 없었지."

"무슨…… 이렇게 강풍 한가운데에서, 칠흑같이 껌껌한 곳에서 얘기하는 게 낫다고?"

"사실 이러는 편이 완벽한 방식 같다고나 할까. 다시 Darcey라는 자그마한 남자애 기억해, 윌? 트리벨리언에 있을 때?"

"다시?" 얼굴을 비추는 불빛이 너무 밝아서 생각을 똑바로 할 수가 없다. "아뇨." 내가 말한다. "기억나지 않아요. 다시. 애초에 남자 이름이긴 해요?"

"성이 멀론이었다고 하면? 내가 알기로 거기서는 성으로만 불렀 다던데."

사실 생각해보니 짚이는 데가 있다. 그러나 그럴 리 없다. 설마 그럴 리가……

"하지만 당연히 당신이라면 그애를 '외톨이'로 기억하겠지." 그 녀가 말한다. "'외톨이' 멀론…… 네가 그애를 부르던 별명이었잖 아, 안 그래? 난 아직도 그애한테 받은 편지를 전부 가지고 있어. 여기 이 섬에 내가 다 가지고 있다고. 바로 오늘 아침에도 그 편지 를 읽어봤지. 걔가 당신 얘기를 썼더라고. 너랑 조너선 브리그스. 자기 '친구들' 얘기를. 그 우정이 어딘가 옳지 않다는 건 나도 알 았는데…… 나는 아무것도 하지 않았어. 그게 내가 져야 할 십자 가지.

그애 무덤은 바로 여기 있어. 우리 가족 모두가 가장 행복했던 이곳에. 무덤 안에는 당연히 아무것도 없어. 부모님이 무덤에 묻을 걸 아무것도 받지 못했거든, 당신이라면 그 이유를 알겠지만."

"이…… 이해가 안 되는데."

그제야 나는 백사장에서 찍은 십대 소녀의 사진 한 장을 떠올린 다. 조노와 내가 그애를 놀려먹을 구실로 삼았던 바로 그 사진을. 그애의 섹시한 누나를. 하지만 그럴 리 없다……

"모든 걸 설명해줄 시간이 없네." 그녀가 말한다. "나도 시간이 있었더라면 싶어. 우리가 얘기할 시간이 있었더라면. 내가 원했던 건 정말로 오로지 얘기해보는 거, 당신이 왜 그런 짓을 했는지 알아내는 거였어. 그래서 그토록 열성적으로 당신이 여기 오도록, 이 섬에서 결혼식을 열도록 했던 거고. 당신한테 묻고 싶은 게 정말 많았어. 마지막에 그애가 무서워했어? 그애를 구하려고 노력은 했어? 프레디 말로는 둘이 기숙사 방에 들어왔을 때 들떠 보였다고 하던데. 그 전부가 무슨 엄청난 대모험이라도 되는 듯이."

"프레디?"

"그래, 프레디. 아니, 당신은 이렇게 부르곤 했을 테지, '뚱땡이'. 그는 그날 밤 기숙사 방에서 깨어 있던 유일한 남자애였어. 프레디는 너희가 '생존'을 시킨다고 자기를 데려갈지도 모른다고 생각했지. 그래서 숨어서 잠든 척했고 너희가 다시를 사지로 끌고 나갈 때 한마디도 내뱉지 못했어. 프레디는 그런 자신을 절대 용서한 적이 없어. 나도 그애한테 그걸로 죄책감을 떠안을 필요는 없다고 설득하려 했지. 다시를 데리고 갔던 건 너희 둘이었으니까. 그중에서도 특히 당신. 적어도 네 친구 조노는 본인이 저지른 일에 대해 마음이라도 쓰는데."

"이파." 나는 될 수 있는 한 신중하게 말한다. "이해가 안 되네요. 영문을 모르겠어요…… 대체 무슨 말을 하는 거예요?"

"다만…… 어쩌면 그 모든 질문을 이제는 할 필요가 없는지도 모르지. 답을 아니까. 아까 당신을 찾으러 동굴에 갔을 때, 그때 답을 다 얻었으니까. 물론 지금은 다른 질문이 생겼어. 왜 그런 짓을 했는지, 예를 들면. 빼돌린 시험지 때문에? 정말로 그게 한 아이의 목숨을 앗아갈 동기가 되는 것 같아? 그저 시험지를 빼돌린 걸 들켰다고?"

"죄송한데요, 이파, 나는 이제 정말 차일로 돌아가야 해요."

"아니." 그녀가 말한다.

나는 웃는다. "무슨 말이에요, 아니라니?" 나는 최대한 환심을 살 법한 목소리를 낸다. "봐요. 당신의 주장에는 증거가 하나도 없잖아요. 왜냐면 증거 따위 없으니까. 당신이 동생을 잃은 건 나도 너무나 유감이에요. 당신이 무슨 짓을 할 생각인지는 모르겠어요. 근데 무슨 짓이 됐든 소용없을 거예요. 그냥 당신과 내가 서로 말이 다르니 입씨름만 될 뿐이지. 그러면 누구 말을 믿을지 우리 둘 다 알고 있다고 생각하는데요. 모든 공식 기록에 비추어봤을 때 그건 그저 비극적인 사고였어요."

"당신이 그렇게 말할 줄 알았어." 이파가 말한다. "인정하지 않겠지. 후회하지도 않고. 동굴에서 당신 말을 엿듣기도 했으니까. 그날 밤 당신은 내게서 모든 걸 앗아갔어. 우리 어머니도 그날 밤에 돌아가신 거나 마찬가지야. 아버지는 그로부터 몇 년 뒤에 심장마비로 세상을 떠났는데, 분명히 그건 자식을 잃은 비탄에서 오는 중압감 때문이었지."

그녀가 두렵지 않다, 나는 스스로 상기한다. 그녀는 나를 쥐락펴락할 수 없다. 여기 내 수중에 살짝 더 중대한 사안이, 실제로 여파가 생길 수도 있는 일이 있으니까. 이파는 그저 비탄에 빠져서 정신이 오락가락하는 여자일 뿐이다……

그때 무언가가 힐끗 눈에 들어온다. 번득이는 금속 물체, 그것이다. 그녀의 다른 손, 손전등을 쥐지 않은 쪽 손에 들린.

현재

조노
신랑 들러리

나는 그를 구하지 못했다.

칼을 뽑지 말아야 했다는 걸, 이제야 깨닫는다. 그 탓에 출혈이 더 심해졌을 것이다.

나는 그들을 납득시키고 싶었다. 그들이 바깥의 어둠 속에서 나를 발견했을 때. 페미, 앵거스, 덩컨. 그러나 그들은 들으려 하지 않았다. 제각기 타오르는 횃불을 들고 내게 무기처럼 들이밀었다. 내가 무슨 야생 짐승이라도 되는 것처럼. 그들은 내게 고함치고 소리지르면서 칼을 놓으라고, 그것 좀 내려놓으라고 난리였고, 내 머릿속에는 잡음이 너무도 많았다. 말이 나오지 않았다. 그래서 내가 한 짓이 아니라고 설득할 수 없었다. 설명할 수 없었다.

저기 바깥의 폭풍 속에서 피트 램지에게 받은 뭔지 모를 것의 기운이 가셨다고.

그리고 전등이 나갔다고.

그리고 저 너머 어둠 속에서 윌을 발견했다고. 그의 위로 몸을 숙이니 칼이 보였는데, 마치 그의 가슴에서 자라난 것처럼 박혀 있었고 너무도 깊숙이 들어가 칼날은 전혀 보이지 않았다고. 그제야, 그 모든 것에도 불구하고, 나는 아직 윌을 사랑한다는 사실을 깨달았다고. 그를 품에 안고 울었다고.

그들은, 안내역들은 나를 에워쌌다. 경찰이 배를 타고 도착할 때까지 나를 무슨 짐승처럼 붙들고 있었다. 그들의 눈빛을 보고 나는 알았다, 그들이 나를 두려워한다는 걸. 내가 그들의 진정한 일원인 적이 없었음을 그들도 안다는 걸.

이제 경찰이 도착했다. 그들은 내게 수갑을 채웠다. 나를 체포했다. 나를 아일랜드 본토로 압송할 것이다. 나는 고향에 돌아가서 재판에 회부될 것이다, 나의 제일가는 친구를 살해했다는 혐의로.

그래, 나도 동굴에서 생각해보기는 했다. 윌을 죽이는 거 말이다. 손에 잡히는 돌덩이를 집어들어서. 그리고 정말로 그럴 생각이 들었던 순간이 확실히 있었다. 그게 가장 쉬운 길이라고 느낀 순간이. 최선의 길이라고.

그러나 나는 그를 죽이지 않았다. 그것만큼은 안다. 피트 램지에게 그 약을 받아먹은 뒤로 모든 게 약간 흐릿해지고 필름이 두어 군데 살짝 끊기기는 했어도. 애초에 나는 천막 안에 있지도 않았다. 그런 내가 어떻게 칼을 손에 넣을 수가 있었겠는가? 그러나 경찰은 그게 대수라고 생각하지 않는 듯싶다.

나는 내가 살인자라고 생각하지 않는다, 어찌됐든.

하지만 나는 살인자가 맞지 않나? 수년 전 그애 일 말이다. 마지막에 그애를 묶은 건 바로 나였잖은가. 윌이 그러라고 시키긴 했지만 그래도 내가 한 일은 맞았다. 거기다 사실 너무 아둔해서 내 행동이 무슨 결과를 낳을지 제대로 생각해보지 못했다는 게 어떤 죄목에도 갖다댈 만한 변명은 아니지 않은가?

가끔 나는 결혼식 전날 밤에 본 것을 떠올린다. 내 방에 웅크리고 있던 그것, 그 형상을. 당연히 그에 관해 누구에게 말해봤자 소용없다. 상상해보라. "아, 제가 그런 거 아니에요. 제 생각엔 사실 우리가 죽인 남자애의 망령이 그 빌어먹게 커다란 케이크 칼로 윌을 찌른 게 아닌가 싶어요—맞다, 결혼식 전날 밤에 제 침실에서 그애를 봤던 것도 같네요." 썩 그럴싸한 얘기로 들리지는 않잖은가? 하여간 내 머릿속에서 튀어나온 형상이었을 공산이 크다, 내가 본 것은. 그편이 어찌 보면 조리가 맞는데, 어떤 면에서 그애는 수년간 내 머릿속에서 살아왔기 때문이다.

나를 기다리는 감방을 떠올려본다. 그러나 생각해보면 밀물이 들어찼던 그날 아침부터 쭉 나는 감옥에 있었다. 그리고 어쩌면 우리가 저지른 그 끔찍한 일의 정당한 응보가 끝내 나를 잡으러 온 것 같기도 하다. 하지만 나는 내 제일가는 친구를 죽이지 않았다. 그렇다면 다른 누군가가 죽였다는 얘기다.

이파
웨딩플래너

나는 칼을 들어올린다. 프레디에게는 윌을 여기 불러내 대화를 하고 싶을 뿐이라고 말했다. 진심이었다. 적어도 처음에는. 어쩌면 동굴에서 엿들은 것 때문에 내 마음이 바뀐 건지도 모르겠다. 그 일말의 뉘우침도 없는 모습에.

그 하룻밤으로 네 명의 인생이 파괴되었다. 무고한 한 생명에 대한 배상으로 죄 많은 한 생명을 받는다, 이 정도면 지극히 공정한 거래인 듯하다.

그가 손전등 불빛 아래 드러난 칼날을 보면 좋겠다. 한순간 나는 그가—이토록 황금 같고 이토록 건드릴 수 없는 존재가—그날 밤 내 동생이 해변에 누워 바닷물이 차오르는 동안 경험했을 감정의 미세한 편린이라도 느꼈으면 한다. 그때의 공포를. 이 남자가 살면서 한 번도 느껴보지 못한 공포에 휩싸였으면 한다. 나는 손전등을 계속 그에게, 그의 휘둥그레진 눈에 겨눈다.

그런 다음, 나의 남동생을 위하여, 그를 찌른다. 그의 심장을.

나는 지옥을 올렸다.

에필로그

몇 시간 후

올리비아
신부 들러리

마침내 바람이 멈췄다. 아일랜드 경찰도 도착했다. 경찰이 우리가 한곳에 있기를 원해서 우리는 모두 차일에 모여 있다. 경찰은 우리에게 무슨 일이 벌어졌는지, 무엇을 발견했는지 설명했다. 누구를 발견했는지. 우리는 누군가가 체포되었다는 건 알아도 누가 체포되었는지는 아직 모른다.

백오십 명의 사람들이 이토록 거의 소리를 내지 않는다니 놀랍다. 사람들은 테이블에 둘러앉아 속닥인다. 몇몇은 한기와 충격 탓에 은박 담요를 두르고 있는데 그들이 움직일 때 담요가 바스락거리는 소리가 목소리보다도 시끄럽다.

나는 윌과 절벽 끝에 서 있던 때 이후로 말을 한마디도 하지 않았다. 그 누구에게도. 모든 말들을 빼앗긴 것 같은 느낌이다.

지난 몇 달간 내 머릿속에는 오로지 그에 대한 생각뿐이었다. 그런데 이제 그가 죽었다고 한다. 나는 기쁘지 않다. 적어도 기쁘다는 생각은 들지 않는다. 아직까지는 주로 충격만 느껴질 뿐이다.

내가 한 짓이 아니다. 그러나 내가 했을 수도 있었다. 마지막으로 그를, 줄스와 케이크를 자르는 윌을 봤을 때 내 감정이 어땠는지 기억난다. 그 칼을 보고…… 그 생각이 뇌리에 떠올랐다. 고작 일이 초쯤 든 생각이었다. 그러나 실제로 그 생각이, 그 감정이 너무도 강렬했던 나머지 한편으로는 내가 정말로 저질러놓고 어찌어찌 머릿속에서 지워버린 건 아닌가 하는 의혹마저 든다. 남들이 내 얼굴에서 그 의혹을 읽어낼까봐 나는 아무와도 눈을 맞추지 못한다.

누군가의 손이 맨어깨에 느껴져 나는 놀라서 펄쩍 뛴다. 올려다보니 줄스다. 은박 담요를 웨딩드레스 위에 걸친. 그녀가 걸치자 담요는 의상의 일부처럼, 여전사의 망토처럼 보인다. 그녀는 입술이 보이지 않을 만큼 입을 일자로 꾹 다문 채 눈을 번득이고 있다. 내 어깨에 손을 얹은 그녀가 손가락에 힘을 준다.

"나 알아." 줄스가 속삭인다. "그 사람이랑—너에 대해."

하느님 맙소사. 그러니까 줄스한테 말할지 말지 그렇게 자아 성찰까지 해가며 고민했는데 어차피 언니는 스스로 알아냈던 거다. 그리고 줄스는 나를 증오한다. 분명히 그럴 것이다. 나는 알 수 있다. 일단 언니가 마음을 정하면 무슨 짓을 해도, 무슨 말을 해도 마음을 바꿀 수 없다는 걸 안다.

그때 분위기가 바뀌더니 그녀의 표정에서 뭔가 새로운 면이 얼핏 보이는 것 같다.

"만일 내가 알았다면……" 나는 그 말을 듣는다기보다 입 모양을 읽는다. "만일 내가……" 줄스는 말을 멈추고 침을 삼킨다. 그러더니 오랫동안 눈을 감고 있다가 다시 뜨는데, 눈에 눈물이 차오른 게 보인다. 이어 그녀가 내게 손을 뻗고 내가 일어서자 나를 안는다. 그리고 줄스의 몸이 떨리기 시작하는 것을 느낀 나는 굳어버린다. 그녀가 울고 있음을 깨닫는다. 크게 소리 내어, 분에 못 이겨 흐느끼면서. 줄스가 마지막으로 운 게 언제였는지 기억도 나지 않는다. 우리가 마지막으로 이렇게 안아본 게 언제였는지 기억도 나지 않는다. 어쩌면 한 번도 없었을지도. 우리 사이에는 언제나 그런 거리가 있었으니까. 그러나 지금 이 순간 그 거리가 사라진다. 그리하여 이 모든 것의 한복판에, 밤새도록 이어진 온갖 충격과 정신적 외상 한가운데에 우리 둘만 있다. 언니와 나만.

이튿날

해나
부부 동반 참석자

찰리와 나는 아일랜드 본토로 돌아가는 배 위에 있다. 하객 대부분은 우리보다 일찍 떠났고, 가족들만 섬에 남는다. 나는 섬을 돌아본다. 이제 날이 개서 바닷물 위로 햇살이 비치지만 섬에는 높이 걸린 먹구름의 그림자가 드리워 있다. 섬은 마치 거대한 검은 괴수처럼 그 자리에 웅크린 채 다음 먹이를 기다리는 듯하다. 나는 그 풍경에서 눈길을 돌린다.

이번에는 배의 요동이 거의 신경쓰이지 않는다. 간밤에 언니를 죽인 거나 다름없는 사람이 윌이라는 사실을 알았을 때 영혼 깊숙한 곳에서 치밀던 욕지기에 비하면 약간의 울렁임은 아무것도 아니다.

나는 불과 사십팔 시간 전에 보트를 타고 섬으로 건너가면서 찰리에게 매달렸던 일을, 내 상태가 그토록 끔찍했음에도 둘이 함께 웃던 일을 떠올린다. 그 기억에 가슴이 쓰라리다.

찰리와 나는 서로 거의 얘기를 하지 않는다. 우리는 거의 서로를 쳐다보지도 않는다. 내 생각에 우리 둘 다 그 모든 일이 벌어지기 전에 우리가 마지막으로 나눴던 대화를 상기하면서 각자 상념에 빠져 있는 듯하다. 거기다 얘기하고 싶어도 지금 당장은 얘기할 기력이 있는 것 같지도 않다. 나는 신체적으로도 감정적으로도 바스러진…… 너무 녹초가 된 기분이라 생각을 정리하거나 감정을 추스를 엄두조차 낼 수가 없다. 당연히 간밤에 다들 한숨도 못 잔 탓도 있겠지만, 그 이상의 이유도 있다.

물론 우리는 집에 돌아가고 나면 모든 것을 직면해야 할 테다. 현실로 돌아가고 나면 이번 주말로 인해 파괴된 것을 수리할 수 있을지 살펴봐야 할 테다. 너무도 많은 것이 부서져버렸다.

그럼에도 그 잔해 속에서 하나만은 온전하게 드러났다. 잃어버렸던 퍼즐 조각을 발견한 것이다. 그것을 종지부라고 부르지는 않을 것이다. 그 상처는 영영 온전히 나을 수 없을 테니까. 그와 대면해 따져 물을 기회를 한 번도 갖지 못한 것에 화가 치민다. 그러나 나는 앨리스가 죽은 이래로 쭉 물어왔던 질문에 대한 답을 얻었다. 그리고 윌의 살해자가 윌을 죽임으로써 언니의 복수도 해줬다고 말할 수 있겠다. 내 손으로 칼을 꽂아넣을 기회를 잡지 못한 것이 못내 애석할 따름이다.

담당 편집자 킴 영과 샬럿 브래빈에게. 이 책은 두 분과의 공동 작업물이라 응당 여러분의 이름도 표지에 올라야 한다고 느낄 정도다. 내 능력 안에서 최고의 책을 내놓을 수 있도록 격려해준 점, 또 초기부터 작품과 장르를 불문하고 나와 내 글을 한결같이 믿어준 점에 감사드린다. 그러한 신뢰는 너무도 귀하고 특별하다.

탁월한 담당 에이전트 캐스 서머헤이스에게. 지금껏 우리가 함께 헤쳐온 여정을 생각하면 감개무량하다! 내가 아는 사람 중 가장 열심히 일하는 사람(앞에 언급한 이들도 포함하여!)이 되어준 점, 또 기회가 있을 때마다 나와 내 작품을 위한 투사가 되어준 점에 감사드린다. 너무도 유쾌한 모습을 보여준 것에도 역시 감사드린다.

케이트 엘턴과 찰리 레드메인에게. 계속해서 지지를 보내주고 나와 내 글을 믿어준 것에 감사드린다.

루크 스피드에게. 환상적인 영화 에이전트이자 너무도 다정한 남자. 그 통찰과 지혜에 감사드린다.

젠 할로에게. 작가로서 더 바랄 나위 없이 너무나도 다정하고 명랑하고 열정적인 홍보 담당자. 너무도 애써주고 독창성을 발휘해준 점, 또 멋진 여행 친구가 되어준 점에 감사드린다!

애비 솔터에게. 신들린 마케팅에 감사드린다―그 창의력과 혁신에는 거듭거듭 놀라는지라 『하객 명단』을 위해 계속될 마법도 얼른 보고 싶은 마음이다.

이지 코번에게. 함께 일하게 되어 감회가 남다르다! 슬린던* 출신 여자 둘이 멋지게 해냈다. 엄청난 재기를 보여준 점에 감사드린다.

퍼트리샤 맥베이에게. 아일랜드에서 열정적으로 내 책을 응원해준 점에 감사드리며, 앞으로 에메랄드 제도**에서 더 많은 모험을 함께할 수 있기를!

클레어 워드에게. 이 책의 정수를 남김없이 추출해 표지 디자인에 놀라우리만치 간결하게 녹여낸 그 능력이 경이롭다. 당신이야말로 진정한 통찰자다.

피오뉴알라 배럿에게. 『하객 명단』의 모든 목소리가 어떤 느낌일지 나보다 더 정확히 포착해준 것에 감사드린다! 또 배럿은 물론이거니와 그 가족에게도 아일랜드어를 감수해준 것에 감사드린다!

하퍼콜린스 출판사의 드림팀인 로저 카잘렛, 그레이스 덴트, 앨리스 고머, 데이먼 그리니, 샬럿 크로스, 로라 데일리, 클리프 웹에게 감사드린다.

---

* 영국 잉글랜드의 시골 마을.
** 아일랜드의 별칭.

케이티 맥가윈과 캘럼 몰리슨에게. 전 세계에 내 책을 위한 집을 찾아준 것에 감사드린다!

실라 크롤리에게. 지지를 보내주어 정말 감사하다. 굉장한 힘이 되었다.

실레 에드워즈와 애나 웨글린에게. 늘 고생해주고 때때로 아주 완벽히 체계적이라고 할 수 없는 작가를 몰아가주어서 감사드린다!

열정을 가지고 내 책을 추천해주고 매장에 놀랍도록 멋진 진열대도 만들어준 워터스톤스사와 워터스톤스 서점들에 감사드린다. 특별히 언급하자면 스코틀랜드 판매 담당자이자 스코틀랜드 여행을 함께하기에 가장 다정한 동행인인 앤지 크로퍼드에게—너그러이 시간을 내어주고 쭉 지지를 보내주어 정말 감사한 마음이다.

행사를 열어주고 내 책을 추천해주고, 또 글에 대한 깊은 애정으로 책이라는 매체를 발굴하기 좋은 신나고 환대가 넘치는 공간을 만들어주는 모든 독립서점에 감사드린다.

라이언 터브리디에게, 시간을 쪼개 『하객 명단』을 읽어준 점, 또 작품과 관련해 너무도 상냥한 말씀을 해준 점에 감사드린다.

이 책을 읽고 재미있었다고 말해준 모든 독자에게 감사드린다—넷갤리*를 통해 이 책을 알게 되었든, 우편으로 가제본을 받았든, 서점에서 구매했든 간에. 여러분의 목소리를 듣는 것은 정말 행복한 일이다—여러분의 메시지가 얼마나 커다란 기쁨을 주는지 이루 말할 수 없다.

나의 부모님께. 나를 대견해하고 사랑해주신 것, 내가 두 분을

---

* 도서 정식 출간 전에 원고를 배포하는 웹사이트.

필요로 했던 시기에 너무도 잘 돌봐주신 것, 또 처음부터 내게 가장 사랑하는 일을 하라고 언제나 응원해주신 것에 감사드린다.

케이트와 맥스, 로비와 샬럿에게, 인생을 이토록 재미있게 만들어주고, 또 매번 격려해주어 감사드린다.

리즈, 피트, 돔, 젠, 애나, 이브, 셉, 댄에게, 큰 사랑과 지지를 보내준 점, 입소문을 퍼뜨리고 흥분을 공유해준 점, 또 손수 그린 엽서를 보내준 점에 감사드린다!

아일랜드계와 영국계 친척인 폴리가와 앨런가 친지들에게. 특별히 언급하자면(순서에 의미는 없다) 웬디, 빅 오, 윌, 올리버, 리지, 프레디, 조지, 마틴, 재키, 제스, 마이크, 찰리, 팅키, 하워드, 제인, 이네스, 이저벨, 폴, 이나, 리엄, 필립, 제니퍼, 찰스, 에일린, 이번에게 감사드린다.

마지막이지만 중요성으로는 결코 뒤지지 않는…… 앨에게. 언제나 내 책의 첫번째 독자가 되어준 사람. 나에게 해준 모든 것에 감사드린다―꾸준히 지지하고 응원해준 것도, 여섯 시간 동안 차를 타고 가는 내내 기꺼이 새로운 작품의 아이디어를 철저하게 검토해준 것도, 플롯 구멍이라는 절망적인 심연에서 나를 구조해준 것도, 주말을 통째로 바쳐 초고를 탐독해준 것도. 당신이 아니었다면 이 책은 완성되지 못했을 것이다.

옮긴이 **백지민**
한국외국어대학교 이탈리아어학과 및 영어통번역학과와 이화여자대학교 통역번역대학
원 한영번역과를 졸업하고 번역가로 활동하고 있다. 옮긴 책으로 『핀처 마틴』 『어둠 속
에서 헤엄치기』 『다시 찾은 브라이즈헤드』 『위대한 개츠비』가 있다.

문학동네 세계문학

하객 명단

초판 인쇄 2023년 6월 8일 | 초판 발행 2023년 6월 23일

지은이 루시 폴리 | 옮긴이 백지민
기획 이현자 | 책임편집 박효정 | 편집 류현영 이봄이랑 윤정민 이희연
디자인 김유진 이원경 | 저작권 박지영 형소진 최은진 오서영
마케팅 정민호 김도윤 한민아 이민경 안남영 김수현 왕지경 황승현 김혜원 김하연
브랜딩 함유지 함근아 박민재 김희숙 고보미 정승민 배진성
제작 강신은 김동욱 임현식 | 제작처 영신사

펴낸곳 (주)문학동네 | 펴낸이 김소영
출판등록 1993년 10월 22일 제2003-000045호
주소 10881 경기도 파주시 회동길 210
전자우편 editor@munhak.com | 대표전화 031) 955-8888 | 팩스 031) 955-8855
문의전화 031) 955-1927(마케팅) 031) 955-2685(편집)
문학동네카페 http://cafe.naver.com/mhdn
인스타그램 @munhakdongne | 트위터 @munhakdongne
북클럽문학동네 http://bookclubmunhak.com

ISBN 978-89-546-9390-5 03840

www.munhak.com